歃血

不求同生，但求同死，生生世世，此情不渝！

【卷五】射天狼

墨武——著

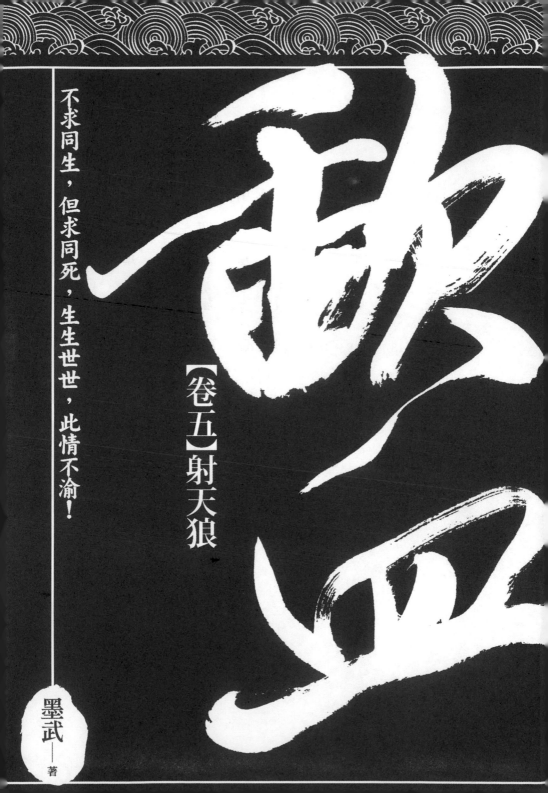

目錄

卷五　射天狼

我狄青此次回轉一戰，不為江山，不為你趙禎，只為我還是狄青。但狄青終究只是狄青，不會是霍去病。你趙禎也不過是趙禎，永遠成不了漢武帝。

第一章 常寧

秋風蕭瑟，孤雁凌雲。一隻由北向南飛的離群孤雁過了草原，掠過了開封，只是稍作停頓，就向溫暖如春的南方飛去。

天涼、好個秋！

蕭索秋意中，一幫大宋的臣子正議論紛紛。不過群臣沒有聚在文德殿前等候早朝，而是不約而同地到了呂夷簡的府中。

呂夷簡病危！

這個消息傳出來後，群臣震驚。呂夷簡老了，誰都會有死的那一天，可呂夷簡這麼快地病重、病危，倒是很多人始料不及的事情。呂夷簡把持朝政多年，有人識，有人鄙，有人讚，有人貶，可說是毀譽參半。但人若死了，詆毀也好，讚譽也罷，和他還有什麼相關呢？寒冷的秋風吹來，見堂外梧桐葉落，群臣中老邁之人心中難免有兔死狐悲之意。范仲淹立在堂中一角，神色有些孤獨，似在想著心事。呂夷簡病重，眾人就算敬他，也不會齊聚到此。群臣之所以不約而同地到了呂相堂前，只因天子趙禎也來到了這裡。

呂夷簡辭相後，就如卸下負擔的老牛，沒事可做，反倒很快就垮了。很多人在重壓之下，均能頂住壓力。可在壓力卸去的時候，因為無所留戀，反倒去得更快。呂夷簡是不是已無所留戀了呢？

趙禎知道呂夷簡病重，極為關切，甚至親自剪下自己的鬍鬚給呂夷簡做藥引，希望他能早日康復。因為有個傳說，天子是天命所歸，有天子挽留，上天應該不會收了呂夷簡。

但呂夷簡仍一日比一日更病重……

趙禎今日聽說呂夷簡病危，竟不再早朝，親身前來探問。群臣知曉，為表關切，也就先後前來。范仲淹想到這些的時候，雙眸中也滿是憂意。

這時歐陽修悄悄地走過來，低聲道：「范公，聽說前幾日聖上召你，問及朋黨一事，不知范公是如何應對呢？」范仲淹望了歐陽修良久，這才道：「我只說……倘若結為所謂的朋黨是為國利益，倒也無可厚非。」

歐陽修精神一振，說道：「范公所言極是。」心中想到，范公勢孤，我等必要為其分擔壓力，不能讓奸人計謀得逞。

原來新政伊始時，看起來順風順水，范仲淹擔當變革重任，大刀闊斧地變法，罷免無能之官，整頓朝政，著實為天下做了不少好事，博得百姓的稱讚。

但狄青、富弼二人才出使契丹不久，汴京就出了件禍事。寫《慶曆聖德頌》的石介見變法興盛，情不自禁，知富弼出使，就給富弼寫了封信，告之京中喜事。

不料這封信沒有出了京城，就莫名地落在夏竦之手。夏竦得到這封信後，直接轉給了趙禎。趙禎一看，心中惱怒。信中其餘事情倒是沒什麼問題，可有一句話著實讓趙禎忌諱。石介在信中讚范仲淹、富弼等人是「行伊、霍之事。」夏竦另附奏摺，解釋是，伊是說伊尹，霍是說霍光。伊尹倒也罷了，是輔佐天子的賢臣，可霍光卻是西漢廢立國君的權臣！趙禎不滿，當下將石介逐出京城，對范仲淹等人也是頗有微詞。

可石介離開京城時，卻是大叫冤枉，他說自己在信中明明寫的是「行伊、周之事。」周是說周公，本來是說輔佐天子的名臣！

這件事雖是蹊蹺，但難以改變。石介最終還是被貶，群臣私下議論，都認為是夏竦搗鬼，私自改動了信中的內容。此時餘波未平，朝中再起波瀾。夏竦踩走石介，並不作罷，反倒上書直指說范仲淹、余靖、歐陽修、蔡襄等人是為朋黨。

朝中議論紛紛，趙禎也是難以鎮靜。

自古以來，士大夫結為朋黨為患朝廷之事難以盡數，東漢黨錮之禍、唐代牛李黨爭均對朝廷造成了難以彌補的損害。夏竦上書攻擊范仲淹朋黨，王拱辰仍記著歐陽修說他「御史臺官多非其才」一事，當下隨聲附和，認為范仲淹結黨營私，對朝廷不利。

趙禎不悅，當下召范仲淹入宮，詢問朋黨一事。范仲淹難以自辯，只能婉轉言事，這件事在朝中掀起譁然波浪，因此歐陽修今日特意前來詢問范仲淹的口風。

范仲淹卻在想著，呂夷簡為朝中重臣，三入相位，聖上和他關係非比尋常。他若真的去了，聖上會不會因此事遷怒我等？如今我在風口浪尖之上，不懼閒言，不懼被貶，可若是沒有我來抵擋一切，只怕歐陽修等人更是難以抵擋奸臣的反擊，再無能推行新法了。

一念及此，范仲淹道：「歐陽司諫，朋黨一事，以後莫要再提了……」

歐陽修連連點頭，心中卻想到，這些事因我而起，絕不能讓范公一人承擔。哼，若有禍事，我歐陽修一人承擔就好。

范仲淹望著呂夷簡臥房的方向，只是在想，不知道呂夷簡現在如何了？

呂夷簡奄奄一息……

誰都看得出來，他不行了。趙禎坐在床榻前，緊緊地握著呂夷簡乾枯的手掌，忍不住垂淚……

沒有誰明白他對呂夷簡有著遠比君臣更深的感情。當年若是沒有呂夷簡的話，他趙禎怎能坐到天子之位？有御醫上前，低聲道：「聖上，呂相他……只怕……」

趙禎突然怒喝道：「朕不管你用什麼法子，一定要醫好呂相。不然的話……」他沒有說下去，可言語間的冷意讓御醫打顫。御醫慌忙跪倒，噤若寒蟬。

「聖上……莫要傷心。」呂夷簡終於從昏迷中甦醒了過來，反倒安慰趙禎道，「人誰……不死呢？老臣總算……沒有辜負先帝所託……」

腦海中閃過些如煙的往事，呂夷簡苦澀地笑笑。彷彿見到先帝真宗立在他面前，森然道：「呂夷簡，朕知道你對朕最為忠心。朕把一切告訴了你，你一定要為朕保護好太子！朕若活轉後，定會重重地賞你。」

呂夷簡想到這裡，心中發笑，他真的不解真宗為何這般地渴望長生不死？活著責任勞累太多，死了……豈不也是一種解脫？他把持朝政這些年，對趙家可謂是忠心耿耿，但是人死了，又能得到些什麼呢？他那一刻，突然有些同情起范仲淹。他和范仲淹鬥了一輩子，但他其實很欣賞范仲淹。前段日子，范仲淹甚至請他再入兩府，可他累了，很多事情，他不想再抓在手上……

趙禎見呂夷簡雙眸發直，神采漸去，心中突然有種畏懼，緊緊抓住了呂夷簡的手，急道：「呂相……你不能丟下朕不理。」

往事如煙，幕幕電閃。多年前的那一幕，再次湧到腦海。

趙禎還記得當年只有他們兩人時，呂夷簡沉著又慎重道：「聖上，先帝早吩咐臣防備著太后，預防她謀權篡位。但如今太后勢大，你不能硬碰，若要太后忌憚不敢登基的話，臣有一計……

「當初先帝昏迷時曾留讖語，說過『五龍重出，淚滴不絕。天降神火，八殿遭劫。執迷不悟，魄魂難協。諾若不守，紅顏空嗟！』聖上說完這讖語，不久就去了，太后肯定以為這讖語是先帝臨死所言，沒有人會知道。但先帝早早就對臣說過了，聖上大可利用這件事做些文章……邱家世代受趙家恩德，忠心耿耿，邱明毫此人冷靜果敢，應堪大用……其實很多臣子都還感激先帝恩德，只要有人第一個出頭，他們定會站在聖上的這邊，關鍵是聖上能不能下這個決心！」

趙禎還記得當初的他，內心不知經歷了多少掙扎，這才問道：「呂相，你說怎麼辦呢？」那時候的他，只有個呂夷簡可信任。到如今，他只完全信任呂夷簡。

當年他雖逐呂夷簡出了京城，不過是想逐走心中的不安，掩人耳目。他很快再次召回呂夷簡，因為他覺得，只有呂夷簡才能保住他趙家江山。

「永定陵中有本無字天書，都說有緣之人才能看到其上的內容……聖上若真的要去永定陵，可取回這本天書……而先帝的夢境，聖上也可以對太后說說……臣知道太后對先帝，還是很有些敬畏的。」當年的呂夷簡雖已老，但老辣幹練。

於是才有了皇儀門前那一幕，妻子背叛了丈夫，兒子欺騙了母親……那天書本是無字的，他趙禎也沒有看到。

於是才有更早之前，在趙允升開始對付他前，他就對太后提及了先帝的夢境，望著養母那驚怖的神色，他自責中隱約還有分快意。

劉太后臨死前，指著他說，「我明白了。」讓他在那之後很久都是惶恐難安，他不知道劉太后是否真的明白了，明白了多少，但他很害怕。

他真的要個朋友在身邊，因此他希望狄青不要去征戰，留在他身邊。他知道只有狄青，才不會圖謀他什麼。他貴為天子，但他沒有朋友，更沒有人能傾聽他的心事。他憋得發狂，本來還有個閻文應的……可想起閻文應臨走前慘然地說：「聖上，既然郭皇后的事情一定要有人承擔這責任，那就由臣來承擔吧……」他就忍不住地愧疚。

閻文應死了，一想到這裡，趙禎的淚水就流淌了下來。想起了郭皇后，趙禎身軀一震，郭皇后都知道了，那個潑辣沒心思的人竟然想用知道的事情要脅他，但這些事，他絕不能讓人知道！因此郭皇后死了，閻文應也死了。

望著呂夷簡也將離去，趙禎心中悲慟。他身邊信任的人一個個離他而去，本以為得遇張美人，是蒼天彌補他的傷痛，不想張美人也中了毒，雖沒有死，可一直毒性難清，整日病懨懨地躺在床上。趙禎真的怕——怕張美人有一日也離他而去。

想到這裡，趙禎淚流不止。

呂夷簡見趙禎哭泣，低低的聲音道：「聖上……你是天子，要有威嚴，以後莫要經常哭了，不要讓人看到你的眼淚。臣老了……幫不了你了。」

「你還能幫朕的。」趙禎回過神來，抓住呂夷簡的手叫道，「呂相，朕勵精圖治，將有大為，這時候，正需要你這種老臣。范仲淹他……」猶豫了一下，道，「呂相，朕聽人說，范仲淹結黨營私，你認為如何？」

呂夷簡雙眸中光芒一現，緩緩道：「范仲淹為人公正，敢為……人先。他就算結有朋黨，也是為聖上的江山著想……」

趙禎連連點頭，心道范仲淹也的確這麼自辯的。

「可這種人有個缺點……」呂夷簡呼吸突然有些急促，良久才平，他已感覺生命正一絲絲地離體而去，但見到趙禎懇切的目光，還不捨就走。他自問此生或做過不少有愧在心的事，但他畢竟不負趙家父子，他對得起他們的信任。

「他的缺點就是……沒有缺點。」

趙禎一怔，一時間不明白呂夷簡說什麼。

「木秀於林，風必摧之。行高於人，眾……必非之。」呂夷簡喃喃道，「他太過清高，清高得讓人看不過眼。雖說這幾年……他刻意自汙，求能以高位做些大事，一展平生抱負……可他以前的作為給人的烙印太深，對歐陽修、尹洙、余靖等人的影響太深。那些人學了他的皮毛，卻少了他的風骨！」

腦海中電閃過多年前，范仲淹回轉京城的那一幕。當年范仲淹主動來找呂夷簡，著實讓呂夷簡意料不到，因此呂夷簡至今還記得范仲淹說的每句話。

范仲淹當時還給呂夷簡帶了份禮物，那是荊湖一帶產的綠芽茶。

這茶當然比不上龍團，也算不上貴重，可經范仲淹之手送出，就是別有含意。

據呂夷簡所知，范仲淹很少送旁人禮物，更何況送禮給兩府第一人。因此當初呂夷簡看著那茶團，意味深長道：「范大人不怕引人非議嗎？這只怕和范大人的清名不符吧？」

范仲淹沒有了倔強和執著，只是微微一笑，「問心無愧，何懼之有？」

只聽那一句，呂夷簡就知道范仲淹沒有變。可他呂夷簡倒是變了，變老了，變得有些心軟。或許在政見上，他是不贊同范仲淹的做法；但從感情上，他知道交這種朋友沒有錯的。但他呂夷簡，不會有朋友！

范仲淹當時見呂夷簡不語，開門見山道：「呂相，今日下官前來拜訪，其實想請呂相舉薦下官前往西北戍邊……」

呂夷簡更是訝然，驀地發現范仲淹還是有些改變，本來這些話，范仲淹死也不會開口的。呂夷簡當時只道：「好呀，你給我理由。」

范仲淹又笑了，明亮多情的眼眸中有了分感慨，「如今聖上登基，就有如這茶之綠芽。這茶要好喝，要好水、要時間、要經驗、要火候。只憑意氣行事，沖不出一壺好茶的。下官知道呂相對趙家江山一直兢兢業業，下官以前不懂，如今懂了。下官蹉跎多年，一事無成，也的確想為天下做些事情。如今元昊野心勃勃，西北告急，下官真想盡一分微薄之力，我想呂相懂我的。」

范仲淹說完後，就靜待呂夷簡的回答。他知道呂夷簡是聰明人，而對聰明人，一向用不著多說什麼。

等水燒開時，范仲淹起身沏茶，然後為呂夷簡斟了杯茶。呂夷簡默默注視著范仲淹的舉動，端起茶杯時，喃喃道：「要經驗？要火候？要好水？」頓了片刻，忽然道：「何為好水？」

「好水是活水。」范仲淹立即回道。他著重地說了那個「活」字。

呂夷簡用茶蓋輕劃，濾了下茶葉，淡然一笑，只說了一個字，「好！」

往事幕幕，猶如在目。呂夷簡想到這裡，嘴角帶著一分笑，似有苦，似有悟，喘息片刻，這才又道：「變法事大，不但需……良臣輔佐，還需有魄力的君王才可實施……」

他沒有再說下去，趙禎卻已明白，哽咽道：「呂相，你認為朕缺乏魄力嗎？」

呂夷簡良久才道：「不但要魄力……還要堅持，需百折不回的毅力。這些范仲淹有……」言下之意便是，你趙禎是沒有的。

可這些話，他不會說出來。他雖要死了，不需要怕什麼，但還是不會說出來。他就是這樣的一個人，話說三分，七分留在心底。

能悟的就悟，悟不了的，他解釋也沒用。

趙禎懂了，傷感的臉上帶分慚愧，想挺胸說什麼，可見到眼前那混濁的眼，卻什麼都說不出口。他趙禎變了，為了權位，已改變了很多。但他知道，他騙不過呂夷簡，既然如此，為何要說？

許久，呂夷簡突然劇烈地咳，吐出一口帶血的濃痰。趙禎一驚，不顧污穢，一把扶住了呂夷簡，叫道：「呂相，你……要挺住。」

呂夷簡咳嗽終止，氣息也像隨著那咳吐出去，再也回不來了。眼前彷彿有分光亮，光亮中有真宗向他招手，呂夷簡虛弱不堪，突然振作道：「聖上，范仲淹……終不能重用。」

趙禎一怔，忙問，「為什麼？呂相，當初你不是說，他公而無私，我要興國，就得靠這樣的人嗎？」

呂夷簡嘴唇喏喏兩下，趙禎聽不清說什麼，慌忙將耳朵湊過去，聽呂夷簡艱難道：「變法……事小，江山……事大！范仲淹威望……太高，臣一去，無人再能壓制他。范仲淹有狄青幫助……只怕……功高蓋主，與聖上江山……不……利……」

用盡了全身的氣力，終於吐出了最後一句話，那氣彷彿都是冷的。呂夷簡雙眸瞳孔放大，再沒了聲息。

趙禎手臂一沉，一顆心也跟著沉了下去，不知許久，才撕心裂肺的叫道：「呂相！」

趙禎下旨，令恤典從優，贈呂夷簡官太師、中書令，謚文靖。趙禎心哀呂夷簡之死，數日不能早朝，朝野歎息。

呂夷簡死。死在孤冷的秋，葬禮卻如遍地紅葉一般地隆重。

范仲淹從呂夷簡的葬禮歸來時，就一直在府中呆坐，一直坐到黃昏日落。

落日的光線從雕花窗子穿過來，落在范仲淹的身上，拖出個孤獨的影子，有如堂前那葉子盡落的楊樹。那綻放了一夏綠意的樹，盡是灰色。而更冷的冬，就在不遠。樹還可望著春天，但人呢，入了殘年……

夜幕籠罩開封古城的時候，也將范仲淹淹沒在夜幕中。他也不點燈，突然長長歎了口氣，帶著難言的蕭索。這時有腳步聲傳來，他府上的老奴前來道：「老爺，常寧公主來了。」

范仲淹並沒有什麼意外，四下看了眼，輕聲道：「燃燈，沏茶。」

常寧坐在范仲淹面前時，輕紗掩面，端起茶水，卻又放下，輕聲道：「范公何事煩憂呢？」這女子總有著常人難及的敏感。

范仲淹展露笑容，只是搖搖頭。常寧柔聲道：「別人都以為呂相去世，范公會欣慰，我卻知道不是。范公多次說及呂相的好，如今呂相一去，只怕……」

范仲淹截斷道：「公主前來，可是想詢問狄青在契丹如何了？」

常寧頓了下，似有羞澀，轉瞬嫣然一笑道：「不只是常寧想知道，其實宮中很多人都想知道。常寧不忍讓她們失望，只能煩勞范公了。」

范仲淹垂頭望著眼前的那杯茶，良久才道：「有些人總是不忍旁人失望，可自己的心事又有誰知呢？」

常寧秀眸也有分惆悵，輕輕掩去，微笑道：「范公是在說自己嗎？」

范仲淹抬頭望了常寧一眼，心中在想，你總說你是狄青的朋友，你總說要幫宮女多問問狄青的事情，你總說就算皇后，都想聽聽狄青的故事。可你自己呢？你騙得了所有人，你能騙得了自己的心嗎？

范仲淹心思轉念，並不明言，含笑道：「我可沒有那麼大氣。」岔開了話題道：「狄青、富大人還在和契丹國主耶律宗真談判，沒想到狄青竟幫耶律宗真扳倒了蕭太后……」范仲淹也有些意外的樣子，又道：「耶律宗真可能是感謝狄青，也可能是因為立足未穩，急於安撫民心，才在囚禁了蕭太后後，暫時答應不對我朝用兵。」

常寧喜道：「若不用兵，那是最好，不然百姓可就苦了。」心中卻想，狄青立了大功，不知道什麼時候回轉京城呢？

范仲淹澀然道：「耶律宗真雖說不用兵，但讓我朝割讓晉陽和瓦橋關以南十縣做補償。」

常寧秀眸現出怒意，蹙眉道：「這契丹人好是可惡。那些地方本是太祖憑本事奪回，亦是我朝之土地，他們有何理由要我們割讓呢？」心中又想，狄青肯定不會答應這無理的條件，契丹虎狼之兵，狼子野心，如果和狄青翻臉，不知道狄青會不會有危險呢？

范仲淹半晌才道：「這世上本是弱之肉，強之食，若想不挨打，不能求，只能比別人強才行。可是……」本想說，可是滿朝文武，有幾人知道這點？或許他們都知道，但沒有切膚之痛，自是不管不理。終究沒有再說下去，突然道：「公主，我若不喝茶，想喝點酒，你能否見諒？」

常寧嫣然一笑，道：「當然可以。以前倒沒有見過范公喝過酒。可古人有云，借酒消愁愁更愁，很多事情，范公若是煩惱，不妨說給小女子聽，也能稍解煩憂。」

范仲淹吩咐老僕去拿酒，心中少有地煩亂，只想著呂相死了，臨終前必定讓聖上不再重用我范仲淹，這世上呂夷簡是懂得我的，可他為了趙家江山，肯定要犧牲我。唉……呂夷簡不死，有他對聖上分析變法的利弊，新法還能再堅持些時日，造福百姓，日後我范仲淹就算因此被貶千里，也是心中無憾。但呂夷簡一死，沒人再堅定聖上的信念，只怕聖上為平事端流言，很快就拿我開刀。這幾日我觀聖意，發現他對我刻意冷漠迴避，可見我絕非杞人憂天。我若一去，新法絕難再堅持。聖上雖用我，但終究不信我。我雖有救國之願，但難有救國之機……可這些話，何必說給常寧聽呢？她若聽了，不過多一分煩惱。可歎我終生清醒，又有何用？

等酒上了桌面，范仲淹還沒動手，常寧已起身，提起酒壺為范仲淹滿了杯酒。

范仲淹倒是有些意外，還能笑道：「臣何德何能，讓公主斟酒？」

常寧幽幽一歎道：「范公既然將心事付與酒，想必不想和常寧多說了。范公憂國憂民，和狄將軍一樣，都是天下人敬仰的大丈夫。常寧既然無法為范公排憂，只能略盡綿薄之力斟杯酒，聊表心意。」

范仲淹端起酒杯，凝望常寧的雙眸，本想說：「你這種善解人意的女子，誰若娶了你，可真是天大的福氣。只可惜狄青心有他屬，對你始終視而不見。」但話到嘴邊，終究改成，「那臣多謝公主了。」

他雖想圖一醉，可是心事重重，手中的酒杯有如千鈞之重。

常寧見了，秋波一轉，笑道：「都說范大人文采斐然，一首〈漁家傲〉道破邊陲風霜，盡洗文人的委靡，不知常寧能否有幸，再聽范大人做一首詞呢？」她見范仲淹憂愁，也知道自己無可遣懷，只好岔到詩詞上，希望能讓范仲淹稍放心事。

這時堂中孤燈明滅，照得那戴著面紗的女子如在夢中。堂外明月新上，繁星點點，有秋風蕭冷，捲落葉起舞。

范仲淹這才意識到天色已晚，心道常寧雖是奇女子，不拘小節，可畢竟天色已晚，諸多不便，起身道：「公主說笑了，天色已晚，對於狄青現在的情況，臣也就暫時知道這些。臣恭送公主……」

常寧起身卻不移步，執著道：「常寧早就久仰大人的文采，若不聽一詞，只怕今夜無眠。」

范仲淹見常寧柔聲中帶著堅持，執著中滿是期待，不忍拂卻這聰穎善良女子的心意，說道：「公主請移駕，詞很快就好。」

常寧聽范仲淹說得風趣，噗哧一笑，可笑聲的深處，滿是秋愁，「都說古才子曹植七步成詩，范公需要幾步呢？」

范仲淹陪常寧踱到堂外，心中卻想著當初呂夷簡對他說過，「廟堂之上，盡是文章。但詞采好的人，不見得會做朝廷的文章。」如今證實呂夷簡說得不錯，蔡襄、歐陽修等人，無不文采斐然，卻好心做了壞事。

等到了淒冷的長街，范仲淹見落葉飛旋，抬頭望銀河垂掛，明月光華如練，緩緩吟道：「紛紛墮葉飄香砌。夜寂靜、寒聲碎。真珠簾捲玉樓空，天淡銀河垂地。」轉望了常寧一眼，才道：「年年今夜，月華如練，長是人千里。」

常寧聽那詞將深秋意境形容得貼切深婉，自有淒清，不由抬頭望向天上的銀河，暗自想到，范公說什麼「真珠簾捲玉樓空」，可是說我深夜離宮來找他詢問消息一事？「天淡銀河垂地」，哦，他是說銀河橫闊，隔斷了我和狄青嗎？這句長是人千里，是否說我、或者是說我們都在懷念狄將軍？范公隨口幾句，很有深意，或者他看出了我的心事？想到這裡，耳根發熱，又想到，我其實並不像范公想的那樣，我知道狄將軍有最愛的人，或許只有那羽裳才能配得上他。我不求和他一起，只要知道他能平平安安，就已心滿意足。

追思間，不知為何，秀眸已有濕潤。

范仲淹也是心緒起伏，緩緩地說出了詞作下闋，「愁腸已斷無由醉。酒未到、先成淚。殘燈明滅枕頭攲，諳盡孤眠滋味。」說到這裡，心中歎息，想起變法一事，愁腸百結，今夜難眠的豈止常寧一個？最後望向常寧公主道：「都來此事，眉間心上，無計相迴避！」

言罷，范仲淹拱手道：「公主請上轎。臣不遠送了。」轉身回轉府中，又坐在那桌前，端起酒杯，一飲而盡。

他喝得太快，一口酒嗆在喉嚨中，熱辣辣地痛，忍不住大聲咳嗽。

咳嗽聲聲，那眼淚不知道是因為酒辣還是傷心，終於無可抑制地流淌垂落。淚水滴在青石磚面上，在寂靜的夜中，發出如同那落葉飄零在地上的聲音……

他並不知道，此時此刻，坐在轎子中的常寧，亦是淚流滿面，喃喃念著他方才作過的詞……

都來此事，眉間心上，無計相迴避！他和她原來早是同病相憐，只因為很多事情，掠過眉頭，沁入心間，縈繞不去，讓人無可迴避。

月華如練，人在千里。

常寧透過那朦朧的淚眼，望著珠簾外的明月，心中只是想，他在契丹可好？這樣的月色下，雲如霓衣，他應該是在想著羽裳吧？只盼他能得償心願。

不知為何，那珠子般的淚水順著白玉般的臉頰再次流淌，打濕了淡黃的綢羅衣衫。

有風過，吹著那搖搖擺擺的珠玉簾子，叮叮噹噹……

第二章　狼煙

年年明月夜，不盡照相思。

狄青望著皎潔的明月，踏入上京皇宮的一間偏殿。耶律宗真有旨，請他狄青一敘。

耶律宗真若要商議邊境一事，為何不找富弼，卻要找他單獨一敘呢？狄青帶著這個困惑坐在了殿中，眉頭微鎖。他雖幫了耶律宗真，可看起來，耶律宗真不像會拿邊境一事來感恩。想到這裡，狄青嘴角有分哂然。世人多如此，危難見盟誓，平安起波瀾。眼下耶律宗真不求他狄青，自然會端起架子。

正沉思時，一人大踏步走進了偏殿，走到狄青的面前。那人神色孤高，雙眉斜飛，身材魁梧，站在狄青對面，有如一隻矯矯不群的孤雁。

狄青眼中微有驚奇，緩緩站起，凝望著那人半晌才道：「耶律喜孫大人？」

他終於見到了耶律喜孫——堂堂的契丹殿前都點檢！

這次耶律宗真明修棧道、暗渡陳倉，在秋捺鉢之際，假意出巡，然後讓人以雷霆手段擒住法天太后和一幫黨羽，消內亂於無形，其中居功至偉的就是耶律喜孫！

狄青聽到這個名字的時候，已意識到了什麼，可當見到耶律喜孫的時候，還是忍不住地詫異。耶律喜孫原來就是葉喜孫！狄青曾見過葉喜孫幾次，但均沒有深談，在他看來，葉喜孫可說是神龍見首不見尾，他沒有想到此人竟在契丹手握重權。

更多的疑惑湧上心頭，這個契丹殿前都點檢為何會被野利斬天派人追殺？究竟是不是耶律喜孫取了香巴拉的地圖，殺了那個曹姓之人？當初耶律喜孫去吐蕃做什麼？為何後來又消失不見？

狄青困惑多多，耶律喜孫只是微微一笑，抱拳道：「狄兄，好久不見。當初相見，因有難言之隱，因此沒有據實說出名姓，還請勿怪。」

狄青淡淡道：「現在就沒有難言之隱了嗎？」到如今，他明白了向耶律宗真提及他的人是哪個。怪不得耶律宗真說，只要他到了上京，就能見到那個人，原來一切答案都在耶律喜孫身上。

聽狄青隱有嘲諷，耶律喜孫哈哈一笑道：「到現在，的確沒有什麼不能說的了。實不相瞞，在下前往夏國、吐蕃是有些事情要做，但是……」忍不住四下看了一眼，壓低了聲音道：「這也是麻痹法天太后的一步棋。法天太后很是謹慎，要取得她的信任並不容易。在下東遊西蕩許久，顯得總沒什麼雄心壯志，她這才開始信我，委以殿前都點檢之職。若非如此，我還真難以拿下這婆娘。」

耶律喜孫顯然對法天太后沒什麼好感，是以出言不遜。

狄青聽到這裡，暗想這契丹的權位之爭，心機之深、勾心鬥角之處，不讓汴京。想到這裡，忍不住地意興闌珊。他無意此中，偏偏每次都身捲其中。

耶律喜孫見狀，轉了話題道：「狄兄，今日我來見你，其實是有件事想要商議。」

狄青皺了下眉頭，「可是邊境之爭一事嗎？」

耶律喜孫猶豫片刻，道：「可以說有關，也可以說無關。」見狄青詫異，耶律喜孫終於下定了決心，說道：「我國主對狄將軍很是讚賞，知我和狄兄還有些交情，因此派我前來詢問，問狄將軍……是否有意前來契丹呢？」

狄青一怔，半晌道：「我現在不是就在契丹嗎？」

耶律喜孫又笑，雙眸瞇縫起來，銳利如針，「我想狄兄是聰明人，當知我國主之意。想宋國自趙匡胤立國以來，為防兵變，定下崇文抑武的規矩，卻不知是自尋死路。以狄兄之能，做個樞密使也不為過，可在宋國又得到了什麼？還不是被一幫尸位素餐之人壓在頭頂？我國主許下諾言，只要狄兄肯到契丹，南北院大王的席位，可隨你挑選！」

金碧輝煌的大殿中，光彩流轉。那萬千光彩流轉不定，照得殿中兩人神情迥異。

耶律喜孫目光灼灼，只等狄青回答。他開出的這個條件，不但是豐厚，而且可說是驚世駭俗之舉！

要知道契丹有南北面官制之說，奉行「以國制治契丹，以漢制待漢人」的規矩。契丹南面管制又稱「漢制」，下設樞密院、中書省、六部、御史臺等，主要用來管理燕雲之地的南朝百姓。而北面官制又稱「國制」，才是用來管理契丹人的體制。

南面官制中，漢人居多，也有契丹人充任。但在北面官制中，基本是用契丹人擔當重任，漢人能入北面官制的極少，而能入北面官制中擔當南北院大王的漢人，從契丹立國到現在，只有一人。那人叫韓德讓！

契丹人每次提及此人時，都是心存敬仰。契丹人本是重英雄的民族，韓德讓雖是漢人，也是文臣，但在契丹人眼中，已算是他們民族的英雄。

當年宋太宗三路進攻燕雲，韓德讓臨危受命，堅守南京不退，直到援軍趕到，在契丹第一名將耶律休哥的配合下，大敗宋太宗於高粱河，威震天下。之後契丹景宗病危，韓德讓、耶律休哥、耶律斜軫等契丹名臣又是臨危受命，護年幼的耶律隆緒為帝，是為聖宗。

自此後，契丹人在韓德讓的帶領下蒸蒸日上，非但沒有因國主年幼而頹廢，反倒南征北戰，打下了赫赫疆土，更是在宋真宗時率契丹鐵騎長驅南下，簽訂下讓宋真宗恥辱終生的澶淵之盟。

而韓德讓因對契丹之功績，總理南北兩院大王，官拜大丞相，總領契丹的軍政大權。這樣的人，契丹只有一個。能入契丹南北院、讓契丹人都要仰視的人，只有韓德讓！

如今，耶律宗真竟讓狄青任選南北院大王一職，此舉雖非前無古人，但已是極具魄力，他重用狄青，難道是說想重演當年聖宗之盛世？

狄青當然知道前塵往事，聽聞耶律喜孫的條件，既不驚喜也不憤怒，只是平靜道：「不知道你國主讓我投靠契丹，意欲何為呢？」

耶律喜孫笑道：「狄兄是聰明人，怎麼會不知道我國主的意思？你和我們的共同敵人，均是夏國的元昊。若狄兄能領南院大王一職，我主急需立威，可在半年內調集五十萬兵馬去攻元昊。這天底下，能對元昊不敗之人，只有狄兄一個。但你在宋國一直難有盡展才華的機會，如今機會到手，就是你消滅夏國的良機。狄兄，你若大敗元昊，我主說了，夏國之地，可任你選擇十州！你當然知道要選哪裡了。」

說到這裡，耶律喜孫的表情很是意味深長。這個條件對狄青來說，簡直比方才那個更有誘惑。狄青當然知道要選哪裡，香巴拉就在沙州，他的希望就在沙州！

有高官得坐，有美眷憧憬，這個條件，狄青怎能拒絕？

耶律喜孫似已成竹在胸，微笑地望著狄青，就等狄青答應。

狄青沉默半晌，才問：「打敗元昊後呢？又如何？」耶律喜孫怔住，似乎也沒有想過這個問題。狄青見耶律喜孫不語，緩緩道：「滅了夏國，是不是要繼續揮兵南下，攻大宋、取吐蕃、進攻大理呢？」

耶律喜孫表情微有尷尬，半晌才道：「如果真能這樣一統天下，我想國主絕不會反對。狄兄憑此千古流芳，豈不是美事？」

狄青笑笑，緩緩坐下來道：「權欲一心，永無滿足的止境。我的確想去沙州，的確想要擊敗元昊，可要用無數百姓的性命，換取狄某一人的幸福，狄青不取。」

耶律喜孫淡然道：「那當初狄兄殺人斬將無數，攻過橫山，滅羌人數族，不知是為了什麼？」

狄青霍然抬頭，凝視耶律喜孫，臉無愧色道：「狄某只為保家衛國四字！滅虎狼之心，唯有以殺止殺！」

耶律喜孫哈哈一笑，道：「狄兄若真的只想保家衛國，那當初為何反對與夏國議和呢？」

狄青凝聲道：「元昊若真心想要議和，狄青就算暫時不去香巴拉又如何？只要天下平定，再無百姓之苦，狄青自會解甲歸田，馬放南山。但元昊不過是以退為進，蓄力再戰，我如何會不反對？」

耶律喜孫微滯，轉瞬歎道：「狄兄，你真的很讓我失望。要知道歷代偉業，無不靠萬千屍骨堆出，若是瞻前顧後，不心狠手辣，怎能成事？你胸無大志，並不像個將軍，我國主真的高看了你。」他終究還沒有放棄說服狄青的念頭，使的是激將之法。

狄青並沒有憤怒，微帶落寞道：「你說的對，我一直都是胸無大志……」

腦海閃念，想起趙禎曾對他說過，「朕若是漢武帝，你就是擊匈奴的霍去病。朕若是唐太宗，你就是滅突厥的李靖！」

這些大志素來都是別人說的，他狄青從來沒有說過。他能做的只是竭盡所能保護西北的百姓，若說他真有大志，就是進入香巴拉，救回羽裳。

他不想當什麼將軍，也不想看著烽煙四起，在民生哀苦下一統天下。千古流芳的事情，他從來沒有想過。

到如今，他只想告訴羽裳，他在努力地活，他在好好地活，羽裳沒有信錯她的英雄。他知道很多人或許不解，但只要羽裳懂他，足夠！

望著耶律喜孫滿是不解的神色，狄青不再解釋，只是道：「既然道不同，就不用說下去了。」

耶律喜孫雙眉豎起，臉泛威嚴，緩緩道：「狄兄，你如此不知變通，難道不怕我主惱怒，再次揮兵南下嗎？」

狄青笑了，「怕有用嗎？若是沒用，我何必去怕？」他坦然自若地望著耶律喜孫，臉色依舊。

耶律喜孫長長一歎，惋惜道：「唉……可惜你我終究難以聯手。」

狄青心道耶律喜孫是孤高之人，這次囚禁了蕭太后，正躊躇滿志。聞契丹國主重用我，他心中真的毫無芥蒂嗎？他這番威逼利誘，是因為國主的吩咐，不得不這般嗎？這人到如今，忽冷忽熱，看似爽朗，其實心機也是難測。

狄青正琢磨間，聽有宮人唱喏道：「聖上到。」

耶律喜孫肅然起立，恭迎聖駕，狄青也是站起，心中想著耶律宗真先讓耶律喜孫試探我的口風，此刻才來，若知道我根本無意契丹，不知會有什麼反應？

耶律宗真從耶律喜孫身邊經過時，斜睨耶律喜孫一眼，耶律喜孫只是搖搖頭。狄青見二人表情微妙，難免心中警惕。

耶律宗真坐在龍椅上，斜望狄青，突然展顏一笑，又略帶遺憾道：「其實狄將軍不肯來契丹效力，也是朕意料之中的事情。不過狄將軍你要記得，你若有一日改變主意來朕這裡，朕隨時歡迎。」見狄青沉默，耶律宗真道：「和談事了，想狄將軍也要回去了。是個小人，朕對之就以小人之道。狄將軍你是個英雄，到時候，朕會讓都點檢送你出京！」

狄青一驚，不解道：「大王，你說和談一事已了？那你究竟是如何決定邊陲一事的？」他根本還不知道耶律宗真的決定，不由錯愕。

耶律宗真臉上突然露出分古怪的笑，盯著狄青道：「具體如何決定的，狄將軍去問富大人就好。難道說，富大人一直沒有對狄將軍說嗎？」

狄青心頭一沉，半晌無言。他看起來雖能號令千軍萬馬，但終究不能左右大宋朝廷的心思。

耶律宗真默然片刻，突然道：「狄將軍想必知道前段時日，我契丹曾對元昊用兵，而且鎩羽而歸？」見狄青點頭，耶律宗真一字一頓道：「可你知道朕為何要對元昊用兵呢？」

狄青心道你們契丹追逐的無非是利益而已，還會有什麼目的？搖搖頭道：「在下不知。」

耶律宗真輕歎一口氣，解釋道：「朕是想為興平公主報仇！」

狄青微愕，他倒是知道興平公主就是耶律宗真的姐姐，遲疑道：「為興平公主報仇？這從何說起呢？」

耶律宗真眼中閃過分憤怒，雙拳緊握道：「元昊此人狼心狗肺，無情無義。當年他爹德明在時，党項人正弱，德明為求我契丹支持，數次派使者前來尋求聯姻。先帝被他蒙蔽，就許了這門親事。不過先帝過世後，此事就一直暫放，但元昊之後又派人來求，太后記得當年的許諾，就將興平公主嫁給了元昊。興平公主一直疼愛朕，也捨不得離去，可終究執拗不過太后，還是去了興慶府。」

說到這裡，耶律宗真眼中滿是恨意，咬牙道：「朕當時尚幼，不能左右事情，只能期望興平公主嫁給元昊，能有幸福就好。不想元昊娶了興平公主，根本不過是利用聯姻一事討好我契丹，借機壯大勢力。他在那之後，對興平公主極為冷漠，就算她有病，元昊亦是不聞不問，興平公主憂傷成疾，死在了元昊那裡。」

狄青眼前又浮出那黑冠白衣、手持巨弓的元昊。想起那滿是大志、狂熱的一雙眼，不由為那柔弱的女子歎息。

元昊志在天下，對手下有功之臣都是照殺不誤，怎會有半分心思放在為了大業聯姻的女子身上？可是耶律宗真為何對他說起這件事呢？

耶律宗真眼中隱有淚痕，突然一拍桌案，恨恨道：「朕到了有能力的時候，就祕密讓都點檢去西夏查探，這才得知興平公主死亡的真相。都點檢從興平公主的貼身丫環那裡取得了半張地圖，是有關香巴拉的……」

狄青一震，忍不住凝神傾聽，耶律喜孫見了，臉上卻有了分古怪。

耶律宗真聲音哽咽，幾欲落淚道：「我那時候才知道興平公主一直還是關心我的，她在元昊那裡做不了什麼，又怕法天太后對我不利，這才祕密從元昊的身邊搞到半張香巴拉的地圖，只盼能進入香巴拉，為我祈求國主一位……」

狄青心中暗想，難道說當初野利斬天派人追殺耶律喜孫，就是因為這半張地圖的緣故？耶律喜孫當時不告而別，也是怕我搶香巴拉的地圖嗎？

耶律宗真果然道：「都點檢得到那半張地圖後，就被元昊八部的夜叉部追殺。他隱疾發作，當初幸得你幫助，這才逃過元昊追殺。對於這件事，我們一直都很感激你。朕若不是知道往事，當初也不會放心請你幫手。」

狄青忍不住道：「只有半張地圖嗎？」

耶律宗真一伸手，從袖中掏出了一張地圖，展開對狄青道：「你錯了，朕手上，現在有一張完整的地圖。」

狄青饒是鎮靜，見到那地圖時，一顆心也是劇跳。他早知香巴拉就在沙州，也早派人祕密去探，但直到目前為止，他只能說已瞭解沙州敦煌附近的兵力守備，可對於香巴拉，還是一無所知。如今就有一張完整的地圖在他面前，怎能不讓他怦然心動？

遠遠望去，只見到那地圖上斑斑點點，有縱橫交叉的線條，可狄青看不清楚。

耶律宗真拿出這張地圖做什麼？以這個為籌碼，讓他前來契丹？

狄青心思轉念間，聽耶律宗真道：「狄青，你一定很想要這張地圖了。」他說話間，雙手一分，已將那張地圖撕成了兩半。再是幾下，居然將那張不知多少人夢寐以求的香巴拉地圖撕成了碎片！

狄青臉色微變，幾乎要躥過去奪下地圖。可他終究還是什麼都沒有做！

耶律宗真見狄青竟還能安穩地坐著，不由歎口氣道：「狄青，你果然夠沉穩。你難道不問我為何要撕掉這張地圖嗎？」

狄青斜睨了耶律喜孫一眼，見其臉上有分苦澀，緩緩道：「地圖是假的？」

耶律宗真舒了口長氣，眼中露出憎惡之意道：「不錯，這地圖是假的。興平公主辛辛苦苦地從元昊身邊取來的半張地圖，本就是假的。你一定奇怪另外半張地圖在哪裡得到？」不待狄青回答，耶律宗真已道，「另外半張地圖是都點檢從一個叫做曹賢英的人手上獲得，那個曹賢英自稱是歸義軍的後人，想必你也知道歸義軍了？」

狄青沉吟半晌才道：「我對其略有所聞。但你們如何確定這圖是假的？」

耶律喜孫一直沉默，聞言道：「那地圖上畫有密地，可避開元昊的守軍。我得到圖後，立即派人去探……結果……」他孤傲的臉上也露出分猙獰，「我的手下只有一個人冒死殺出來告訴我，那裡全是陷阱，根本沒什麼香巴拉！」

狄青心中一寒，失聲道：「是元昊布下的陷阱？」

耶律喜孫半晌才緩緩點頭道：「我也這麼認為。元昊知道沒有抓住我，當下就讓那曹賢英刻意放出另外半張地圖，他知道我肯定要找另外半張地圖，然後就佈局殺我。我現在知道了，他知道很多人要去香巴拉，所以特意把假的地圖放出來，就想讓人去尋香巴拉，然後利用陷阱將來人一網打盡！」

狄青懍然，想起了當年興慶府天和殿中那慘絕人寰的廝殺。他知道元昊殺母殺子、殺妻殺舅，有功之臣想反，也是照殺不誤，以元昊這種鐵石心腸，布下如此毒辣之計倒是再正常不過。

契丹公主在元昊身邊，懷有異心，不想元昊更絕，又利用這契丹公主誅殺想去香巴拉之人。香巴拉到底有什麼玄奧，元昊刻意不讓人接近？

狄青想到這裡，嘴角突然露出哂然的笑。耶律喜孫見狀，不解道：「狄兄因何發笑？」狄青有些悲哀地搖搖頭，心中卻想起种世衡、八王爺都竭盡全力地去找圖，若發現那圖不但是假，還是個陷阱，不知作何感想。想到一事，狄青問道：「所以都點檢殺了曹賢英？」當初他不解葉喜孫為何要殺曹姓之人，現在終於明白了。

耶律喜孫點頭道：「當然。他害我無數手下，殺了他還是便宜了他。」他言語恨恨，眼中露出怨毒之意。

狄青見了耶律喜孫的眼神，心中微懍。他已明白了很多事情，可還有件事不甚了然，因此對耶律宗真道：「大王，你今日召我前來，難道就是想告訴我這些事情嗎？」

耶律真宗道：「你不來助我，是在我意料之中。我今日告訴你這些，無非想告訴你，你我都有個共同的敵人，那就是元昊！你和我聯手，對付他更是容易。但你若真的不想，我也絕不勉強。」稍頓了下，耶律宗真眼中滿是仇恨，一字字道：「無論如何，元昊一定要死！」

狄青緩緩站起，深施一禮道：「那在下告退。」他說完後，轉身出了偏殿。耶律喜孫雙眉微皺，看了耶律真宗一眼，道：「陛下，難道就這麼放他走了？狄青之勇，你也親眼目睹，他在宋國的話，陛下若想南下，只怕他阻力最大。」

耶律真宗沉默許久，望向殿外道：「他救了朕多次，朕其實還是很感謝他的，若現在對他動手，朕於心不忍。再說現在……我們的敵人是元昊，有狄青在，元昊絕不會好過。」說罷嘴角有分笑，耶律宗真下了結論，「留下狄青來對付元昊，那我們就可坐等看好戲了。」

狄青出了皇宮，立即去找富弼。這時夜已深，狄青行走間感覺臉上微涼，抬頭望去，才發現明月不知何時隱去，有風肅殺，舞雪而落。原來……已入冬！

流年如水，歲月蹉跎，那過去的時光，再也無法追回，那錯過的人呢？

狄青輕踩落雪，心情沉重地到了富弼的房間。富弼沒有睡，見到狄青進來，似早有預料，立即起身道：「狄將軍，契丹人放棄索要瓦橋關、晉陽以南十縣了。不過……需要在澶淵之盟後規定的歲幣之外每年多給契丹人銀十萬兩、絹十萬匹。」

狄青靜靜地望著富弼道：「有什麼理由給他們嗎？」

富弼微現窘意，雪在堂外靜靜地飄，二人的哈氣都能看得出冷意。北疆的雪，來得早，讓人骨子發冷。「的確沒有理由，但這是朝廷的意思。」富弼神色中有些歉然，也有些為難。這次他聽從朝廷的意思，並沒有將議和的內容向狄青講。這雖是朝廷的意思，他無能反駁，可他終究覺得對不起狄青。

若不是狄青，議和不會如此順利。可議和的時候，他們卻在瞞著狄青，因為那些朝臣知道狄青的性格，怕節外生枝。

狄青望了富弼良久，轉身要走，富弼突然叫住了狄青道：「狄將軍，其實朝廷也很為難，因為西北有消息傳來，元昊又有出兵的意圖。」

狄青皺了下眉頭，心中暗想，可你知道不知道，元昊要出兵的這個消息，是种世衡多麼辛苦地打探到，又費了多少周折送到了汴京？我想朝廷是不信的……可他們雖是不信，卻可以拿這個做搪塞我的藉口。

富弼又道：「呂相過世了，變法壓力很大，聽說最近的一段日子，朋黨之說甚囂塵上，范公身處渦流之中，我想回去為范公分憂，順便勸勸聖上。」心中暗想，前段日子聖上曾問范公，「自古小人結為朋黨，也有君子之黨嗎？」范公回道，「若結朋黨對國事有利，也無可厚非。」唉……小人從來不說自己是朋黨的，范公這句話很是婉轉，若遇明君的話，多半一笑了之，可是聖上他……不再去想趙禎是否為明君，富弼又想，這話經范公親口說出，恐怕更落小人口實。更讓人不安的卻是歐陽修的那《朋黨論》……

原來不久前，歐陽修見范仲淹因朋黨一事備受朝廷反對變法者攻擊，因此寫了一篇《朋黨論》進獻給趙禎。《朋黨論》主要是圍繞自古「君子不黨」的觀念大做文章，文采斐然，恢弘澎湃，不說君子無朋，反說君子有朋，最終歸結出，聖明之君當退小人之偽朋，用君子之真朋，則天下治矣。

這文章一傳出，京中百姓乃至天下文生均是爭相傳頌，交口稱讚。但能流傳千古的好文章，在朝廷的權勢傾軋中往往不是好文章。這文章流到富弼的耳中，富弼立即知道壞了，心道范公和聖上說說朋黨，無關大雅，你歐陽修向天下人說你結成朋黨，還不找死嗎？他心憂京城的動靜，也很著急回去。

狄青不再多說，只是走到門口時，突然說了一句，「富大人這時候回去，不怕捲入朋黨一派嗎？」說罷身影已消失在茫茫夜色中。

有朔風吹來，捲了一堂的雪意。油燈忽明忽滅，富弼站在那裡，臉色也是陰晴不定。在那一刻，他發現狄青好像比所有人想得更多。

富弼只是迫切地想回去助范仲淹一臂之力，但正如狄青所言，他回去究竟有多大作用，是雪中送炭，抑或是火上澆油，都是未可知的事情。

又過幾日，和談一事終定。契丹不再出兵燕雲，反倒會幫大宋警告西夏，約束西夏不再胡來。而契丹因此得到的好處是歲幣每年多從大宋取銀十萬兩、絹十萬匹。

眾人南歸。和談事成，無論富弼、狄青還是一幫禁軍，都少有喜悅之意。一路上眾人沉默無語，等入了宋境，過安肅時，天降大雪，遠嶺白茫茫的一片，雪花飛舞中，長嶺儼如一條蒼龍蜿蜒在半空。

富弼心思複雜，在和狄青並轡而行的時候，遠望山嶺如龍，突然勒馬，對狄青道：「狄將軍，你不用回京城了。」他雖對狄青說話，但卻只望著飄雪。

狄青一怔，半晌才道：「為什麼？」他那一刻，心中隱有期待。可見到富弼躲避的眼神，一顆心沉了下去。

富弼道：「其實朝廷在下旨同意議和的時候，同時也下了一道密旨給我，說狄將軍此次議和有功，理應嘉獎。兩府商議，決定將狄將軍派往河北真定府任副總管，同時榮升為捧日、天武四廂都指揮使！」

捧日、天武四廂都指揮使，這本是將門名將葛懷敏才有的榮耀！狄青這一升，終於入主了三衙，只需仰望兩府和天子的臉色！

狄青聽到升官，臉上帶著飄雪一樣的冷意。他本來想問：「為何西北有危機，不讓我這精熟西北戰事的人去呢？」可他終究沒有問。

富弼斜睨了狄青一眼，本來早就準備了措辭，「朝廷只怕契丹人出爾反爾，因此才命狄將軍鎮守河北，留意契丹人的動靜。」但他終究沒有答。

沒有人問，自然就沒有人答。二人之間，有飛雪舞動，潔白柔軟中帶著分硬冷。

「何時啟程？」狄青終於問了句。心中想到，趙禎對我終究還留有幾分情面，他升了我的官，就是告訴我，他還信任我？嘿嘿……可這有什麼用？他終究不懂我！若元昊真的再次出兵，誰來抵擋呢？

富弼猶豫片刻，說道：「現在！」他看見了狄青的蕭索，內心很是不安，暗想狄將軍一心為國，但有礙祖宗戍邊之法，只能先去河北。唉……新法實施了這麼久，更戍法還是根深蒂固，難道說這些日子來，很多事情不過是一紙空文？這次領兵前往西北坐鎮的是三衙重臣葛懷敏，按理說這將門虎子應可抵抗元昊，希望狄將軍能從大局考慮……但感覺連自己都說服不了自己，富弼沉默下來。

狄青終於馬上抱拳道：「那……後會有期了。」說罷向眾禁軍擺擺手道：「各位兄弟，一路辛苦了。還請護送富大人回京。」

眾禁軍見狄青和富弼低語半晌，突然說出這句話來，又見狄青策馬向北而去，都是大惑不解，圍到富弼身邊問個不停。富弼見眾人的神色，都對狄青很是不捨的樣子，心中感慨，可又不便多說什麼。蹄聲遠去，只有韓笑不離不棄地跟隨在狄青的身邊，讓那風雪中的背影，不至於那麼孤單。兩行蹄印一路向北，有風過，吹起如絮的雪，蓋在那曾經的印記上。印記漸漸淺了、淡了，消失不見。宛如……一切都沒有發生過。

狄青和韓笑一路疾馳到了真定府，公文更早一步地送達過來。沿途州縣的官員知道狄青前來鎮守北疆，均是大喜。眾人早就久仰狄青的大名，心道有狄青在河北，那我等無憂也。登門問候、打探、討好和奉承的人絡繹不絕，熱鬧得如同紛紛落落的飄雪。狄青回想當年，一個知縣都能左右自己的生死，到如今就算知州都來拍自己的馬屁，心中不知何等滋味。只過了幾日，韓笑就給狄青打探來想要的消息，西北有警，朝廷派葛懷敏前往西北涇原路坐鎮。

狄青聽了，沉默良久，對韓笑吩咐道：「你立即去告訴郭逵，請他在聖上面前說幾句，就說葛懷敏雖是將門之後，但從未領軍，只怕不知兵，還望聖上以西北百姓為重，另選能將去西北對抗。」他知當初在京城時，葛懷敏明裡雖和他沒什麼瓜葛，但暗中參了他一本，狄青只怕自己親自上書，會讓趙禎認為是因為私怨的緣故，這才讓郭逵出頭。

韓笑遵命離去，這一來一回，又是過了近月的工夫。韓笑回來後，只說了一句，「聖上說郭逵杞人憂天。」

狄青暗自憂心，但無計可施，河北一直無事，耶律宗真收人錢財，雖不見得與人消災，但還是恪守盟約，撤了燕雲之兵，再沒什麼動靜。狄青還是讓韓笑派待命部在敦煌附近打探，但始終沒什麼進展。這一日，狄青坐在堂中，突然聞窗外鳥鳴樹梢，抬頭望去，見枝頭一夜新綠，低頭望見銅鏡中鬢髮如霜，一時間呆了……

原來這個冬天過得如此之快……

年復一年，枝頭綠了又灰，白了再綠，生生不息，歲歲相似，可他鬢角的白髮，再也黑不了了。一想到這裡，狄青霍然站起，就要衝出堂去，那一刻，多年壓抑的思念一朝迸發。他要去沙州！

四廂都指揮使算得了什麼？他並不在乎，他一直在等，不過是在等朝廷的調令，讓他再有為西北百姓擔當的機會……可這機會，還會來嗎？

既然不來，那他為何不去？一念及此，狄青已到了堂外，正碰到韓笑衝了進來。見韓笑的臉上滿是悲哀和激憤，狄青沸騰的熱血，陡然間冷了下來。

韓笑什麼都沒有說，只遞過了一封書信。狄青拆開望了片刻，臉色陡然改變。他捏著那封信的手有些發抖，倒退了兩步，手按院中的一顆大樹之上。

樹皮斑駁，滿是滄桑……狄青一拳擂在樹上，手上的信紙飄飄蕩蕩地落到地上。信紙輕淡，上面卻寫著讓人難以承受的消息。

元昊再次出兵西北，葛懷敏帶兵主動出擊，全軍盡墨！

元昊悍然撕毀盟誓，再次聚兵天都山，兵出賀蘭原，入寇宋境！元昊以十數萬鐵騎兵分兩路，一路出彭陽城，一路出劉璠堡，夾擊鎮戎軍。葛懷敏見元昊出兵，帶軍阻擊，兵出五谷口。近鎮戎軍西南時，有夏軍誘兵搦戰。龐籍、高繼隆等人勸葛懷敏固守不出，待夏軍疲憊再斷其歸路，葛懷敏志大才疏，竟如當年的任福一樣，不聽勸告，派兵主動進攻夏軍。

夏軍詐敗，葛懷敏四路出兵圍剿夏軍，不想螳螂捕蟬、黃雀在後，元昊突出大軍，又將葛懷敏大軍困在定川砦。葛懷敏輕兵猛進，大軍困守定川砦，糧草不濟。元昊截其糧道，斷其水源。砦中無水，軍心大亂。

葛懷敏見軍心不穩，砦中無水，無奈之下突圍敗回鎮戎軍，有部將趙珣苦勸，元昊必知宋軍要去鎮戎軍，定會搶先埋伏斷宋軍歸路，不如出其不意轉退籠竿城。

葛懷敏堅持己見。結果宋軍東歸之時，果遇夏軍埋伏。夏軍四面圍攻，宋軍大亂，葛懷敏與部將曹英、李知和、趙珣、王保等十六將被殺，損兵無數！

葛懷敏死！

不同的名姓，相同的結果！不同的地點，相同的結局！狄青手按粗糙的樹皮，心中越發地苦澀！此戰和三川口一戰如出一轍，元昊都是利用宋軍自大輕敵、宋將不知兵的心理，誘宋軍平原交戰，然後一鼓聚殺！

三川口、好水川、定川砦……都是這般的戰法。可奈何那些久在汴京的百官，堂堂一個將門之後、三衙領軍之人，又被絆倒在這塊石頭上！

是天意，是人為？是固執，還是愚蠢？

狄青雖知結局不妙，但還沒想到宋軍又是敗得這般淒涼。元昊大獲全勝後，揮兵南下，連破數砦，縱橫六百里，直抵渭州，遙望長安！所到之處，宋軍無人敢戰，只能壁壘自守。關中告急！

狄青木然地立在樹下良久，澀然一笑，緩緩坐了下來。這一刻，他已忘記了沙州。

韓笑見狀，悄然又遞來了另外一封書信。狄青木然地接過，展開望去，身軀遽然震顫不已，信上只寫著幾個字，「狄青，救我！」那字體紅色，竟是鮮血寫成。

狄青望見那血色的字體，虎軀震撼，顫聲道：「這信是誰寫的？」

韓笑眼中已有淚水，再沒了笑容，哽聲道：「狄將軍，是种老丈的信。种老丈在你走之後，本已患病，但聽說要建細腰城，帶病領命。細腰城地處夏境，本意是和大順城一樣，為日後進攻西夏做準備，不想元昊出兵，葛懷敏大敗，細腰城後方堡砦盡數失守。种老丈孤軍駐守細腰城不降，已危在旦夕。他不找朝廷，只傳信給你……」

話未說完，韓笑早已淚流滿面，跪下來道：「狄將軍，請你無論如何……都要救种老丈一命。我聽說他已身染重病，可還堅持著守城在等待你的援軍。他說……你一定能救他！」

狄青伸手扶起了韓笑，咬牙不語。他抬頭望天，見晴空如洗，一顆心早就陰霾籠罩。他身在河北，要如何才能救得了种世衡？眼中又浮出那滿是菜色的臉龐，那老漢搔頭微笑道：「狄青，你不能死，你還欠我錢沒有還呢！」

有燕過，燕子徘徊景依舊；有花開，花開花落人奈何？

狄青鼻梁酸楚，眼中含淚，喃喃道：「种老頭，你也不能死，你答應過我的。你放心，我定會救你！」

第三章　攻守

元昊兵出横山，再戰西北，關中震驚，汴京失色。

如三川口一戰，羊牧隆城孤守最前般，如今的細腰城，也是突兀地立在抵抗夏人的最前沿。細腰城依山而立，雖有山嶽為伴，但面對前方無邊的平原、洶湧的西夏騎兵，有著說不出的孤獨落寞。

長天寂寂，狼煙四起。

遽然間，有號角聲嘹亮，蹄聲隆隆，有一隊兵馬殺到細腰城前……

或許不應該說是兵馬，因為那隊騎兵騎的是駱駝！

駱駝高大，上架造型獨特的一個東西，那東西有半人來高，泛著金屬的光芒，內裝著一堆拳頭大小的石頭。有一鐵臂長達丈許，探向駱駝的尾部，鐵臂的盡頭有個大大的漏勺。駱駝衝刺的途中，鞍子上咯咯聲響，似有機關絞動，那鐵臂漸漸繃緊，等到那駱駝騎兵隊到了城前近二百步的時候，只聽到一聲鼓響，騎兵扭動機關，有石塊滾入漏勺之中，駱駝身上的鐵臂急急揮動，緊接著，無數石頭砸向了城頭。那石頭佈空，甚至掩住了日光，帶著凜冽的殺氣。

城頭咚咚大響，一時間硝煙瀰漫。

潑喜！夏軍動用的是潑喜軍！

元昊建八部，創五軍。元昊的五軍中，有擒生軍，有撞令郎，有鐵鷂子，有山訛，還有一種就是潑喜軍。

騎中鐵鷂、嶺中山訛！鐵鷂子是元昊數十萬鐵騎中最犀利的騎兵，而山訛是元昊鎮守橫山最矯健的一支軍隊。擒生軍規模浩蕩，殺傷力反倒不如鐵鷂子，主要以多取勝，負責擄掠，幾乎党項男人均能勝任。而撞令郎卻是党項人俘虜精壯的漢人，負責充當肉盾，每次攻城拔砦時，党項人都讓撞令郎這些肉盾衝鋒到最前和宋軍廝殺，以減少党項人的損失。但這幾支軍隊主要的功能是在平原、山嶺作戰，夏軍中唯一能發揮攻城作用的是潑喜軍。

潑喜軍人數不多，伊始建立時不過二百人，但到如今已發展到近千人，這支隊伍發展得看似緩慢，但實力頗強，因為每名潑喜軍均配有旋風砲！

党項人善於野戰，不利攻城。是以在數次對大宋作戰時，雖能將宋軍拉到平原聚而圍殺，大獲全勝，但每次擄掠數百里，只能破些堡砦，若碰到宋軍頑強的抵抗時，往往不能破城，因此很多時候夏軍遇宋軍集結兵力後，只能回返，始終難以直取關中。

投石機破城時威力巨大，但極為笨重，運輸不便，並不適合夏軍快襲的作戰方式。

元昊有感於此，分析自古投石機的弊端，召集漢人中的能工巧匠，又命蕃學院悉心鑽研，研究出一種旋風砲，可投擲拳頭大小的石塊，而這種旋風砲，只需要駱駝運載，可跑動時絞動機關發射，極為快捷方便。

這一次，進攻細腰城，元昊終於動用了潑喜，顯然是對細腰城勢在必得。

因為細腰城有种世衡！

西北有兩人是邊陲宋軍的定海神針，一是狄青，另外一人就是种世衡。這些年來，种世衡經商通商，不辭辛苦地安撫西北一帶的百姓，事必躬親，有如百姓的再生父母。就算是羌人提起种世衡來，都是感激不盡。

細腰城被攻，抵抗夏軍的不只有宋軍，還有附近的無數羌人。

城中的羌人和當年在金明砦的羌人不同，因為這裡的每個人，幾乎都受了种世衡的恩惠。眾志成城，夏軍雖攻得猛，但細腰城仍屹立西北，咬牙堅持。

無數石頭擊在新築的牆頭上，塵煙起伏，潑喜軍交錯運行，那石頭鋪天蓋地砸來，將城頭的守軍打得抬不起頭來。

就在這時，鼓聲大作，有撞令郎抬著雲梯衝鋒在前，惡狠狠地向細腰城衝來。雲梯搭在城頭上，無數人奮力攀登。

城頭的守軍似乎被打得放棄了抵抗，根本沒有有效的還擊。

不多時，已有撞令郎衝上了城頭。還有撞令郎抬著巨木拚命地撞擊城門，眼看城門不堪巨力，有了鬆動。

遠處的夏軍見了，均是大喜，吹動號角。早已亮出尖銳爪牙的擒生軍見狀，呼嘯聲中，並隊向城下衝來。

就在這時，城頭陡然間一陣鼓響，咚咚大響，有如擊在人的耳邊心口，驚心動魄。有大隊擒生軍才堪堪衝到城下，就見頭頂一暗，有無數如鍋蓋般大小的巨石從天而降。

那些擒生軍大驚失色，陣型陡亂。他們要退，可身後有自己人頂著；要散開，但兵力太多，根本無從躲起。咚咚聲中，馬嘶人叫，血肉橫飛。

那一刻，擒生軍如在夢魘之中，不知道被砸倒多少。

种世衡沒有旋風砲，但有投石機。他早將這附近的投石機悉數運到了細腰城！就趁夏人擒生軍衝來的時候，這才使用！

衝到城頭的撞令郎才翻過了牆頭，一顆心就冷了下去。

城道的那頭，有掩體防護隔出一條寬丈許的地方。旋風砲雖猛，但擊不破那堅固的掩體。倏然間，有兵士從掩體下衝出，手持銳利的兵刃。有砍刀，有斧頭，有單鉤，有長劍。這些人手上的兵刃千奇百怪，但都有一個共同的特徵，鋒銳無邊。

撞令郎長槍才舉，槍桿已斷，合身要撲，人頭已落。

埋伏在城頭的是執銳，也就是當年狄青鏖戰西北的七士之一！

十士雖未完備，但只是一個執銳，就將撞令郎殺下了城頭，還有人不知死活地要衝上牆頭。城上突然有滾油倒下，火把投擲下來，剎那間火光熊熊，城下已一片火海。

慘叫連連中，黑煙瀰漫，直沖雲霄。

夏軍見狀，終於停止了如潮的攻勢，開始緩慢地後撤。城雖孤，但誰都不知道這城池內到底有什麼力量在堅持著！

已黃昏，殘陽如血，絢麗的晚霞染在濃滾的黑煙中，有著說不出的慘烈淒豔。

等到殘陽沉入遠山之巔時，夜幕垂下，篝火燃起，號角也啞了，人也沉寂了，宣告這次交鋒的正式結束。可戰事不過才剛開始！

細腰城的城頭上立有一人，身著鎧甲，一張馬臉上刀疤縱橫，容顏有著說不出的醜陋憔悴。可所有人望著那人時，眼中都露出尊敬之意。

城中所有人都知道，這人是狄青的兄弟，這人不愧是狄青的兄弟！這些天來，這人幾乎長在了城頭，支撐著整個細腰城。這人叫做張玉！

張玉是狄青當年在禁軍營中所剩無幾的兄弟。張玉還沒有死，可張玉已變，變得更加沉冷老練，變得不苟言笑。不過張玉還有一點沒變，他胸中流的仍舊是熱血。

自從李禹亨死後，張玉就一直在延州一帶征戰，奪回金明砦，進取綏州，他都有參與。他武功或許不高，但每戰必拚，每戰必傷。就算前方羽箭如蝗，他也一樣照衝無誤。

怕死的人通常更會死，張玉不怕死，他竟一直能活下來。沒有人理解他為何這般拚命，但所有人都敬他。西北風冷雪寒、雨淒沙迷，能活下來的是強者，能拚命的是硬漢，能拚命活下來的才是英雄！

狄青是英雄，張玉也是！

張玉望著落日的餘暉散盡時，不知為何，眼中已有淒迷。那遙遠的天際，似乎有一人望著他，虛弱道：「張玉……我們……一直是兄弟，對嗎？」

他忘記不了李禹亨，他不僅欠李禹亨一條命，他還欠著李禹亨永遠的兄弟情。

他不知如何彌補，只知在鏖戰疆場之際，幻想著是在和李禹亨並肩殺敵。如果一死能還了欠下的一切，他並不在乎。但有些事情，的確是死也無法補償的。

這一次細腰城有警，狄青不在，張玉第一個帶兵趕到，他熬了太久，但無怨無悔，他在等——等狄青！

狄青一定會來，一定！

有腳步聲傳來，張玉扭頭望去，見一年輕人匆忙地走過來，臉色惶恐，低聲道：「張將軍，我爹他又吐血了。」

張玉一懍，交代身邊的將領道：「留意夏人的動靜，一有不對，立即通知我。」對那年輕人道：「帶我去看看。」

那年輕人叫做种詁，是种世衡的大兒子，近些年來不事科舉，跟隨种世衡在西北奔波。聽种世衡病情有變，張玉忍不住擔憂，跟隨种詁下了城樓，到了指揮府。見到种世衡的一刻，張玉就忍不住地心酸。

种世衡容顏枯槁，憔悴得不成樣子。种世衡病了很久，這個老人，為了西北，已用盡了所有的力量。

流年如箭，射得老者渾身是傷，种世衡臥病在床，多日站不起身來。他身旁還有碗草藥，濃濃地散著熱氣，見到張玉趕來，种世衡想要起身，陡然劇烈地咳。他用手帕掩住了口，等到咳嗽終於稍歇，這才把手帕握在掌心，假裝若無其事。

手帕有血。

張玉心已碎，可假裝沒有見到。种世衡笑了笑，有些責怪地望了种詁一眼，虛弱道：「這不成器的孩子，就是咳兩聲，也值得把張將軍找來嗎？張將軍，你去守城吧，我沒事。」

張玉一時間不知說什麼好，也覺得說什麼都是多餘。正猶豫間，种世衡問：「我們還能堅持多久？」

張玉半晌才道：「如今全城人都在節省用糧，已有百姓摻雜青草樹皮熬粥喝，只為多給守城的將士一口飯吃……」他說得平靜，但內心熱血沸騰。這是個讓人守得無怨無悔的城池！他沒有對种世衡隱瞞，因為他知道种世衡比他更清楚城中的一切。

「那糧食已經很少了，恐怕最多只能支撐兩個月了。」种世衡喃喃自語，知道這個城池和他一樣地節儉，雖然還苦，但總能挨下去。心中想到，朝廷屢戰屢敗，非邊陲軍民不肯用力，實在是朝廷瞎指揮。一將無能，累死千軍，先有范雍無用，後有韓琦、夏竦狂妄自大，如今又來個葛懷敏不知兵，不知道累死了西北多少熱血男兒。如今狄青有為，偏偏去鎮守風平浪靜的河北，可見這朝廷真他娘的糊塗透頂！

他本是文臣，但長期混跡市井，有些不滿，心中難免臭罵幾句。見到身邊的眾人都是極為擔憂的樣子，知道他們是在擔心他的身體，強打精神，反倒安慰眾人道：「不過你們放心，不用兩個月，不……一個月，狄將軍就會來！」

驀地心中有種惶恐，只想到，狄青真的會來嗎？他知道若是狄青一人，那無論千山萬水、刀山火海也會來，但狄青只是一個人來肯定沒有用。朝廷這次會不會用狄青？他想到這裡，第一次沒有了自信。

种世衡憂心忡忡，一口氣喘不過來，又劇烈地咳嗽起來。种詁眼有淚花，突然叫道：「爹，狄青不會來了。你知道的，他現在還遠在河北，以朝廷行事的拖拉，只怕商議出誰再領軍，也是兩個月後的事情了……更何況城外有十數萬夏軍……」
話音未落，啪的一聲，房間內靜了下來。种詁捂著臉，難以置信地望著种世衡。
种世衡揮手，打了兒子一記耳光，雖輕，但響徹非常。
种詁愣住，他畢竟還年輕，很多話憋不住。他眼看父親為西北操勞了這麼多年，現在積勞成疾，眼看就要不行了，大宋竟無人來救，難免心中憤懣。可不想种世衡竟打了他，長了這麼大，种世衡還從來沒有打過他！
种世衡又是劇烈地咳，手帕的血想掩都掩不住，种詁心中突然有了害怕，跪下來道：「爹，你別生氣了，孩兒說錯了。」
种世衡突然歎口氣，抓住了兒子的手，緩慢道：「詁兒，你大了，爹教不了你什麼了……但爹一定要告訴你一句話。你信，才會有。你不要輕易懷疑你的朋友！狄將軍或許嚴厲，或許沉默，或許他身上有你太多太多的不解，但你若把他當做朋友，就一定不要懷疑他！」
种詁連連點頭，似懂非懂。張玉一旁聽了，眼簾濕潤，突然明白种世衡為何能與狄青合作多年，親密無間。因為他們是朋友！
种世衡轉望張玉，長喘一口氣，堅定道：「張玉，你是狄青的兄弟。你說……他會不會來？」
張玉神色複雜，一隻手卻已放在种世衡的手背上，一字一頓道：「他會來，一定！」
城內靜寂，城外數萬夏軍，亦是沉默了下來。伊始的時候，他們大敗宋軍，縱橫宋境六百里，兵逼渭州，讓關中、汴京都要震驚的興奮，已慢慢淡了下來。就是因為一個細腰城！那孤獨卻又倔強的城池，仍舊屹立不倒，有如那個孤獨而又倔強的老頭。

今天白天一戰，夏人又是損兵折將。不過這似乎沒有影響中書令張元的心情。張元坐在中軍帳內，好整以暇地拎著酒壺滿酒，問著對面的一個人道：「你說狄青會不會來？」

張元雖是漢人，但如契丹的韓德讓般，眼下在夏國，已算是一人之下、萬人之上。好水川、定川砦兩役，可說是在張元的親自參與下進行的，而事到如今，夏國對宋的所有戰役，均是堅決執行張元最初提出的方針，「定天下之計早有，無非是盡取隴右之地，據關中形勝，東向而取汴京。若能再結契丹之兵，時窺河北，使中原一身兩疾，其勢難支撐久矣！」

唯一讓張元有些失算的是，契丹突然沒有了對大宋用兵的念頭，但這不是他的過錯。若非元昊對契丹公主過於冷漠，夏國、契丹結盟出兵瓜分了大宋，也絕非不可能的事情！

張元對面坐著一個人，滿是削瘦寂寥的一張臉，沒有什麼表情，只有無邊的沉寂。而那人的一雙眼，滿是灰白之色。那人就是龍部九王之一的羅睺王——野利斬天。

聽張元詢問，野利斬天淡漠道：「我不是狄青，我不知道。」

張元早就習慣了野利斬天的語氣，不以為意道：「如果你是狄青呢？」

野利斬天翻翻眼白，嘲弄道：「我若是狄青，我不會來。」

「為什麼？」張元追問道。他的表情似乎有些得意，又像滿是期待。一個人做了件得意的事情，若是不被別人知道，那心中的成就感肯定會大大地削弱。張元眼下，本來就得意。

野利斬天道：「細腰城已是孤城，城外有我國五萬騎兵圍困！細腰城西北數十里外就是彭陽城，那裡有我軍兩萬人鎮守。而細腰城東的數百里內，堡砦悉破，又分佈無數我軍的勇士。大人手握騎兵五萬，對細腰城看似猛攻，其實不過是想要圍城打援，眼下損失的不過是些無足輕重的撞令郎。大人是在以逸待勞，靜候狄青前來。狄青若來，就必須和張大人在平原交戰！狄青倉促前來，已失天時；平原作戰，再失地利，就算他驍勇無敵，也是難有勝算。」

張元心中有些歎息，暗想眼前這個瞎子，真比明眼人想得還要清楚。「都說狄青勇猛難敵，眼下更有七士相助，我雖說是以逸待勞，也不見得有把握能勝過他。」

野利斬天笑容中滿是譏誚，「中書令若真覺得不能勝過狄青的話，也不會在這裡坐得如此安穩了。中書令眼下手中還握著三千鐵鷂子，可當十萬兵，中書令並不會忘了吧？」

張元微微一笑，知道這番算計瞞不過野利斬天。他得元昊的信任，圍城打援，在擒生軍中埋伏下鐵鷂子，其實就在等狄青——等著擊敗狄青！

大宋西北邊陲，唯狄青、种世衡二人可用矣。若能一舉擊敗狄青、破了細腰城、擒了种世衡，大宋西北再無可抵擋夏國鐵騎之人。

眼下張元萬事俱備，只剩下唯一的問題：狄青會不會來？可在張元看來，這已不是問題，他雖然不是狄青，但他認為很瞭解狄青。

狄青這人有優點，重情義，但這也是他的缺點！种世衡是狄青的朋友，种世衡有難，狄青只要還活著，就算爬也要爬過來。

「狄青一定會來！一定！」張元喃喃自語，端起面前的酒杯一飲而盡，神色愜意，卻沒有留意到野利斬天望著他的眼神有些奇怪。

野利斬天的眼睛還是灰白一片，但他看著張元的神色中，突然掠過分嘲笑。那神色只是一閃即逝，他究竟在嘲笑什麼，張元並不知道。

興慶府的皇宮內，錚錚琴響，悠遠荒漠。有舞者隨風隨曲，翩翩而舞。

狄青會不會去救細腰城呢？元昊想著這個問題的時候，斜倚在胡床上，不望舞者，卻在望著彈琴的人。彈琴的是個女子，女子螓首微低，髮髻上的珠釵微微顫抖，有如清晨荷葉上晶瑩剔透的珠露。她雖低著頭，但手撫琴弦風情萬種，本身的光彩似已耀過了舞者的萬千光輝。

琴聲忽而蒼涼，忽而盈翠；時而如冰泉鳴澗，時而似春暖花開……

宮中景致似乎隨著琴聲而改變，或濃濃如月，或暖暖如春。等琴聲歇韻、舞者止旋時，整個宮中幽靜如林，天籟處餘韻不絕，隱約有燕趙之士慷慨悲歌！

稀稀落落的掌聲響起，元昊撫掌望著那彈琴之人道：「飛天一曲，世間難聞。」

那彈琴的女子抬起頭來，嫣然一笑道：「兀卒過譽了。」那女子眼睛不算太大，嘴巴也不能算小，單論五官而言，並非絕色。但她只是嫣然一笑，已讓濃濃的春意變淡，她最動人的地方不在容貌，而在風情。那女子赫然就是——張、妙、歌！

乾達婆本是梵語，有飛天之意。乾達婆是天龍八部之一，亦是帝釋天身邊的樂神。

張妙歌就是飛天。當初不空在竹歌樓時，見到張妙歌身旁那雕刻飛天仙女的香爐，就已認出張妙歌是飛天，亦是乾達婆部的部主！可不空就算認出張妙歌，亦是無用，他自那以後，就再也沒有出現過。元昊望著張妙歌，眼中滿是讚賞之意，突然間，元昊問道：「你見過狄青？」

張妙歌平靜道：「是。」

在竹歌樓，她是個風情萬種的歌姬；在趙禎眼中，她像是個初戀情人；在不空眼中，她是個極為可怕的魔女；在八部之中，她是一部之主，也是樂神；可在元昊的眼中，她更像個女人，也是他的部屬。乾達婆在梵語之中，還有變幻莫測之意！

元昊點點頭，扭頭望向殿外的春色，問道：「在你眼中，狄青是個怎樣的人呢？」

張妙歌一笑，簡潔明瞭道：「重情重義！」

元昊也笑了，喃喃道：「女人看待問題的角度，和男人就是不同。」目光投向宮牆外的天際，那裡青空萬里。可更遠的地方，正狼煙瀰漫、金戈錚錚……

「狄青在很多人眼中，可算是我的一個對手！」元昊輕聲道，「但我從來沒有真正地把他當做一個對手，你知道為什麼嗎？」

張妙歌秋波流轉，不望天邊，只是望著眼前的元昊。從她的角度看過去，元昊的顴骨有些高，雙眸有些陷，那是很有個性的一張臉，不英俊，但滿是大志。

過了良久，張妙歌才搖搖頭道：「我不知道。」

她真的不知道？還是知道了，也不想說？

元昊並不介意，雙眸中又泛起豪情萬千，「因為他沒有大志！他奔波多年，無非為了兩件事，一件是為了挽救心愛的女人，一件是為了保西北那些愚民的平安。這在我看來，簡直愚蠢透頂！」

張妙歌紅唇喏喏動了兩下，本想問一句，「若你的女人為了你不惜送命，你會不會為了她奔波一生呢？」終究還是沒有問，因為這對元昊來說，或許根本不是個問題。元昊有女人無數，但他殺了元配，不理契丹公主，又將野利遇乞的女人收入宮中。女人對於他而言，不過是件擺設！一想到這裡，張妙歌垂下頭來，望著膝前的瑤琴。欲將心事付瑤琴，弦亂……有誰聽？

她是飛天，變化莫測、難以捉摸的飛天，在別人眼中，她是個有權力的女人，但她很少去琢磨天下一統、萬古流芳。她甚至覺得，就算眼前這瑤琴，都比那些大志有趣得多。她終究還是女人。

元昊不聞張妙歌答覆，可他並不在意。他是帝釋天，高高在上，雖在欲界，卻脫俗出塵。他很少理會別人想什麼，他說的話，本來就已有了答案，也不準備讓人回答。

「狄青根本不配做我的對手，因為他目光太短淺。」元昊吁了一口氣，眼中振奮的光芒都減了些，「我的對手，要像唐宗宋祖一樣，有一統天下的願望，而不是像他一樣，只局限在方寸之地。因此這次狄青一定會去細腰城，但我不會去。」嘴角露出分哂然的笑，「我把兵權全部交給了張元，只盼他們莫要讓我失望。」

張妙歌想道：「兀卒說的是他們兩字，應該是指張元和狄青。難道說……他希望張元和狄青好好地戰一場？他希望張元勝，可也不希望狄青不行？他素來都是這樣，希望敵手總是越強越好，他一直認為，這樣才能磨礪出他銳利的鋒芒。」輕輕一笑，又想這和我有什麼關係呢？

元昊突然問：「飛天，在你看來，狄青會不會去救細腰城呢？」

張妙歌只答了一個字，「會！」

元昊笑了，滿是大志的一雙眼若有興趣地望著張妙歌道：「那你認為誰的勝算大一些？」

張妙歌見元昊望了過來，也抬起頭來，溫柔地望著元昊的眼，雖然她知道元昊素來不解溫柔的。略作沉吟後，說道：「我不知道。」

元昊笑意不減，還待再說什麼，有一金甲護衛走進來，在元昊身邊低語了幾句。元昊身邊有十六金甲護衛，只有這些人，才能隨時隨地到他身邊，而若是旁人接近他，殺無赦！他雖在欣賞著歌舞，聽著弦樂，但那巨弓羽箭，就在他的案前、腰畔。

元昊聽到金甲護衛說了兩句，笑容陡然消逝，臉上驀地湧上分悲哀之意。

他的臉上，從未有過這種表情。他壯志在胸，滿是豪情，全心一統天下，早顧不得悲傷，那他這時悲傷，又是為了什麼？

只是那悲哀之意轉瞬即過，元昊臉上片刻後又恢復了平靜冷然。他只是點點頭，金甲護衛退下。元昊手按桌案，五指突然開始了跳動，有如撫琴般。

張妙歌知道元昊的習慣，元昊手指跳動時，就是在思考著極為重要的事情。而他手指停止不動的時候，就會有個決定，而這個決定往往關乎人的生死。張妙歌轉念之間，突然臉色也有些改變，問道：「是？」話未說完，元昊已截斷道：「是！」

他們之間，很多話已不用再說出口。

張妙歌的雙眸中，似乎也有分悲涼之意。沉默半晌才道：「那你……」話還是說了半截，元昊已道：「召沒藏悟道來見。」

沒藏悟道走進來的時候，嘴角還是帶著似笑非笑的表情，可望向元昊時，神色終於有了恭敬。他深施一禮，問道：「兀卒找臣來，不知何事吩咐？」

元昊五指屈伸不定，表情越發地沉冷，似乎在下一個極為艱難的決定。終於，他左手一握成拳，凝聲道：「沒藏悟道，我要你做件事，不惜任何代價！」

沒藏悟道神色有些驚奇，緩緩問道：「不惜任何代價？」

元昊根本不再重複，他話說了一遍，都嫌太多！

「從現在開始，西北的兵力，可由你控制，你只需要做一件事，兩個月內，帶狄青前來見我。」頓了下，元昊補充了一句，「我要活的！你若完成不了這件事，以後就不用見我了。」

沒藏悟道怔住，就算是張妙歌，眼中都有了分訝然。

這根本是個無法完成的任務！這也是個極為奇怪和突兀的命令！

沒藏悟道再有智慧，畢竟也是個人，如今西北兩軍交戰，勢如水火，沒藏悟道有什麼本事一定能抓住狄青？可元昊為何一定要見狄青呢？沒藏悟道眼中滿是困惑。

沒藏悟道僵凝了很久，說道：「可現在……西北的兵力，均是由中書令掌控。」

元昊道：「你去了，那裡的兵力，就可由你來指揮！這是我的命令！」他話不多說，言下之意就是，張元那面，自然不需你來考慮。張元若是不聽命令，就算是中書令，也只有死路一條！

沒藏悟道沉默良久，這才又施一禮，說道：「臣……遵旨。」他退了下去，竟還能神色平靜，張妙歌見了，也是不由得佩服沒藏悟道的冷靜。她想說什麼，元昊卻已一擺手，止住了她的話頭。

元昊目光一轉，望向了東南的方向，那裡過了千山萬水，就是細腰城！

嘴角帶分難以捉摸的冷，目光中少見地帶了分感懷。五指又動，琴韻般跳躍，片刻後，元昊倏然緊握成拳，凝望著剛勁有力的右手，喃喃自語道：「狄青，你一定會來的，是不是？」

第四章　英　雄

日升日落時，細腰城前的屍體堆積如山。中軍帳內，張元還坐得穩如泰山，但內心終於有了分焦急之意。

雙方對壘往往就是如此，總會有一方先要沉不住氣。張元一直以為沉不住氣的會是狄青，他已得到汴京的消息，宋廷見關中危急，終於再次起用狄青前來西北。本以為狄青接到調令後，會立即前來發難，但狄青遲遲沒什麼動靜。

張元又連破鎮戎軍數砦，可一直攻不下插在夏國境內的細腰城，他等狄青不至，難免心中不安。當年狄青驀地發難，從安遠戰起，轉戰數百里，收復宋全部失地，斬了靈州太尉賨惟吉的事情，讓張元記憶猶新。張元此時一刻也不敢放鬆警惕，這種日子過得絕非愜意。

這一日，日近黃昏之際，張元和野利斬天並轡立在細腰城前，遠望殘陽如血。落日的餘暉照在那孤零零的城池上，給那大城蒙上一層淡淡的光芒。

征戰方休，陽光是暖的，血是冷的，鐵騎如風一樣地流動，細腰城仍如鐵盾一樣地立在眼前。

這時山花似錦，草青風暖，張元的臉色，卻如凝冰一樣。

他本宋人，原不叫張元，年少時胸懷坦蕩，性情豪放，尚義任俠，端是為地方做了不少好事。他曾幻想憑文武之才，晉身官場。怎奈一身本事在那些考官眼中看來，不過是不入流的東西。

他因尚義任俠，竟十數年不得朝廷錄用。後來他心灰了、心冷了，再不想科舉之路，混跡青樓之際，偶見青樓的鸚鵡，曾寫下「好著金籠收拾取，莫教飛去別人家」兩句，長笑離去。

汴京不留人，自有留人地！

他投筆從戎，轉投宋邊陲大營，希望能憑一身本事為國出力，平定西北，立下千秋功名。但西北邊帥笑他眼高手低，笑就算太宗時，都對西北無可奈何，他一個張元，能有什麼本事平定西北？

文人瞧不起他，武人亦是不用他。他心灰意懶，發狠之下，竟再次一路西去，到了党項人的地盤。他改名張元，將他的另外一個兄弟改名吳昊。冒著殺頭的危險，在興慶府最熱鬧的太白居牆壁題了幾個字，「張元、吳昊到此一遊！」

這二人的起名冒犯元昊之名，當下被京中侍衛抓起，本待砍頭，卻幸得元昊路過。元昊只是看了他一眼，就問：「如此犯忌，所為何來？」

他一腔悲憤，早將生死拋在一旁，就道：「姓尚不理會，乃理會名耶？」當時這一句話說出來，他自覺人頭就要落地，他不但冒犯了元昊的名，還揭了元昊的短。

當初元昊姓趙，被宋廷賜姓趙！

有些人，為了得到，不惜失去。元昊為了天下，可以暫時接受趙姓，而他不也是一樣，為了心中一口氣，改名張元？他以前叫什麼，早無人記得。

歷史素來在成功者身上濃墨重彩，他若不成功，何必再想以前的名姓？

不想元昊只是笑笑，說了句，「放了他，以後他想要什麼，就給他什麼！」

自此後，人生如夢。他從一介寒生很快到了中書令一位，憑胸中的才華為元昊定下一統天下的大計。自此後，凡是夏國進攻大宋一事，領軍之人或有不同，但均是他張元一手策劃。

或許在他內心中，如此興兵犯境，不過是一洗當年被宋廷輕蔑之辱。

望著眼前的屍骨堆積，想著多年前的浮華一夢，他突然在想，我所做的一切，究竟是不是自己所願？或者……只是一種意氣行事？

天空有鳥鳴傳來，打斷了張元的思緒。他搖搖頭，強迫自己不再多想，斜睨了身邊的野利斬天一眼，不由道：「羅睺王，依你來看，狄青何時會來？」

話一出口，就覺得很有問題。野利斬天是瞎子，他說什麼依你來看，野利斬天會不會惱？

突然有了分悲哀，他現在瞻前顧後，忌諱太多，再沒有當年的肆意妄為、意氣風發。難道說人都如此，老了，權位高了，想得反倒多了？

若現在有一人到了他的面前，如他當年一樣，指著他的鼻子喝罵，「改名換姓，可為高官厚祿否？」他如何面對？他是否有元昊當初的氣魄，付之一笑，還是勃然色變，將那人斬於面前？

問題早已問過，野利斬天也曾答過。張元本以為這次和往常一樣，也得不到答案，不想野利斬天神色突然有分怪異，緩緩道：「等等……」

野利斬天說話間，緩緩閉上了眼睛，好像在聽著什麼。

張元一怔，不解要等什麼，見野利斬天的一張臉沐浴在陽光之下，似在享受著暖陽餘暉，心中來氣。他雖是中書令，可在直覺中，這個瞎子，從來沒有將他看在眼裡！

轉瞬有些失笑，張元心道野利斬天既然是瞎子，當然不會將他看在眼裡。等了許久，張元正有些不耐煩之際，野利斬天歎口氣道：「狄青……要來了！」

張元瞠目結舌，不知道野利斬天為何這麼肯定。

野利斬天明白張元的不解，淡淡道：「中書令大人現在話說得多，聽得就少了。是以最近有很多東西聽不見，看到了也不放在心上。」

張元一懍，以為野利斬天說的是朝堂之事，謹慎道：「不知羅睺王聽到了什麼？」在張元眼中，野利斬天就是個怪人。野利斬天身為羅睺王，但本在阿修羅部。阿修羅部都是叛逆之徒，入了那裡的人，就意味著死。可野利斬天非但沒有死，反倒憑本事打到龍部九王的位置，不可不說是個異數。但野利斬天的過去，沒有人知道。

張元也不知道。

野利斬天這個人本身就像在迷霧中一樣。他幫元昊東征西討，到現在也不握什麼權力。元昊怎麼看野利斬天？野利斬天是否有怨言？

張元琢磨這個問題的時候，留意著野利斬天的表情。

野利斬天嘴角突然又有分譏誚，閉著眼睛緩緩道：「我聽到了風聲。」

張元有些緊張，追問道：「什麼風聲？」風聲？廟堂的風聲？野利斬天這麼說，是不是暗示他什麼？自古帝王最忌功高蓋主，他張元到如今，鋒芒畢露，雖說元昊有大量，有野心，有氣魄，只要他張元忠心，元昊就不應對他這種有功之臣下手，但世事難料……

野利斬天笑了，伸手在空中一劃道：「什麼風聲？這倒是難以解釋。如此暖春，風聲也是溫柔的。中書令一心征伐，難道什麼都沒有感覺到嗎？」

張元一怔，半晌才道：「你是說空中的風？」有些好笑自己的疑神疑鬼，聽野利斬天道：「空中的風，也能傳遞些資訊的。」張元皺眉，遲疑道：「恕老夫不明，還請羅睺王詳解。」

野利斬天終於睜開了雙眸，灰白的眼睛盯著張元道：「風聲中夾雜著歡呼聲。」

張元見到野利斬天那滿是死意的眸子，心中微懍，扭過頭去。他畢竟是中書令，也自負才華，不想事事詢問旁人，凝神一想，就道：「眼下這風是從細腰城的方向吹來，這麼說歡呼聲也是從細腰城的方向傳來的？真的有歡呼聲？」他雖聽不到，但知道瞎子的耳朵都特別管用。

為何會有歡呼聲？

張元想到這裡，臉色已變了，「他們為何歡呼？是不是因為得到了狄青要來的消息？」

野利斬天淡漠道：「除此之外，我實在想不出他們在如斯境地，還有什麼歡呼的理由。」

張元暗想這瞎子果真有幾分本事，竟這麼甄別對手的動靜，怪不得這瞎子能被兀卒封為九王。突然想到一事，問道：「細腰城是孤城，就算山後都有我軍封堵，若是有人進入細腰城，絕逃不過我們的耳目，他們怎麼能知道狄青要來的消息？」

野利斬天略帶譏誚道：「人馬雖逃不過中書令的耳目，但有信鴿掠空，中書令卻沒有看到。」

張元懍然，抬頭向空中望去，只見到浮雲悠悠，碧空廣袤，並沒有什麼信鴿。突然想到方才聽到鳥鳴，只是他心事重重，根本沒有留意，原來剛才過去的鳥兒竟是隻信鴿！

一念及此，張元對野利斬天肅然起敬，沉吟道：「狄青已來了，但他想殺我們個措手不及，因此並不輕舉妄動。他怕細腰城內的人等得絕望，所以又派信鴿傳信。既然城內人歡呼雀躍，想必是知道狄青很快就會用兵，既然如此，我們不得不防。」說到這裡，張元對野利斬天有了新的認識。當初元昊讓野利斬天來助他，他還不以為然，不想就是這個瞎子，比所有人都要看得準。

「中書令果然聰明。」野利斬天不鹹不淡道。

張元老臉一紅，這讚美的話他不知道聽過多少，可這句讚美直如抽了他一記耳光。但他畢竟久經世故，只當沒有聽到。傳令下去，命夏軍在方圓數十里內嚴加防備，又命沿途周邊的夏軍一有警訊，立即通傳。

張元知狄青會來，反起振奮之意。他就在等狄青來！

無論夏軍、宋人，均把狄青看做天神一般，張元不服，抱著和狄青一決高下的念頭，就想著若能擊潰狄青，西北再無可與他們抗衡之人。

回了中軍帳，張元不待坐下，就有兵士前來稟告道：「中書令大人，般若王和沒藏訛龐請見。」

張元皺了下眉，前幾日元昊有令送達，說讓沒藏悟道過來協助他作戰，可又說，沒藏悟道有什麼需求，必須無條件滿足。

張元身居高位已久，如何不知道這有削他兵權的意思？心中不悅，只想著元昊這般吩咐，難道是對他心存猜忌？

等般若王進來時，張元見其臉色平和，一時間看不清風向。又見沒藏訛龐一副小人得志的臉孔，心中厭惡。

般若王畢竟掌控橫山多年，若說用兵，大有助力，可這個沒藏訛龐不過依仗妹妹沒藏氏得寵，就大搖大擺地旁若無人，實在讓張元看不過眼。般若王帶沒藏訛龐前來，又是要做什麼？

沒藏訛龐似乎沒有看出張元的厭惡，反倒嬉皮笑臉地湊過來道：「中書令大人，小人有禮了。」

張元勉強一禮，轉向般若王，有些冷淡道：「般若王，兀卒有旨，讓老夫聽從你的吩咐……」

般若王一笑，上前深施一禮，恭聲道：「中書令大人說笑了，兀卒有旨，讓在下協助中書令而已。在下何德何能，敢來吩咐大人呢？」

野利斬天一旁坐著，也不起身，更不招呼，臉色冷漠。他對所有人，似乎都是一個態度。

張元心中舒服了點兒，捋鬚道：「般若王過謙了。這總是兀卒的吩咐……」

般若王斜睨了野利斬天一眼，微笑道：「兀卒也是想大人和在下齊心協力罷了，至於誰來指揮，又有什麼區別呢？」不待說完，沒藏訛龐一旁大咧咧道：「中書令大人，你讓我吃喝嫖賭，我還在行，你讓我領軍的話，那真的太為難我了。實話實說吧，我這次來，根本沒有想著領軍，你給我安排個輕鬆的活兒吧！」

張元心道眼下兩軍正在交戰，有什麼活兒輕鬆？你若圖輕鬆，何必前來這裡呢？正猶豫間，般若王道：

「中書令大人，我前來途中就想了許久，种世衡雖被圍困多時，狄青來救，卻不會強攻！」

張元微懍，反問道：「那依般若王之意，狄青會如何解救細腰城呢？」

般若王一字字道：「我想狄青必想斷我糧道，截我後路，逼我等撤兵！」

張元眼中厲芒一現，「此招若使出，只怕我等雖有騎兵十數萬，也可能一朝崩潰！」

夏軍出兵鉗擊鎮戎軍，勢如破竹，宋軍難以抵抗。宋軍的幾次作戰方針都是避其鋒銳、擊其惰歸，計策雖不差，但真正能付諸實施的人，沒有一個！

無論葛懷敏還是任福、劉平，或被夏軍誘敵之計牽扯，或被暫時的取勝沖昏了頭腦，一步步地進入夏軍的包圍圈中。

可狄青不是葛懷敏，也不是任福！宋軍若說有一個能堅決執行正確策略的人，那無疑就是狄青！也只有狄青的手下，才會完全信服地聽從狄青的命令。

夏軍擄掠宋境數月，如今野外糧食早盡，十數萬大軍的糧草，統統需要從細腰城西北的彭陽城中轉輸送，如果彭陽城被破，夏軍無糧，不攻自敗。

中軍帳內沉寂片刻，般若王突然道：「彭陽城和我軍勝敗息息相關，中書令大人若不嫌棄的話，在下和沒藏大人請令，立即出發，前往鎮守彭陽城，不知大人意下如何？」

張元內心鬆了口氣，暗想沒藏悟道這般說，就不是要削我兵權。這個沒藏悟道，畢竟還是以大局為重。彭陽城極為重要，張元久經陣仗，豈會不防？他早派重兵把守那裡，只怕狄青攻打，聞般若王主動請纓，正合心意，心想沒藏訛龐做不了事，但有般若王約束和鎮守在彭陽城，那我後顧無憂了！當下道：「那就有勞般若王……和沒藏大人了。」

般若王謙遜幾句，向張元請了令牌，也不耽擱，和沒藏訛龐趁夜出發，直奔彭陽城。

張元沒想到般若王這般好打發，一時間難免有些疑惑。扭頭望向了野利斬天，見他眉頭也是鎖起來，不知道在想著什麼。

入夜時分，張元很有些疲倦，可心憂戰事，輾轉反側，始終難以入眠。深夜時分，他倦意湧上，這才沉沉睡去。

才一深睡，夢中就聽到驚天動地的鼓聲傳來。張元一怔，翻身坐起，有侍衛衝進帳篷，叫道：「大人，有敵來攻！」

有敵來攻！狄青來了？張元心中著實一驚，然後就聽到東方鼓聲大作！那鼓聲如沉雷滾來，好像就要殺到了眼前。

張元喝罵道：「一群廢物，怎麼這麼晚才來警訊？」

那侍衛也是茫然不解，喏喏無言。張元衝出了營砦，就感覺鼓聲浪潮幾乎衝到了面前。夏軍大營微有騷動，可並不慌張。張元畢竟身經百戰，這次尋狄青傾力一戰，豈能不做準備？

張元上馬，直接前往東方營砦，見有將領早就列隊營前，人在馬背、弓在手前地嚴陣以待。

夜幕沉沉，張元喝令道：「燃起篝火。」

不到片刻工夫，細腰城外的山野處已亮如白晝。張元不知眼下敵情如何，可知軍心絕不能亂，既然狄青以快來攻，他就要以厚勢逼退對手。

見四野篝火如約燃起，火光下，夏軍陣營忙而不亂，已如怒射的弩箭般，張元心中稍安。這時野利斬天也已趕到，和張元並轡到了前軍營中。

有前軍將軍過來道：「中書令大人，只聞鼓聲急驟，應就在前方十里內。但正值深夜，不明敵情。末將聽大人吩咐，不敢擅自出兵，只派遊騎前去打探消息，但到目前為止，尚沒有消息……」

張元怒道：「東方二十里外的落雁坡是誰在把守？」張元當然不會坐在細腰城前等狄青來攻，東方數百里內，早就布下了前哨探子。可不曾想到，對手攻到面前，竟無一探子回傳消息。

前軍將軍道：「是夜月風將軍。」

張元心中奇怪，為何落雁坡沒有消息回傳，總不至於全軍覆沒了吧？

轉望野利斬天，張元問計道：「羅睺王，狄青為何能過百里防線到了這裡？難道說他們真有翅膀不成？」

野利斬天顯然也不明白，搖搖頭，不發一言。

就在這時，鼓聲倏然停了。本是喧囂震天的鼓聲突然瞬間消失，那種遽然寂靜的震撼，更讓人心驚。

夏軍大營中，所有人都在凝神以待，只以為宋軍要開始進攻……不想直等到了天亮、東方發白之際，宋軍再沒有舉措。

柳梢暗露滴曉晨，狼煙戟氣冷殺人。

張元立在晨霧中，感受到風的嘲諷，臉色沉冷如冰。等見到紅日就要衝破遠山蒼雲間時，張元喝道：「去落雁坡看看。」

話音才落，有馬蹄聲急驟，夜月風帶著幾騎迅疾奔來。當初安遠砦一戰，賨惟吉喪命，夜月風卻逃得了性命，他的幾個兄弟悉數死在狄青手上，對狄青早就恨之入骨。這次進攻大宋，夜月風主動請纓，身先士卒地要一洗前恥，得以鎮守落雁坡留意宋軍的動靜。

見夜月風趕來，張元冷冰冰道：「我需要你給我個交代。」

夜月風惶恐難安，下馬跪倒道：「大人，末將……很難交代。」見張元雙眸豎起，已動殺機，夜月風急忙道：「大人，你聽我解釋。末將這些日子一直在落雁坡堅守，昨晚夜黑無月，突然坡下鼓聲大作，似有千軍萬馬殺來。末將在這之前，根本沒有得到周邊前哨的消息，是以不明敵人的實力，未能出戰。那鼓聲停後，末將已派出人手來向大人稟告情況，不想……均是死在了路上！」

眾人聞言，皆是心中一寒。雖是陽光明媚，但眾人感覺周圍不知有多少雙眼睛在偷偷地盯著他們……

這時前軍將軍上前道：「啟稟大人，我軍去聯繫夜月將軍的探子，到現在也沒有消息，只怕盡數遭了他們的毒手。」

張元神色不變，冷冷道：「夜月風，你東邊三十里外的燕子嶺是誰把守？找他見我。」

日上三竿之際，鎮守燕子嶺的都押牙氣喘吁吁地趕到，他若是也和夜月風一樣的消息，眾人也不奇怪，可都押牙說出了一個讓大夥都奇怪的消息，燕子嶺並無警情！

眾人聞言，面面相覷。中午時分，方圓百里的西夏守軍陸續有人來稟告，周邊並無敵情！日光暖洋洋地照在身上，夜月風額頭直冒冷汗。見眾人均是疑惑的目光，大叫道：「昨晚真的有人來攻。中書令大人，你要信我。」

張元突然笑了笑，「狄青如此虛張聲勢，想必是無膽鼠輩，實力不足，不敢來攻我軍。既然如此，何足一道呢？好了，傳令下去，讓各地駐軍戒備就好。夜月將軍，你也回去吧！」

他故意說得輕描淡寫，不過是安定軍心，可心中有個極大的疑問湧上來：如果方圓百里並無警情，那狄青所率的宋軍如何到了落雁坡，還能精準地殺了夏軍的探子？

難道說，狄青的手下，都會飛嗎？

不只是張元，夏軍餘將均是心中困惑，退下後，難免議論紛紛。

張元回到中軍帳後，怒不可遏，卻又無從發洩。等待不久，野利斬天入了帳中，張元冥思苦想許久，一直不得要領，終於問道：「羅睺王，依你來看，昨晚是怎麼回事？」

野利斬天道：「方才我在營中轉了下，聽軍將都在私下議論，說狄青的手下都會飛的，是以才能不驚動附近的守軍，直接到了這裡。」

張元一拍桌案，喝道：「是誰敢蠱惑軍心？推出去斬了。」

野利斬天皺了下眉頭，緩緩道：「若中書令如此失態，只怕狄青的目的已達到了。」

張元微怔，忙問，「狄青有什麼目的？」

野利斬天道：「狄青不出我們所料，已準備動手。但他知道有中書令坐鎮，眼下我軍無隙可乘。狄青很勇，但也是個極為謹慎小心的人，他這般舉措，無疑是先要動搖我們的軍心。如果中書令都被他亂了分寸，無疑就是他下手的時候。」

張元一懍，緩緩點頭道：「你說得不錯。不過我想了許久，終究想不明白昨夜是怎麼回事。」

野利斬天道：「很顯然，昨晚狄青已派人混到了附近，伺機刺殺我們的探子，製造混亂。」

張元道：「這我如何不知呢？但我們周邊天羅地網，他們又是怎麼能混得進來，又安然離去呢？」

野利斬天微皺眉頭，沉吟道：「我有個猜測，但眼下不敢肯定。大人，我必須去落雁坡左近詳細查探才有定論。狄青果然聰明，知道平原交手不利，就不主動和我們交手，只是虛張聲勢。眼下宋軍在暗，我等在明，他能輕易地扭轉不利的地勢，可謂高明。」聽張元冷哼一聲，野利斬天笑道：「不過大人以靜制動，以不變應萬變，也是極為高明的手段。」

張元心中稍有舒服，道：「既然如此，就有勞羅睺王了。」想到昨晚宋軍來襲，他空有數萬大軍，卻被鎮得不敢出戰，不由又是臉紅。

野利斬天點點頭，才要轉身出帳，突然又止步道：「不知大人可曾留意到，昨晚鼓聲大作時，細腰城有些異樣？」

張元凝神一想，就道：「他們城中黑壓壓的沒有什麼動靜，並沒有什麼異樣。」

野利斬天道：「沒有動靜才是最大的異常。想他們既然知道狄青前來，又聞鼓聲大作，焉有不上城頭看看的道理？他們根本無動於衷，是不是早就知道狄青不過是虛張聲勢呢？」

張元內心羞惱，感覺在這瞎子面前，自己好像是個瞎子，惱怒道：「既然如此，你昨夜為何不說？」

野利斬天有分訝然，苦笑道：「我也是如今才想起罷了，我這般說，絕非有嘲弄大人的意思。想兀卒既然令你我前來，就想讓你我同心協力，還請大人勿要多心。」

張元輕舒一口氣，拱手道：「多謝羅睺王提醒。」他畢竟長於指揮大局、幕後策劃，真到面對勁敵時，反倒少了以往的游刃有餘。聽野利斬天提醒，心中警惕，暗自勸告自己一定要清醒冷靜。

野利斬天一走，張元當下傳令眾人戒備，為安軍心，故示悠閒地巡營。一日無話，等到夜幕降臨時，張元的一顆心再次繃緊，只怕舊事重演。

可等到半夜時分，夏營周邊仍無半分動靜，張元腦袋才要沾枕，突然有軍士衝進來稟告道：「大人，有情況。」

張元心驚，霍然站起道：「何事？」聽帳外靜得嚇人，也無鼓聲，張元實在不明白會有什麼情況。衝出營帳，見夏軍大營中隱有騷亂，張元才待詢問究竟有何不妥，突然感覺細腰城的方向有異，抬頭望過去，倒吸一口冷氣。原來不知何時，細腰城頭火把高豎，熊熊地燃著。細腰城頭上亮如白晝，隱見刀槍劍戟的寒光。

細腰城為何這般舉動？想起野利斬天所言，張元心思飛轉，暗想昨夜細腰城並無動靜，是因為知道狄青虛張聲勢，今天宋軍都湧上城頭，難道知道狄青要來攻打，因此早做準備來接應？

張元雖認為眼下方圓百十來里沒有警情，狄青絕不可能這麼快就大舉來襲，但見城頭火亮，總是心中難安，又命手下全力戒備。夏軍倒有不少人如張元般想法，當下燃起火把備戰，可直到天明時分、城頭火滅，竟不見宋軍一兵一卒出現。

張元等見曉光破晨之際，陡然省悟過來，暗罵又上了狄青的惡當。細腰城這般作為，不用問，還是採用虛張聲勢的伎倆！

就在這時，野利斬天趕回。張元見狀，催馬上前問道：「羅睺王，可有了答案？」

野利斬天問道：「大人，昨晚可有什麼異常嗎？」聽張元將昨晚發生之事說了一遍，野利斬天歎道：「果不出我所料，狄青用的是疲軍之計！他連續兩夜詐攻，不過是攪亂我等軍心，讓我等全力戒備。待我等筋疲力盡之時，就是他進攻之日。」

張元倒和野利斬天一樣的想法，可更關心前晚的事情，問道：「他們為何能在不驚動我軍人馬的情況下，到了我們左近呢？」

野利斬天回道：「我命人詳細查看了探子的屍體，發現他們均是被一招殺死，顯然是被武技高手擊殺。但我觀地面痕跡，這附近沒有宋軍大隊人馬出沒的跡象，據我設想，狄青所派之人只有數百人左右，個個身手不差。他們能悄然前來，安然離去，在我看來，只有一個可能……」頓了下，野利斬天得出結論道：「他們是喬裝成我們夏軍來去，才能在這方圓百里縱橫馳騁。」

張元猛然警醒，心道百十來個宋軍很容易引起夏軍的留意，但若是百十來個喬裝成夏軍的宋軍，那在這裡就和海中魚一樣了，夏軍怎麼可能盡查？恍然道：「怪不得我們不能發現他們的蹤跡！既然如此，就要問問附近的守軍，是否有異常的夏軍出沒。」

野利斬天道：「不錯，我正是按照這個方向去查，結果東北向五十里外牛頭山的守軍有報，的確看到一隊夏軍經過，人數不多。他們只以為是奉大人調令回轉，因此並未過問。」

張元暗自咬牙，恨恨道：「狄青，你果然夠狡猾。傳令下去，命我軍嚴加防範，留意附近小股擅自出沒的隊伍。」他命令雖傳下去，但到底有沒有用，也不知情。

野利斬天輕輕舒了口氣，可眉頭也是緊鎖的。他並沒有告訴張元一件事，他昨晚守株待兔在等對手，不想狄青虛晃一槍，竟再沒有動靜，下一步狄青要從哪裡下手，他真的也不清楚。

伊始時，他只以為張元將狄青拉出來在平原交戰的策略並無問題，但眼下來看，狄青遠比他們想像的還要堅忍。

幾日轉眼即過，除每晚時細腰城都要燃起火把外，宋軍再沒有異樣。

宋軍雖無異樣，但夏軍每次見到城頭那熊熊的火光，都是心中不安。

那火光到底是什麼意思？是只想擾亂夏軍的注意，還是宋軍想說，他們戰意如火、怒意如火，終究有一日，宋軍的鬥志會如烈火一樣地噴發出來？

這一日清晨，張元起床時，神色很是疲憊。

每日過得揪心，總讓人更容易困乏。這些天，雖沒有狄青的進一步消息，可張元實在比和狄青交手還累。不待起身，有人衝到帳中，叫道：「中書令大人，有狄青的消息了。」

張元驚懍交加，喝問道：「什麼消息？」

那兵士道：「狄青帶兩萬兵馬，兵起渭州，過瓦亭、沿六盤山而上，已近制勝關！」

張元怔住，詫異問道：「他們才到制勝關？」原來制勝關尚在鎮戎軍東南百餘里外，隔著他們還有三、四百里的路程。張元見狄青使用疲兵之計，只以為狄青隨時就會發兵猛攻夏軍，直如當年安遠砦一戰，不想狄青眼下離他們竟還很遠！

這個狄青，到底是什麼念頭？

「消息可曾確實？」張元忍不住問。

那兵士道：「千真萬確，是在華亭的敗軍快馬傳來的消息。狄青遽然興兵，在渭州附近的我軍均知不敵，聽張大人號令，北歸聚集。眼下狄青旗幟所至，我軍均是不戰而退，他已連收渭州左右七處堡砦了。」

張元點點頭道：「我知道了，留意狄青的動靜，再去探來。」

夏軍入寇宋境後，縱橫擄掠，直達渭州，渭州太守如當年延州的范雍般，閉城不出。夏軍在城外擄掠數月，四處堡砦的宋軍各自為戰，一直難以對夏軍進行有效的抵抗。不想狄青一來，竟不急於救助細腰城，反倒絞殺在渭州的夏軍！

渭州境內，無人是狄青的對手。

張元想到這裡，心中盤算，最多再過兩日，狄青就可過鎮戎軍前來細腰城！不想第二日有兵士來報，狄青到了瓦亭砦，駐守在那裡的夏軍聞狄青率軍到來，早先一日北歸湧入鎮戎軍。狄青一日兵行不過七十里，竟然還沒有進入鎮戎軍！

張元暗自皺眉，終於找野利斬天前來，問道：「羅睺王，狄青進軍緩慢，所為何來？」

野利斬天沉默許久，這才道：「據我所知，狄青自渭州發兵，伊始才有過萬的兵馬，但他軍旗一至，沿途堡砦均不再自守，紛紛請入狄青軍帳之下。一日工夫，狄青就聚兵兩萬，而最新的消息是，狄青旗下的大軍，騎兵步兵夾雜，竟達三萬之數！本來這些隊伍糧草是個問題，可沿途宋國百姓，紛紛把藏著的糧食拿出來支持宋軍。狄青眼下軍容極盛。」

野利斬天說到這裡，忍不住有些佩服。要知道宋自立國以來，西北堡砦就把宋軍隔離得七零八落。三川口一戰，宋軍五路救援，偌大的陣仗，不過糾集了萬餘兵馬。好水川一戰，韓琦放肆招兵大半年，動用了涇原路全部的力量，也不過才有七、八萬的兵馬。

大宋之人，能在三日內，就召集三萬兵馬來戰之人，唯狄青一人矣。

張元冷笑道：「就算三萬兵力能如何，不過是群烏合之眾罷了。狄青這般作為，究竟所欲何來呢？」

野利斬天神色有些奇怪，灰白的眼眸盯著張元，其中有著說不出的意味。

張元被野利斬天望得發毛，忍不住道：「羅睺王，老夫說的可有什麼問題嗎？」

野利斬天沉默許久才道：「難道大人還看不出狄青的用意？」

張元皺眉苦思道：「他如此緩慢行軍，肯定有他的用意。但老夫一直想不到，他的目標會是哪裡？」

野利斬天笑了，笑容中有著說不出的譏誚。良久後，他才慢悠悠道：「其實我倒是知道他出兵指向哪裡了。」感覺到張元的欲言又止，野利斬天臉上突然泛起分光輝，似是激動，又像是欽佩，「我們想錯了，一直都想錯了！那一晚狄青命人在擂鼓，可能是疲兵之計，但他真正的用意是告訴細腰城的宋軍，他狄青來了！他也想告訴我們，不用我們猜，他很快就會來了！」

張元冷哼一聲，不待多說，野利斬天又道：「細腰城燃起火把，也不見得是疲兵之計。而是細腰城的守軍要告訴狄青，他們在等狄青，一直在等狄青！他們信狄青！」

野利斬天說到這裡，本是波瀾不驚的語氣中也帶了感情。

西北的宋軍和狄青間是什麼感情？是一種信任到無以復加的感情。

西北的宋軍需要狄青，狄青就來了。狄青來了，知道种世衡一定帶軍等著他，等到他來的那一天。就這麼簡單，簡單得不需那麼複雜的揣摩，簡單得讓人落淚！簡單得讓天地動容！

狄青來了，明知前方有十萬夏軍，但他還是來了！

張元終於想到了什麼，臉色改變，嗄聲道：「你是想說，他緩兵慢行，沿途招兵，根本沒有什麼別的用意，他就要和我決戰？決一死戰？」他想得太多，想得太迂迴，可從未想到過，狄青有一日，會向他張元堂堂正正地挑戰。

向十萬夏鐵騎，三千鐵鷂子挑戰！

張元自負夏騎縱橫天下，從來沒有想到狄青有這種膽子！野利斬天輕輕地舒了一口氣，不再多言，可那灰白的眸子也忍不住望向東方。他眼前隔著軍帳，他看不見。他看不到，但能感受到那悲意如虹的大軍正一步步地接近……

或許自三川口五龍灘一戰後，宋軍心中就一直有了悲憤之氣。

宋軍積弱，但宋軍不會降。要戰，就戰！

多年前宋軍是因為有郭遵，而到如今，只是因為有個狄青！

狄青大軍已入鎮戎軍，夏鐵騎繼續北歸，聽從中書令張元的吩咐，糾集兵力準備和宋軍全力一戰。

狄青大軍已到開遠堡，沿途有無數百姓列隊相迎……

狄青大軍已到定川砦，定川砦早就破爛不堪。當初宋軍遺留下的血跡風乾，屍骨就在眼前……

狄青大軍所到之處，夏軍不敢攔。

狄青的大軍終於近了細腰城，百里開外，氣勢如虹。這幾日的工夫，狄青已召集五萬的兵眾。山川同色，軍民一心。那緩緩流動的大軍，終於流過燕子嶺，漫過落雁坡，就那麼地行到了夏軍的面前，行到了細腰城前。雖沒有磅礴無儔的兵力，卻有讓天地失色的決絕。明知前方有大軍阻隔，卻仍義無反顧，壯懷激烈。

有風吹，關山沙起；有馬嘶，兵戈凝寒。

數萬大軍止住了腳步，呈陣列排開。響炮三聲，狄青策馬出了軍陣，離夏軍陣營不過數箭之地，揚聲道：「大宋狄青請與西夏中書令張元——決一死戰！」

無對話，只請一戰。無回旋，一戰決出生死！

空曠的平原，萬馬齊暗。千軍凝目，只望著立在軍前、匹馬單刀的人兒。

那人沒有戴上面具，露出比戴著面具更沉冷的面容。

他如墨的黑髮已有斑白，他俊朗的容顏已滿是滄桑，他深情的眼角已有皺紋……

似水流年，如刀如箭，縱毀不了奇偉的風骨，卻已改變了往昔的容顏！

可他的腰板仍如長槍一樣挺直，他的雙眸仍和天星一樣閃亮。他挺著胸膛，因為他一直無愧於天地；他雙肩凝厚，因為他依舊可以擔負天地間的浩蕩正氣。

他是狄青，大宋的狄青。

狄青來了！狄青請戰！請與十萬夏軍一戰！

第五章　十　全

雙軍對壘，戰意寒空。宋軍熱血沸騰，夏軍一時間竟無人敢替張元一戰。敢和狄青鬥將之人，都已死了。

張元進退兩難。

張元想得太多，想得太好。他不再滿足擊敗宋軍後，擄掠一番，無功而返。他圍攻細腰城，就要讓城池無援而破，就是想寒了宋軍的心。

他知道宋廷西北唯有狄青、种世衡能用。眼下他只要圍攻細腰城，就能吸引狄青前來，而他養精蓄銳地以逸待勞，只要能擊敗狄青，攻破細腰城，就能一舉摧毀宋廷西北的兩大支柱，進而進取關中，覬覦天下。

自古得關中者得天下！他張元要憑此一戰奠定無雙的地位，留名千古。

可他攻不破區區的一個細腰城，如今狄青說得雖客氣，請他一戰，但他怎麼能上前？他如何是狄青的對手？

驀地發現，原來事情並沒有他想得那麼簡單，驀地察覺，原來幕後指揮和兩軍對壘完全是兩回事！

狄青緩兵慢行，在行軍過程中非但沒有疲憊，反倒積累了萬千殺氣。他所領的宋軍雖比夏軍少，但此刻銳氣正鋒，他就要憑這股鋒銳和夏軍一戰。

狄青接到調令後，知道走常規的途徑調兵，層層公文，最少要三月之久才能出兵。他等不了那麼久，因為种世衡等不了那麼久。他只能循非常之途，憑在西北的聲望招兵進攻，雖知此舉後患無窮，但他想不了太多。

他就立在陣前，抬頭遠望細腰城，見城頭有旗幟飄揚，人頭攢動。

他很擔心种世衡的病情，但他必須冷靜，冷靜地擊敗對手，才能去見种世衡。他或許有萬千衝動的理由，可他在兩軍對壘時，從來都是絕對的冷靜。

勝者為王，勝了才有資格再談一切。

夏軍沉寂無聲，靜待張元回覆。張元望向野利斬天，不待說話，野利斬天催馬上前道：「狄將軍遠道而來，真英雄也。不過我們不能欺你鞍馬勞頓，不如再過三日後，一決高下如何？」

張元暗自稱讚野利斬天果然明白他的心事。眼下宋軍正逢銳氣，休息三日，等氣勢一落，再行交手，把握大增。本以為狄青不會同意，沒有想到狄青略作沉吟，竟不咄咄相逼，點頭道：「既然羅睺王盛意拳拳，狄某卻之不恭。那三日後再戰好了。」

野利斬天一怔，沒想到狄青竟同意了他的建議。

這本來是個不利於宋軍的決定，狄青沒有理由不清楚。既然如此，狄青為什麼會同意？難道說狄青還是沉穩的性格，終究想要穩紮穩打，不想只憑銳氣取勝？

野利斬天沉吟間，狄青長刀一揮，宋軍緩緩後退。他們來如山，去如嶽，凝重非常，夏人雖有意攻擊，可見對方陣勢厚重，一時間也不敢輕犯。

張元暗自舒了口氣，方才箭在弦上，他蓄勢已久，若是不戰，只怕以後都抬不起頭來。野利斬天竟然能把不戰的理由說得這般冠冕堂皇，他也是十分佩服。

才回了營砦，就有探子稟告，狄青退兵二十里，就在落雁坡駐軍。等夜晚時分，落雁坡四處篝火熊熊，聲勢浩大。

夜月風本帶兵守在那裡，但見狄青大軍經過，早退回細腰城前。

各地的夏軍均是不戰而退，百川入海般聚回到細腰城前。夏軍聚眾十萬，漫山遍野……

夏軍第一次不再如以往般肆虐縱橫，宋軍人少，但有狄青，他們絕不敢輕視。

張元一回中軍帳，立即請野利斬天來見，他對野利斬天極為佩服。這幾日來，野利斬天雖看不見，但剖析形勢、擘肌分理，比有眼睛的人強太多。

野利斬天一入軍帳，立即道：「狄青捨銳氣而決定三日後再戰，其中必定有詐。」

張元贊同道：「老夫也是這般想。但他究竟作何打算？」

野利斬天反問道：「若大人是狄青，該如何設想？」

張元略作沉吟，答道：「趁夜襲營，攻其不備。自古兵不厭詐，狄青絕非表面上看起來的那麼老實。」

野利斬天緩緩點頭，沉思道：「大人所言和在下想的不謀而合。不過大人若是狄青，會選擇什麼時候攻擊我們？」

張元見野利斬天贊同，心中隱起振奮之意，說道：「多半就在今夜，打我們個措手不及。」轉瞬又道，「既然狄青不仁，就莫要怪我們不義，他們才安營下砦，我們可趁其立足未穩時出擊。若依老夫之見，今晚擊之！」

他神色興奮，只想著狄青不仁，他就可以不義，卻沒有想到過是以小人之心度君子之腹。

野利斬天聞言，緩緩搖頭道：「我若是狄青的話，絕不會選擇今晚。」

張元一怔，忍不住問：「為什麼？」

野利斬天道：「我觀狄青作戰，雖善於用奇，但素不輕發，一擊必中。他作戰經驗豐富，當然也知道我們不值得信任，絕不可能不防備我們偷襲他的營砦。」

張元如被澆了一盆冷水，半晌才道：「那你若是狄青，會選擇什麼時候出手？」

「第三日子時。」野利斬天見張元困惑，解釋道，「子時進攻，狄青不違承諾。子時進攻，正值我軍蓄力白天作戰，處於最懈怠之時。我若是狄青，必在子時進攻，可取天時、地利、人和齊聚，勝出把握大增。」

張元從未想到這個時刻，聞言倒吸一口涼氣。若沒有野利斬天在此，若狄青真選擇那個時候攻擊，無疑是他最鬆懈之時。

狄青這些年來能不吃敗仗，果然有些名堂。

皺起眉頭，張元道：「那依羅睺王之見，我等應如何應對呢？」

野利斬天道：「我等應早做準備，等狄青來攻時，給予迎頭痛擊。趁狄青出兵，營中空虛之際，我等亦可分兵而出，反襲他的大營，燒毀他的糧草。宋軍大營若失，軍心必亂，到時候中書令再派鐵鷂子平原擊之，可大獲全勝！」

張元聞言，一拍桌案，笑道：「果然好計。」

野利斬天點點頭，臉上並無半分欣喜之意，又道：「但有件事我們不能不防，狄青故作大度悠閒，尋求決戰，但他沒理由不斷我軍糧草後路。我軍糧草多囤在彭陽城，必須要防他突襲彭陽城，燒我軍糧草。」

張元笑道：「這件事倒不用擔心，多日前，我修書請般若王提防狄青偷襲，般若王已回信告之，彭陽城絕無大礙。我想以般若王之能，只是看管糧草，絕不會有事。」

野利斬天的確也是這般想，但不知為何，心中總有些不安。他知沒藏悟道素有領軍才能，元昊派沒藏悟道前來西北，只是想讓他看個糧倉嗎？這似乎有些不合常理。

但不管如何，他野利斬天已竭盡全力，接下來如何，還看雙方士氣。

兩日轉瞬即過，宋軍、夏軍都像信守承諾，偃旗息鼓，就等第三日來戰。

張元見這兩日宋軍果如野利斬天所言，不來攻擊，更是警惕在心。第三日子時前，早就悄然命全軍準備，分出兩隊兵馬出營繞路前往落雁坡，又令前軍將軍嚴陣以待。

夜黑風高，無星無月。有濃雲起，四野之處，皆籠罩在黑濛濛的夜色中，張元親臨夏軍前軍營砦，登高臺望去，目光難窮暗處，看不清遠方究竟是否有敵，難免心中惴惴。

就在這時，只聽咚的一聲大響，敲碎了夜的沉凝，撕裂了暗藏的殺氣。

有鼓聲，鼓聲響徹洞天！

張元從未想到過，會有那麼猛烈高昂的鼓聲，那鼓聲有如千面皮鼓同時響動，驚天動地。

可鼓聲並非是從東方而至，卻是從細腰城的方向傳來。

張元一懍，扭頭望過去，只見到細腰城的城頭再次火光熊熊。自從狄青率兵來後，這幾日來，細腰城並無動靜，此刻細腰城的城頭再次點火，寓意著什麼？

就在此時，有兵士急報：「宋軍攻營。」

剎那間，馬蹄聲雷動，從靜寂的遠方，就那麼激昂、冷靜地傳來。無喊聲、無廝殺，但其中蘊含的決絕猛烈讓人悚然。

宋軍攻營！

就算整日在馬背上過活的党項人，聽聞這種激烈的蹄聲，也是暗自心驚。宋軍只比他們想像中的攻打還要猛、還要快疾。

張元喝道：「擂鼓迎戰。」鼓聲四起，和細腰城方向的鼓聲交織錯亂，殺機重重。可就算夏營如此密集地擂鼓，竟也壓不住細腰城方向驚心動魄的鼓聲。

許久積怨，在這一朝噴薄而出。或許細腰城的軍民做不了太多，但他們用鼓聲告訴狄青，他們和狄青在一起，並肩作戰！

宋軍迅雷不及掩耳地攻來，夏軍前軍將軍早已準備，喝令出兵。張元坐在高臺上，略有緊張地聽著不時傳來的軍情。

野利斬天還是神色漠漠，可顯然也在傾聽著疆場的廝殺之聲。他彷彿有種天生的敏銳，只憑聲音，就能察覺雙方的戰情。

宋軍有千餘騎兵攻來。

前軍將軍喝令擒生軍兩千出戰。

擒生軍不敵，被宋軍殺退。宋軍使的是勇力之士！這些人雄壯奮猛，勇猛如錘，擒生軍不能擋。

張元聽到這些消息，皺起了眉頭，暗想早聞狄青的七士犀利，可還不曾想到，就一隊勇力之士已讓夏軍難以應付。

有兵士再報，「前軍將軍命夜月風領軍出擊。」「夜月風浴血廝殺，抗住了宋軍的攻勢。」「夜月風已擊得宋軍後撤。」

張元嘴角露出絲微笑，暗想夜月風果然不愧是夜叉部的高手，頗為驍勇。

笑容未消，就有兵士又報，「宋軍黑暗中再出騎兵，以攻對攻，這些人均是奮不顧身，包抄了夜月將軍的後路，抵擋住前軍將軍的救援。夜月將軍已陷入困境。」「前軍將軍再派騎兵猛攻，可敵人不退。那些人……應是狄青手下的死憤之士。」

張元眉頭蹙起，暗想聽說狄青手下的死憤之士，均是不求功名、只求死戰洩憤之人，這些人如此拚命，只怕我軍損失不小。

頃刻間，前軍將軍已連派三撥騎兵進攻，有喜訊傳來，「宋軍抵擋不住，節節敗退。」「宋軍向落雁坡撤去。夜月將軍帶兵追殺。」

張元霍然而起，向遠處望去。這時天沉沉，夜深深。他當然看不到太多，只是隱約聽到更遠的地方有金鼓之聲傳來，陡然間那方的天際亮了起來，有火光映照半空，知道己方已對宋營發動了進攻，不由喜形於色。

野利斬天雙眉一揚，突然道：「不好。」

張元心中暗驚，忙問：「有何不好？」

野利斬天道：「狄青為人謹慎，絕不會指望一擊就能擊垮我們。他如此猛攻，定知勢道難久。他猛攻之下，必定別有用意。大人，要令夜月風莫要再追，提防宋軍有詐。」

張元心道夜月風激憤已久，驀地取勝，怎會住手？如今宋軍一敗，氣勢已衰，就算有伏兵，我軍仰仗兵多全力掩殺，也可衝垮對手了。正猶豫時，有兵士已報，前軍將軍已派騎兵五千，全力協助夜月將軍進攻，前軍將軍領萬餘夏軍斷後壓陣，中軍將軍帶大軍蓄勢待發，正滾滾向宋軍落雁坡進攻！

殺聲震天，鼓聲不斷。

張元感覺殺氣慘烈漫天，不由得緊握雙拳。

就在這時，有兵士再次急來稟告：「大人，狄青突然帶兵殺出，斬了夜月將軍，我軍難敵，已在潰敗！」

張元一驚，叫道：「怎麼會成這樣？」

他實在難以相信，大好的形勢下，夏軍竟被狄青輕易擊垮。狄青出手一刀，就輕鬆扭轉了宋軍的頹勢！

野利斬天淡淡道：「有時候，一人就是一人的力量。但有時候，一人可激發千軍萬馬的殺氣！」

殺聲本已飄遠，可轉瞬之前，再次凝聚在營前。

宋軍反殺了回來。

張元懍然，知道雙方交錯拉鋸許久，如今又是宋軍佔據了上風，因為宋軍有狄青，而他們沒有。狄青身先士卒，作戰勇猛，如斯一個將軍領隊，那些手下怎會不拚死效力？

「前軍將軍不能擋……前軍將軍再退，兩都押牙戰死，前軍將軍命全軍退縮營前，有吉利刺史出戰，被狄青斬於刀下！」

「狄青連斬我夏軍六員猛將，勢如瘋虎，無人能敵！」

「狄青手下再度增援，擊潰我方才出的援軍。」

「我軍屢退，損兵折將，已退到營前。」

「狄青手下的披堅之士開始攻營，屢攻不克……宋軍攻勢稍緩。」

「狄青率百十來宋軍橫刀立馬在我軍營前搦戰……」

「我軍避而不戰！」

消息電閃般傳來，擊得張元臉色蒼白。他知道狄青的勇，可直到今晚，才算真的見識了狄青的勇。這會兒的工夫，夏軍折損數千之人，雖無損大局，但狄青橫刀立馬在營前，夏軍已不敢戰！

這一戰後，夏軍信心嚴重受挫！

怎麼辦？要不要動用鐵鷂子？張元扭頭望向野利斬天，意有詢問。不待開口，野利斬天斷然道：「現在絕不是動用鐵鷂子的時候，狄青在夜晚突襲，就是趁夜幕掩護，讓我方大軍無用武之地。鐵鷂子是軍中之魂，若有受挫，後果堪憂。依我之見，天明後派出鐵鷂子，才能發揮鐵鷂子的最大力量！」

張元何嘗不是這般想？可聽到那鼓聲隆隆不歇，夏軍營中沉寂若死，他身為行軍統帥，軍情這般緊急，又如何熬得到天明？

至於出去偷襲宋營的兩隊兵馬究竟如何，張元早不敢去想。就在這時，野利斬天突然皺了下眉頭，張元瞥見，忙問：「羅睺王……」不待多說，就聽到西方有號角聲響，西方有警！

張元一驚，聽西方後軍處有廝殺聲傳來，喝令去查，不多時就有兵士稟告，「大人，宋軍攻我後軍！」張元懍然，不知道狄青的人馬什麼時候兜個大圈，竟轉到了西方去打？

才待喝令兵士堅守，就見到西方遠處，陡然間火光亮起。

那火光不到片刻，就已高沖而起，燃紅了西方的如墨夜空。

夏軍有了騷動，原來那個方向，本是囤積糧草之地，如今那地方起火，讓夏軍如何不亂？張元怒罵道：「是誰在守著輜重糧草的？讓他提頭來見我！」

野利斬天臉上閃過分悵然，喃喃道：「原來如此，狄青明修棧道、暗渡陳倉，用猛攻我前軍的方式吸引我們的全部注意，他卻派人奇襲燒毀了我後軍的糧草。」

張元又恨又惱，他只想著彭陽城才是糧草重地，全力命人防備。哪裡想到，狄青竟留意到他營中的十數日口糧。

果不其然，夏軍很快有軍情稟告，宋軍有兩隊兵馬急攻夏營，那兩隊兵馬一隊輕巧靈活，一隊衝勁極銳，閃電般突破了夏軍的防禦，焚燒了夏軍的糧草。夏軍將領不敵，已然戰死。

張元聽聞後，面無表情。

寇兵、執銳！

燒毀夏軍糧草的宋軍，肯定也是狄青手下的七士。狄青帶領死憤、勇力等隊強攻吸引夏軍的兵力，卻命寇兵兩部偷襲燒了他們的糧草……

「他費盡心思，就是要燒掉我們幾日用的糧草嗎？」張元哂然一笑道，「可他以為這樣有用？他難道忘記了，我們還有彭陽城？」

野利斬天聞言，臉色微變，不待多言，有兵士衝來稟告，「大人，彭陽城告急！」

張元臉色倏白，幾乎要暈了過去，他終於明白狄青的真正用意。

狄青的打擊一環接著一環，目的無非是斷夏軍口糧。如今夏軍日用糧草被焚燒，夏軍清晨都要揭不開鍋，肚中無糧，如何作戰？若是彭陽城被破，十萬大軍又吃什麼？

鐵鷂子再猛，也是要吃飯的！

一想到這裡，張元心急如焚。陡然見到野利斬天身上的甲冑已泛白光，心中一懍，抬頭望空。

原來天已微明。

野利斬天望著東方，喃喃道：「好一個狄青。若我料得不錯，他現在就在圍城打援，坐等我們去救彭陽城了。」他心中陡然有分遺憾，狄青是個對手，是他野利斬天的對手。只可惜，他難得和狄青親自一戰。

張元長舒一口氣，自語道：「我們不得不救！」

必救彭陽城！

這裡的十萬夏軍已然無糧，若無彭陽城的糧草支援，只要宋軍攻來，肯定一朝散盡。

天已明，應是雙方對決之時。可張元無心應戰，夏軍也無心再戰。野利斬天明白這點，還能盡職道：「大人，狄青現在計謀得逞，他在逼我軍不能出戰之際，肯定早派人扼住前往彭陽城的要道。在下請令，帶兵拖住狄青的主力，而大人則可帶領數萬兵馬，加上三千鐵鷂子繞路前往彭陽城。狄青兵力有限，難以兼顧全面。只要大人成功到了彭陽城前，整頓兵馬再戰，說不定可反敗為勝。」

張元聽野利斬天前幾句，還是不差，但聽到最後，心中不悅，喝道：「狄青再勇，三鼓也竭盡了全力，難有再戰之勇。彭陽城告急，半分拖延不得。若是繞路，被狄青破了城池，那真要輸得一敗塗地。這青天白日下，他有何能力擋我數萬鐵騎！」

野利斬天還待再說，張元道：「我意已決，羅睺王，我帶鐵鷂子和五萬鐵騎直取西北，救助彭陽城，你帶餘眾斷後！」說罷傳出軍令，夏軍一夜惶惶，但畢竟久經陣仗，聽張元下令，早就準備多時的兵馬立即向西方開拔。

野利斬天一歎道：「既然中書令決意如此，在下不好阻攔。據我所知，如直取彭陽城，途經猛虎崗，那裡地勢稍狹，只怕狄青會在那裡伏擊，還請大人留心。」

張元雖知野利斬天是好意，但想猛虎崗畢竟不算崎嶇，地勢頗為開闊，可供騎兵縱橫，只要野利斬天能拖住狄青，何必擔憂？

一念及此，張元率兵離去。

野利斬天灰白的眼眸望著張元的背影，神色中突然現出分擔憂之意。

張元出營，大軍浩蕩，直撲彭陽城。

這時天光已亮，東方微白。寇兵、執銳兩部一擊得手，並不糾纏，全身而退。夏鐵騎未遇攔阻，一路向西北而行。沿途鐵騎錚錚，兵戈森然。夏軍急馳救援中，隊形仍整而不亂，顯出極佳的作戰能力。

昨夜夏軍落敗，因為那種作戰方式他們前所未見，狄青更是不惜代價地衝殺，這才讓夏軍難以應對。但此時此刻，數萬夏騎兵縱橫平原，重歸熟悉的作戰方式，奔馳中，磅礡氣勢沛然而出。

彭陽城離細腰城不過五十里的路程，夏軍快馬急奔未到半途，遽然止步。遠方高崗斜起，有道路蜿蜒，那路本來數十騎並轡而過也是不成問題，可眼下卻寸步難行。

路有阻礙！

不知多少横木、大石堆積在路上，簡簡單單不動一兵，卻讓夏軍騎兵難行。

張元暴跳如雷，命中軍將軍道：「兵分三路，一路不惜代價，移除障礙。兩路出兵，越高崗而走。」

高崗陡坡，但對夏鐵騎來說，並非難以逾越的溝壑。

夏軍領令，分出兩隊兵馬，急衝高崗。馬蹄聲雷動，塵土高揚，夏軍疾馳下，塵煙漫天，頃刻間，有濃雲捲崗。

就在夏鐵騎要衝過高崗之際，遽然間有一聲炮響，地動山搖。

張元心頭一顫，只見兩側山崗上伏兵盡起，羽箭如飛蝗般射來。

宋軍有伏！

張元雖早有預料，可見夏騎倒地之時，還是忍不住心驚。宋軍以障礙斷路，據地勢阻攔夏軍，夏軍鐵騎縱是犀利，可地勢失去，馳騁不利，竟被宋軍牢牢壓制。

張元雙眉緊鎖，並無繞路的打算。中軍將軍見狀，喝令夏鐵騎急衝，又趁騎兵和宋軍僵持之際，命夏軍全力清除阻礙。

夏軍也知生死關頭，奮力施為，障礙飛速移開，前方很快現出可供鐵騎馳騁的道路。張元一聲令下，命部分鐵騎牽制住高崗上的宋軍，餘下人馬全力衝過猛虎崗！

可前隊才行，就聞殺聲陣陣，夏軍衝勢再次慢了下來。

張元急怒攻心，喝問道：「為何止步？」中軍將軍急道：「大人，宋軍有千餘鐵騎扼守前方道路，反覆衝殺，我軍無法通過。」

張元一怔，這才知道麻煩所在。眼下夏軍雖移開障礙，但最多能數十騎並轡而行，而宋軍在高崗那側的開闊平原上，可肆意馳騁，反倒可盡情地攻擊夏軍。

夏軍有數萬鐵騎，但礙於地勢，反倒無能突破狹如瓶頸的山道，列隊和對手一戰！

廝殺震天，肉搏慘烈。

雙方將士均知道此戰至關重要，咬牙拚殺。鐵騎狂湧，而山崗的宋軍密密麻麻，半步不退。

每一刻，宋軍和夏鐵騎都有人倒下，青青草色上，沾滿如露珠般的鮮血。

張元心中大寒，終於明白狄青在子時開始猛攻夏營之時，就移大隊宋軍北上，囤積在猛虎崗，要在此和他決一死戰！

霍然回頭望去，張元望著身後那沉凝有如山嶽的鐵鷂子，嗄聲對中軍將軍道：「你帶這三千鐵鷂，衝過通道，打開去路！」

中軍將軍領命，手中長刀高舉，喝道：「佈陣，鐵鷂凌雲！」鐵鷂子沉喝一聲，已列開陣勢。

山道不寬，可鐵鷂子只是稍收斂了兩翼騎兵，仍擺出比山道還要寬出許多的陣型！

號角吹起，蒼涼廣漠。聞有號角聲聲，湧在山道的夏軍鐵騎毫不猶豫地衝上高崗，夾擊山崗上的宋軍。

剎那間，山道空空蕩蕩，只見到遠方盡頭處，箭矢的點點寒光。

宋軍見夏人突然放棄了衝鋒，似有不解，但聚在崗北的平原處，以偃月反陣對敵。

這種陣勢，鋒刃向外，對夏軍處，反倒凹陷了進來。這種對敵陣型奇特，但對射殺從山道衝出來的夏軍，卻是再管用不過。

宋軍為首的那個將領，頭大眼大，鬍子濃密，看似老邁，實則年輕。他凝望著山道那側的夏軍，眼眸中突然閃了一分狠意。

狠意中還夾雜著恨！

鐵鷂子終於發動了衝鋒！剎那間，風起雲湧！

就算兩側高崗的鼓聲、廝殺聲，都掩不住鐵騎雷鳴。鐵鷂子倏然而動，如怒風推潮，潮水澎湃洶湧。

那洶湧的黑色潮流中，帶著一抹亮麗的銀白。

銀白泛寒，寒光閃爍，黑色的是鐵人鐵馬，白色的是三尖兩刃！

鐵鷂子以六十人為行、五十人為縱，形成一個方隊，就那麼蔑視天地、肆無忌憚地衝了過去。道不寬，黑色潮水漫上高崗，剎那間，綠草也變成了黑色。鐵鷂子不但勢頭兇猛，而且馬術極精，竟能斜斜地踏著山坡，不改陣型地衝了過去。

眾目之下，只見到鐵馬狂嘶，暖風陡寒，那一道帶著亮色的黑潮漫過了山道，漫過了山坡，如鐵鷂凌雲，勢不可當。

這招就叫做鐵鷂凌雲，是鐵鷂子專門在山地作戰所用。

鐵鷂子已近崗北，兩翼的騎兵稍稍減速，而山道內的騎兵霍然擊出。那一刻，騎中鐵鷂宛若變成了一隻凌空的鐵鷂，雙翼一振，就要衝出了山道，到了平原。

只要一到平原，天底下再沒有什麼可束縛這振翅的鐵鷂子。

宋軍有些騷動，方才之際，他們像是被鐵鷂子的攻勢嚇呆了，就立在那裡，根本無從動彈。等到鐵鷂子接近之際，這才呼喝大叫，撥馬就走。

宋軍鐵騎並不彪悍，可變化巧妙，交錯分散中頃刻間化作兩隊，均挽弓！

無箭！

鐵鷂子見宋軍挽弓，不由帶分哂然的笑。鐵鷂子人馬合一，重甲防護，尋常的弓箭，對鐵鷂子根本無濟於事。但宋軍搭的不是箭，一隊弓弦上搭的都是黑色的鐵球，一隊弓弦上搭的卻是紅色的圓球！

為首那大頭大眼的將領見離鐵鷂子還有兩箭距離時，厲喝道：「射！」

呼呼聲響，紅球飛舞，直撲鐵鷂子；鐵球飛舞，卻是射向了地面。

這一招，實在出乎太多人的意料，鐵鷂子身經百戰，卻也是頭一次遇到這種古怪的攻擊。鐵鷂子亮刃，三尖兩刃刀破空而出，準確地擊在紅球之上。

只聽到轟轟轟的無數聲巨響，一時間馬嘶人吼，硝煙瀰漫。

與此同時，那射到地上的鐵球倏然炸裂，裡面飛出了無數鐵蒺藜。

聲響一起，那面的張元臉色慘白，失聲道：「霹靂！是霹靂！」他做夢也沒有想到，宋軍竟早準備了霹靂破敵。宋軍就在等著這一刻，等著鐵鷂子衝來的一刻。

張元見過霹靂，當初三川口一戰，郭遵使出霹靂後，幾乎就將冰河上的夏軍一擊而散，慘烈無邊。今日霹靂一出，鐵鷂子猝不及防，終於大亂。

鐵鷂子可擋強弓硬弩、長槍短刀，卻擋不住霹靂一擊。那霹靂聲震耳欲聾，伴隨著熱浪滾滾，逼人窒息，其中更是有濃煙瀰漫，嗆人淚下。馬兒受驚，嘶叫跳躍，更多的卻是轟然倒地。

原來那鐵蒺藜自下而射，不少已沒入了馬腹之中。

鐵鷂子人馬刀槍不入，可還有個弱點，那就是馬腹並沒有太多防護。誰又能想到，敵人的攻擊會是從地面發出？

鐵鷂子陣型散亂，馬倒人廢。要知道鐵鷂子素來人馬合一，人死不墜馬，可就是因為這樣，馬兒一倒，人也跟隨而倒，鐵甲反倒成了極大的約束。

那大頭大眼的將領嘴角滿是冷酷的笑，喝道：「殺！」

騎兵衝上，長矛亂刺，絞殺那本是威武無敵、縱橫草原的鐵鷂子。張元心在滴血，還待喝令夏軍衝過去營救，陡然間宋軍齊聲高呼，從兩側高崗上推下無數大石。大石滾滾，再次封住了山道。夏軍亂作一團，這時陡然有人叫道：「看那裡！」

張元抬頭遠望，心中發冷，只見到遠處有濃煙滾滾，遮雲蔽日。這時候西北的方向怎麼會有濃煙滾滾？

除非是……一想到這裡，張元的全身都已顫抖起來。

兩側山崗的宋軍齊聲歡呼道：「彭陽城破了，彭陽城著火了！」這時候西北還有濃煙滾滾，不言而喻，肯定是宋軍攻破彭陽城，燒毀了那裡的糧草。

張元心情激盪，哇的一口鮮血噴了出來，想不明白狄青為何這麼快就能破了彭陽城。

馬上搖搖欲墜，張元遠望濃煙入雲，心中發冷，一時間只覺得塵緣一夢，轉瞬成灰！

濃煙滾滾，竟然遮擋了半邊天日。此刻已到午時，豔陽高懸，耀得西北的黑雲有層亮亮的白邊，碧空中有藍有黑，對比分明，說不出的詭異刺目。

細腰城頭上的宋軍，遠遠望見西北天空那黑煙，忍不住擂鼓如豆，狂喊道：「彭陽城破了，彭陽城破了。」那聲浪瞬間傳遍了細腰城前的戰場，夏軍聞言，再也無心抵擋。

野利斬天見軍心已去，無力挽回，立即傳令鐵騎南奔，他卻帶隊親自押後。狄青見狀，也不追趕，遠望西北的方向，眉頭微皺。這時候城內城外的宋軍早就歡聲如虹。

城內宋軍終於開了城門，有一騎飛出，馳到狄青的面前，激動道：「狄青，你打得漂亮。」

那人正是張玉。他一直守在城頭，配合狄青的舉動，親眼見狄青將夏軍殺敗，心中欣喜。可轉瞬笑容掩去，說道：「你快進城吧，种老丈他恐怕不行了。」

狄青臉色黯然，吩咐韓笑幾句，策馬入城。

這時百姓自覺地列隊兩側，望著狄青的目光中，又是感激，又是尊敬。

狄青見細腰城百姓極多，心中反倒有個難題。可這時候，當以去見种世衡為重。快步到了种世衡的府邸前，那院子破落，人卻密集。

不知誰喊了一聲，「狄將軍來了。」眾人霍然讓出一條路來，望著狄青的眼神裡激動中帶著期盼。狄青跨過門檻，快步走到种世衡的床榻前，見种詁跪在种世衡床頭，握著父親乾枯如柴的手，淚流滿面。种世衡臉頰深陷，顴骨可見，一雙眼半開半閉，竟只有出氣的份兒。

狄青雖有心理準備，可一見种世衡這般模樣，還是虎眸含淚。

視線模糊，透過那朦朧的淚眼，往事一幕幕湧上……

還記得初見時，那個老者肅然道：「你很快就會有一個大難！」還記得後來熟悉了，那個老者嬉皮笑臉道：「狄青，你不能死，你還欠我錢。」還記得那老者摸著禿頂，商人一樣說：「狄青，我們做個買賣，你打仗，我幫你尋找香巴拉。」說罷狡黠地笑。

還記得太多太多，點點滴滴，如淚如血……

那個看似浮誇、算計、市儈而又斤斤計較的人，有太多事情讓人值得銘記。

值得銘記的絕不是他的算計！

「爹爹，狄將軍來了。」种詁含淚喊道，「你睜眼……看看……」

种世衡病入膏肓，奄奄一息，可他還不去，他在等狄青。聽到兒子呼喊，彷彿百年那麼漫長，种世衡終於睜開了眼。

那眼中已混濁不堪，沒了神采，但他還是認出了狄青，嘴唇動動，似乎露出了笑，虛弱道：「你……來了。」

狄青握住种世衡的手，顫聲道：「我來了！」

這句話，他們本不必說，因為很多話，不說出來，他們也一定會做到。可這句話，他們一定要說，因為很多話，再不說出，此生再也無法聽到。

种世衡像在笑，低語道：「你來了，可……我要走了。」

种詁已痛哭失聲，張玉眼簾濕潤。狄青的淚水垂落到那乾枯的手背上，哽咽道：「你不能走，我還欠你很多錢沒還呢！這是你我的約定，你不能失信！」

种世衡眼中掠過分光芒，卻連搖頭的氣力都沒有，「嘿……嘿……你……讓我……賴皮一次……好不好？」

狄青無言，不知該搖頭還是點頭。

种世衡神色遺憾，牽掛道：「唉……十士終究沒有為你建好……」

狄青截道：「已有九士，今日若非你留給我的霹靂，我對付不了鐵鷂子。老种，世上不如意者十之八九，我們已有九士，你盡力了，我只有感激。」

死憤、勇力、陷陣、寇兵、披堅、執銳、待命七士本是狄青回京前所率領的兵士。种世衡在狄青回轉京城後，並未放棄籌建十士的事情，又為狄青建了第八士——霹靂！

霹靂以火器見長，建起來本就是為了更好地對付夏軍鐵騎。

可從前只有七士，就算加上霹靂，也不過八士，狄青說的九士，又是什麼？

張玉想到這裡，有些奇怪。狄青和种世衡似乎都忘記了這個數目，狄青道：「你……安心養病……」話未說完，聲已哽咽。

种世衡嘴角露出分笑意，「好，我……安心養病。是呀，這世上……哪有盡善盡美的事情？十士，不過是個好夢。我等你……因為有件東西，要親手交給你……枕下……」他掙扎了一下，卻動彈不得。狄青伸手到枕頭下摸索，拿出一方折疊的手帕，展開一看，上面畫著密密麻麻的標記，縱橫交錯。

那手帕正上方寫著三個字，狄青見了，身軀微震。那三字是香巴拉！

這手帕竟是香巴拉的地圖？

种世衡虛弱道：「曹賢英……死了，不過我後來……又找到個曹姓後人，他也有地圖……」

狄青腦海中電閃過耶律喜孫說的話，「元昊知道很多人要去香巴拉，所以特意把假的地圖放出來，他想將尋香巴拉的人一網打盡！」偏偏這麼巧，這地圖又是曹姓後人的？這張圖是不是元昊放出來的？

种世衡沒有留意到狄青的沉默，喃喃道：「我買了圖。我答應過你……要幫你找到香巴拉的。」

狄青那一刻早忘記了圖的真假，只見到种世衡眼中的熱切。他緊緊握著那手帕，咬牙道：「老种，你答應我的事情，都已做到了，我謝謝你。你……」狄青無語凝噎，早淚流滿面。

种世衡突然咳了聲，可就算咳嗽，都是那麼虛弱無力，「可是……我總覺得圖有些不對……這次來得好像巧了……」

狄青不等他說完，截斷道：「我知道，老种，我一切都知道。你不用管了，我知道的。」那淚水止不住地落，打濕了种世衡的衣襟。

种世衡似有所悟，怔怔地望了狄青良久，這才道：「你知道？好。」說罷又要咳，可喉結躍動兩下，一口氣憋在心頭，臉色通紅。

狄青一驚，緊緊握住种世衡的手，叫道：「老种，你不能走！」

种世衡長出一口氣，似是吐出了全身的氣力，反倒有了分精神，說道：「傻……兄弟，我……值了。我死了……還有你為我……流淚，可你去了，我就不用……為你流淚了……」

狄青嗄聲道：「那你……不是佔了我便宜。」他想開個玩笑，但那淚水還是忍不住地流。

种世衡眼中好像有絲笑，神采漸去，嘴唇喏喏抖動，再說什麼已是極為輕微，狄青附耳過去，聽种世衡道：「我一直……很窮，窮得給孩子……買鞋的錢都沒有。」

狄青聽到這裡，想起包拯當初所言，想到种世衡的兒子种診、种愕年紀尚幼，心中早道：「老种，你放心，你的兒子就和我狄青的兒子一樣，我定當好好照顧。」他沒有說出口，因為不必說，就像种世衡沒有囑託一樣。因為很多事情本不必說，該做的就會做到！

「可……後來我發現，西北……有些人……連腳都沒有。」种世衡微弱道，「自那以後……我就想讓……西北的百姓……都有鞋穿……不用斷腳。」

狄青只是點頭，可不解种世衡為何臨終前要說這些事情。聽种世衡又道：「我比你……幸運多了，你很委屈，我知道。可……這西北的百姓……都在看著你，以後……苦了……你。」

冰冷的手落在了狄青的臉頰上，狄青咬牙道：「老种……」話未說完，那隻手落了下去。狄青一把抓住下落的枯手，腦海一片空白，突然撕心裂肺地喊道：「老种！」

屋內眾人見狀，早已跪倒一片，淚流滿面道：「种大人……」他們這一拜，不為官職，只為心中那難以言表的尊敬和感激。

种世衡微睜的眼已僵凝不動，帶著笑的嘴角又有分憐惘。

有風過，吹拂著窗外的楊柳枝條，飄飄蕩蕩，不知所依。

那未閉的眼眸雖不再轉動，可那乾涸的眼角驀地迸出了兩滴淚，晶瑩剔透！

第六章　代價

狄青有些艱難地站了起來。他很心酸，他多想再陪陪种世衡，可他還有更多的事情需要去做。他知道，种世衡等著他，除了要和他說幾句想說的話，也等著他做接下來的事情。

他們都是能肩負責任的人，這個責任也要一直擔負下去。走出了房間，院外之人早已跪倒，哀念那個看似油滑、對他們卻是情義深重的种世衡。

消息傳了出去，細腰城哀聲陣陣。

痛哭的人不分漢人、羌人，不分男女老少。狄青聽了，心中忍不住想，這細腰城的百姓，有誰沒有受過种世衡的幫助？或者這西北的百姓，有誰不念著种世衡？這些年來，种世衡不曾打過一仗，但他安撫幫助的羌人，比我殺的要多得多。這樣的一個人，其實比我狄青更重要。

見眾人都在望著他，狄青知道种世衡一去，所有人把希望都放在了他身上，略作沉吟，立即下了個驚人的決定。

「張玉，你即刻命全城的百姓準備，今日就向三川、高平、懷遠三砦撤離！你，种詁來負責這件事。」

張玉一驚，所有在場百姓亦是驚呆。

這是他們的家園，這是他們為之拼命堅守的家園。种世衡帶病來建這個細腰城，城建好了，也累倒了，种世衡為了守住這個細腰城甚至把命都留在這裡，可狄青一戰告捷後，竟然要放棄這裡？

無人能理解，無人能明白。要不是說話的人是狄青，只怕眾人的唾沫都要淹死他。百姓沉默，張玉沉默。种詁衝出來，訝然地望著狄青，叫道：「狄將軍，你說什麼？你要放棄這裡？」

狄青保持平靜道：「种詁，我知道你不願意，這裡的所有人都不願意，可你必須要知道，有時候要得到，必須要付出。」

种詁後退一步，搖頭道：「我不知道，我不知道！我不幹！」

百姓聞言，均叫道：「狄將軍，我們不走。你放心，我們就算拚死也要守住這裡，不會給你丟臉。」

狄青眼中有分無奈，不待多說，一旁的張玉厲聲道：「种詁，你忘記了你爹曾對你說過什麼？」种詁一怔，不待開口，張玉已道：「他對你說，你不要輕易懷疑你的朋友，狄將軍的舉動，你們或許多有不解，但你若把他當做朋友，就一定不要懷疑他！你爹才去，你就把你爹的話拋在腦後了？」

种詁臉色蒼白，忍不住摸摸臉頰，种世衡的那記耳光雖輕，但早銘刻在他的心頭。看著狄青頭上的白髮，种詁的神色很是掙扎，有些省悟父親為何要說那些話，一咬牙，終於還是跪下來道：「狄將軍，我錯了，我聽你的！」他心中悲憤，但既然父親讓他信狄青，他就算有諸多不解，還是要聽狄青的。

狄青急忙扶起了种詁，感慨道：「你沒做錯什麼。我這個命令，也是情非得已。」

張玉見眾百姓還有遲疑，高聲道：「你們信不信种大人？」

眾百姓立即道：「信！」

「可种大人一生中，最信的就是狄將軍！」張玉揚聲道，「他信狄將軍，所以一直在等狄將軍。种大人既然信狄將軍，我們有什麼理由不信狄將軍的決定？」

話音落地，眾人沉默下來。終於有人站出來道：「我信狄將軍，狄將軍，你讓我們撤離，肯定有你的道理。」

一人站出來，更多的人站出來，七嘴八舌道：「我們信狄將軍。」

狄青輕舒一口氣，高聲道：「其實你們應該明白，种大人守的不是細腰城，而是你們。他等我來，救的也不是孤城，而是城中的百姓。」

眾人聞言，想起已去的种世衡，鼻梁酸楚。直到狄青說出來的那一刻，很多人這才有些省悟。人死百了，种世衡不想死，因為他還牽掛著城中的百姓。只有狄青來了，种世衡才放心地鬆手！

一念及此，眾人淚下。

狄青又道：「細腰城眼下是孤城，要守住，必須花更多的氣力。我們要攻打夏軍，絕不能自縛手腳！你們相信我狄青，我能放棄細腰城，也一定能把城池奪回來！」

种詁上前一步，大聲道：「狄將軍，既然如此，你請下令吧！」

狄青精神一振，當下命城中百姓收拾細軟包裹，分三路前往三川、高平和懷遠三砦。鎮戎軍久經戰事，不過這三砦依舊堅持不破。狄青知道細腰城百姓極多，因此要分散三砦進行安置。

狄青早將這些計畫通告給龐籍，自有高繼隆、周美等人配合舉動。

等城中百姓一片忙碌時，韓笑趕來道：「狄將軍，郭小哥成功地用霹靂重創了夏軍的鐵鷂子，眼下正佯攻彭陽城。」

狄青臉上有分欣慰的笑，他知道霹靂是針對鐵鷂子的弱點而設計，這一仗本有八成勝出的把握，但直到聽到韓笑的消息，才算放下心事，說道：「郭逵長大了。」

指揮霹靂軍大破鐵鷂子的大腦袋將軍，正是郭逵。原來當初葛懷敏被派往西北對抗元昊時，狄青憂心忡忡，寫信請郭逵向趙禎進言，說葛懷敏並不知兵。郭逵當下不但對趙禎說了，還認為葛懷敏「喜功徼幸，徒勇無謀，必壞朝廷大事。」

後來葛懷敏兵敗，證實了郭逵的預言，趙禎因此認為郭逵知兵。在派狄青趕赴西北救急前，已派郭逵趕赴西北為將。

郭逵不辱郭遵之名，亦是文武雙全，年少老成，這次跟隨狄青出兵，謀略甚遠，讓狄青刮目相看。

張玉一旁聽到，欣喜郭逵的成長，但不解道：「彭陽城不是早被破了嗎？」

狄青苦笑道：「哪有那麼容易呢？眼下彭陽城是沒藏悟道鎮守，這人手握兩萬精兵，足智多謀，怎麼會不防我去偷襲？」見張玉更是困惑，狄青解釋道：「這其實是郭逵的一計。他知道鐵鷂子是我軍大患，因此早蓄力準備消滅鐵鷂子。郭逵說彭陽城打不下來不要緊，但只要遏制住彭陽城的出兵，然後再燃起一堆大火來。夏軍在山崗那面看不到情況，只見濃煙滾滾，再加上我軍一喊，他們多半就以為城池被破。」

張玉恍然道：「他們軍心一亂，自然不攻自散了。」

狄青點點頭道：「可夏軍畢竟作戰多年，經驗豐富。他們散得快，聚得想必也快。張元老辣，輸了一仗後，若看穿我們的手段，多半會急於挽回面子，再次召集大軍來攻。」

「那我們也不見得怕了他們！」張玉道，「狄青，我支持你的決定，可總認為放棄細腰城不見得是個好主意。」

韓笑一旁忍不住道：「張將軍，你有所不知。這次來救細腰城，在朝廷看來，本是不可能完成的任務！朝廷雖讓狄將軍來西北，不過暗中下旨說，可不救細腰城的。」

張玉臉上變色，罵道：「我操他祖宗。」他心中激憤，也不知道是罵哪個。

韓笑道：「可狄將軍不能不救，他是孤注一擲地違抗上令趕來細腰城。种大人早預計到被困，才把八士精兵都留在外邊，因此狄將軍才能再領精兵。其實我們雖號稱有五萬大軍，但精兵的底子還是八士，八士全部加起來，也就一萬人，其餘宋軍，全仗狄將軍不拘一格，採用沿途招兵法，讓沿途堡砦的熱血男兒加入。而那些糧草，都是百姓和堡砦省出來的。要等朝廷調運糧草供應大軍，那真不知道何年何月了。」

狄青示意韓笑莫要說下去，拍拍張玉的肩頭，說道：「我知道你們都不捨細腰城，但眼下我軍損失不少，糧草也要用盡。細腰城有難，有我狄青帶兵來救，可我若也被困在這裡……」不再說下去，言下之意就是，「我狄青被困的話，就只能等死了，還有誰敢來救呢？」

張玉知道一切原委，有些歉然道：「狄青，我誤會你了。」

狄青擂了張玉一拳，笑道：「多年的兄弟，何必說這些呢？你不理解，還能支援我，就憑這一點，就不枉我們多年的交情。」他許久沒有見過張玉，見到張玉時，難免想到當年禁軍營的一幫兄弟，有些感慨。

可感懷只是一念，狄青道：「張玉，你帶城中兵士護送一部分百姓去懷遠砦。韓笑，你讓郭逵護送一部分百姓去高平。另外一部分百姓，讓暴戰帶隊護送，即刻出發，不得拖延。對了，野利斬天所率的夏軍眼下是何動向？」

韓笑道：「他率軍向南，虛晃一槍後就折而北歸了。」

狄青道：「此人善於領軍，不能不防。你派待命部密切留意夏軍，如有西夏大軍凝聚的消息，即刻稟告。還有，命我軍繼續增壓彭陽城，等百姓全部安全撤離後，就要準備回歸。」心中想到，眼下雖敗了夏軍，可要提防他們反撲。只要細腰城的百姓安全撤走後，我憑大軍依高平等砦抵抗，若好好整頓人馬，可徐圖之。心中突然有個念頭，「可朝廷會支持我進攻西夏嗎？」

韓笑領命離去，狄青將餘下之事交給張玉處理。本想將种世衡好生埋葬，不想种詁早就一把火燒了父親的屍體。原來种世衡多日前就留言，一具臭皮囊留之無用，一把火燒了就好。种詁不敢違背父親的遺願，收斂骨灰時，淚水長流。

狄青心中感慨，知道种世衡早就意料到他會撤離，不想增加他半分負擔。他和种世衡合作多年，很多話根本不用吩咐囑託。狄青讓种詁和細腰城的一部分百姓前往高平砦，命郭逵沿途護送。他自己卻再領兵士，趕到了彭陽城。

彭陽城上旗幟密佈，刀槍林立，鐵甲寒光。遠遠望過去，只見戒備森嚴，感覺牢不可破。

宋軍幾次攻打彭陽城，均是無功而返。不過宋軍也只是做個樣子，眼下的當務之急是護送百姓撤離，張元那十萬兵，沒有糧草供應，肯定無法凝聚，因此宋軍只要遏制住彭陽城出兵，就算任務達成。

轉眼間過了一日，狄青心中盤算，只要再過一日，三路百姓都可安全撤離，他就可緩緩退兵。他作戰雖勇猛，可每逢交鋒時，都是謀後而定，更是珍惜兵士的性命，不想作無謂的損傷。

正琢磨間，有馬蹄聲急促，狄青扭頭望過去，見奔來的宋軍遊騎額頭有汗，心頭一沉，知道必有緊急軍情。

可這時候，又會有什麼意外發生？

那遊騎未到狄青面前，飛身下馬，單膝跪地道：「狄將軍，大事不好。郭將軍護送細腰城的百姓去高平砦、途經長白嶺時，突有大隊夏軍衝來，竟有萬餘之多，來勢兇猛，郭將軍難以抵擋，帶百姓退入長白嶺，眼下形勢不明！」

狄青心頭狂震，在馬背上晃了一下，臉色慘白，喃喃道：「怎麼會？夏軍怎麼會這麼快凝聚大軍攻擊郭逵？不可能的。這夏軍從哪裡來的？」他想不明白。他這次出兵雖急，可事先已查探明白夏軍的兵力分佈，彭陽城西北，更布有探子查看夏軍橫山那面的動向，夏軍若有增援，他沒有理由不知道！

一想到郭逵是負責護送种詁等人前往高平，狄青的腦海裡更是一片空白。

郭逵是郭遵之弟，种詁是种世衡的長子，郭遵、种世衡都對他情義深重，郭逵二人若是有事，他狄青有何面目活在世上？

狄青搖搖頭，長吸一口氣，命自己冷靜。

冷靜，這是他眼下必須要做的事情。冷靜……可冷靜有用嗎？狄青整理思緒，緩緩問道：「韓笑呢？」

「韓笑得知這消息，也很詫異，感覺那些夏軍是圖謀已久，絕非倉促聚集。韓笑來不及趕回，命屬下來通知狄將軍，又命人去召集能召集的人手，趕去長白嶺救援。不過韓笑說，夏軍勢眾，只怕他的人手也不管用，還請狄將軍早做決定。」

這時李丁、戈兵、張揚三人圍過來，聞言均道：「狄將軍，事不宜遲，不如撤兵趕赴長白嶺再說？」

狄青搖搖頭，斷然道：「不行，夏軍蓄謀，突然進攻我軍撤離的百姓，就是逼我們退兵。我們若貿然撤兵去援郭逵，彭陽城出兵兩路夾擊我們怎麼辦？」說到這裡，狄青向彭陽城的方向望了一眼，陡然臉色鐵青，有些省悟道：「我明白了，好一個沒藏悟道！」

眾人還是不解，都問：「狄將軍，你明白什麼了？」

狄青咬牙道：「我一直不解哪裡又冒出的夏軍，現在明白了。出擊的夏軍，肯定是彭陽城的守軍。」

眾人一驚，戈兵問道：「怎麼可能？彭陽城是西夏大軍的糧倉，沒藏悟道鎮守糧倉，責任重大，怎麼會輕易分半數兵力進攻我大宋百姓呢？」

狄青也是心有不解，暗想戈兵所言也有道理，但若不是彭陽城分出的兵力，那就無法解釋夏軍為何還能有萬餘大軍凝聚。沒藏悟道這次分兵出去，的確用意古怪，難道他早就想到張元會敗？難道他早就料到狄青取勝後，就會放棄細腰城？沒藏悟道分出兵力，虛空了彭陽城，萬一狄青真的揮軍強攻，彭陽城說不定早已被破，沒藏悟道這般算計，置十萬夏軍的安危於不顧，難道只想襲擊撤退的百姓？

如此得不償失的用兵計謀，讓狄青也是難以想得明白。

很多事情難以理喻，狄青卻已下了決心，命令道：「若知我猜測的真假，一戰可知。戈兵、張揚，你們二人傳我軍令，命我軍今日假意撤退，看敵人是否來追。夏軍若不追出，就說明城中無力出兵，你們立即折回全力攻城，若能破城，燒了夏軍的糧草，讓他們短期內不能再起波瀾。李丁，你命死憤之士全部聚集，跟我趕赴長白嶺。戈兵，你等全力攻打一日，若城還不破，立即撤走，不要耽擱。」

郭逵選在長白嶺拒敵，是明智之舉。眼下死憤部不過數百人，可均是精兵，正適合嶺中對抗敵手。

命令一下，眾人依令而行，狄青雖心急如焚，還能冷靜行事。沿途東奔，眾人在日落時，已離長白嶺不遠。這時夕陽西下，餘暉散落長嶺，遠望有林木蒼翠，落日金輝，景色瑰麗中帶著分冷韻。狄青心道這時候戈兵他們，也該攻城了。可到這時候，他更關心的是，郭遵、种詁和一幫百姓到底如何了？

一路上，早有韓笑在路上留下人手傳告消息。等到了嶺前，只見到四處馬蹄凌亂，屍體堆積，有夏軍也有宋軍。肅殺之氣一改青山的蒼綠，帶著分疆場冷酷的血意。

早有待命之士上前對狄青道：「狄將軍，韓笑趕來時，郭將軍已帶百姓躲入了山嶺，而夏軍無法圍困長白嶺，因此分出五千兵馬在嶺東凝聚，多半是要劫殺我們東歸的百姓，他們還分出半數兵馬追進了山嶺！」

狄青一驚，眉頭更是緊鎖，心道夏軍以平原交戰最為犀利，以往每次作戰，均是拉出平原作戰。這次夏軍竟衝入山嶺和大宋軍民廝殺，他們到底是抱著什麼目的？

難道說，夏軍大敗後，一腔怨毒都要發洩到撤退的軍民身上嗎？

狄青本以為這隊夏軍是由沒藏悟道指揮，但見夏軍如此反常，反倒有些遲疑。沒藏悟道經驗老到，又如何會做出這般冒進的事情？

見李丁等人都在望著他，狄青顧不得再在山嶺外琢磨，對眾人說道：「進去找！」

可茫茫山嶺，就算數萬人湧進來，也是鯨吞無誤，狄青入了山嶺，一時間無從下手。就在這時，韓笑趕到，狄青大喜道：「韓笑，可找到郭逵他們的行蹤了？」

韓笑也是急得滿頭汗水，說道：「狄將軍，我等趕到後，全力搜尋，發現了幾處百姓的行蹤，大部分還安然無恙。聽那百姓說，夏軍瘋了一樣地殺過來，郭逵用霹靂阻敵，帶兵且戰且退才保百姓平安到了這裡。本以為夏軍會收手，不想他們竟攻入山嶺。郭逵帶數百人吸引夏軍入了北方的山嶺，眼下不知道是什麼情況。對了，种諤無事。」他知道狄青關心种諤和郭逵，是以說出這消息。他滿臉的困惑，顯然也不知道夏軍究竟是何用意。

難道說夏軍心痛鐵鷂子被宋軍絞殺，這才瘋狂地反撲報復嗎？

狄青立即道：「韓笑，你帶我們去。」

韓笑點頭，當先向北嶺的方向行去，一路上只見到無主之馬悲嘶徘徊，殘刀斷槍失落一地，更多的卻是難以盡數的屍體。

有夏軍，也有宋軍的屍體，雖說夏軍傷亡居多，但宋軍損失亦是不少。

狄青命手下查看，並沒有發現郭逵的屍體。狄青稍吐了口氣，但心中焦灼，暗想郭逵只帶千餘騎兵護送百姓撤退，一路上看宋軍死傷不少，眼下郭逵如何了？他們沿著屍體血跡的方向尋找，天色漸黑，等到了一處山崗後，血跡屍體均已不見。

狄青心頭一沉，暗想這裡沒有了血跡，有一個解釋是，戰事已熄。

郭逵以少對多，凶多吉少！

這時李丁突然伸手向坡下一指道：「這裡還有血跡。」狄青躥過去一看，只見到地上的青草枯枝有被折壓的痕跡，有血跡留下。

雖不知道痕跡是不是郭逵留下，可狄青怎能錯過？扭頭對眾手下道：「沿這個方向擴大範圍去搜。一有警訊，以呼哨聲為訊。」

眾人點頭，紛紛下坡，狄青心中焦急，衝到最前。眾人呈扇面分佈，越擴越廣，再到了一處高坡後，始終沒有見到人的蹤影。

韓笑很有些奇怪，暗想這次戰役諸多古怪，夏軍這麼拚命地要追郭將軍，所為何來？才待說出疑惑，狄青雙眉微揚，低喝道：「誰？」

遠方密林處，有腳步聲傳來，狄青喝問聲中，飛撲到那腳步聲前，長刀電閃，已架在那人的脖頸之上。眼中驀地現出分訝然，狄青皺眉道：「衛慕山風，怎麼是你？」密林過來那人竟是衛慕族的族長衛慕山風！

當年衛慕族造反，被元昊血腥鎮壓，死傷大半。衛慕山風帶著妹子衛慕山青避難延州地境，不想那時夏守贇父子勾結元昊，故意縱容錢悟本等人殺藩人取功，以惡化藩人和宋人的關係，混淆是非。當初衛慕族阿里的三個哥哥均被錢悟本所殺，這件事差點引發邊陲惡戰。後來幸得狄青查出真相，這才還衛慕族一個公道。後來衛慕山風一直留在西北經商，狄青也沒有再和他打過交道，不想今日竟在這裡碰上。

衛慕山風臉上本有慌張，見是狄青，舒了口氣道：「狄將軍，我正要找你。」

狄青留意到衛慕山風手上拎個皮囊，疑惑道：「你找我？你怎麼會在這裡？你手上是什麼？」

衛慕山風見狄青看著他手中的皮囊，低聲道：「這是張元的腦袋，郭逵殺了他！」

狄青饒是冷靜，聞言一震，失聲道：「張元的腦袋？中書令張元的？」衛慕山風遞過皮囊，韓笑略有戒備，忍不住上前一步。

狄青目光凌厲，見韓笑謹慎，知道韓笑懷疑衛慕山風的用意，緩緩地點了一下頭，示意韓笑自己會小心。

衛慕山風突然出現這裡，的確讓狄青有些懷疑。

狄青接過皮囊，就感覺到皮囊上有極為濃郁的血腥氣，抖了下，皮囊中有東西滾落在地。韓笑晃了火摺子一看，見那果真是個人頭。人頭血淋淋的，再無以往的飄逸之氣，但那人頭顯然就是張元的。張元雙眸圓睜，嘴角微開，眼中似乎有難以置信之色。

他想不到郭逵能殺了他，還是沒有想到他胸懷堂堂大志，竟一朝雲散？

狄青望著張元的腦袋，也是難以置信，不信堂堂一個夏國的中書令就這麼死了。

「他怎麼死的？」陡然想到了郭逵，狄青又問，「郭逵在哪裡？」

衛慕山風有些焦急道：「說來話長，不過眼下郭逵傷重，狄將軍，你快些跟我去看看再說。」狄青微驚，立即道：「帶我去。」他向韓笑使了個眼色，韓笑仿鳥鳴叫傳令，召集眾人向這個方向集合。

衛慕山風舉步穿過密林，過了個小溪，轉過個山坳，前方現出一間木屋。韓笑忽然問道：「衛慕族長，你怎麼會認識郭逵將軍的？」這件事的確比較奇怪，郭逵一直都在京中，如今才到西北，衛慕山風本不應該認識郭逵才對。

衛慕山風邊走邊說道：「其實我也不認識郭逵將軍，不過我聽狄將軍號召大軍對抗夏軍後，也想過來助一臂之力，因此收集些糧草送過來。不想路上碰到了夏軍，我們商隊被衝散，我就藏到這裡，遇到張元帶幾人追殺郭逵將軍。郭逵將軍那時候負傷累累，不過發威起來，竟殺了張元的幾個手下，又斃了張元。」

說話間，衛慕山風臉上露出崇敬之意，「狄將軍，郭逵將軍果然厲害。不過他那時候也要昏死過去，我認識張元的，見他殺了張元，慌忙出來。郭逵就說，狄將軍肯定會來救他，讓我割下張元的腦袋當信物過來向你求救。」

說話間，衛慕山風走到了木屋前，狄青皺了下眉頭，問道：「你確定郭逵是在屋子內嗎？」那木屋像是山中的獵戶所建，但久無人住，破舊不堪。

衛慕山風搖頭道：「當然不是了。現在山中還有夏軍，我怎麼敢把他藏在這麼明顯的地方？」說罷去了屋子後面，那裡有大堆乾草，衛慕山風撥開了乾草，露出裡面的郭逵。郭逵渾身是血，臉色蒼白，雙眸緊閉，呼吸很是微弱。

狄青見了，又喜又痛。他本還感覺衛慕山風來得實在有些巧，這刻見到了郭逵，再無懷疑，上前一步去抱郭逵，急聲道：「小逵，你怎麼樣？」

陡然間，心中有了分警覺。狄青身經百戰，刀頭舔血，早比尋常人有著更敏銳的直覺。那一刻，他已察覺，有危險！就在身邊！就在這時，驚變陡升。

泥土飛揚，遮擋住狄青的雙眼，郭逵陡然而起，撲到了狄青的面前。然後，就聽到鏗的一聲響，一槍刺出，就要扎入郭逵的背心。

昏迷的郭逵身下竟還有人。那人藏在土中。土中的刺客在狄青上前那一刻，霍然躥起，以郭逵為盾，一槍刺出。這一槍眼看就要刺穿郭逵的背心，刺入狄青的胸膛。

這一槍，毒辣陰狠，時機極佳。出槍之人顯然知道，刺郭逵，比刺狄青更有把握。郭逵有險，狄青必救。這刺客簡直比狄青還要瞭解狄青！

狄青怒吼聲中，不退反上，身形一轉，已擋在了郭逵的身前。鏈子槍刺在狄青的肋下，血光崩現，不待再進，狄青出刀。單刀一撥，鏈子槍已蕩了開去。

槍才蕩起，行刺之人一個鷂子翻身，倒飛了出去。有刀光閃亮，幾乎劃著那人的胸膛而過。狄青一刀斬下，刀尖有血。

那人一退再退，剎那間拖槍退了十數丈的距離。韓笑等人見狄青遇襲，均是大驚上前。狄青突然有毛骨悚然的感覺，喝道：「走！」

韓笑、李丁都躍到狄青的身旁，見狄青臉色劇變，均是心顫。

就在這時，有笛聲飄揚。笛聲悠悠，纏綿悱惻，狄青聽了，更是心驚。

這笛聲，他從前是聽過的。那時候，就是這一曲羌笛，引發了連環的殺機。當初那笛聲，本是元昊八部中的拓跋行樂所吹，可拓跋行樂已死，如今吹笛的又是誰？

狄青略一閉目，更是驚懍。在那一剎那，他已感覺到四面八方均有敵人前來。敵人怎麼會來得如此之快？這本來就是個圈套？他斜睨一眼衛慕山風，才發現他早就退出好遠，神色蒼白。衛慕山風出賣了狄青。郭逵仍是昏迷不醒，狄青忖度間，無暇去殺衛慕山風，快速將郭逵負在背上，用腰帶纏牢，無論如何，他都要帶郭逵殺出去。

遠方有廝殺聲傳來，死憤之士也發現敵蹤，呼哨連連。那呼哨聲極為緊迫，扣人心弦。狄青知道死憤之士均是將性命置之度外的人，他們都是如此急迫，不用問，來敵洶湧。放聲長嘯，急促的三聲。狄青身形展動，向南方衝去。如果這是圈套的話，只怕別的地方均有埋伏，只有南方是他們經過的地方，應該不會有什麼陷阱。

狄青轉念之間，決定了退路。十士之間一直都有約定的暗號，狄青嘯聲一出，眾人就知道他要大夥兒並肩南衝，先破重圍再說。

死憤之士對狄青極為信任，聞嘯聲一起，迅速匯集，到了狄青身側不遠。

南方亦有敵人。

夜幕已臨，新月未上之際，山嶺中暗影重重。南方敵勢最厚，足有百十來人！狄青才躥出數丈，就有人低喝來攻。長槍勁刺，單刀斜削，出招狠辣。天地間倏然一亮，有刀橫行，只聽兩聲悶哼，人頭飛起。狄青出刀，一刀就斬了兩個敵手。

可對手如同發瘋般並不退縮，前人未倒，後方就有人怒喝一聲，掄錘砸來。狄青只是側了下身形，單刀倒劃而出。那人慘叫一聲，砰的一聲大響，錘子落地，人已雙分。狄青一刀，從他胯下而過，破胸而出，將那人斬為兩半。可就是這會兒的工夫，又有十數人衝來。狄青入嶺時帶了數百死憤之士，但來到這裡的不過數十人。見對手這般瘋狂，不由心驚。陡然間，聽到身邊有悶哼聲，狄青斜睨過去，見是韓笑。

這裡的人，只有韓笑不會武功。韓笑跟不上狄青，片刻間，就被人劃了刀。敵人並不手軟，一人單刀舉起，就要劈落。韓笑方才吃痛，忍不住地悶哼，這會兒見單刀舉起，看周圍人頭攢動，一咬牙，竟不再躲避。情形險惡，他們中了對手的埋伏。韓笑不想成為眾人的負擔。單刀未落，鮮血飛濺。一人飛撲過來，手中銀絲一圈，刺入了那人的喉間。出手相救之人，正是李丁。只是這會兒的工夫，對方就死了十六人，但死憤之士，亦是倒了五個。來襲的敵人，竟均是武技高超，非同凡響。

狄青片刻之間再做決定，解開郭逵交給了李丁，低喝道：「帶郭逵走，我來斷後！」說話間，狄青伸手抓住了韓笑，一拋而出。而他人如龍行，卻衝到了最前面。

山嶺處，有電擊長空。狄青身無旁騖，單刀展動，竟如雷電轟閃。

那刀光泛著千萬的殺機、血氣和快意，橫行而出。

有斷骨殘肢，有鮮血如泉，片刻之間，前方倒了一片敵人，空空蕩蕩。

狄青神武，轉眼間便殺出了一條血路，順便接住了還在空中的韓笑。

眾人見狀，紛紛跟隨。有敵人緊追不捨，狄青示意旁人照顧韓笑，飛身躍起，到了死憤之士的最後，大喝聲中，飛起一刀，竟將追的最前那人，劈成兩半。

鮮血狂噴，灑落半空。眾敵手見狄青如此威猛，心中駭然，忍不住退後了步。狄青短嘯一聲，卻是示意李丁等人先走，他來斷後。

眾人均知狄青的本事，明白狄青若要逃走，並非難事。雖不想狄青孤軍奮戰，但眼下當以救走郭逵為先。一想到這裡，眾死憤之士帶郭逵狂奔而走，有兩敵手還待追擊，就見有月光映天，血濺土前。

那兩人臨死前，只見光電，甚至看不到狄青出過刀。狄青出刀才斬了兩個敵手，就覺得身邊有人飄到。狄青看也不看，反手一刀。可長刀光華才現，陡然黯淡。原來刀鋒犀利，卻被一人的兩指夾住。指若拈花沾葉，不帶半分紅塵氣息。

拈花指，迦葉王。出手的是龍部九王的迦葉王。

龍部九王，八部最強。拈花迦葉，世事無常！

刀光才斂，陡然大亮。狄青暴喝聲中，有血光一現，迦葉王飄然後退，素來平靜的臉上，也有痛苦之意。他右手腕處血如泉湧。

半空有單手獨舞，那是迦葉王的一隻手。

橫行之刀，橫行千軍，豈是紅塵花葉所能束縛？迦葉王雖暫時束縛住狄青的單刀，但轉瞬就被狄青破繭而出，斬落了右手。只是狄青全力運刀之際，腦海中突然一陣眩暈，身形微晃。

剎那間，有三槍兩刀雙鐗一棍襲來。

狄青心中驚駭莫名，驀地發現眼前發花，手腳發軟，一時間天旋地轉。但那片刻，他還能出刀抵抗，只聽到叮叮噹噹一陣響，鏗啷鏗啷不住鳴。

刀槍齊飛，棍折鐗落，來襲的七人，已有六人仰天倒地，一人人頭飛起。可狄青只覺得眩暈更烈，眼前人影幢幢，竟不能分辨來人的個數。

他怎會有如此的症狀？

狄青驚駭間，就感覺一股大力撞在了後心，悶哼一聲。人飛起，眼前發黑，狄青腦海轟然大響，墜入了無邊無際的黑暗之中……

第七章 目的

車轔轔，馬蕭蕭，日夜不休。

昏迷中的狄青只感覺身子不停地顛簸，有如躺在海面的一葉孤舟上。

這一次，他知道自己昏迷了許久，但他總是難以醒來。或許，他想就這麼沉睡下來，因為……夢是好夢。

夢中不再有龍有蛇，也沒有閃電火山，有的只是無邊沉凝——讓人心安的靜。以往就算是夢中，他都不得安寧，只有這一次，他才真正地平靜下來。

感覺到身子頓了下，難得的平寧瞬時被打破，有個聲音從天籟傳來，「你怎麼還不來？」誰找他？讓他去哪裡？以往都是「來吧」兩字，這次為何會變成了催促的語氣？說話的人不再平平淡淡，語氣中好似有了焦急之意。

狄青在夢中，宛若也在思考，也是清醒的。陡然間黑暗盡破，眼前一亮，他到了一間奇怪的石室內。那室內空曠古怪，充斥著冷冷的白光。那牆壁是一格格的白玉鑲嵌，他茫然四顧，忍不住問：「這是哪裡？」

他開了口，可無聲，但他確確實實地問了出來。這實在是個極為古怪的感覺。

前方的白玉牆壁，驀地現出一本白金色的書來。那書極大，竟如牆壁般大小。

是金書！金書血盟！

書頁自動展開，有一手拄長槍、身著甲冑的將軍跪在無面佛像之前，沉聲道：「歃血為誓，對天起盟。若有異心，江山成空！」

那聲音是低沉的、有力的，誰從那聲音中，都能聽出其中誠懇、堅決的心意。是段思平，是大理王——龍馬神槍段思平。狄青感覺是段思平，但只能看到他的背影。

那背影……依稀有些熟悉。

他見過段思平嗎？好像沒有。應該說有的，他在金書血盟中曾見過段思平的側面，現在想想，那段思平似乎也很俊朗，和他狄青有幾分相似。

畫面一轉，有狼煙起，金戈錚錚，無數人廝殺交鋒。有馬兒縱橫，有神槍如電，裂破長空，槍鋒下，鮮血歌舞，人命草芥。有人狂歡，有人淚下；有人獨舞，有人放歌。

狄青只望見段思平的背影，背影熟悉中帶著犀利。

烽煙中，有城被克，萬眾歡呼，那犀利的背影被簇擁到高臺之上，很近……又很遠。近得讓人感受到萬眾狂呼的熱情，遠得讓人看不清面容。

這是夢嗎？日有所思，夜有所夢。夢境，本是如煙往事的另一種再現方式，但他的夢，已有所延展……這個夢，縱有千萬狂歡，和他有什麼關係呢？

或許有關吧！因為他和段思平，本和香巴拉有著千絲萬縷的關聯。

畫面再轉，萬眾歡呼，榮耀千萬都已不見，宛若繁華散盡後的落寞，只有一男子緊握一個女子的纖手，泣聲道：「朕不要江山，只要你……」

是誰？那男女離他很遠，很遠很遠，遠得只見到那模糊的影像，依舊犀利卻無限淒涼的背影。這些夢境，到底是何意思？又有幽幽的聲音傳過來道：「你怎麼還不來？」畫面再轉，有一女子現出，如畫般的嬌容，白衣黑髮，平躺在半空。有鮮花繚繞，有香氣襲人……

「羽裳！」狄青大喊，可仍無聲音發出。他激動萬分，就算在夢境中，身子都顫抖個不停。他不知做過多少夢，但羽裳都如那埋藏在心中最深的痛，就算夢境中都不敢觸動。但眼下，羽裳終於再次出現在他的面前。

楊羽裳雙眸微閉，直如夢中。狄青撲過去，撲到牆壁之上，牆壁冰冷，他卻觸碰不到羽裳。他只是在喊：「羽裳！羽裳！」

他多希望楊羽裳能看他一眼。他的心如刀絞般地痛！

就在這時，楊羽裳緩緩地睜開眼，紅唇輕動，說道：「狄大哥，我等了你這麼久……你終於來了！」

狄青一震，驚喜之下霍然睜開了眼，一切消失不見。有更聲傳來，淒冷得有如三面冰涼的石壁。是石壁，不是玉壁，地面鋪了些乾草，但仍能感覺到青石的冷。

有油燈閃爍，前方有胳膊粗細的柵欄，透過那柵欄的縫隙，看到的是一條長長的通道。通道上，一個人都沒有。

這情形依稀熟悉，當年他打傷了馬中立後，睜眼時不也是這情形？他在牢中？

狄青睜開了眼，知道是牢房，卻還在想著夢境。羽裳對他說話了，那個念頭讓他戰慄不已，他多希望那不是個夢！不知許久，思緒漸漸回轉，狄青皺了下眉頭，開始考慮眼下的處境。他在哪裡？郭逵、韓笑他們如何了？

他對自己並沒有擔心，反倒牽掛著兄弟和手下的性命。他記起了發生過的一切，衛慕山風帶他去見郭逵，那裡有人伏擊。衛慕山風背叛了他。

出槍刺他的那人是般若王沒藏悟道，而最後和他拚命一擊的人是迦葉王。他驀地開始發昏，終於不支倒地。想到這裡，狄青抬抬手足，聽到噹啷聲聲，才發現原來手腳都被鐵鍊鎖住了。

他出奇地虛弱，甚至抬手抬腳都是軟弱無力……

狄青又皺了下眉頭，暗自琢磨道：「我的氣力哪裡去了？難道說中了他們的暗算？他們夏人應該早恨我入骨，如果擒了我，應該一刀就砍了，為何還要把我關起來？」正困惑時，聽到牢房中腳步聲響，有獄卒走進來，手中端著托盤，托盤上放著一碗白飯，還有些青菜。

那獄卒見狄青醒來，也不說話，將那飯菜遞進了牢房內，轉身離去。

狄青看了那飯菜半晌，才覺得餓得難受，心道方才那獄卒是夏軍的服飾，這麼說我已成為夏軍的階下之囚？他們給我飯吃，就是不想我死，他們擒住我，想讓我學夏家父子一樣投降元昊嗎？嘿嘿，元昊和我雖是兩個世界的人，但他應該懂我的，我根本不會降，既然如此，他們還有什麼打算呢？

起身踉蹌地走到那飯菜旁，狄青緩慢地咀嚼飯菜，總是想不明白。終於放棄去想，狄青又坐回到原地。心中難免牽掛，不知道郭逵現在如何了。只要郭逵沒事，他就算被抓，也是無妨。

如是過了幾日，獄卒總是沉默前來，送飯送菜，收拾便溺的瓦罐。狄青有幾次想開口詢問，轉念一想，這種獄卒，奉命行事罷了，還能知道什麼呢？元昊擒了他，總不至於關他到老，遲早會見一面的。

這一日，到了用飯時間，可獄卒卻沒有前來。狄青稍有奇怪，又等了許久，牢門打開，有幾人走了進來，為首一人到了狄青面前，趾高氣揚道：「狄青，起身了！」

狄青望見那人，臉上突然露出古怪的表情。前來這人，他竟是認識的。

那人少了隻耳朵，神色浮誇，名叫馬征。當初好水川之戰後，狄青潛入興慶府，心傷王珪等人為國盡忠，在太白居曾擊殺夏軍御圍內六班直的好手毛奴狼生，這個馬征諂媚討好毛奴狼生，也被狄青削了耳朵。

不想多年後，狄青和他竟在此再見。

馬征望著狄青，忍不住摸了下耳朵，看起來要砍了狄青，神色恨恨道：「狄青，你也有今天呀！」旁邊有個獄卒問，「馬隊長，聽說你的耳朵，當年就是被狄青砍的？」

馬征憤憤然盯著狄青道：「你還記得當年的事情吧？」

狄青笑笑，說道：「記得又如何？你現在敢砍我的耳朵不成？」

馬征大怒，才要拔刀，被身邊人一把按住道：「馬隊長，我們奉命行事，上面讓我們把狄青完好地帶過去，他少點兒什麼，我們不好交代。」馬征身後幾人均是神色緊張，但對馬征好像也有些尊敬。看來這幾年來，馬征倒是在六班直內混得不錯。

馬征冷哼一聲，擺擺手道：「帶他走。」

有人開了牢房，押狄青出來。狄青渾身酸軟，根本使不出氣力，也不知道這些人要帶他去哪裡。可既為魚肉，他也不作無謂的反抗。出了牢房後，狄青瞥見遠處有金頂琉璃，微微一怔。

他曾見過這裡。

當初他為了刺殺元昊，在興慶府的王宮曾留過幾個月，對於王宮的地形頗為清楚。他此刻，就在興慶府的王宮內，而這牢獄，居然設在宮中，實在讓狄青意料不到。

馬征幾人押著狄青，過假山，穿亭臺，繞過花圃，遠見花開滿樹處有飛簷斜逸，樓閣現出，狄青心頭一震，記得那裡就是丹鳳閣。

馬征等人為何要帶狄青到了這裡？丹鳳閣？那不是單單公主住的地方嗎？

狄青滿腹疑惑時，馬征為狄青開了鐐銬，惡狠狠道：「現在，你上樓，去見單單公主。你莫要想跑，你敢跑，我的刀說不準就落在你腦袋上了。」

狄青哂然一笑，根本沒有將馬征的威脅放在心上，心中在想，元昊費盡辛苦抓了我，總不至於……只是想讓我見單單一面？元昊到底藏著什麼惡毒的心思呢？

終於還是舉步，狄青緩緩地走上閣樓。腳步聲輕微，在寂靜的閣樓內咯咯響動，更顯樓中的沉靜。閣樓依舊有如往昔，淡青的牆壁，天藍的屋頂。一切事物未變，可人呢？是否改變？驀地想起，那紫衣少女曾緊張地問他，「狄青，這世上，若有一人，可以為你什麼都不要。死也好，活也罷。去荒漠、去天涯……你是否會為了她，捨棄一切？」倏然想到，元昊低沉地說，「單單，党項人勇士無數，為何你只喜歡個漢人狄青？」

狄青心頭一陣茫然，那早被拋到腦後的問題忽然又湧回腦海，「單單真的喜歡我？可她為何會喜歡我？」他得不到答案，但他可以肯定一點，「這一生，只愛羽裳一人。」

沉思間，狄青到了閣樓二層，見到閣樓的一角，有梳妝木臺。木臺上，擺著一面銅鏡，銅鏡旁，放著木梳珠釵之物。木臺旁梨花椅上，坐著單單。單單依舊一襲紫衣，顯出纖細的腰身。她坐在梳粧檯前，對鏡手拿花黃，看起來正在梳妝貼上花黃。

狄青出現的時候，單單那拿著花黃的手驀地僵硬，狄青只瞥見鏡中的容顏似乎有些蒼白、有些驚慌。啪的一聲響，單單不知為何，將銅鏡倒扣在桌面上，聲音微顫道：「你……真的……來了？」

狄青立在那裡，一時間不知怎麼回答。單單在等他？單單怎麼會知道他來？單單為何反扣了銅鏡？她從銅鏡中看到了狄青？她扣住銅鏡，因為不想見到狄青？

困惑縈繞，狄青終於道：「我是狄青。」

閣樓中，陷入了難言的沉寂。良久，單單才道：「我知道，我感覺得到。」她說得似乎有些奇怪，她感覺得到？她一直沒有轉身，難道不是透過銅鏡中的影子發現狄青的？

狄青望著那紫色的背影，半晌道：「單單，我不知道我為何來到這裡，但我想對你說一句，我……」

「等等！」單單霍然站起，手按桌案上的銅鏡，嬌軀有些顫抖。狄青見狀，一時間說不下去，就聽單單道：「你不要說了，七天後……七天後你來見我！你出去吧！」她說得冷冰冰的沒什麼感情，終究沒有轉過身來。

狄青皺了下眉頭，捉摸不透單單的心事。沉默片刻，轉身下了樓。他糊裡糊塗地上樓，迷迷糊糊地下樓，竟還能保持平靜。

馬征等人均在樓下等待，見狄青下來後，馬征輕輕舒了口氣，不知是慶幸狄青沒有逃，還是慶幸單單公主沒有事。

有人過來，就要給狄青再戴上鐐銬，狄青知道以現在的能力，根本不是尋常兵衛的對手，更不要說逃出這戒備森然的王宮。苦澀笑笑，也不反抗。就在這時，有一金甲侍衛過來，馬征見了，臉色微變，快步迎了過去。

那金甲侍衛低聲說了句什麼，馬征唯唯諾諾，轉過頭來，臉色有些異樣。走到眾手下面前，低聲道：「押狄青去天都殿。」

眾侍衛都有些詫異，可還是依令而行。

狄青聞言，心中暗想天都殿是元昊的偏殿，平日元昊總是在那裡聽琴賞舞，難道說，是元昊要見我？

眾人默然地行到天都殿前，就聽絲竹聲聲悠揚傳出，殿前有數女急舞。這時天已暮，斜陽落入殿中，照在那紅袖善舞的歌姬身上，隱約泛著金色的光輝。

馬征等人遠遠地止步，狄青跟著那金甲侍衛才到了殿前，樂聲戛然而止，只因大殿內的盡頭，黑冠白衣的那人擺了下手。無言的舉動，無上的威嚴！

歌姬退下，堂前靜寂，夕陽的餘暉照在那殿前，落在狄青身上，卻照不到元昊滿是大志的一雙眼。元昊凝視著狄青，狄青也在望著元昊！

這二人，如果不算在葉市牆內牆外的相逢，應該是第二次見面！

有些人此生註定擦肩，而他們兩人，今生註定會再次相見！

不知許久，元昊手扶桌案的五指開始跳動起來，韻律輕快。狄青上次在天和殿的橫梁上，曾仔細地觀察過元昊，知道元昊每逢思考之際，就會五指跳躍。那五指停下來時，就是元昊做出決定之時。元昊在思考什麼問題？

「狄青，你知道你有什麼缺點？」元昊依舊是輕柔的聲音，決絕的意蘊。

狄青不想元昊開口問的竟是這個問題，笑笑，淡然道：「我缺點太多了，數都數不過來。」他並非想要頂撞元昊，說的是真心話。不知為何，他對元昊並沒有太強烈的敵意，就算他被元昊擒住。

他從未放棄過扭轉局面的信心，但敗了就敗了，他也不會自怨自艾。

或許英雄本是惺惺相惜，敵對是天意，但真正的英雄，會敬重他的對手！

元昊也笑了，他展顏一笑，露出了潔白的牙齒。他的笑容中，並沒有什麼嘲諷愚弄，他可殺了對手，但很少愚弄對手。他不想浪費這個時間。

「你的確有很多缺點，但你最大的缺點是感情用事。」元昊淡聲道。

狄青沉默良久才道：「你說錯了，這在我看來，恰恰是我的優點。我可以什麼都沒有，但不想沒有感情！」

元昊那跳躍的手指頓了下，轉瞬恢復了靈動，他滿是大志的眼中露出少有的贊同之意，「你說的也對。雖然我不認可你的說法，但我很欣賞你的率直。我讓你來，其實想和你說三件事。」不等狄青回應，元昊已說下去，「一個月前，我就對沒藏悟道下令，讓他兩個月內必須抓住你，不惜一切代價！」元昊平靜道，「自我下令後，沒藏悟道就開始全力對付你。他的確是用了最大的代價來抓你……」

他素來如此，他說的，對方只有聽，他知道狄青也一定會聽。

狄青保持沉默，對於已發生過的事情，他不想品評。

元昊又道：「沒藏悟道為了抓你，將彭陽城半數兵力分出去。他不關心戰局，只留意郭逵的行蹤。他知道郭逵到了西北，他知道你和郭逵的關係。他雖無能對你下手，但他知道，只要郭逵有難，你一定會救。」

狄青暗自心驚，不想他在鏖戰細腰城之前，元昊就早派沒藏悟道處心積慮地抓他。以元昊的能力和心機，若要全力對付一個人，那人實在不容樂觀。

元昊續道：「結果是，沒藏悟道虛空了彭陽城，被你終於看破虛實，一擊而破。如今彭陽城被焚，我西北大軍沒了糧草，只能暫時回歸。」

狄青聽到這裡，不知道應該慶幸還是無奈。他想不到沒藏悟道這麼瘋狂。或者說，是元昊這麼瘋狂！

元昊竟拿十萬大軍一賭，賭用十萬大軍的代價抓住他狄青。十萬大軍輸了，但沒藏悟道贏了，他成功地完成了元昊交給他的命令。怪不得突如其來的夏軍那麼瘋狂地進攻東歸的百姓，因為那裡有郭逵。怪不得沒藏悟道那麼狂野地去擒郭逵，因為他們在等狄青。所有的一切，因此而得到了解釋。所有的一切，不過是為了抓他。瘋狂難以理喻的舉措！

狄青苦澀一笑，問道：「你用十萬大軍的勝負，用彭陽城無數的糧草，再找到衛慕山風騙我，用般若王和迦葉王出馬，就為抓我過來，聽你說話嗎？」他當然知道不會是這個答案，可元昊這般，究竟是為了什麼？只是為了單單喜歡他？這怎麼可能？

元昊眼內突然露出分憂傷，轉瞬抹去，他說狄青最大的缺點是感情用事，那他最大的優點就是不會擁有感情！

「你說漏了，我付出的代價不止這些。」元昊淡漠道，「我還付出了張元的一條命。」

狄青一懍，半晌才道：「不是郭逵殺了張元嗎？」

元昊道：「郭逵十年後，或許會成為你狄青，但眼下不行。殺張元的是沒藏悟道……」見狄青滿是震驚的表情，元昊無甚表情道：「沒藏悟道給我的解釋是，昔日荊軻刺秦，以秦國叛將樊於期之頭顱進獻秦王，博取秦王信任。今日要抓你狄青，若以漢人叛徒張元頭顱獻之，定能麻痺你的戒心。」

狄青無語，但不能不說沒藏悟道算得不錯。他見到張元的頭顱時，的確震撼，心中也對衛慕山風所言相信了很多。可張元呢？死前怎麼想？是不是不信自己為夏國鞠躬盡瘁這些年，為了這個理由，就丟了性命？

元昊像在看著狄青，又像是望著遙遠的天際，突然說道：「在這世上，我要殺的人，從來沒有殺不了的時候。你是我的對頭，种世衡是我的對頭，范仲淹是我的對頭，龐籍呢……也勉強算是我的對頭。西北有你們，對我進取關中造成了很大的阻礙，但我不會派人暗殺你們，因為我尊重你們。一個好的對手，是值得我來珍惜的。」

狄青有些詫異，從未想到過元昊是這般念頭。

「我也知道，很多時候，殺戮並非解決問題的唯一方法，我從不希望殺了你們，你們都是這天底下少見的奇才，我要統一天下，更希望你們能幫我。如今龍部九王殘缺難全，我需要補充新鮮的力量。」元昊話題一轉，凝望狄青道，「你若能幫我，從今天開始，你就可以坐在張元的位置上。這是我要和你說的第一件事！」

元昊言語輕淡，但說出來的話，沒有誰會懷疑。

夕陽已要沒入天際，那殘留的餘暉照在狄青的身上，拖出道長長的身影。

那身影是正的。

狄青雖軟弱無力，可腰身還是挺得筆直。他若答應，當然能活命；他若答應，在夏國就是一人之下，萬人之上；他若答應，比不答應要強上萬倍，可他還是只說了三個字，「不可能！」

殘陽已落，整個天都殿籠罩在夜幕中。無燈，夜濛濛。

元昊沒有命人掌燈，沒有人敢自作主張。殿中人影已暗，只有兩雙眸子熠熠生光，一雙滿是大志，一雙滿是決絕。

沒有憤怒，沒有怒吼，許久後，元昊才平靜道：「你可知道你為何到現在還渾身無力？」不聞狄青回答，元昊道：「你還記得飛龍坳吧？」

狄青當然記得，那一戰的慘烈，他這輩子都記得。那晚發生的慘狀，他此生難忘。「趙允升當年要奪回本屬於自己的東西，就過來找我。他說費盡心思，研究出一種可迷失別人心智的藥物，只要服用下去，可讓人供我驅使。」狄青想起當年百姓的慘狀，暗自心寒。元昊道：「我被他說動，因此派拓跋行禮等人到中原，借彌勒教之名，試藥物之效果。」

狄青咬牙道：「你為了試個效果，就讓千餘百姓死於非命？」

元昊淡然一笑，「歷代開國君主，為千古之業，殺人難以盡數，區區千餘百姓算得了什麼？天下萬物，有能者居之，弱肉強食，本是天循之道，我若能以這千餘百姓的性命，換取天下一統，或許比別的開國君主還要慈悲很多。」

狄青嗔目，一時間不知如何回答。

元昊又道：「不過事有不巧，拓跋行禮他們正遇郭遵，結果被郭遵所殺，也擱淺了我的大計。當初被郭遵所殺的不只有拓跋行禮，還有摩呼羅迦、迦樓羅兩部的部主。摩呼羅迦部也就罷了，可迦樓羅部一直在負責改進兵甲，藥物研製，迦樓羅部的部主一死，趙允升的計畫就難以實施，我本待再找旁人，不過終究放棄了這個計畫。」

狄青略有奇怪，不由問：「為什麼？」

元昊道：「我要一統天下，就要統領天底下的英傑，而不想統領那些渾渾噩噩的蠢材！那種行屍走肉，我要之何用？不過迦樓羅部從趙允升提供的方子裡研究出一種藥物，我叫做英雄醉……很奇怪這個名字吧？」說罷哈哈一笑，笑聲中有說不出的嘲諷之意，「趙允升當年提供那迷失人心智的方子，本是經宋廷大內一種叫美人醉的方子改進而成。你可知道那美人醉是做什麼用的？」知道狄青不會答，元昊有些嘲諷道，「你大宋天子九五之尊，不容侵犯，這美人醉本是給那些不聽話的妃子使用，以供天子為所欲為的。」他看不起趙禎，看不起那些無用的君王。

狄青省悟過來，說道：「想必沒藏悟道的鏈子槍尖上就塗抹了這種藥物，他知殺不了我，但能傷了我，等藥性發作就算大功告成。」

元昊撫掌笑道：「你終於想通了。這世上本來有很多事情，不是靠武功來決定的！其實當年在永定陵要殺趙禎的不是我，而是野利旺榮自作主張。我要殺趙禎易如反掌，用不著那麼費事，你可知道我為何不對趙禎下手呢？」

狄青搖搖頭，終於發現元昊的思想讓他難以捉摸。

元昊淡淡道：「我不殺他，因為他活著更有用。大宋缺英雄，卻不缺皇帝。你狄青死了，大宋很難再出第二個狄青來。但趙禎若是死了，趙家立即就有人接替他的皇位。趙禎優柔寡斷，性格不堅，本是無能之輩，他有什麼資格坐在你們的頭上？難道只因為他姓趙？」又是一笑，元昊諷刺道：「可就是他一人，就讓你、范仲淹、种世衡等人，英雄無用武之地。种世衡遇難，趙禎可曾想過去救這功臣？你狄青為大宋奮戰多年，趙禎對你如何？你還不是被他百般猜忌？被那些文人不放在眼裡？范仲淹對大宋如何？可趙禎為了趙家江山，不久前已將范仲淹罷免相位，再次外派京城，甚至連西北，都不放心讓他來了。」

狄青心頭一沉，知道元昊不必說謊。范仲淹是宋廷變法的中流砥柱，范仲淹罷相，變法一事，終究成了鏡花水月。

黑暗中，元昊犀利的目光落在狄青的臉上，說道：「大宋朝廷，多是無能之輩，可對爭權奪利頗為熱衷。眼下宋廷腐朽，民不聊生，饑民多起，他們害死的人，又豈比我少了？可笑堂堂一個范仲淹，不用我對付，只要石介的一封信，就讓他疲於奔命。」

狄青突然省悟過來，叫道：「石介那封信，原來是你篡改的？元昊，你好卑鄙！」

元昊冷笑道：「不錯，石介那封信，是迦葉王偷偷取得後加以篡改，然後交到夏竦手上。夏竦得到，當然如獲至寶地交給趙禎。我是用了些手段，宣揚范仲淹朋黨，說你功高蓋主，可若你們真的是鐵板一塊的話，我這些小伎倆能奈何你們嗎？猜忌早有，我只是讓它早些發生罷了。你們宋廷那些朝臣，除了范仲淹等寥寥幾人外，剩下的人為了權力這塊骨頭，就像瘋狗一樣亂咬，根本從未將西北百姓放在心上，這樣的朝廷，難道比我要好嗎？」

見狄青臉色鐵青，元昊續道：「我不妨再告訴你一個祕密。趙禎沒有你想像的那麼好，當年宮變，的確是趙允升想要謀權篡位，但劉太后那時登基的心思已淡。趙允升看出這點，這才急於發動宮變，趙禎卻沒有看出這點，或許他就算看出，也等不及劉太后讓位，這才讓郭遵入宮逼劉太后處置趙允升，想要削除劉太后最後的黨羽，一舉奪回皇權。當年宮中莫名有宮人宮女被害，據我所知，這事情並非趙允升的所為，可若不是趙允升做的，你想想會是誰做的？」

狄青臉色倏然發白，像是想到了什麼，後退了一步，身軀微微顫動。

元昊一字一頓道：「若不是趙允升做的，當然就是趙禎故意為之！」這句話如晴天霹靂，轟在狄青的耳邊，狄青回憶往事，臉色越發地蒼白，元昊突然笑道：「哈……好一個至孝的皇帝，他表面上對劉太后百依百順，可內心不知道有多渴望奪回皇權，我聽說當年宮中有人射了太后一箭，那人絕不會是趙允升，你猜猜，又會是誰？」

狄青嗄聲道：「你說這些，又有何用？」他心中對當年的宮變一直都有困惑，但心傷楊羽裳一事，對往事拒絕去想，這刻經元昊提醒，往事一幕幕閃現。

趙禎執意要去永定陵，不惜犯險也要去，他那時候，顯然早就有了決心。死也要奪回權位！

劉太后死時，指著趙禎說，「你好……」那句話沒有說完，但那時劉太后的表情絕非是稱讚一個人。那時劉太后盯的是趙禎，難道說她臨死前，終於看清了趙禎這個人？

當初趙禎在李順容的棺槨前，低聲說：「我是天子，我別無選擇，我請你原諒……」當初狄青聽到時，就很詫異，這會兒再經元昊提醒，驀地想到，趙禎這句話難道是對劉太后說的？一顆心都顫了起來。他真不想往下去想……元昊凝望著狄青的表情，緩慢道：「當初若不是趙禎逼趙允升造反，楊羽裳本不會有事的！」

狄青身軀一震，厲喝道：「你住口！」

元昊那跳動的五指凝硬了片刻，轉瞬活躍如初，這些年來，從沒有誰敢這麼對他說話了。可他沒有憤怒，嘴角反倒露出分勝利的笑。

狄青大喝之後，大口大口地喘著粗氣，良久才道：「元昊，你到底想說什麼？」

元昊微微一笑，下了結論道：「這就是我想對你說的第二件事，『飛鳥盡，良弓藏；狡兔死，走狗烹。』趙禎為了江山，什麼都可以捨棄。他可以捨棄范仲淹，也可以捨棄你狄青。大宋群臣為了自身的權力，也是什麼都可以攻擊，他們能攻擊范仲淹，也就能攻擊你狄青。你為這些人賣命，可說未戰結局已定。你不要說根本沒有機會勝過我，就算你能擊敗我又如何？你在宋廷，就如羊群中冒出的一頭狼，如此桀驁不馴，他們見到，會不安的。我若倒了，以宋廷那些人自大的性格，怎會再用你？」

狄青立在夜幕中，身影已帶著難言的淒涼，往事如電般從腦海中掠過。他突然想起一事，問道：「那寫信告訴我，誰是殺楊念恩的兇手的人，是不是你？或者是你的手下？」

元昊怔了下，喃喃道：「楊念恩？他是誰？」

狄青一聽，就知道元昊根本不知道此事。他一直以為八王爺一事和元昊有關，可眼下看來，元昊應該不知道那封信。到了現在，元昊沒有再瞞他的必要。

那寫信的人會是誰呢？沉默許久，狄青終於道：「元昊，你或許很多事情說得很對，但有一件事你說錯了。」

元昊雙眉一挑，只是哦了聲，靜待狄青說出答案。

狄青看似站立都已困難，但還是挺起了胸膛，說道：「我自幼出身農家，懂得百姓的苦。讓我為之效忠的不是宋廷，而是西北的百姓。或許朝廷以後會負我，但狄青此生不負天下！這個道理……你永遠不會懂！」

元昊舒展的手指驀地回縮，緊握成拳，天都殿中，黑暗中有著森冷。

狄青突然笑了，緩緩道：「其實我覺得，你應該知道我的答案。你雖是我的對手，但你應該比更多人要瞭解我。我不想去理會當年情況如何，我只想問你，你不惜代價地抓了我，究竟是什麼目的？你要對我說三件事，這第三件事，應該才是你真正的目的？」

元昊輕歎一聲，喃喃道：「你說得不錯，我勸你投靠於我，不過存有萬分之一的希望，但我為了……」頓了下，元昊改口道，「但我還想試試說服你投靠我，因為這和我要說的第三件事關係很大。狄青，我既然用了這些代價抓了你，這第三件事，你就必須要答應我，不然你一定會後悔！」

他的言語還是平靜，但眼中已有殺機，他不必威脅恫嚇，他知道狄青會懂。

沉凝片刻，元昊才道：「我抓你過來的真正目的，是要你……娶了單單！」

狄青一驚，臉上變色，失聲道：「你說什麼？」

第八章　藤　鞋

狄青猜過元昊的太多用意，可從未想到過，元昊抓他來，就是為了讓他娶單單！

元昊怎麼會做這種事情？

元昊方才許諾，只要狄青投靠過來，就可以坐到張元的位置。當時狄青就想問一句，「坐到張元的位置又如何？難道就如張元般辛苦多年，為了你的一個意願，就得丟了腦袋？你說趙禎為了江山不擇手段，你何嘗不是如此呢？」

但這些話，狄青終究沒有說，他知道此刻辯解無用。元昊有一句話沒有說錯，這世上本是弱肉強食、勝者為王的。他狄青勝了，不會用拳頭講道理，他只做他認為該做的事情；他敗了，也不會用道理去對付拳頭，他不會做無謂的事情。

就因為這樣，狄青才奇怪。奇怪在元昊心目中，本一直都是以雄圖偉業為第一，一統天下為己任。這樣的一個人，對叛逆只有一個殺字，對女人，也只有一個殺。天底下，凡是不肯臣服於他的人，他也只是會一殺了之！但這次狄青觸怒了元昊，元昊竟還能忍他？元昊為了單單，真的會做出這般瘋狂的事情？

狄青想不明白，不再去想。他冷靜地望著元昊，沉聲道：「我不知道應該恨你的瘋狂，還是感謝你的器重。但你的要求，我不能答應。」

元昊低頭望向自己修長乾淨的五指，緩緩道：「我希望你考慮後再給我答案。」

狄青搖頭道：「不用考慮。你方才已說過，我最大的缺點就是感情用事。不錯，我素來如此，我也絕不會用感情來做交易！你可以現在殺了我，但你絕不能讓我背叛自己的感情！」

言語沉沉，其中也帶著不容置疑的決定。

他們本來是兩類完全不同的人，一深情、一無情，但他們顯然有個共同的特點，一有決定，就不會再被旁人改變。

殿外新月已升，照不明殿內的森然。

元昊雙眸中寒光閃動，一直盯著狄青的眼，狄青並不低頭，他也一直望著元昊的雙眸。雙方目光激出的火光，已告訴了彼此的心意。良久，元昊才道：「你一定會後悔。」

狄青笑笑，「不一定。」

元昊也笑了，可笑容中已帶著說不盡的冷酷無情，「三天，我給你三天的時間。你不用急著拒絕我，三天後，我再聽你的答案。」

一擺手，有金甲護衛入殿，帶走了狄青。元昊望著狄青的背影，眼中的殺氣突然逝去，取代的是幾分傷感。他五指才伸，轉瞬緊握成拳。

他握拳握得有力，握得手背發白，指骨突兀。凝望著那有力的拳頭，元昊喃喃道：「狄青，你定要答應我，不然……你我都會後悔！」

狄青並沒有聽到元昊的最後一句話，不然肯定會奇怪。如今看來，狄青若不答應元昊的要求，只有死路一條，狄青可能會後悔，但元昊為什麼要後悔？

夜已濃，天有月。月黯淡，星稀缺……

狄青出了天都殿後，深吸了一口空氣。夜濃花香，幽情沁意。狄青的表情竟還平靜，他身旁的金甲護衛雖面無表情，可看著狄青的眼神也有些詫異。

這世上真有視死如歸之人？

狄青再次深吸了一口氣，是不是因為知道他被關入牢籠後，再也見不到如此甜美的夜，三天後，答案只有兩個，生……或死！狄青選好了哪個？

狄青才行了幾步，突然聽到不遠處有嘈雜聲傳來。狄青不掛記生死，還是有些奇怪，奇怪有人竟敢在天都殿吵鬧？竟有人敢在元昊面前喧譁？

扭頭望過去，見到一人要衝入天都殿中，叫道：「兀卒，是我。」

有金甲護衛擋道：「太子，沒兀卒之令，你不能進去。」

那人氣憤叫道：「他是我爹，我為何不能見他？」

狄青暗想這人多半就是寧令哥了，也就是如今夏國的太子。寧令哥本是元昊的第二個兒子，元昊長子寧明因求仙習道不得其法而死，因此這個寧令哥才被立為太子。都說寧令哥和元昊長得很像，狄青斜睨了眼，發現寧令哥眉宇間依稀有幾分元昊的樣子，但多了分浮誇，少了分元昊的大志和決絕。

不待多看，狄青就被身後的侍衛推行而走，等入了牢房，鐵門緊鎖。

狄青坐在獄中，抬頭望著房頂，也不知道在想著什麼。

忽忽兩日已過，這一天，牢房的鐵門打開，狄青沒有去望，只以為是獄卒前來，不想嗅到一股幽香。那幽香淡淡，沁入心扉。有腳步聲輕輕傳來，到狄青牢門前而止。狄青終於抬頭望去，見到有個女子滿是風情地站在那裡，一雙妙目中，滿是感慨。

狄青見到來人，也不驚奇，笑了下道：「不知我該稱呼你張部主呢，還是稱呼你妙歌姑娘？」

來到那女子，竟是張妙歌！

見狄青沒有半分詫異的表情，張妙歌微笑道：「怎麼稱呼都無妨，什麼名字都無妨的。」頓了下，見狄青神色平靜，張妙歌道：「你不怪我以前欺騙過你嗎？」

狄青搖搖頭道：「兩國交兵，各為其主，我怪你何來？相反，你兩次救過我，我倒要謝謝你。」

張妙歌聽狄青說兩次相救時，嫣然一笑，她知道狄青當年在丹鳳閣時，就已認出了她。人生，本是頗為無奈。她對狄青，根本沒什麼惡感，可就是這樣的兩個人，一在牢籠內，一在牢籠外。狄青見張妙歌沉默，說道：「你若是在我臨死前過來看看我，我很感謝。可你若是想為元昊當個說客的話，那就不用談了。」

張妙歌微滯，半晌才道：「我這次來，不是給元昊當說客的……」

狄青怔了片刻，苦澀道：「難道說，你是來給我送行的？」他這「送行」二字，當然有些悲涼的味道。

張妙歌的俏臉上，有了分無奈之意。她緩緩上前一步，輕聲道：「狄青，我是來勸你能不能改變主意……」

狄青雙眉蹙起，「改變什麼主意？你不是說，並非元昊的說客？」

張妙歌輕歎一口氣，「依我的心意，也想你能娶了單單。我……求你，好不好？」她軟語相求，神色中帶分憂傷之意。

狄青怔住，不想張妙歌竟說出這種話來。

張妙歌求他娶了單單，為什麼？他想不明白。

如斯語氣，如此溫柔……明暗不定的油燈下，那秀美的眸子滿是懇切地望著狄青，實在讓狄青很難拒絕。可狄青終於還是搖頭道：「張姑娘，很抱歉，單單救過我，我很感激她。她是個好女子，但我不想騙她，也不想騙自己，我從未喜歡過她。我這一輩子，只喜歡羽裳一個！」

張妙歌紅唇微張，本來想說，「你寧可送命，也不肯妥協嗎？」可見到狄青決絕的那雙眼時，她終究沒有再勸。

有些事情，對某些人來說，的確是送命也不會妥協的。

或許傻……或許癡……或許別人有千萬種看法，但他只有一種理由就好，他愛著羽裳，他還在等羽裳。

不知為何，張妙歌鼻梁酸楚，驀地想到，我如果也去了，我喜歡的男人，會不會像狄青一樣，對我這般想念？終於只是點點頭，話也說不下去，扭過身，緩緩地離去。

狄青望著張妙歌的背影，滿是蕭索之意，幾次想開口詢問，為何她要求他娶單單？為什麼？可他終究沒有問下去，他那時候有種歉然、有種內疚、有些擔心，但他不想被任何理由左右感情的選擇。他在等羽裳，這個承諾，雖未許下，但此生不變！

鐵門開合，噹啷響動，張妙歌離去。狄青輕輕舒了口氣，倚在了牆壁旁，望著那明滅的油燈，神色有著說不出的疲憊之意。

這時鐵門又是一聲響，沒藏悟道走了進來。他身後跟著幾個人，最前面那人手上端著個托盤，托盤上蓋個紅綢。紅綢蓋著個事物，圓圓的……

狄青看了那托盤一眼，心中微寒。他嗅到一股血腥之氣。

沒藏悟道依舊平和的笑容、樸素的衣著，望著狄青道：「狄青，我們又見面了。」

狄青也不起身，冷漠道：「我們本就沒分別太久。都說龍部九王中，般若悟道，智慧無雙。我被你抓住，輸得心服。」

沒藏悟道反倒謙恭起來，微笑道：「在下用詭計得手，實在貽笑大方。」

狄青越發地平靜，「輸了就是輸了，不用管怎麼輸。在疆場上，咬死你和砍死你，結果都是一樣。廢話說完了，可以說正事了。」

沒藏悟道當然不會沒事來看望他的。沒藏悟道當然也不會為單單說媒。那沒藏悟道是來做什麼的？

沒藏悟道仍是微笑，說道：「兀卒說……明天就是他給你的期限，他希望你考慮好了再給他回復。」他的笑容中，突然現出分詭異，伸手指著後面那人手上的托盤道：「這是兀卒給你準備的一點兒禮物，不成敬意，請狄將軍收下。」

他手一動，掀開了那托盤上的紅綢，露出托盤上一個圓滾滾的……人頭！

饒是狄青冷靜，驀地見到一個人的腦袋，也是心頭大跳。

他見多了死人，當然不會害怕一個死人腦袋，他怕的是見到朋友的腦袋。

他失陷敵手，後來的情況如何，他一無所知。郭逵、韓笑、李丁他們現在怎麼樣了？

那人頭洗得乾淨，沒有半分血跡，可就是如此，反倒讓人見到後，有種嘔吐的感覺。狄青終於看清那腦袋是誰，只是雙眉揚了下，並沒有什麼傷心。

那竟是衛慕山風的腦袋！

衛慕山風拿張元的人頭博得狄青的信任，然後誘騙狄青跌入陷阱，這樣的人死了，狄青當然不會難過。

可衛慕山風怎麼會死？

轉望沒藏悟道，狄青道：「難道元昊認為拿這個腦袋來，我就會改變主意嗎？」

沒藏悟道平靜道：「當然不是了。衛慕山風這種人，賣友求榮，本就該死。兀卒也很不屑這種人，因此把他的腦袋砍下來，安撫狄將軍的怒氣。當然了，狄將軍若不滿意的話，還有兩個腦袋可供狄將軍砍……」他一擺手，鐵門匡噹，有馬征帶兵押著兩人走進來，那兩人一著紅衣，一個身形稍矮，都是被蒙著腦袋。

沒藏悟道又擺擺手，獄卒打開了牢門將那兩人推了進來。那兩人跌倒在地上，狄青伸手扯開那兩人腦袋上的黑巾，才發現那兩人竟是衛慕山青和阿里。

二人見到狄青，沒有歡喜，反倒有種羞愧之意。

狄青驀地想到元昊曾自信地說過，「在這世上，我要殺的人，從來沒有殺不了的時候！」

衛慕家背叛元昊，元昊就將母親、舅舅、妻子、兒子等和衛慕家有關的人一股腦地殺得乾淨，到如今，衛慕山風死了，衛慕山青和阿里也落在牢籠，衛慕家只怕要被元昊連根拔起了。

而被元昊屠盡的羌族，絕對不止衛慕族。

沒藏悟道的笑容中，帶著分冷酷之意，「我奉兀卒之令要請狄將軍，可知道必須有個狄將軍熟識的人領路才行。因此我派人找到了衛慕山風，他聽說要請狄將軍，欣喜答應。」

衛慕山青本跌倒在地，被繩索倒剪了雙手，聞言撲過去，抵在欄柵上叫道：「你撒謊，你撒謊！你把我們全部抓住，然後威脅我大哥去騙狄將軍的。他本不願意去，但你說他若不去，就會殺了我們全族人。我大哥是被逼無奈，這才答應你的。」

她大喊大叫，亦有憤怒，也有心傷，更是對狄青在解釋。她有些失去了常態，唾沫星子都噴到了沒藏悟道的臉上。可她畢竟被捆著，隔著胳膊粗細的欄柵，根本夠不到沒藏悟道。憤憤下，突然一口吐沫噴過去，正中沒藏悟道的肩頭。

沒藏悟道根本不閃避，望著衛慕山青的眼神中，帶著分譏誚，「女人就是女人，你到現在還不明白男人的心思？一個男人，若真正下了決定，十頭牛都拉不回來的。事實是你大哥貪圖我許下的高官厚祿，不想一輩子再過逃亡的生活，這才來騙狄青。」

「你撒謊，你撒謊！」衛慕山青雙眸紅赤，嗓子都叫得啞了。

突然有個聲音道：「他沒有說謊！」

聲音是從衛慕山青身後傳出，帶著冰冷的憤怒。衛慕山青扭頭望過去，見到阿里望著她，眼中帶著無邊的絕望。

「你說什麼？」衛慕山青渾身發抖，顫抖問道。

阿里咬牙道：「當初沒藏悟道抓了我們的時候，就曾問過我會不會去誘騙狄將軍。我臭罵了他一頓，說我衛慕族都感激狄將軍的大恩，誰都不會背叛狄將軍的。沒藏悟道當時就和我打賭，說他不信！他將我藏在了櫃子裡，然後找來了衛慕族長，讓衛慕族長去騙狄將軍。開始族長有些猶豫，可後來沒藏悟道說，族長只要能幫他抓住狄青，衛慕族從此就不用逃命了。而衛慕族長，也可以得個官做！我親耳聽族長答應了！」

沒藏悟道輕輕歎口氣道：「阿里，你年紀雖小，但比衛慕山風強多了。」

阿里恨恨道：「我和你賭，我輸了，我就會把事實對狄將軍說出來。」

狄青明白了沒藏悟道賭注的用意，眼中閃過分憤怒。沒藏悟道還在打擊他狄青對人的信心，可這些事情對阿里來說，太過殘忍。

衛慕山青一屁股坐在地上，神色木然，經阿里口中說出來的事實，將她打擊得完全沒有了自信。沒藏悟道笑道：「阿里，你很守信……」

「但你卻不講信用！」阿里突然叫道，「你答應過衛慕族長的事情，並沒有做到！」沒藏悟道淡淡道：「你錯了，兀卒已答應，封衛慕山風個刺史的官。他現在……不是從此不用逃命了？」

死人的確不用逃命了，但死人要官何用？

冷冰冰的人頭，冷冰冰的話語如利劍般刺在阿里身上，他霍然站起，可已無言以對，他遠不是沒藏悟道的對手。狄青依在牆壁旁，神色木然道：「沒藏悟道，你把他們帶過來，難道就是想讓我稱讚一下你的妙計嗎？」

沒藏悟道面對狄青，立即換上笑臉以對，「這一切……是兀卒的吩咐。兀卒吩咐我告訴狄將軍一句話，誰的性命，其實都不如自己的珍貴。」

「你錯了。」阿里突然怒吼道，「不是每個人都像你這麼想。你把我們帶到這裡，是不是想用我們要脅狄將軍？」他年紀雖小，可想得透徹。

沒藏悟道笑容中有分冷意，終於點頭道：「你說的也對也不對，你們衛慕族最後兩人的性命，並沒有自己想的那麼重要。」轉望狄青道，「狄將軍，兀卒說了，明天的天和殿會很熱鬧，他請狄將軍明日光臨，當著很多人的面前，說出你的決定。而這兩個人的生死，當然由狄將軍決定。」

言畢，沒藏悟道轉身要走，阿里望著沒藏悟道的背影，眼中冒出怒火，悲笑道：「你錯了……」他霍然站起，怒喝聲中，一頭撞在了青石牆上。

狄青臉上變色，伸手去拉，叫道：「不要！」他若是以往的身手，要拉回阿里並不吃力，可他走路都是虛弱，如何拉得住剛烈的阿里？

砰的一聲大響，狄青踉蹌趕到，阿里已軟軟地倒了下來，額頭上滿是鮮血。

狄青一把抱住阿里，嗄聲道：「阿里，你為何這麼傻？」衛慕山青一旁也被嚇呆，一時間竟動彈不得。

沒藏悟道的腳步終於頓了下，似乎有分遲疑，終於還是大踏步地離去。馬征似也被阿里的激烈所觸動，看了狄青一眼，不如以往那樣囂張，悄悄地跟隨沒藏悟道離去。

阿里滿臉是血，勉強睜開眼看看狄青，吃力道：「狄將軍，我們對不起你。」

狄青摟住了阿里，歎息道：「你有什麼對不起我的？這一切和你又有什麼關係？」他撕下衣襟，就要為阿里包紮傷口，方才那一撞，阿里受創不輕，但還有救。

阿里一把抓住了狄青的手，嘶聲道：「狄將軍，你不要給我止血，讓我死了，我會好受些。我無父無母，幾個哥哥也死了，再無親人。到如今，還要再連累你這個恩人，我活在世上，還有什麼意思？」

衛慕山青聞言，早就淚流滿面，那一刻也是心灰如死。阿里說得不錯，衛慕族都被元昊斬殺殆盡，到如今大哥也死了。可大哥死前，還陷害了狄青，他們如今被困大牢，哪有什麼生機？

狄青緩緩握住了阿里的手，看著那尚未成年的孩子臉上，已有了難以磨滅的滄桑，輕聲道：「你還有親人的。你的親人，就是我！」

阿里一怔，陡然間放聲大哭，一頭撲在了狄青的懷中。

他早就存了死念，不想再連累狄青，可聽到狄青的這句話，如何能忍得住心中的歉意和激動？

雖然不是他害了狄青，但他著實為衛慕族感到羞愧。

狄青輕輕拍著阿里的肩膀，低聲安慰道：「你們放心，我們不會就這麼死的。」

衛慕山青聽到狄青這麼說，反倒更是絕望。事到如今，狄青若不投降元昊，他們還有什麼希望？可狄青絕不會降，而他們也不會為求生而降，那到現在，不就剩下死路一條？

匡噹一聲響，牢房的鐵門突然打開，有陰風吹過，滅了牢獄中的幾盞燈火。那風吹來，帶著分陰森冷意。

有銀白的月光鋪了進來，通道泛著慘白的顏色。牢門處，站著一人，讓眾人看不清面容。那人就是站在了那裡，也無聲息，宛若幽靈一般。

衛慕山青望過去，激靈靈打了個冷顫？來人是誰？怎麼會沒有獄卒攔阻？就見那人一步步地走過來，走得極其緩慢……舉止極為古怪。

衛慕山青見來人詭異，幾乎要放聲大叫。來者究竟是誰？難道是衛慕山風屈死的靈魂，不甘就死，這才來找狄青述說他的無奈？

張妙歌出了牢房後，秀眉蹙起。抬頭見月上宮柳，惆悵依舊。她立在樹下良久，有風盈袖，似乎載著滿滿的愁。向天都殿的方向望去，見到那裡還有燈火輝煌，張妙歌猶豫片刻，終於還是走了過去。宏偉的大殿中，燈火盞盞，將大殿照得有如白晝般。那煌煌的燈火下，只坐著一個人，依舊地黑冠白衣，依舊地巨弓彩箭。那軒轅弓、定鼎箭似乎和他從未分離，但除了弓箭，再沒人在他的身邊。

殿外依舊有十六金甲護衛守著，可在寬廣的殿中，只有元昊一人。燈火下，人影晃動，似乎也在述說著無邊的孤獨。他可以大權在手，可以生殺予奪，但他放棄得更多。望見張妙歌的那一刻，元昊眼中突然閃過分神采。

但就算那神采，也是落落……

張妙歌走到殿前，十六金甲護衛見了，並不阻攔。沒有誰能不經元昊許可就到元昊的身邊，就算太子也不例外。可元昊曾經有令，張妙歌隨時都能找他，無須阻攔。張妙歌走到元昊身前，緩緩落座。

元昊輕輕歎了口氣，悵然說道：「單單說得不錯，我可掌控別人的生死，卻不能左右別人的感情。我不能阻攔單單愛狄青，也同樣不能強迫狄青喜歡單單。」他沒有問張妙歌結果，因為他從張妙歌的表情上已看出了結果。

張妙歌妙目流轉，望著那滿是個性的臉，「那你決定怎麼辦呢？」她就那麼地望著眼前的人兒，感覺似近實遠。

她多想說，你莫要管他們的感情，有時候相見真的不如懷念。那總是相見的人兒，有時都不懂身邊人兒的心思……

可她終究什麼都沒有說，見元昊沉默，又道：「為何不告訴狄青真相呢？他是個重感情的人，若知道真相的話……」話未說完，元昊堅決地擺手截斷，一字字道：「單單不需要憐憫，她需要的是真情！」

燈火閃耀，張妙歌妙目中流露出悲傷之意，卻同意元昊的話。單單是個倔強卻又高傲的女孩子，她的確不會要那施捨的感情。許久後，她才道：「那單單知不知道你為她做的一切？」

元昊道：「前幾日我讓狄青見過單單，事後單單……精神好了些。我沒有告訴她一切，但我想……她知道一切。」眼中露出罕見的痛苦之意，元昊瞇起眼睛，望著那跳躍的燈火，宛若望著那難追的流年，「現在是我裝作不知道她知道。」

這句話很簡單，卻又複雜千萬，其中的語氣，更是含有深邃的痛苦和哀傷。

張妙歌目光落在元昊身上，良久後才道：「單單有你這個大哥，不會遺憾，你做得已經夠好了。」

元昊突然一拳擊在桌案上，嘩的一聲，那桌案竟然垮了。

他霍然站起，那一拳雖猛，仍舊無法發洩他心中所有的憂傷，「我做得不夠！我一直以為，我可以改變她，但是我現在才發現，我錯得厲害。我就這麼一個妹妹，為了我而要離去的妹妹！」霍然望向了張妙歌，元昊那滿是大志的眼眸中，有了晶瑩閃爍。他頭一次失去常態，嗓子沙啞道，「我這一生，欠她太多。如今她已沒有幾日可活，我既然知道她的心意，就不能讓她去得遺憾。無論如何，我都要狄青明天娶她！一定！」

他說完後，雙拳一握，抬頭望著殿外的天際，神色肅殺。

天有月，月華落。

那人走在通道上，緩慢的步伐，略帶著僵硬的動作。月華落下，從牢門的窗子透過，照出道長長的身影。衛慕山青不知道那是人是鬼，不停地後退，擠到牆壁旁，周身顫抖。狄青望著那身影，臉上慢慢流露出詫異之色。

那人終於走到了欄柵前，望著狄青的方向片刻，緩緩道：「狄青，你在吧？」牢房中雖沒有了燈火，但她沒有道理看不到狄青。她這麼問，又是什麼意思？

狄青更是驚奇，暫時將阿里交給了衛慕山青，站起來道：「單單公主，你怎麼會來？」來的竟然是單單。她明明和狄青約定好了，還有幾日後才見，她當初不肯見狄青一面，為何到了如今，反倒主動來牢獄尋找狄青？

牢中無燈，暗色籠罩，狄青只能依稀見到單單的輪廓，憑直覺知道那是單單。

單單還是一襲紫衣，她的臉色似乎有些白，嘴唇卻多了紅。她今日，化的是濃妝。單單沒有回答狄青的問題，嫣然一笑，牢房中，看起來多了分嫵媚，「我今日……還好吧？」

狄青緩緩上前一步，凝視著單單的雙眸，見她眼中似乎有分茫然，心中不知為何，有分害怕。單單變了，變了太多太多。那個昔日滿是倔強、古靈精怪的女孩子，好像變得低沉了很多。

「你……還好吧？」狄青反問道。

聽狄青口氣中滿是探詢的味道，單單笑了，笑得很是開心，「我當然很好。狄青，你怎麼這麼不小心，竟被我大哥捉了來？」若是旁人這麼說，狄青多半認為是諷刺，可聽單單說這些，卻知道單單並沒有敵意。他沒有回答，只是輕輕伸手在面前晃了下……

單單還是望著他的方向，沒有反應。狄青背脊突然升起了一股寒意，才要舉步上前，突然止住了腳步，眼中露出驚駭的表情。

單單並沒有覺察到狄青的異樣，說道：「你前幾日來看我，那時候……我其實很開心。」她略帶蒼白的臉上，有分甜美的笑。那是真正的開心。

那笑給這陰暗的牢房、詭異的氛圍，帶來分明亮。那笑容曾經純真，曾經狡黠，曾經千變萬化，但此刻、只餘真心。

狄青靜靜地望著近在咫尺的單單，嘴唇喏喏，想要問些什麼，可終於沒有詢問。牢房中靜了片刻，狄青道：「我看到你的時候，也很高興。」

單單聽到這句話，臉上突然泛起了光華，可她的眼，還是茫然地望著前方。

狄青又道：「你這麼晚了，還來看我，可是有事嗎？」

單單認真地點點頭，低聲道：「前幾日，你離開後，我想了很久。你在沙漠救過我，也算帶我出了沙漠。我在宮內也救過你，也算帶你出了皇宮，對不對？」

狄青略有不解，不懂單單為何這麼慎重地重提往事。可他看著單單茫然的眼，終於點頭道：「對。你說得沒錯，我救過你，你也救過我，我們互不相欠了。」

單單聽到「互不相欠」四個字的時候，嬌軀震了下。搖搖頭，神色似乎有些苦惱，說道：「你說得不對，我想了很久，突然才發現，其實我還欠你的……」

狄青滿是詫異，不明白單單為何糾纏在這種小事上，問道：「你欠我什麼？」

單單伸手在袖子中摸索了半晌，緩緩取出一隻藤鞋。那藤鞋並不華貴，是用枯藤纏就，鷹羽墊底，甚至可說是簡陋。

可單單雙手捧著那只鞋，如同捧著全世界最珍貴的珠寶。因為這鞋子，是狄青留給她的唯一物件。她望著狄青道：「你送我了這只鞋，我並沒有還你這個情，這麼說，我還欠你些東西。我想了很久，我定會送你件東西來補償的。」

狄青皺了下眉頭，半晌才道：「你何必算得如此清楚呢？」

單單聞言，臉上有分憧憬的笑，喃喃道：「一定要算得清楚，一定的。」

衛慕山青抱著阿里，望著牢房內外的兩人，眼中閃過奇異之意。她像是不解，又像是恍然，其中還夾著些唏噓和感動。

狄青道：「那你不用辛苦地……」頓了下，說道，「你不用還我什麼東西，你把這隻鞋還給我，那不就互不拖欠了？」驀地想到什麼，依稀感覺情景似曾相識。以前除了單單，好像還有個人堅持要和他互不拖欠的……

單單蒼白的臉上有分焦急，忙道：「不行，不行的。這隻鞋對你我的意義，完全是不同的。這世上有千萬隻鞋子，但所有的鞋子加起來的意義，也不如這一隻。我若把鞋子給你，或許在你眼中，這就和千萬隻鞋子一樣，根本沒什麼兩樣，對不對？狄青……你說話呀！」

狄青心頭一震，見到那如雪般的臉上，滿是焦灼。一時間不忍違拗單單的意思，點頭道：「你說得對。」

「是呀！」單單臉上展露笑容，如幽蘭般綻放。她改變了很多，去了野蠻、去了任性，沒有了捉摸不定，看起來只像個天真的、未經世事的少女。狄青真的很難將她同沙漠裡的那個單單連繫在一起。是什麼讓她有如此大的改變？

單單笑容才露，又蹙起了眉頭，說道：「狄青，我過幾日後，送一件東西給你，那東西對你來說，就像這隻鞋子對我一樣地重要。」

狄青聞言，身軀微微顫抖，他不關心單單要送他什麼，只感覺到那平淡的語氣中，帶著海一般的情意。他在感情上雖木訥，甚至楊羽裳都說他是木頭樣的傻大哥，可他又如何感受不到單單的一往情深？單單到了如今，並沒有對他說一句喜歡的話，但就如那藤鞋在單單心目中的分量，他狄青在單單心裡，只怕比那藤鞋還要珍貴萬倍。

「單單……我……」狄青才要開口，就被單單擋住，「好的，我知道，你不用說了。」狄青遲疑道：「你知道？你知道什麼？」

單單微笑道：「心愛的人心中想什麼，我感覺得到。」可她的笑容中，突然有了分不安。她終於說出了想說的話，或許她今生只會說這一遍。她一直警告自己不要說出這句話的，因為她既然知道心愛的人想什麼，就知道永遠不會有回應，那他們之間豈不又欠了什麼？

但這句話說出來，她不安中也有不悔。或許很多話，來生不會有，只望今生？或許這句話，狄青不懂的？狄青木然地立在那裡，縱有千萬心思，卻再也說不出一句。

單單那絲不安終於抿去，輕輕將藤鞋放了回去，伸手撩了下額前的長髮，問道：「狄青，你……看我……美嗎？」

那蒼白的臉孔上有了分期待……

狄青望著單單良久，終於點頭道：「很美，美得和花兒一樣。」

單單的臉上突然有了分光輝，整個人那一刻也改了懦懦，像換了模樣。狄青從不想，自己的一句話會讓單單有如此的改變。單單沉寂片刻，又笑了笑，說道：「多謝你了。我走了，過幾天後，我們說不定還會再見……不是，是一定再見的。」重重地點頭，像是給自己信心。緩緩地轉過身去，又是慢慢地離去。

狄青望著單單的背影，眼中有分擔憂之意。見單單到了鐵門前，摸索了半晌，這才走了出去。匡噹一聲響，那鐵門隔斷了背影，隔斷了風月。

狄青就那麼立在那裡，忍不住想問：「單單的眼睛怎麼了……難道，她竟然盲了？」適才他見單單舉止古怪，忍不住伸手試探，但單單沒有反應。他仔細觀察單單的雙眼，發現那本是靈動的眸子有了分呆滯之意。又想到單單來去時行動緩慢，狄青心中滿是不解和憐憫。

單單怎麼會盲？元昊一定要他狄青娶單單，難道是因為單單盲了？

正沉吟間，衛慕山青道：「狄將軍，她對你真癡心呀！」衛慕山青雖恨元昊，也知道單單是元昊的妹妹。但方才無論是誰見到單單，都恨不起來。

狄青沉默不語，聽衛慕山青又道：「她希望來生和你相愛的。」狄青一震，霍然轉身，失聲道：「你說什麼？」

衛慕山青眼中滿是同情之意，緩緩說道：「在藏邊，有個傳說，今生糾纏的男女，來生因為有個人要來還債，註定就不會再在一起。只有今生糾纏的男女，互不相欠後，來生才會真心相愛！她一直要和你沒有相欠，不用問，肯定是知道這個傳說的。」

狄青一聽，呆在了當場，那一刻，思緒繁遝。突然想起在沙漠時，單單以為必死，對他淒婉道：「如果上天要我死，我更希望……能死在你手上。你救了我，又殺了我，你我今生豈不是再不相欠？」

又想到在興慶府外離別時，單單對他惡狠狠道：「你這次走了，就一定不要再回來了。你救過我一次，我也救過你。你帶我出了荒漠，我也帶你出了宮中。自此後永不相欠，再無瓜葛！」

他一直不明白單單為何總強調不相欠幾個字，到如今，他終於懂了。但腦海中有電光劃過，以往還有一幕重現腦海。

那是漆黑的密室中，那個如飛雪般飄忽的人兒凝望著他，黑白分明的眼眸中有著讓人看不見的波瀾，「你在承天祭救了我，我就要救你一次，這樣一來，你我就各不相欠了。」

「在藏邊，有個傳說……說各不相欠的兩個人……來生……不會再見！」

他那時候還以為，飛雪不想再被他連累，因此來生也不想和他相見，不想飛雪是騙他的。原來互不相欠的兩個人，來生就會真心相戀，再沒有恩怨糾纏。

飛雪為何要騙他呢？還記得那是失望的眼神，絕境中滿是懇求，「狄青，你答應我，從今以後，你我各不相欠了，好不好？」

他到如今，才明白一切一切，可是不是已經太晚？

那他和羽裳呢？今生如此癡纏，那來生還會不會相見？這時有月明，明月如鉤，彎彎的有如相思的眉頭！狄青望著那清冷的月色漠漠地透過窗，落在牢獄那寂寂的通道上，泛著慘白的光，已然癡了……

元昊皺著眉頭，望著那彎彎的月，許久後才道：「妙歌，多謝你陪了我這麼久。你回去吧！」

張妙歌望著元昊，心中道：「其實我陪你一生一世也是無妨，但在你心中，只有大業，可曾給我留過一分位置？你一直說，我是你的紅顏知己，我就一直把自己當做你的知己，可我不想再做你的知己。」

沉寂如弦，滿是幽幽。

所有的話縈繞在心頭，終於開口，張妙歌道：「兀卒，唃廝囉派善無畏來興慶府幾天了，耶律喜孫也因為興平公主一事來到了興慶府，他們竟相約而來，同時向兀卒你施壓，只怕……早有約定。」

元昊冷冷一笑道：「他們聯手，以為我就怕了？」他昂首挺胸，還是望著那天上的月牙兒，卻不望身邊女子一眼。

張妙歌幽幽一歎，說道：「我知道兀卒不怕，但你同時應對宋國、吐蕃和契丹三國，又決定明天在天和殿做個了斷，若他們真要一起發難的話，只怕對兀卒不利。」

元昊淡淡道：「狄青被擒，宋廷還有勇氣和我開戰嗎？我雖以十萬兵馬慘敗收局，但抓一個狄青，可抵敗宋廷百萬兵馬。唃廝囉胸無一統大志，只想安於現狀，要去香巴拉而已，給他些甜頭，他裝作慈悲的面孔，不會輕易以藏邊百姓的性命開玩笑。至於耶律喜孫，更是可笑，他們契丹收了宋國的好處，竟來做和事佬，讓我不要再對宋用兵。他們得名得利，難道從不考慮我得到了什麼？契丹人本還兇悍，算是我的勁敵，但自從澶淵之盟後，數十年不曾開戰，只怕兵甲也已發霉了，這樣的國度，我何懼之有？」

「可是……你近些年來，殺戮太多，只怕手下不服。」張妙歌望著元昊眉宇軒昂，心中隱有不安之意。

元昊淡然一笑，「我就是想看看，有誰不服！我希望我的手下個個如狼，一隻狼，若不懂得嗜血，不懂得反叛，那和羊有什麼區別？」

那如銀般的月色鋪過來，照在那偉岸的身軀上，泛起淡淡的光輝。

那一刻，他滿眼大志，雙拳緊握，卻沒有留意到身邊站的那個人兒，孤獨地站在他的身影內，緊鎖眉頭，滿是哀愁……

第九章　逼　宮

明月明，明月淡，終於抗不住那晨曦的亮，隱入天際。

天已亮。

狄青坐在牢房中，一夜未眠。阿里和衛慕山青雖滿懷恐懼，終究抵不住疲倦，依牆而睡。

狄青雙眸中有了血絲，那一夜，如一生般漫長。他已有些斑白的頭髮，多了幾絲銀亮，他不怕死，只怕很多事情想不明白。

匡啷一聲，牢門大開，馬征帶著宮中侍衛走進來，神色肅然。衛慕山青和阿里都被開門聲驚醒，衛慕山青神色有些慌亂，阿里望向狄青，見狄青鎮靜非常，胸中驀地升起一股勇氣，心道能和狄將軍一起死，還有什麼怕的呢？

狄青木然地坐在枯草上，頭也不抬。

馬征戒備地到了欄柵前，手扶欄柵，喝道：「狄青，兀卒……請你到天和殿一見。」他雖用個請字，可眾人的神色，均如臨大敵。

眾人都知道狄青中了英雄醉，無法發力，可眼下對狄青來說，畢竟是生死關頭。夏軍久聞狄青的大名，只怕狄青臨死發難，不得不防！

狄青低著頭，望著五指。五指屈伸，卻不如以往那麼剛勁有力。

美女遲暮，英雄末路。

他狄青縱有千般決心勇氣，眼下也到了絕路！不答應元昊的要求，他沒有理由再能活下去，但他縱有千萬種理由，又如何能答應元昊？

良久，狄青這才艱難站起，回望了阿里一眼。阿里一直在等狄青望過來，見狀大聲道：「阿里能和你一起死，真的沒有遺憾！」他雖年輕，卻有著無數男兒難以企及的豪情。

狄青笑笑，摸摸阿里的頭，沒有多說什麼，緩步走到了欄柵前，盯著馬征。

馬征退後一步，手按刀柄，手指都忍不住跳，喝道：「狄青，你不要亂來。」他色厲內荏，看起來對狄青很是畏懼。

其實不只是馬征，他身後的那些殿前侍衛均是有些膽怯，手按刀柄地望著狄青，只要狄青一有異狀，就要拔刀。

狄青只是站在那裡，未動。

半晌後，馬征才記得吩咐手下打開牢門。等出了牢房後，又命手下給狄青去了枷鎖。兀卒有命，對狄青以客相待。兀卒的命令，就是板上釘釘，不容更改，不遵守的後果，只有死！狄青在侍衛半是恭迎、半是押解下到了天和殿前。

天和殿內已有不少大臣等候，見狄青前來，目光滿是訝然。

狄青笑了，回想起當初也到過天和殿，只不過那時候他是在梁上。他從未想到過，有朝一日，會大搖大擺地再入天和殿。

天和殿滿是肅殺之氣，高臺上有龍案龍椅，龍椅上鋪著繡龍的黃緞。

一切似乎都沒有改變。

不同的是，中書令張元已不在，那龍椅旁的下首不遠，竟還放著把椅子。

群臣都在望著那把椅子，不解有誰夠資格在元昊身旁坐下。天和殿內，能坐下的，只有一人！那就是元昊！

有誰敢和元昊同坐？

問題很快就有了答案，因為沒藏悟道走到了狄青面前，說道：「狄將軍，那把椅子是為你準備的。兀卒說過，這世上，也就只有狄將軍可陪他一坐。」

一言既出，眾人皆驚。就算是狄青，都有分詫異。可終究沒有多說，只是緩步走過去，坐下來。

狄青坐在那裡，見到群臣或驚奇、或憤憤、或詫異、或不解，心中其實也有些不解的。殿下眾人，他倒還認識幾個。

野利斬天站在大殿的角落，沒有人和他交談，他似乎也不屑和旁人交談，孤單瘦弱得有如個蝙蝠。沒藏訛龐還是嬉皮笑臉的樣子，見狄青望過來，臉上似乎有不安之意。迦葉王一直盯著狄青，眼中有分怨恨。拈花迦葉，世事無常，迦葉王的一隻手，就是被狄青砍下的，因此他驀地見到狄青上了高位，難免憤憤然，少了些迦葉拈花的從容。般若王沒藏悟道依舊平靜如常，嘴角甚至還有分微笑……寧令哥竟也在殿上，踱來踱去，神色中隱約有焦灼之意，不時地向偏殿的方向望一眼，似有心事。

狄青想起幾日前，這個寧令哥執意要找元昊，不知何事呢？但他懶得去管元昊父子的事情，目光一轉，又落在一人身上。那人能在殿中，讓狄青很有些奇怪。那人臉如崇山峻嶺，凹凸分明，斷了一條手臂，也正在望著狄青。

那人竟是天都王野利遇乞！

野利遇乞望著狄青的目光中亦是恨恨。他斷了條手臂，也是拜狄青所賜，當然會懷恨在心。狄青對此並不奇怪，奇怪的卻是，野利遇乞不是被元昊派到了沙州，怎麼會又回到了興慶府呢？

正奇怪時，只聽到噹的鐘磬聲響，那響聲極為清越，片刻後，群臣靜寂下來，垂手肅立。接著偏廊處腳步聲雜遝，有兩隊護衛走了出來。

狄青見過這陣勢，當初他刺殺元昊時，就是有金甲護衛護送元昊前來，因此他沒有第一時間去望元昊進來的方向。他留意到野利遇乞身軀突然顫抖了一下，臉上也有了分激憤之意。

野利遇乞對元昊不滿？狄青腦海中的念頭一閃而過。

當年也是在天和殿，那次不滿元昊的是野利旺榮，但就算那麼周密的刺殺計畫，都是難奈元昊，野利遇乞有什麼資格不滿？

狄青轉念間，又留意到寧令哥怒目望著元昊進來的方向，神色又是激動又是焦急。狄青奇怪，不解這父子有何仇恨。他忍不住扭頭望去，只覺得腦海轟然一聲響，霍然站起。

金甲持戟衛士的正中，一人緩步踱來，正是元昊。

依舊勝雪的白衣，如墨的黑冠。依舊沒有華麗的裝束，依舊是萬眾中一眼就能看見。

元昊走到哪裡，別人一眼看到的都是他。

可狄青只是看著元昊身邊的那個人！

那人衣白如雪，黑髮如墨，腰間繫了條淡藍的絲帶。

絲帶藍如海，潔淨如天……

那絲帶的顏色，本和元昊的指甲同一顏色，那跟在元昊身邊的人，本是和元昊截然不同類型的人。

一囂張，一收斂。狄青瞠目結舌，難以想像此生會見到那人和元昊並肩走來。

那人竟是飛雪！那個如飛雪般、讓人難以捉摸的女子。

飛雪怎麼會來？飛雪是和元昊一夥兒的？飛雪難道也是乾達婆部的人？狄青腦海中諸多閃念，一顆心忍不住地痛。

飛雪只是靜靜地跟隨著元昊，靜靜地望著前方，對於不遠處的狄青，視而不見。難道說，她已忘記了狄青，抑或是……她根本就不是飛雪？

鐘磬再響，萬籟俱靜。

元昊坐在龍椅之上，青羅傘下，手指輕彈，一把長弓放在桌案，一壺羽箭就在手邊。

多年來這樣的情景，從未改變。元昊每日早朝，均會將軒轅弓、定鼎箭放在身前，有如利刃高懸。夏國群臣每日來此，都如被狼凝視的黃羊，時刻心驚肉跳，不敢稍有怠慢。

唯一的改變是，飛雪站在了元昊的身邊。

這些年來，從未有女子在早朝時出現在天和殿，更沒有哪個女子，能在早朝時站在元昊的身邊！

除了寥寥幾個人認識飛雪外，餘眾一時間震駭正在發生的事情，而暫時忘記了一切。

寧令哥望著元昊，牙關緊咬，渾身顫抖不停。

狄青卻已冷靜下來，緩緩落座，忍不住又望了寧令哥一眼。直覺告訴他，寧令哥也是認識飛雪的。當年的直覺告訴他，飛雪和元昊本有關聯，不想今日竟然應驗。

狄青心緒煩亂，目光從眾人臉上掃過，見眾人表情迥異。天和殿雖靜，但已如風雨欲來……

元昊手撫桌案，五指輕輕叩動桌案，節奏有如擂動戰鼓般！雖無聲息，可眾人的一顆心均隨著那手指的跳躍而跳動不休。

環望群臣，元昊終於開口道：「請契丹使臣、吐蕃使者，一起來吧！」

狄青雖知道今日的天和殿絕不會和睦，但也沒想到契丹、吐蕃同時派人來。元昊讓兩國使臣一同前來，又有什麼驚天駭地的舉措？

抬頭望去，見到殿外當先行來幾人。為首那人神色落落，有如孤雁般，正是契丹殿前都點檢耶律喜孫。

耶律喜孫身後跟著兩人，一人精壯剽悍，雙眸炯炯，應是護送耶律喜孫的契丹勇士；見到另外一人時，狄青心頭一震，難以相信自己的眼睛。

那人穿著契丹人的衣服，刻意收斂了狂傲，垂手低頭跟在耶律喜孫身後，但仍不能收斂那顯眼的鷹勾鼻子。

那人竟神似飛鷹！

狄青和飛鷹多次打過交道，對飛鷹的舉止可說是頗為熟悉，因此他雖從未見過飛鷹的真面目，還能肯定那人就是飛鷹！

飛鷹怎麼會和耶律喜孫在一起？當初飛鷹叛亂，曾經行刺過契丹國主，耶律喜孫也應知道，既然這樣，耶律喜孫怎麼能容忍飛鷹在身旁？這和飛雪與元昊在一起一樣，都是不可思議的事情。狄青不自覺地向飛雪看了一眼，見到她也在看著飛鷹，臉上現出分古怪之意。

似乎感覺到狄青的注視，飛雪的目光電閃般從狄青身上掠過，不作停留。

耶律喜孫到了殿中，見狄青竟坐在元昊身邊不遠，眼中掠過分訝然，隨即恢復了孤落的神色，只是拱手為禮道：「契丹使者耶律喜孫，見過兀卒。」他在元昊面前，並不如夏臣般卑微，畢竟元昊立國後，契丹、大宋兩國均不承認元昊有和本國國主平起平坐的榮耀。既然這樣，耶律喜孫是使臣，只以對契丹附屬國之禮對待元昊。

元昊笑笑，說道：「好。」見耶律喜孫有些怠慢，他並不動怒，這世上，本來沒有什麼值得他來動怒，他若看不過，大可殺了了事。

狄青不由又向野利斬天望去，當年耶律喜孫化名葉喜孫時，曾遭野利斬天派人追殺。葉喜孫和野利斬天本有恩怨。可奇怪的是，耶律喜孫好像沒留意野利斬天，野利斬天還是平靜地站在那裡，對耶律喜孫的到來，也沒有特別的神色。

殿外又有腳步聲傳來，當然是吐蕃使臣前來。舉目望去，狄青的一顆心陡然大跳起來。那種感覺，就像有個至親至愛的人到了他身邊不遠。

只見到又有三人到了殿中。為首一人，雙手結印，面容蒼老，正是善無畏。善無畏左手處走來的那人，神色木然，看起來癡癡呆呆，可周身的衣服都裹不住他體內的精力。那人正是藏邊第一高手氈虎。

當年氈虎和狄青一戰，聯合唃廝囉、善無畏二人咒語的力量，雖重創了狄青，可也被狄青所傷。如今看來，氈虎傷勢早好，精壯更勝從前。

讓狄青一顆心大跳的絕非是善無畏和氈虎，而是善無畏右手邊的那個人。

那人身材頗高，可很是削瘦，穿的衣服有如掛在了衣架之上。他穿著藏人的衣服，也是低著頭，頭上還戴著氈帽，遮擋住了半邊的臉，從狄青的角度看過去，只能看到那人刮光了鬍子，露出鐵青的下頜。

這樣的一個人，狄青本不應該認識的，可他為何會有那種親切的感覺？

眾人似乎都在看著善無畏，只有狄青在看著那個高大的人……突然臉色有了改變，像是驚喜，又像是難以置信。

這會兒的工夫，善無畏已向元昊施禮，站到了耶律喜孫的對面，二人目光相對，很快又扭過頭去。

元昊坐在龍椅之上，竟也向那頭戴氈帽的人看了一眼，眼中露出思索之意。可他很快收回了目光，斜睨著善無畏、耶律喜孫二人，嘴角帶著似有似無的笑，問道：「不知善無畏大師這次來此，有何貴幹？」

耶律喜孫臉現不滿之意，無論如何，契丹眼下都是天下疆土最廣、勢力最雄的國度，在情在理，元昊都要先詢問耶律喜孫的來意才對。元昊開口先問善無畏，顯然就沒有把耶律喜孫放在眼中，也就間接地暗示不把契丹放在心上。

善無畏也有些意外，雙手結個奇怪的印記道：「兀卒……老僧來此……」他本有腹稿，但被元昊的隨意一問，反倒打亂了思緒。稍頓片刻，善無畏才道：「老僧來此，是想傳佛子之意，問瓜、沙兩州自古以來，都是我藏人之土，不知眼下兀卒是否肯歸還這兩州。若兀卒應允，我藏邊百姓不勝感激。」

殿上群臣一聽，心中都道，善無畏你老糊塗了？到口的肥肉，還沒有聽說過吐出來的道理。你敢這麼向兀卒索要疆土，以兀卒的性子，還不讓你碰個滿頭包？

元昊臉色平靜，轉望野利遇乞道：「天都王，你覺得唃厮囉的要求是否合理呢？」善無畏只是傳聲，提出這個要求的當然還是唃厮囉。

野利遇乞一怔，不想問題會落在他的頭上。見眾人都望了過來，野利遇乞微有窘意，但不能不站出來道：「自古領地，有能者居之。瓜、沙兩地本是歸義軍後人獻給兀卒的，怎麼能說是藏人領土？」

善無畏道：「可歸義軍之前，這地方本是藏人所有。」

野利遇乞嘿然一笑道：「若再往前說，此地本歸大唐所有呢！天下之地，本是佔者居之，就算追尋前緣，也輪不到藏人所有。」

善無畏一時間無言以對，其實他來這裡，本就沒有打算用道理說服元昊把瓜、沙割讓給他！

這世上，很多道理還是需要實力來襯托的。

善無畏臉色不悅，斜睨了耶律喜孫一眼，又望望狄青，一時間拿不定主意。他這次奉佛子之令前來時，已和耶律喜孫有所商議。最近元昊兵鋒日強，不但數攻大宋，多年前亦對吐蕃開戰，而在不久前，更是大敗契丹軍。如果任由元昊這麼下去，吐蕃、契丹也是心存危機，因此善無畏、耶律喜孫曾私下商議，警告元昊莫要再興兵戈，不然契丹、吐蕃就會兩路進攻！

唃厮囉命善無畏向耶律喜孫提出此議，一方面是衛護國土，另外更深的意義，就是要借此機會重奪沙州！

善無畏和耶律喜孫事先商議已定，此事已是勢在必得，也不是來講道理的。

元昊見善無畏臉上愁苦之意漸重，突然說道：「天都王說得不錯，瓜、沙兩州本乃我大夏之領土，所謂的還給吐蕃，絕無可能。」見善無畏蒼老的臉上更是肅冷，元昊慢悠悠道：「不過大師可告之唃廝囉，他要地是沒有，但若真的想去香巴拉，我倒可以放開一條道路，恭請吐蕃派人入內。」

善無畏表情又驚又喜，顯然從未想到是這個結果。他和唃廝囉的真正用意就是為了進入香巴拉，如果元昊肯讓他們入內，那他們得償所願，倒也不願意再動干戈。

耶律喜孫聽到這裡，臉色微變。野利遇乞神色中又是激動又是嫉妒。

元昊瞥見了二人的神色，微笑道：「不知神僧意下如何呢？」

善無畏有些猶豫，拿不定主意時，耶律喜孫突然道：「想兀卒世代也和大宋定過多次盟約了，可到如今，還是說打就打吧？」耶律喜孫見善無畏態度不堅，知道元昊在用分化之計，忍不住警告善無畏。言下之意就是，元昊說的話，從不可信！

元昊目光一轉，望到了耶律喜孫的身上，問道：「如果都點檢不信我的保證，那此行何意？」元昊語帶調侃，意思就是，你來這裡也不過是要個盟約罷了，你若是不信我說的話，那根本沒什麼可談的了。

耶律喜孫微滯，緩緩道：「兀卒，我國國主登基伊始，雖不喜用兵，可也從來不怕用兵。你雖勝過一次，但我契丹戰將精多，地域遼闊，從不畏懼開戰的。」

元昊一笑，扭頭望向一人，說道：「般若王，你意下如何？」

沒藏悟道上前，沉聲道：「臣已遵兀卒吩咐，移兵二十萬北上，就等兀卒一聲令下。」

群臣皆驚，耶律喜孫也是變了臉色。如果沒藏悟道所言是真，那就說明元昊不等契丹變臉，早就有意對契丹用兵。如斯一戰，結局如何，沒有任何人知道。

耶律喜孫臉色陰晴不定，似乎感受到天和殿中兵戈錚鳴，長吐一口氣道：「這麼說來，兀卒早就想對我契丹開戰了？」

元昊五指微展，眼中有了難以捉摸的光芒，「那也說不定的。」

耶律喜孫似對此言有些意外，一時間沉默無言。

群臣均想，契丹雖地域廣博，但才經內亂，百廢待興，若真用兵的話，也是沒有五成勝出的把握。更何況契丹和平已久，百姓亦是厭戰，耶律宗真若執意出兵，只怕朝中多數人反對。既然如此，耶律喜孫說要用兵，不過是虛張聲勢罷了。只怕他見元昊給個台階，就會換了口風。

果不其然，耶律喜孫問道：「為何是說不定呢？」

元昊輕聲道：「若貴國國主不對我大夏用兵，我也不想輕動干戈了。」

耶律喜孫笑容有些勉強，說道：「我國國主也不想太過干涉夏國之事，只是我契丹和宋國是兄弟之邦，又和貴國有聯姻之盟，不忍見你們廝殺不斷，讓百姓日苦罷了。還請兀卒看在天下百姓的分上，莫要再起刀兵了。」他好像被元昊的強硬所震撼，口氣有些服軟。

元昊微微一笑，說道：「若都點檢早這麼說，我當然不會反對了。眼下民心思安，我也不想用兵的。若都點檢喜歡盟約，我們定個不發兵的盟約也可以。」

耶律喜孫目光閃爍，回道：「兀卒若真是如此想，實乃天下幸事。」

眾人聽到這話，均是舒了一口氣，就算是夏臣亦是如此。

要知道夏國和宋國交戰多年，宋國雖損兵折將，但夏國也是得不償失。這些年來西北榷場早停，夏國無法和宋國通商，境內日常用品都已稀缺，百姓也是頗有怨言。獲勝雖有所得，但遠不如經商所得利益為大，除少數希望以戰功晉升的武將外，文臣中除了張元，滿朝可說是不想開戰的居多。

眼下張元已死，那個一直號召一統天下的中書令沒了，看來元昊也準備改弦易張，換了策略。

殿中沉鬱的氣息稍微稀釋，元昊見狀，微笑道：「想必都點檢和大師都滿意我的提議吧？」

耶律喜孫和善無畏交換一下目光，不想一向強硬的元昊居然這麼好說話，所有的後招均是沒了作用，心中反倒不安。

元昊見二人不語，又道：「如果兩國使者均無異議，那還請暫留幾天……」見耶律喜孫和善無畏都是臉色改變，元昊微笑道：「實則是因為我有兩件喜事要宣佈。」

眾人均是奇怪，不解喜從何來。狄青皺了下眉頭，知道元昊處理完使者一事，就要向他開刀了。

果不其然，元昊斜睨狄青一眼，說道：「這第一件喜事，就是宋國狄青狄將軍和單單公主喜結連理，明日就要舉辦婚事。」不待眾人表態，元昊就道：「這件事我已向宋國國主傳信，想必不日宋廷就有音信回轉。想狄將軍和單單公主成親後，兩國因聯姻一事更是和睦，再不會起刀兵之爭，豈不皆大歡喜！如此一來，比所謂的一紙盟誓要強太多了。這件事聽說宋天子很是贊同！」

狄青一懍，心中驀地有種悲哀之意。他不知元昊說的是真是假，但卻知道趙禎和一幫宋臣，絕不會反對此事！

正待起身反對，見元昊食指一彈，指向殿外。狄青順著他的手指方向望過去，只見到殿外臺下跪著兩人，正是衛慕山青和阿里。

長刀高懸，豔陽中帶著森冷的光芒。

狄青怔住，知道元昊的意思，他只要一開口，那兩人就要人頭落地。只是遲疑片刻，元昊不再理會狄青，說道：「這第二件喜事，就是我要再次納妃，準備迎娶這位飛雪姑娘，不知你們可有異議？」

此言一出，天和殿微有騷動，寧令哥更是激憤滿面，才待上前，就聽有人道：「我不同意。」

眾人一驚，不想還有人敢反對元昊的主意。紛紛扭頭向發聲之處望了過去，見到說話的人竟是野利遇乞，更是驚詫。

野利遇乞雖還是龍部九王之一，但遠沒有當年的權力。野利、天都二王本是夏國的領軍支柱，但野利旺榮造反後，野利家族已然失勢，野利遇乞更被派往沙州，守那荒蕪之地。就算野利旺榮再生，只怕也不敢再次反對元昊，野利遇乞又有什麼本錢提出異議呢？

元昊臉色波瀾不驚，問道：「天都王，你為何反對？」

野利遇乞上前一步，說道：「兀卒已娶了臣之妻沒藏氏，本對其頗為寵愛，若是另有新歡，只怕對臣的前妻冷淡。臣於心不忍，因此反對。」

眾人愣住，臉上不知該是什麼表情。他們雖想到了千萬種緣由，可從未想到過野利遇乞竟提出這種理由。

野利遇乞怎麼會有臉皮提出這種問題？

元昊沒有後宮三千，不過也著實收了不少女人在宮中。這些年來，元昊並不穿梭在女人之間，經常寵幸的通常只有一個女子。

元昊先娶了衛慕氏為妻，後來衛慕家族反叛，元昊將衛慕族斬殺殆盡，之後就迎娶了契丹國主耶律宗真的姐姐興平公主。當初雖說衛慕家族造反在先，可不少人猜測，元昊當年因為急於擴展，不想得罪契丹，也需要聯姻獲得契丹的支援。他為了堅定興平公主嫁過來的念頭，這才斬殺了妻兒來立興平公主為正室。

興平公主過來沒有多久，元昊勢力穩固，羽翼豐滿，不再依仗契丹，對興平公主極為冷漠。興平公主憂憤而死後，元昊隨即將很早以前迎娶的野利氏扶正。

那時候野利家如日中天，野利旺榮、野利遇乞在夏國極具威望，有盤算的人，都覺得元昊娶妻如同買賣，總是傾向最大的利益，娶了野利氏，不過是想拉攏野利家鞏固政權罷了。

事後驗證了這個猜測，元昊多年後穩定了政權，開始逐步削滅野利家的權力，也對野利氏開始冷漠起來。之後野利旺榮宮變自盡，野利遇乞被貶，野利氏很快被打入冷宮，元昊狩獵途中，偶遇沒藏氏，又娶了沒藏氏為妻，對她很是寵愛。

可這沒藏氏本是野利遇乞的妻子，野利遇乞尚在，元昊這般做法，無疑是在抽野利遇乞的耳光。如今元昊又要娶飛雪為妻，野利遇乞說得不錯，因為按照慣例，沒藏氏很快就要變成明日黃花。可沒藏氏本是野利遇乞之妻，野利遇乞竟為妻子求寵，眾人錯愕之際，不由噁心，更多人在想，可憐一個赫赫有名的天都王野利遇乞，再沒有半分男人之氣。

元昊略作沉吟，說道：「這倒不會。我對沒藏氏還有好感，絕不會因為娶了飛雪而冷淡她了。」

野利遇乞喜形於色道：「多謝兀卒厚愛。」

就算狄青，也忍不住移開目光，不想野利遇乞這麼厚臉皮，也不想再看野利遇乞卑賤的模樣。

元昊似乎心情極佳，說道：「天都王對我如此忠心，真讓我感動。過幾日，領善無畏大師前往香巴拉一事，就由你來負責好了。」

野利遇乞更是興奮得臉上發光，連連點頭。元昊話題一轉，說道：「現在……總沒有人反對了吧？」

整個殿中，充斥著一股詭異難堪的氣息。沉寂片刻，一人衝出來叫道：「我反對！」

眾人又是詫異，不想除了野利遇乞這種人外，還有誰會反對呢？只見站出來的那人，俊美的臉上滿是激憤之意，正是太子寧令哥。

元昊望著兒子，淡漠道：「你有什麼資格反對？」

寧令哥神情激憤，聞言叫道：「父皇，飛雪本是孩兒中意之人，你是兀卒，不知有多少女人供你挑選，你要哪個女人不行，為何要搶孩兒的女人呢？」

他懾服在元昊的威勢之下，一直都是頗為懦弱。但見元昊竟當眾宣佈要娶飛雪，不由義憤滿胸，只盼父親能改變主意。原來寧令哥已長大，元昊早準備為寧令哥娶妻，內定了眼下党項聲勢最盛的大族沒哆皆山的女兒沒哆氏。

寧令哥對沒哆氏沒甚感覺，在多日前狩獵時，偶在山中遇到飛雪。當見到飛雪的那一刻，他心中不知為何，就已認定飛雪是他今生唯一的女人。

這緣分一事，很難捉摸。寧令哥為了飛雪，頭一次違背父親的旨意，說不娶沒哆氏，要娶旁人。元昊當時聽了，很是詫異，當下讓寧令哥將飛雪帶來看看。寧令哥壯起膽子帶飛雪入宮，元昊當初一見飛雪時，臉色極為古怪，讓寧令哥將飛雪留在宮中，過幾日再給寧令哥答覆。

可幾日過去，元昊仍沒有半分動靜，寧令哥心中感覺不安，這才連番去找元昊，卻被元昊百般推託，又說今日給寧令哥一個交代。

寧令哥心緒不寧，一直在等元昊的交代，不想元昊竟然給他這麼個交代！

元昊冷望著寧令哥，說道：「天底下女人是多，但我只喜歡這個女人。這世上蒼生，就如狼群，本是最強的人才應該得到最好的。」

眾人靜寂無聲，不想元昊居然對親生兒子也是這般冷酷的語調、如此殘忍的做法。狄青不明原委，忍不住向飛雪望了一眼，見到飛雪還是淡漠的表情，似乎所有的一切，和她並無關係。這個女子，到底在想著什麼？

寧令哥望見元昊泛著厲芒的雙眼，陡然雙腿一軟，跪了下來，哭泣道：「父皇，我求求你，孩兒一生都在聽你的話，一生也只真心喜歡這一個女子。你當可憐我也好，同情我也罷，不要搶走孩兒的飛雪，好嗎？」

群臣之中，已有人動容，面露不忍之意。

砰的大響，元昊一拍桌案，臉上露出罕見的怒容，「你做什麼？你知道自己在做什麼？我元昊的兒子，竟為一個女人下跪？你給我起來，你若還跪在地上，信不信我現在殺了你？」

他手指僵硬，握在了軒轅弓上。

天和殿遽冷。冷如冰！

沒有任何人敢懷疑元昊說的話，就算寧令哥也不敢。他倉皇站起，心中又是羞愧又是惱怒，但還有幾分畏懼懦弱之意。

元昊道：「給太子一把刀！」

命令一下，很多人不解。沒藏悟道怔了一下，立即拔出單刀拋在了寧令哥的身前。噹啷一聲響，震顫了所有人的心弦。

這是元昊的命令，沒有懷疑，必須無條件執行。

寧令哥見到單刀落在面前，泛著森冷的寒光，不由嚇得退後一步，喏喏道：「父皇……」那一刻，他心中有了膽怯退縮之意。

元昊冷望寧令哥道：「好，你說你喜歡飛雪，我給你個機會證明！拿起這把刀，隨便在殿中殺了一個人。你殺了人後，我就認為你是喜歡飛雪的。」

此言一出，眾人背脊都起了一股涼意。暗想寧令哥真的下手，就算對手武功再強，如何敢在元昊的面前進行反抗呢？

寧令哥又退一步，搖頭道：「父皇，不要殺了，這不公平。」他是元昊的兒子，可性格懦弱，這些年來，從未殺過一人，聞元昊讓其殺人，更是膽怯。回望眾人目光如箭般，哪有殺人的膽量？

元昊臉色更冷，緩緩道：「一隻狼，若不懂得弱肉強食，若不知道嗜血，和羊有什麼兩樣？想不到我元昊縱橫天下，竟有個如羊的兒子。你說不公平，那你告訴我，這天下何曾有過公平？」

寧令哥渾身戰慄，瞧向那把刀，目光中滿是畏懼。元昊突然笑了，笑容中滿是譏誚，「殺人嗜血遲早會有，我不用逼你，你總有省悟的那一天。既然你不忍殺人，那你需要用另外的方式向我證明你喜歡飛雪。」

寧令哥嘴唇哆嗦，顫聲問：「怎麼證明？」

元昊冷冷道：「你或許可以撿起刀來，砍我一刀，或者自斷一臂來證明你真的愛她，你若做到了，我就將飛雪許配給你。」

寧令哥一震，臉色蒼白，渾身抖得有如風中的落葉。這兩個選擇，他哪個都是不能做到。

元昊見狀，一字字道：「你不能對自己狠，也不能對別人狠，你這樣的人，就算被人搶了女人，也是自作自受！」

那言語淡淡，但冰冷有如利箭般，寧令哥被那幾句話擊垮，頹然倒地，突然放聲大哭起來！

元昊眼中露出厭惡憎恨之意，不理兒子，環望殿中眾人一眼，一字字道：「現在可還有人反對嗎？」他雖向眾人徵詢，可只在望著狄青。他知道，眼下無論是誰，都不會反對他來迎娶飛雪。

除了狄青！狄青笑了，輕舒一口氣，才待開口，就聽到一個聲音從空曠肅殺的大殿內傳了過來。

我、反、對！

那聲音不帶野利遇乞的諂媚，不帶寧令哥的激憤，就是那麼平平常常地說了出來。可誰聽到了那三個字，都已感覺到反對之人的決絕堅定之意。

這時候竟還有人反對，此人是誰？狄青、耶律喜孫、善無畏還有一幫大臣、包括元昊，都是忍不住地詫異，向發聲之人望過去。

只見到一人拿下了氈帽，落出一張削瘦卻肅殺的臉龐。見元昊望過來，那人眼中閃過分火花，神色平靜，沒有對元昊有絲毫畏懼之意，又輕聲地說了一遍，「我反對！」

第十章　對　決

殿中戴氈帽的只有一人。

戴氈帽的人摘下了氈帽、露出臉龐時，狄青霍然站起，臉上那一刻的表情，又驚又喜，更多是難以置信。他那一刻，幾乎忘記了所有的一切，甚至覺得如在夢中。

他不敢相信這人會出現，可又多希望見到的是真的。

那人很高大，但瘦骨伶仃；那人刮去了鬍子，但威武更勝。那人雖看起來孤零零的，可天和殿人頭攢動，鴉雀無聲時，卻只有他眼中戰意濃濃，敢站出來反對元昊。

有人驚，有人怒，有人詫異，有人歡喜……

野利遇乞扭頭望向那人，見到他的面容，突然嚇得倒退數步，嗄聲道：「你……你……你怎麼沒死？」他的一隻手顫抖個不休，額頭汗水流淌，極為驚怖的樣子。那種神色，如同見鬼一般。

元昊目光有如矢鋒，落在那人的臉上，沉默片刻，眼中驀地閃出熊熊如火的光芒，他五指一握成拳，轉瞬舒展，然後輕聲地說了兩個字……

郭、遵？

那兩個字雖輕，卻如千斤巨石般落在了秋風蕭冷的湖面，激起了軒然大波！

郭遵？那人竟是郭遵？怎麼可能？郭遵不是死在了三川口的五龍灘上？郭遵怎麼會出現在興慶府？郭遵怎麼會和善無畏在一起？

這些年來，每次想起郭遵死在三川口時，郭逵傷心，狄青難過。為何郭遵從未出現過？他這些年來，究竟在做什麼？

千般疑問、萬種思緒激盪著狄青，他見到郭遵的那一刻，已驚喜得不能言。

郭遵來了，郭大哥原來沒有死！

那一刻，他記起了太多，又忘記了一切。

殿中沒有驚奇的人只有善無畏，他臉上皺紋密佈，看起來只是更濃密一些，但他顯然並不驚奇，因為就是他帶郭遵前來的。

郭遵緩步上前，望著元昊道：「是，我是郭遵！」他一言既出，天和殿沉寂片刻，隨即轟動。沒藏訛龐吃驚地退後一步，喃喃自語道：「我的娘，他是郭遵？」

夏人中可能會有人不知道宋天子之名，但少有不知道郭遵、狄青名姓的。夏人崇武輕文，素來都是敬重英雄，無論這英雄是羌人還是漢人！

當年三川口五龍灘一役，郭遵橫杵冰河，先斬萬人敵，後殺龍野王，懾千軍不敢過河，那等威風，党項人雖恨，但每次提及，內心也是敬重。

更何況在這之前，郭遵又殺了夜月飛天等人，元昊八部的高手部主，竟有多人死在郭遵手上。郭遵在夏國中，可說是聲名赫赫。因此就算不入流的沒藏訛龐，聽聞郭遵之名，也不由畏懼。

可郭遵怎敢來此？他為何會來此？

元昊笑了，笑容中帶著分慵懶，慵懶中帶了分鬥志，問道：「郭遵？好，來得好。自從我知道你在三川口殺了龍浩天後，我就以不能見你一面為憾。能殺得了龍浩天的人，我很想見。」頓了下，斜睨狄青一眼道，「其實……我們應該見過一次。那次應該是在葉市。」

郭遵淡淡地笑笑，並不多言。

狄青心中電閃，突然想起一事，恍然而悟。當年在葉市時，他曾被困廢園，遭沒藏悟道、野利遇乞帶高手夾擊，本衝出重圍，卻差點兒讓元昊一箭射殺。那時候有人擲出一面盾牌救了他一命。

狄青事後想起這件事，一直不知道救他性命的高手是誰，原來那人竟是郭遵。

郭遵救了他後，為何不出來相見呢？狄青微有困惑，可知道郭遵必有緣由。

那面的元昊問道：「可是……你今日來，是為什麼？」他意甚悠閒，五指再度開始跳躍，緩緩地在五色羽箭的箭鏃上遊走。

金、銀、銅、鐵、錫五箭，他會選擇哪一支？

郭遵望了狄青一眼，正逢狄青也望了過來，二人對望，其中交流已勝萬語千言。

「我想帶狄青走！」郭遵道。他說得很慢，字字若鑿子擊在岩石上，沉凝有力。狄青心情激盪，回憶起往事如煙，可那兄弟情深如海如淵。

元昊笑了，手指撫摸在潔白若銀的箭鏃上，頓了下，「你，憑什麼？」

郭遵再上前一步，目光灼灼，說道：「我和你賭。」

元昊手指還在跳，終於觸碰到燦爛若金的箭鏃上，「若是別人和我賭，我肯定會直接將他拖出去砍了。但你郭遵不同……」眼神中泛著幾分寂寞的光芒，元昊道，「我知道你肯定能開出讓我心動的條件。」

郭遵簡單明瞭道：「我若贏了，就帶狄青離去，你不得阻攔。我若輸了，郭遵此生，就供你驅策！」

一語落地，眾人皆驚。

這個賭注，對旁人來說，或許不算太大，但放在郭遵的身上，非同小可。元昊瞇縫著眼睛，目光銳利若針，「你供我驅策？那我命你領軍攻打大宋，你也願意嗎？」

狄青微震，見郭遵凝望元昊，神色不變，沉聲道：「可以！」

元昊笑了，那一刻，他的雙眸中，已現狂野之意。他緩緩站起，手握軒轅弓，一字一頓道：「好。我和你賭了！」

天和殿那一刻，殺氣瀰漫。

誰都想不到郭遵會開出這種條件，誰也想不到元昊竟然會答應。以元昊的威勢，只要一聲令下，這天和殿就會刀劍如山，郭遵就算有通天的本事，也不能逃脫。

可元昊並沒有這麼做。

他不屑！

千軍易得，一將難求，得郭遵一人，勝過萬馬千軍！他一定要讓郭遵輸得心服口服。

狄青心中焦急，卻無能阻攔，他知道這個賭注對於郭遵來說，絕對是不能輸的。

郭遵素來不打無把握之仗，郭遵這般堅決，難道說……他已有勝出的把握？

元昊立在那裡，並不走下高臺，但他長弓在手，任憑郭遵也是不敢懈怠。

眾人一顆心有如擂鼓般劇跳不休……

龍部九王，八部最強。定鼎羽箭，王中之王！

傳說中，龍部九王最強，可最強也敵不過帝釋天。元昊選定鼎之箭射出，就算九王中武技最高的龍浩天都沒有把握能接下！

元昊會選哪支箭射出？

郭遵能否躲過元昊的必殺一箭？

殿中肅殺，冷瑟若秋。

元昊遲遲未射出那箭，陡然笑了，笑得頗為諷刺譏誚。郭遵平靜問道：「不知兀卒為何發笑？」

元昊突然一振長弓，弓梢指向了善無畏，嗡的一聲響。

善無畏本凝神觀戰，見元昊遠遠地用弓梢指向自己，心頭駭然，忍不住退後一步。發現元昊並沒有羽箭射出，微微臉紅。

元昊終於收了笑容，長歎一口氣道：「我笑這殿中盡是要算計我元昊之人，可真正敢挑戰我、也夠資格挑戰我的，只有你一個。」

郭遵淡淡道：「你錯了，敢挑戰你的絕對不止我一個。」

元昊斜睨了狄青一眼，終於點頭道：「不錯，狄青若還完好，也會和你一樣向我挑戰。但可笑的是，這裡你的目的最是簡單，反倒要打個頭陣。他們滿腹心思，卻只想坐等其成。你說這是不是命運在開玩笑？」

郭遵哂然笑笑，道：「不是命運在開玩笑，而是天意抉擇。你是元昊，我是郭遵，你我能交手一戰，此生無憾！」

就算孤高的耶律喜孫聽到這句話，都臉帶感慨，自愧不如。飛鷹見到高臺上的元昊有如天龍，郭遵立在那裡，如同山嶽，這二人對決，氣勢恢弘。他雖是志比天高，從不服人，也難免有些自慚形穢。

元昊眼中閃過分光輝，長弓緩動，手指輕點，終於道：「你說得對，你是郭遵，我是元昊，無論你我是何心思，但若錯過這堂堂正正的一戰，心中難免遺憾。可我出手前，倒想問你一句，你這些年來，寧可讓人信你死了，也不再為大宋效力，是不是已對宋廷心灰意懶？」

那聲音平靜，可銳利若刺般刺向郭遵。

元昊箭不輕發，言語也是絕不空指。他說的，往往就是結論！

郭遵笑笑，依舊不動聲色，「你若勝了我，一切都有答案。你若不勝我，有答案又能如何？」

元昊笑笑，說道：「你說得對。」話音才起，他撫弦般右手就已搭在箭壺上，食指只是一壓箭壺，一支羽箭離壺而出，搭在弓弦之上。

話音方落，緊接著就是錚的一聲大響！

元昊出箭，談笑出箭！

很少有人能看清那箭如何到了弦上，定鼎羽箭素來不是給人看的。也沒有人能看到那箭的路線，定鼎羽箭一出箭壺後，只有讓人嗅到冰冷的死亡之氣。

有風吹，有電閃，有鮮血綻放，奪的一聲，羽箭帶血，射入了青石地面上，箭鏃微微有血染。

箭鏃銅黃帶血，元昊用的是銅色之箭！

天和殿沉寂如死，很多人都是面色發灰。狄青眼中露出訝然之意，郭遵眼中也有分驚奇，但還是穩如泰山地立在那裡。

郭遵根本沒有動，因為那一箭，本不是射向他的。

中箭之人，不再從容微笑。他手捂小腹，鮮血點滴地順著手指縫流淌下來，臉上亦有難以置信的表情。他實在難信元昊那箭竟是對他而射。

中箭那人竟是沒藏悟道——龍部九王之一的般若王！

眾人臉上都有了震撼難解的表情，有誰會想到元昊大敵當前，竟自斬一臂？

元昊八部，各有職能，龍部九王，總領千軍。可如今元昊手下九王死的死、傷的傷，到如今雖有九王之名，卻早無九王之實。菩提王、龍野王、野利王先後身死，天都王斷臂，迦葉王斷手。到如今除了一直不見蹤跡的阿難、目連二王外，元昊手下只有般若王沒藏悟道和羅睺王野利斬天可用。

自從天都、野利兩王失勢後，沒藏悟道已逐漸接掌了夏國的兵權，這幾年來為元昊東討西殺，端是立下了不少戰功。

元昊不拘一格地要和郭遵一戰，固然是因為覺得郭遵、狄青可堪大用，但他急需人手的窘迫也現一斑。就是這種境況，就在元昊和郭遵對壘之時，誰又想到他一箭竟然射中了得力助手沒藏悟道？

沒藏悟道眼中滿是不信，可更多的卻是恐懼。

那一箭從他小腹無阻礙地射出，射在了青石磚面上。

元昊在夏國生殺予奪，想讓誰死就讓誰死，他這一箭取的是沒藏悟道的小腹，卻是不想沒藏悟道立即就死。他知道沒藏悟道還有話說。

沒藏悟道再沒了從容淡定，嘴角的微笑也已不見，他死死地盯著元昊，嗄聲道：「為……什麼？」

那鮮血點滴，滴答地落在了地上，發出的聲音雖是輕微，可聽到的人卻無不驚心動魄。

為什麼？所有人心中其實都在想著這個問題。

元昊五指又是有節律地在跳動，彷彿方才那箭並非他所發，「為什麼？難道你不是心知肚明？我讓你不惜一切代價擒住狄青，你卻殺了張元。」

沒藏悟道感覺到生命正一分分地離去，突然放聲嘶喊道：「你說過要我不惜一切代價！我聽你命令，有何錯處？」

元昊淡漠道：「不錯，你聽我命令無錯，你置十萬大軍於不顧並無錯處，你殺了張元，也沒有錯處，畢竟這些事情，都和擒拿狄青一事有關，你大可把所有的事情推到狄青的身上。但我讓你移兵二十萬北上防備契丹的偷襲，你卻延遲了軍令……」

沒藏悟道臉色蒼白，慘然笑道：「我軍新敗，軍心不穩，我一時間難以召集那些兵馬……因此才耽誤了時日，這也是你殺我的理由？」厲聲道，「你根本是欲加之罪，何患無辭！」

他斷然一喝，血水順口流出，甚為慘切。眾人見了，心中戚戚，背脊發寒。

元昊輕輕歎了口氣，說道：「都說人之將死，其言也善，你到如今，還要騙我？沒藏悟道，你不急於調動兵馬北上，只因為你知道沒有必要罷了。」

沒藏悟道身軀微顫，嘶聲道：「你說什麼？」

元昊輕聲道：「你知道張元對我忠心耿耿，為防計謀被他看穿，因此借抓狄青的緣由殺了他。你急於要殺他，不過是準備要對我下手。但你勾結耶律喜孫，妄想裡應外合推翻我的統治，真的以為我會不知道嗎？」

此言一出，所有人都變了臉色。耶律喜孫為甚！方才沒藏悟道中箭時，耶律喜孫臉色早變，聽到元昊這句話時，身軀微震，目透寒芒。

沒藏悟道嘴角露出分慘笑，喃喃道：「好，很好。」長舒一口氣，只感覺雙腿一軟，仰天倒了下去，再沒有聲息。

他臨死前說好，是說元昊好心機，還是說元昊這個緣由好，沒有人知曉。

沒有人再望沒藏悟道，人死如燈滅，沒有人關注滅了的燈，所有人都在看著活人，看著身處孤寒蕭冷中的耶律喜孫。

耶律喜孫竟還能好整以暇地望著元昊，問道：「兀卒，我真的不明白。」

「你不明白？」元昊笑道，「那我就讓你明白。這些年來，我知道耶律宗真一直想我死，你耶律喜孫也是想著香巴拉。唃廝囉、善無畏想去香巴拉，還會說出來，但你耶律喜孫一直不說。你們都想用計殺我，但在我眼中，他們是真小人，你是偽君子。」

耶律喜孫臉色鐵青，不發一言。

有時候沉默就是默認。

狄青想起耶律宗真當初所言，知道元昊說的不假。耶律宗真的確很早就對元昊懷恨在心，耶律宗真一直想讓元昊死！

「你耶律喜孫假借所謂的兄弟之盟向我施壓，難道真的是希望天下太平？哼，你們不過想多些利益罷了。而你耶律喜孫，更是早早地聯繫了唃廝囉，想著怎麼殺了我。因為你只有殺了我，才能前往香巴拉。」

狄青突然想到，當初他去青唐出使之時，耶律喜孫也曾出現，現在想想，原來耶律喜孫那時候早在謀劃聯手吐蕃人除去元昊。

一想到這裡，狄青就忍不住地心驚。

如果元昊所言是真，那今天在天和殿的殺戮，不過是剛剛開始。

沒藏悟道遽然死去，下一個死的是誰，沒有人知曉。

元昊微笑地望著耶律喜孫，緩緩道：「還需要我再講下去嗎？」

耶律喜孫退後了一步，深吸一口氣道：「我真的很想聽聽。」

元昊微微一笑，不急不緩道：「你收買了沒藏悟道，企圖透過他，裡應外合地殺了我。沒藏悟道只以為這次定能殺我，因此在向北出兵時，只是虛張聲勢。因為他以為，我若一死，北面出兵再無任何意義。可他卻不知道，就是這一個疏忽，讓我察覺了你的計策。你本意聯繫善無畏共同發難，但你驀地發現善無畏竟帶來了郭遵，你就改變了主意，一直隱忍，妄想坐收漁人之利。我本來也想等等，但和郭遵一戰，勢在必行，我也就懶得再等了。」

他說到這裡，手指又開始跳躍起來，沿著腰畔箭壺上的箭鏃摸了過去。

眾人無不變色，不知道元昊下一箭，會射向哪個。

耶律喜孫身形微弓，神色有些猶豫不定，目光飛快地掃了身邊眾人一眼，隨即盯在元昊身上。耶律喜孫雖狂雖傲，但感受到高臺上元昊的澎湃殺機犀利傳來，哪敢多看？

這已是一個死局，不是他死，就是元昊送命！

他還有生機，因為元昊很狂，因為元昊素來喜歡親手解決問題。

元昊淡淡道：「你是不是感覺到有些不對了？我就算知道沒藏悟道用兵出了問題，可也不應該立即猜到他和你勾結的……」

耶律喜孫雖未說話，可他的神色無疑默認了這一點。

這次計畫縝密，耶律喜孫已勢在必得，但元昊看起來卻知道了全部，奸細是誰？

奸細就在身邊？

一想到這裡，耶律喜孫雖還鎮靜，但感覺背心有冷汗流淌，一滴滴地滑落，有如毛毛蟲在背心爬著……

「你們的這次計畫……出了內奸。」元昊手指在剩餘四支箭的箭鏃上遊走，似乎已把郭遵放在了一旁，準備選一支箭對付耶律喜孫。

堂堂的般若王沒藏悟道，雖極具智慧，可也擋不住元昊的一支銅色羽箭。

元昊會用銀箭嗎？

耶律喜孫能否抵擋得住？

大多數人都在想著這個問題。在元昊的不斷壓迫下，很多人都少了自己的主見。狄青可說是這裡最悠閒的一個，因為他知道，元昊無論如何發箭，都不會將剩餘的四箭浪費在他的身上。

在元昊看來，眼下的狄青不值得他的一箭。

元昊的五色定鼎羽箭，本來就有扭轉乾坤、一箭定江山的威嚴。

是以狄青還能留意眾人的臉色，他看到郭遵雙眸瞇起，只是盯著元昊的眼眸，是天和殿內最沉冷的一個；他見到耶律喜孫神色孤高，可已如大雁察覺獵人的接近，隨時準備振翅高飛；他見到飛鷹雙膝微屈，鷹勾鼻子已在發亮，看起來要全力一戰；他看到善無畏雙手在結印，嘴唇喏喏而動……

狄青甚至還看到寧令哥停止了哭泣，眼中滿是駭然之意，迦葉王手在顫抖，天都王野利遇乞像要後退，沒藏訛龐雙腿打顫，褲管甚至已經現出一條水線……

就算是素來淡漠的野利斬天臉上，也帶了分肅冷和殺機。

狄青這才知道，當年野利旺榮發動刺殺行動，需要多麼大的勇氣。在元昊的重壓下，這些少見的高手，均已難堪重負。

突然察覺到什麼，狄青斜睨過去，就見到一道目光移開……

是飛雪，飛雪在望著他。眾人皆望元昊，狄青緊張地觀望局面，有心無力。只有飛雪在看著狄青。那目光清澈如波，移過去，空氣中帶分波瀾般的痕跡。

飛雪到底在想著什麼？狄青腦海中電閃過這個念頭的時候，場上局面遽變！

這一場廝殺的殘酷血腥，遠勝當年！

最先發動的卻是郭遵！

郭遵是所有人中最冷靜的一個，不管別人膽怯也好、激憤也罷，他來這裡，只是抱著一個念頭，帶著狄青離開！

元昊一箭射殺了沒藏悟道，轉瞬揭穿了耶律喜孫的用意，誰都以為元昊下一箭對付的會是耶律喜孫。

郭遵卻知道不是！

電閃剎那間，他留意到元昊向他瞥來，流動在箭鏃上的手指微微停頓。

元昊一手拿著軒轅弓，一手擇箭。握弓的手穩如磐石，擇箭的手化作羽輕。這一動一靜，兩種截然不同的動作出現在元昊身上，加上他磅礡的氣勢、大志的神色、掌控眾生的語調，對所有人都形成無形的震撼。

在元昊右手指停頓的瞬間，郭遵不需看，憑直覺感到，元昊選的是金色羽箭！

那支箭，元昊從未動用過！

就算身在絕處，先被狄青所傷，又被唃廝囉手下的三大神僧之一的金剛印重創，元昊也沒有選擇金色之箭。那時他只用了銀色的羽箭，一箭就射殺了結印念咒、借神行法的金剛印。

他這次要使用金色的羽箭？

他要對付的是誰？

彈指剎那，只在一瞬，郭遵驀地感覺到，所有的殺氣，都已匯聚到他的身上！元昊眼未望來，手指未動之際，殺氣已沛然擊出。

若讓他蓄力發動後，那還了得？

元昊這次選的是他郭遵。

郭遵一念及此，再不猶豫，長嘯聲中騰空而起，已向元昊撲去。狄青變了臉色！

誰都想不到郭遵會主動攻擊，他離元昊還遠，無論撲得如何迅猛，那一箭，總是要當先射出。

元昊眼中的大志陡然燃了起來，如亂世烽火，燕趙高歌！他右手一凝，箭壺頓空。

元昊終於出箭，這一次並不是只射金、銀、鐵、錫中的一箭。

元昊出箭。

彈指剎那，紅顏頹老間，一口氣射出了四色羽箭！

有風吹，有意冷，有殺氣，殺氣滿殿……

灰色的錫箭，剎那間已到了野利遇乞的胸口。

這是神出鬼沒的一箭，這也是所有人都想不到的一箭，元昊想什麼，的確很多人難以知道。他方才在和郭遵對敵前，射殺了沒藏悟道；誰都以為他要殺耶律喜孫，但他選擇了郭遵；誰都以為他要全力對付郭遵，不想他分了一箭射向野利遇乞。

野利遇乞卑躬屈膝，看似已完全臣服了元昊，元昊為何要在這緊要關頭殺他？

來不及轉念，叮的一聲響，灰色泛著死意的羽箭正中野利遇乞的胸口，野利遇乞來不及叫喊，翻身倒地。

根本沒有人去看野利遇乞，根本沒有人去留意那微不足道的人。

天和殿上，人人自危。所有人都在望著元昊，元昊不死，殿中就要死半數以上。可元昊若死，只怕夏國就要死上成千上萬。

這是一次策劃太久的行動，目的只有一個，必殺元昊！

飛鷹在郭遵飛起之時，振翅要飛。他本乃禁軍，得奇遇後心智高漲，橫行荒漠無所匹敵，這就讓他難免大志躊躇。他有了本事，就開始不服，不服太多事情，他只想憑一身本事縱橫天下，立下一世的名聲。可他先折翼在元昊手上，和野利旺榮的行刺計畫不遂，後被唃廝囉看破，鎩羽而歸，更在狄青手下，碰了一鼻子灰。

他四處流竄，興流寇，徒叛亂，覬覦香巴拉，最終還是選擇投靠耶律喜孫。耶律喜孫不計前嫌地收他為己用，其實也是想利用他。

人這一生，不是利用旁人，就是被旁人利用。

一個人的悲哀不是被利用，而是沒有被利用的資格。

他知道這是他最後的機會……若是抓不住，他已沒有了資格。

必殺元昊，元昊要對付的是郭遵，必定有隙可乘，這白駒過隙的機會，他要抓住。

可人才躍起，眨眼工夫，死機已現。

那是一種迥乎尋常的直覺，那是他、郭遵和狄青都有的一種直覺。

那感覺來得如此強烈，飛鷹顧不得去殺元昊，大喝聲中，騰挪扭身，一臂橫在胸前。

嚓的一聲，飛鷹就覺得小臂發涼。那涼意傳遞得極快，瞬間已到了他胸口之處，然後背心再熱，一股血箭從他背心飆出。

一支羽箭卻先血箭一步飛出，奪的一聲，釘在了大殿的柱子上，顫顫巍巍。

有滴鮮血順著箭鏃流下，滴落塵埃。

血是紅色，箭鏃為黑。飛鷹中的是黑色羽箭！

黑色如鐵，君心如鐵。元昊沒有忘記飛鷹，雖然由始至終，他都沒有去望飛鷹一眼，但憑元昊目光之犀利，他如何看不出飛鷹的野心殺氣？

因此元昊出箭，黑色羽箭給了飛鷹，只是一箭，不但射斷了飛鷹的小臂，還射穿了飛鷹的胸膛。

飛鷹從空中墜了下來。

在這之前，銀色的羽箭早到了第三人的面前。

那箭射的竟然是野利斬天！

誰也不想元昊竟會選擇了射殺野利斬天！

野利斬天在郭遵衝起之前，已然發動，他眼雖瞎，可感覺比所有人都要敏銳，他衝向的亦是元昊的方向。

難道說他早和沒藏悟道般，已背叛了元昊，這一次，要夥同眾人絞殺元昊？

這一箭，本不該射向野利斬天的。

後來還活著的人，事後想起這件事，均很奇怪元昊當初的選擇，覺得元昊的判斷，出了些問題。

天和殿上，以郭遵、耶律喜孫、善無畏和飛鷹武功最高，也是元昊最大的敵手。元昊要殺，也應該殺他們四人！

就算是氈虎，都有極大的威脅。

可元昊好像忘記了耶律喜孫和善無畏，他一氣射出的四箭中，第三箭選的是野利斬天。他只有四支箭！難道他認為，野利斬天比耶律喜孫和善無畏加起來還有威脅？

野利斬天是羅睺王，本是從阿修羅部直升而上。

阿修羅部，盡是叛逆之人。

元昊就殺叛逆！越多殺起來越是痛快！他這次將所有人都召集到天和殿上，難道也是和當年一樣，想要將叛逆一鼓而殺？

野利斬天縱身躍起，一步就近元昊兩丈的距離。他已路過了迦葉王的身邊。

迦葉王在元昊選箭的時候就悄然後退，在郭遵將起未起之際，就要急退。就在這時，那銀光一點，如思緒殘念，從他腦海深處閃過。

迦葉王幾乎要叫起來，可只感覺到一陣風冷，從他周身吹了過去，寒了他一身的肌膚。

哧的一聲，潔白如銀的羽箭射穿了殿柱，射到了對面的高牆之上，直沒箭鏃，只留下一點銀白。

銀色的箭鏃如雪白——寒冷，如月潔——無血。

野利斬天在那一剎那，身子一橫，幾乎飄了過去。那銀白羽箭從他面門上方射出，疾風刺面，將那漠漠的臉頰帶出了一條血痕。

誰都想不到元昊要殺野利斬天，誰也想不到野利斬天竟然躲開了這一箭。

可顯然，元昊要射野利斬天，野利斬天在元昊心中，就有取死之道！

但這蓄力一箭，竟還射殺不了野利斬天。

難道說此人的功夫高絕，還遠在金剛印之上？

野利斬天人橫刀也橫，他出刀，一刀斬過，如流水般愜意地過了迦葉王的身邊。刀身宏亮，不帶一分血痕。

刀是好刀，招是奇招！

迦葉王驚天怒吼，來不及再說什麼，就已被野利斬天單刀橫斬，一刀兩斷！

野利斬天竟殺了迦葉王？野利斬天為何要殺迦葉王？

難道說，元昊的細作就是迦葉王？因為迦葉王，元昊才知道耶律喜孫聯手沒藏悟道和野利斬天的計畫？野利斬天因為這個緣由，才要先除內奸？

沒有人知道，沒有人去想。因為所有的人都在看著郭遵和元昊。

錫、鐵、銀三箭射出之前，那金色之箭已到了郭遵的胸前。

那一箭——燦爛、高貴、奢華中帶著分耀目的亮色，有如煙火散盡的落寞，好似紅塵看破的蕭瑟，彷彿兵戈錚錚的鋒冷，極具睥睨天下的悲歌，就那麼地到了郭遵的胸前。

並無阻礙，金色之箭先所有利箭之前，最早地擊穿了郭遵的胸膛，帶出分彩虹般的血色，遠遠地消逝。

郭遵中箭！

元昊定鼎五箭中的金色之箭，從未出過，犀利睥睨之氣，就算是郭遵也不能躲過。狄青目色已紅，縱身而起，就要向元昊衝去……

郭遵根本沒有躲。他只是輕輕地一挪，挪開了數寸距離，挪開了心臟要害。

他一躍空際，如夭矯天龍，在被金色羽箭貫穿之後，並不如飛鷹般墜落，而是勢道突猛，如箭矢般射到了元昊的身前。

飛鷹墜落，因為飛鷹想不到會中箭。郭遵急衝，因為早知道會中箭。

郭遵中箭，郭遵落在元昊身前，出拳！

元昊眼中露出極為訝然之意，顯然也沒有意料到郭遵如此之猛，如此之快，如此地不顧性命。

郭遵的確和常人不同。

因為就算金剛印，在元昊出箭時，也先求保護自身。有得就有失，要保護，反倒什麼都留不住！

郭遵看穿了這點，不顧自身，拚得兩敗俱傷，也要重創元昊。

元昊橫弓。

那四箭齊發，已射出了元昊一身的氣力。他射箭，絕不是僅靠眼力、準度和臂力。他一箭射出，憑的是心血、必殺之意、判斷和渾身的霸氣。

他射出四箭，渾身空虛，剎那間，再難躲開郭遵的一拳。他現在只希望軒轅弓能擋住郭遵的一拳，他需要喘息的時間。

只要一口氣後，他就可再次周旋。

可他實在沒有想到郭遵的拳頭竟是那麼地犀利鋒銳。那一拳，聚集了多年的雄心、一腔的怒意，還夾雜著三川口死傷萬餘兵士在天的詛咒和怨毒。

嘣的一響，弓弦已斷。砰的一聲，那拳擊斷鋒利的弓弦，擊在了元昊的胸口。

然後隱約有劈啪聲響傳出，郭遵這一拳，如巨錘搏浪，似天斧開山，威猛無儔。這一拳，已經擊碎了元昊的胸骨。

元昊倒了下去。天和殿的風聲，似乎都已凝了下來。

而郭遵這才發現，元昊還有三箭射向他人，忍不住頓了一下。他方才衝出之際，眼中只有元昊，驀地發現元昊竟沒有施展全力對付他，不由遲疑。

元昊倏然而起，竟然掠過了桌案，躥到了殿前。

有一人早就滾到殿前，一刀刺向了就在殿前的寧令哥。

在如此迅雷霹靂之勢下，天和殿早就抖亂得如驟雨中的殘葉，人人搏命，那人要殺寧令哥就顯得有些突兀。

出刀那人是野利遇乞。野利遇乞居然沒有死，他沒有死，就想要讓元昊絕後。他知道殺不了元昊，但他要殺寧令哥一洗怨毒。

他不甘心，他這般懦弱屈辱、卑躬屈膝，元昊竟還是要殺他！可他也防備了這一箭，因此在入殿之前，已在胸口藏了塊千年寒鐵所鑄的護心鏡。

那一箭如錘子般轟在他的胸口，被護心鏡所擋，斜斜地插了出去，終於沒有要了他的性命。

野利遇乞逃得性命，全力反擊！

寧令哥傻在當場，根本忘記了躲閃那致命的一刀。他雖是元昊之子，但從未見過如此血腥如雷般的屠殺，他呆立在那裡，根本忘記了思考。

這時野利斬天已到了耶律喜孫身邊不遠……

這時氈虎如受傷的猛虎，已弓起身形……

他們二人，顯然要對元昊發動致命的攻擊，配合耶律喜孫和善無畏的舉動。

而元昊已被重創，郭遵亦是如此。

元昊衝到了兒子身邊，只是一擺手，就將野利遇乞擊飛了出去。兒子再不肖，終究是他元昊的兒子，他不想兒子死在野利遇乞之手。野利遇乞空中還在咳血，元昊就聽到一個從天籟盡頭傳來的聲音……

般——若——波——羅——蜜——多！

那六字似慢實快，轉瞬念完，有如彈指剎那。

般若波羅蜜多，是大神咒，是大明咒，是無上咒，是無上等等咒語。能除一切苦，聚集天地咒語於一體，有通神魔之威力。

善無畏開口，集中全部精神，念出了心經咒語。

咒語一起一頓，元昊身形終於停頓了片刻。那咒語雖束不住他的思緒，亂不了他的雄心，但還是讓他軀體有些寒意。

善無畏的咒語之威，還勝金剛印。然後就聽到哧的一聲響，一刀從元昊左肋刺入，刺到元昊的右肋，幾乎透體而出。

元昊身冷、意冷，目光更冷，難以置信地望著出刀之人，嘴角帶著分悲涼譏誚之意。他防備了太多人，卻沒有想到這人會出刀。

出刀的人，竟是寧令哥！寧令哥終於出刀，一刀重創了元昊，重創了他的親生父親，可他眼中，仍舊一片茫然。

天和殿變化極快，兔起鶻落，有人倒地有人死，有人流血有人驚。

所有沸騰的一切，隨著那一刀刺入元昊的肋下而冷卻下來。就算野利斬天和氈虎，身形都頓了一下，一時間好像不信眼前發生的一切。

可怒火未熄，刀如冷水，只凝了沸意片刻，轉瞬之間，耶律喜孫如孤雁橫空，就要掠到元昊的身前。

這一擊，他等了太久。他已看出元昊只餘沒弦的弓，如同沒爪牙的老虎，他要出手，一擊定乾坤。可他飛過之時，正遇郭遵閃身而至。

郭遵雖遲疑，但知元昊不死，永無寧日，他還待出手，見到元昊眼中的譏誚，身形微頓。他雖有必殺元昊之念，但實在下不了手。

他敬元昊是英雄。這樣的結局，他真的也沒有想到。

陡然間有疾風掠過，郭遵微懍，身形一轉，一拳擊出。單刀滑落，斬下郭遵一片衣襟，那一拳也是擊在了空處。

出招攻擊郭遵之人，竟是耶律喜孫。

郭遵懍然不解，轉念想到，耶律喜孫知元昊無再戰之能，眼下就要先除他郭遵，再殺狄青。耶律喜孫雄心勃勃，要除夏國之九五，宋國之猛將，然後再鐵騎南下，一統天下？念頭轉過，瞥見元昊手腕一震，郭遵暴閃。耶律喜孫見元昊突動，身形陡轉，也飄落到了一旁。

百足之蟲，死而不僵。

元昊雖被重創，但臨死一擊定會驚天動地，耶律喜孫不想作為元昊的陪葬。

軒轅弓弦已斷，五色羽箭發出去，再也無法回轉。元昊厲喝一句，「無間！」那一聲，仍帶著無盡的殺機和威嚴。

無間？無間是什麼意思？元昊這時，為何要說這兩個字？

厲喝聲中，元昊手臂急振，長弓陡彎。弓雖無弦，但彈力極怒，嗡的一聲響，長弓飛天急旋，而元昊借長弓彈力，以自己為箭，射到龍案之前，一把抓住了狄青。

狄青心頭一沉，方才的變化實在太快，他有心無力，根本來不及反應。見郭遵中招，他心中大痛，就要拚命去阻元昊，可郭遵一拳擊中元昊，讓狄青又驚又喜。

元昊飛離龍案，到了殿前之時，變化陡升，被寧令哥刺中，狄青也是不明所以，不解寧令哥為何要在這緊要的關頭，給了元昊一刀。

元昊陡然以自身為箭，射到狄青的面前，狄青還是來不及反應，就被元昊一把抓住。郭遵已變了臉色，才待衝出。

這時候，就聽到震天價響，龍椅崩飛，硝煙瀰漫……

眾人均驚，被一股熱浪擊退，郭遵卻是冒著石刀煙箭衝到了龍椅處，臉色劇變。

龍椅早被炸得粉碎，有煙塵飛舞。那迷亂的塵煙中，元昊、狄青和飛雪均已不見！

第十一章 相 欠

龍椅下竟有密道。元昊沒有死！

狄青知道這點時，已無法對郭遵提及。他被元昊拉著，踉踉蹌蹌地從密道而走，他不知道密道會通往何處，但他知道飛雪也在身邊。

向飛雪望去，見如斯驚天的劇變，飛雪竟還是神色淡漠，似乎早知道結果，或者是覺得如何變化都和她沒有什麼關係。

飛雪在這裡到底扮演著什麼角色，狄青真的想不明白。可他更想知道外邊天翻地覆時，郭大哥如何了？

狄青親眼目睹耶律喜孫偷襲郭遵時，想到的竟和郭遵相似，感覺這次行刺元昊，耶律喜孫應是幕後主腦。這人心機之深沉，簡直讓人毛骨悚然。

但狄青手腳無力，被元昊拖動，掙扎不得。就算能掙扎，他也不想作無謂的抵抗。

元昊到底要拖他去哪裡？為何這種時候，元昊還要帶上飛雪？

那條密道極長，狄青差點兒以為那密道是要通往香巴拉。他在王宮也有些時日，甚至還當過護衛，可從不知道天和殿下方有條密道。

想必除了元昊外，很少有人知道這條密道，不然耶律喜孫也不會不防元昊從這裡逃走。誰都知道元昊重傷之下，只要沒有死，就有反擊的能力。而且元昊的反擊，絕對是極為殘忍。

密道中並無燈火，但兩側的石壁上每隔幾丈，都會有顆小孩拳頭大小的夜明珠。

那夜明珠極為華美名貴，隨便哪一顆拿出去，都是價值連城。可在這幽暗的通道中，只是當燭火使用，照著元昊一張有些變色的臉。

奔行途中，元昊陡然頓了下，差點兒跪倒在地。狄青下意識地去拉，就見元昊眉頭一緊，一口鮮血噴了出來。

那血的顏色竟是青色的。

青如草色，內中還帶著分枯黃。

狄青心中懍然，發現元昊竟然中了毒。回想殿中發生的一切，郭大哥那一拳，當然不會讓元昊中毒，元昊的致命傷，在於那一刀。

那把刀……是有毒的。

狄青想到這裡，背心滿是寒意。不為元昊中毒，只為沒藏悟道的心機。那把刀，不就是沒藏悟道丟下來的？

所有的一切，早有預謀；所有的細節，都要人性命！

沒藏悟道丟刀那一刻，就意味著宣戰的開始，而寧令哥那一刺，更是讓人詭異難言。

元昊終於鬆開了握住飛雪的手，抹了下嘴角的鮮血，喃喃道：「好一個沒藏悟道！好一個善無畏，好！」一說罷又是咳了一口血，扭頭冷望向飛雪道，「寧令哥可是被你迷失了心智，這才聽咒語後出手傷我？」

飛雪臉色平靜，說道：「我既然和你有了約定，為何還要害你？」

元昊心中暗道：「飛雪說的不錯，她雖利用寧令哥接近我，卻沒有害人的心思。她和我目的雖不一樣，但想同舟共濟，應不會這麼對我。」只感覺腦海中一陣陣發昏，元昊心道這毒發作得好快，沒藏悟道好心機，善無畏好能忍！

狄青或許還在迷惑，元昊卻已想明白了一切。

元昊在伊始之時，已知消息，決意平叛。他統領党項人多年，素來殘忍好殺，對於叛亂之人，絕不姑息，力求一網打盡。

當年野利家族勢大，漸漸不服他的統治，更私下尋覓香巴拉，犯了他的大忌，因此他以雷霆手段一網將叛逆擊殺。

這種措施雖是危險，但在夏人眼中，卻樹立了無上威信，那之後的幾年內，元昊得以安撫內亂後，繼續征戰天下。

他志向高遠，卻因夏國的地域遠不如契丹和大宋，久戰之下，民心思安。更有不少族落又不服他的統治，蠢蠢欲動。

元昊不想停止東進、一統天下的步伐。他得到確切消息，最近耶律喜孫暗中聯繫沒藏悟道，準備扶植沒藏家族推翻他的統治。而在更早前，耶律喜孫更聯繫了唃廝囉，要置他於死地。

郭遵出現，是在元昊的意料之外，但他早就佈置妥當，只要擊敗郭遵後，還能掌控大局。

但局面終於失控，是從元昊沒有留意的幾點開始失控的。

首先，郭遵的勇氣、武力遠遠超乎元昊的想像，可元昊本有約束郭遵的籌碼，那就是狄青。但讓元昊意想不到的是，野利遇乞沒有死，而且要殺寧令哥。現在看來，野利遇乞要殺寧令哥本是個幌子，真正的用意卻是要殺他元昊。

狄青不清楚寧令哥為何要刺出那一刀，元昊早已了然。在這之前，寧令哥肯定被咒語控制了心性，因此咒語一出，這才失去理智。

能控制寧令哥的只有飛雪和善無畏，如果不是飛雪，肯定是善無畏。

想到這裡，元昊流血的嘴角帶分嘲弄，刀是他讓沒藏悟道丟的，沒藏悟道聽他命令拋刀的那一刻，已在發動。可他射死了沒藏悟道，再沒有多想，全部身心只用在絞殺其餘叛逆上。

他實在太相信自己的力量，也太沒有留意過寧令哥。他一直覺得這個兒子長得雖像他，但太過懦弱。善無畏就從他沒有留意的寧令哥入手，給了他致命的一刀。

他自己大意，怨不了別人。整個佈局是沒藏悟道、善無畏、耶律喜孫精心謀劃的，這個局雖然精妙，他還是可以破解的。

就算受了重傷的他，還可以將耶律喜孫、善無畏全部格殺當場！

可他中了毒——劇毒，他挨不了多久。

他必須要先去做一件事，死前一定要做的事。

一子不慎，滿盤皆輸，他喊出無間之時，心中終於有了分痛苦無奈……

感覺手腳已開始麻木，元昊的臉都變得鐵青，扭頭望向狄青道：「你莫要想逃，我雖……可要殺你，還是可以的。」那一刻，只感覺心中熱血激盪，隨時都要吐出來，元昊的腦海中，終於浮現了「死」字。

他多久沒有想過死呢？

當年還是他父親統治羌人時，他和妹妹單單被追殺的時候，他都沒有想到過死，只想著若能活著回去，定當把那些叛逆斬盡殺絕，後來他成功了。當落入那沙漠渦流中心時，他倒是想過死，但他出了沙漠渦流的時候，就再也沒有怕過會死。

但現在……死亡已離他極為接近。

這一刻，他心中反倒出奇地鎮靜，為何鎮靜，他也很奇怪。

狄青見元昊的眼眸中大志已淡，但威勢不減，只是問：「你要帶我去哪裡？」

元昊不答，又帶狄青和飛雪曲曲折折地走了一炷香的工夫。

狄青駭然這地下密道的恢弘，暗想當年德明在時，就建了興州，元昊將此地改為興慶府。依照元昊的性格，不應在皇宮下建造密道，這麼說，這裡應該是德明所建了。

那時候元昊之父德明還在兢兢業業地打著大夏王國的根基，臣服於大宋，在龍椅下設逃生的密道可說是逼不得已。

密道幽幽，不知道說著多少唏噓往事。德明想不到這條密道會救了他兒子一命……或者說，就算有這條密道，也不見得能救得了他兒子的性命。

元昊的腳步聲越來越重，喘息聲越來越粗……

這個睥睨八方、殺人如麻的君王，從狄青的角度來看，已有些悲哀可憐。這個人妄想把一切都抓在手中，可最終什麼都沒有抓住。

狄青想到這裡的時候，見自己的手腕還被元昊抓在手上，心中不知是什麼滋味。

前方盡頭，終於現出一道厚重的石門，元昊立在石門前，搖搖欲墜。

狄青見元昊的臉色變成了青色，不由有些擔心，他擔心的不是元昊的生死，而是元昊一死，他和飛雪很可能要陪葬元昊於地下。突然感覺到飛雪正在望著他，狄青扭頭望去時，飛雪卻又移開了目光。

由始至終，飛雪都沒有和他說上一句話。

元昊突然悶哼一聲，一拳擊在胸口之上，又吐出一口青色的血液。吐血後，元昊反倒精神起來，緩緩地推開了石門，邁步走了進去。

狄青設想了千萬種推開石門後的可能，卻沒有想到過，石門打開，有股幽香傳過來，緊接著有個聲音道：「兀卒……」

那聲音中帶著幾分焦急，可戛然而止。

張妙歌立在不遠處，望著一身是血的元昊，驚駭欲絕！

石門後站著張妙歌。元昊到此，難道就是為了見張妙歌一面？

這裡雖在地下，但看起來，並不沉鬱。有夜明珠懸在壁頂，照得室內一片柔和。四壁青色，屋頂蔚藍，畫有白雲，置身其中，有如就在青天白日、蔚藍的天際下……

屋內的香氣，都帶有草氣的清新。

這裡更像是個閨房，因為房間內有香爐紗櫥、奩匣銅鏡，處處都是女兒心思。這本是個溫柔的地方，可狄青一進來之時，卻感覺到一種哀傷。

不為張妙歌，不為元昊，只為那紗帳內躺著的一個人。

那人微閉著眼，長長的睫毛輕微顫動，似乎帶著幽夢。她呼吸微弱，臉色蒼白中帶著分憔悴，就算濃濃的妝扮，都掩不住她的憔悴。那人看起來，比元昊還要衰弱。

那人……竟是單單。

狄青驚駭之下，想要開口詢問，卻不知怎麼開口。單單為何會變成這樣？

床上的單單閉著眼，忽然眼睫毛抖了下，低聲道：「大哥，你來了？」她雖虛弱，可總有那種迥乎尋常的直覺。下意識地睜開了雙眼，單單還是一陣茫然，顯然什麼也看不見，也不扭頭，又道：「哦，狄青……也來了……」

嘴角泛起分笑容，那是高興開心的笑。她看不到，但她感覺得到。

狄青立在遠處，突然想起多年前那個少女，從金頂玉簾的轎子上下來，拎著裙角蹦蹦跳跳地上了山腰，用那纖弱的手撿起了滿是泥土芳香的石片，在杜鵑花旁的褐土上寫了幾個字，「花兒悄悄開，你為什麼會來？」

當初狄青不確定單單為何寫那句話，可如今明白了。

單單的確知道他狄青就在身邊。

他雖喬裝易容，但單單不需看他的容顏，就能感覺到他在身邊。

又想到，他被困牢籠之時，單單過來看他，微笑地說：「心愛的人心中想什麼，我感覺得到。」當時他只以為單單是隨便說說，現在想起，才知道單單真正感覺得到。

狄青望著單單，張妙歌只是望著元昊，突然驚醒過來，看到元昊還在流血，張妙歌返身去梳粧檯前取了個紅木箱子。那箱子裡有殺人的銀針，也有救命的藥物……

她取箱子時，元昊走到了單單的床榻前。元昊向張妙歌搖搖頭，示意她莫要過來。

元昊終於放開了狄青的手，放下了所有的一切，輕輕地跪在單單的床榻前。先悄悄地用衣襟把手上的鮮血擦乾，這才握住了那纖細的手掌，元昊眼中的大志已然不見，留下的僅是遺忘多年的柔情。

還記得，那漆黑的地下，聽到妹妹大聲地呼喚：「哥哥，哥哥你在哪裡？」

還記得，他終於衝到了妹妹的身邊，叫道：「妹妹，你不要怕，大哥會保護你。」

還記得他振奮地說：「妹妹，我發現一個地方，那地方真的很奇怪。它能開口說話，讓我們過去。」

還記得年幼的單單怯懦道：「哥哥，不去好不好？我……怕……」

那時候的他，根本不知道什麼是怕，只記得那個聲音對他說，你要出去，你要報仇，你要成為一代君王，就要來見我！他終於抵抗不住那誘惑，帶著年幼的妹妹去了那裡。

黑白的地域，泛著神祕的色彩，晶瑩的白玉中，陡然有白光照耀過來，很緩慢、很神祕地要落在他的身上。那是光嗎？他不知道。他那一刻，有些戰慄，是那個年幼的妹妹擋到了他的身前，叫道：「哥哥，不要！」

終究出了那不知是地獄還是仙境的地方，他躊躇滿志，一路廝殺，創下了夏國大業！可他最終得到了什麼？

一想到這裡，望著妹妹那憔悴的面容，元昊潸然淚下。

他不後悔自己做過的一切，但後悔太過自信，自信到真的以為可以救回妹妹。他輸了，輸了妹妹的性命！

淚水點滴，落在了床榻上的綢被上，不留痕跡。

他終於平定了情緒，用平常的聲調道：「單單，我把狄青帶來了。我知道，你一直想嫁給他，我今日，就要完成你的心願！」

狄青怔住，從未想到過，元昊逃走前還要抓住他，沒有複雜的目的，就是為了單單。簡單的目的，簡單得讓人難以置信。

單單突然身軀一顫，纖弱的手掌反抓住大哥的手，問道：「大哥，你受傷了？」元昊雖竭力裝得若無其事，但單單感覺到了異常。

元昊笑笑，眉頭還是緊的。他不知要用多大的毅力才能保持平靜如常，淡淡道：「一些小傷，不礙事。」

「是我拖累你了？」單單眼一眨，兩滴淚水滾落而下。

元昊又笑了，笑出聲來，聲音中滿是善意的嘲弄，「傻孩子，你有什麼本事拖累我？」心中滴淚，想到你只有救過我！若不是你，我就會和你一樣。就算沒有狄青，今天的事情還不是一樣？

單單扭過頭，茫然望向了遠處黯然無聲的張妙歌，說道：「張姐姐，你快給我大哥治傷……」感覺到元昊不想離去，單單的呼吸突然變得急促，說道：「大哥，我想……」不待說出來，元昊已起身，扭頭望向了狄青道：「單單要和你說話。」

狄青猶豫片刻，終於還是走了過去。

單單感覺到狄青走近，蒼白憔悴的臉上，驀地泛起了光輝。她喃喃道：「狄青，我說過，七天後再見你，現在算算……我等不了那麼久了。」

狄青心中隱約有了不祥之兆，見那纖弱的手無助地落在床榻邊，五指摸索，似要抓住什麼。終於緩緩握住了單單的手，低聲道：「沒有人會怪你。」

單單那一刻，臉上神采飛揚，幸福得就算狄青都已看到。

她五指收攏，握著那寬厚溫暖的手，只感覺自己的身體慢慢地變涼，但她已無悔無怨。她感謝大哥，感謝狄青，感謝張妙歌，感謝這些曾經關愛她的人。

但她終究沒有說出來，她只是道：「我……今天，美嗎？」她感覺到狄青會來，因此早早地讓張妙歌給她化了妝。

她知道自己的身子一天弱過一天，但從未想到垮得這麼快。昨天晚上，她不知道是憑什麼樣的毅力，才能自己一個人走到狄青的身邊，靜靜地和狄青說了會兒話。

可出了牢房後，她就全身是汗，跌坐在地上。

好在狄青沒有看見。她也看不見。

和狄青見上那一面，用了她殘存的幾日光陰，但她喜歡。

喜歡只要一刻、只要剎那，今生無憾。

這一切，她還是沒有說，她不想說，她努力地想把所有的一切都帶走，她不要和狄青再有任何瓜葛。只是為……來生還能相見。

她的臉色有些緊張，對於問題的答案並不樂觀。很多年前，那白光照在她身上的時候，她就知道了自己的命運，但她為了保護大哥，並沒有後悔。她看不見了，是意料的事情，她看不見了，有些忐忑，沒有了自信，這妝是張姐姐為她化的，狄青喜不喜歡？狄青握住那冰冷的手，望著那彷徨的臉龐，咬牙道：「單單，你很美。你從未有過這般美麗。」他那時候，真的忘記了一切，只想讓眼前這個女孩開開心心。

因此他沒有留意到，飛雪眼中似乎有了分異樣。飛雪一直在沉默，沉默得有如這場驚變的局外人一樣，可她為何聽到狄青的話語，眼中也帶了分複雜的傷感？

單單笑了，笑容很是嫵媚。那一刻，單單又回到了從前的單單。

她就那麼地握著狄青的手，感受著此生難得的靜謐，不知許久，她臉上的光彩終於有些黯淡。

狄青一驚，就感覺手掌一緊，聽單單略帶焦急地說：「哎呀，我差點兒忘記了一件事，我答應送還給你一件東西。那是香巴拉的地圖……我知道你在找。那地圖對於你來說，就和那鞋子對我來說一樣的意義，狄青……是不是？」

狄青微震，不想今日此刻，單單終於把香巴拉的所在告訴給他！

那這次的地圖，是真是假？念頭一閃而過，狄青不再多想，見單單滿是期冀，狄青點頭道：「是的，這兩件東西在你我心中，一樣地貴重。」

單單又笑了，雖然笑得很是虛弱，良久後，似乎又記起了什麼，忐忑道：「但是你握了我的手，這算不算你我的糾葛呢？」

狄青顧不了太多，搖頭道：「應該不算的，應該不算的。」

他若沒有從衛慕山青口中聽過那傳說，根本不知道單單的用意。他雖心中只有羽裳，他就算不信那些傳說，但此時此刻，他怎能讓眼前的單單失望？

他是個深情的人，他不是個絕情的人。

單單輕輕地笑，笑得如柳絲般淡，低聲道：「我覺得……如果我能摸摸你的臉，那你我就不相欠了。」

她突然覺得自己很過分，她恨自己看不到。病魔不但侵蝕了她的身體，而且讓她一月前就已什麼都看不到。

若能再看一眼，她覺得……立即死去也值得。

可若是看不到，她想要用手來重繪出腦海中的記憶……

狄青遲疑半晌，終於握住那虛弱無力的手，從他那滿是秋霜斑白的鬢角緩緩摸過去，那一刻，有如千年。

單單笑容中帶著無邊的甜蜜，誰都看得出來，她在全心全意地記憶。她看不到，但她感覺得到，她見不到心愛的人，但她已把心愛的人記在心間。

那纖弱的五指輕輕地摸上狄青的鼻梁，落在狄青的嘴角，帶著顫抖。

不知道是臉在顫，還是手在抖。

輕輕地舒了口氣，單單茫然的眼神望著狄青的眼，柔聲道：「謝謝你。」

狄青眼簾濕潤，說道：「我也謝謝你。」他真的不知道說什麼才好。可若能說一些話讓單單高興，他心甘情願。

單單頓了片刻，說道：「我要走了……」她說得平靜非常，臉上沒有半分的恐懼之意，反倒帶了分期待……她該做的都做到了，她知道今生不能和狄青相愛，但她期待著來生。這對單單來說，也是愛。

「我昨天去看了你，你今日看了我，這很好。但我昨日說過的一句話，你應該還給我。」單單輕聲道。

狄青微震，昨日的情形再現腦海。昨天單單說過很多的話，但哪句話會讓單單念念不忘呢？

陡然間，腦中電閃而過，他想起是哪句話讓單單如此執著難忘了！但是他，又如何能夠開口？他不想騙自己，也真的不想騙單單！

沉寂許久，室內那香氣好像都凝冷了，元昊一直望著這面，見狀雙眉豎起，就要站起。

張妙歌突然一把拉住了他，神色慘然。

單單神色中有些遲疑，摸著狄青臉頰的手又開始顫抖，嘴唇喏喏動了下，想要說：「你真的忘了？」可她不想說。她怕說，她怕狄青真的忘記了。

不知許久，有如深秋蕭瑟，狄青望著那期待的漸漸失望的表情，終於開口道：「心愛的人心中想什麼，你感覺得到！」他將單單當初的話改了一個字。

單單的失望不見了，取而代之的是燦爛的笑容，那句話如同仙丹靈藥，讓她剎那間容光煥發。她望著狄青，臉上溫柔無限，輕聲說道：「謝謝你。我欠我大哥許多，我來生會還。大哥……是愛我的，但他不懂我。」元昊聽到這幾句話時，眼簾已濕潤，神色痛楚。單單頓了下，又道：「狄青……你是懂我的……但你……」

頓了片刻，有如萬年，那隻纖弱的手掌無力下落。狄青一震，想要叫喊，卻無法發聲，臉上滿是傷感之意。元昊想要站起，可神色木然。

飛雪的眼簾微微濕潤，張妙歌的臉頰已有淚水，只有那躺在床榻上的人兒，閉上了雙眼，有如在熟睡。她的嘴角帶著分微笑，那是幸福的笑。她終於沒有說完要說的話，可最後沒有說出的那幾個字，室內人都懂的。元昊愛單單，但元昊不懂單單。狄青是懂單單的，但是他……不愛她！

單單沒有說出最後幾個字，是無力說出，還是不想說出？她是不是已經滿足，不想說出？是不是不想讓自己離去的心，帶著分遺憾？

其實這遺憾她早就體會，如果不能今生相愛，那她就選擇來生。她不說出來那幾個字，只因為她不想再增加這遺憾？

那古靈精怪、狡黠難以捉摸的女子，到底在想些什麼，再也不會有人知道。

往事一幕幕再現……那女子的一笑一顰、一舉一動，再次浮現到狄青的面前。

原來那看似蠻不講理的女子，滿是細膩的心思。

那秋風綠草黃花褐土掩蓋的心意，終於清楚地顯現，又輕快地隨風而逝……

狄青一想到這裡，就是難言的傷心。可單單為什麼會這麼就去了？到底在單單身上發生了什麼事情？狄青並不知道。

他真如單單說的那樣，懂單單了嗎？他其實從未懂過。對於這個對他深情款款、一往情深的女子，他從未留意。他不知道她的過去，不知道她的心思，不知道她的一切一切，他只知道，單單去了，他很心傷。

他們之間的糾纏，豈能是說不相欠，就不相欠？

室內沉寂如水，只有香依舊，人花桃面，靜無言。

不知許久後，張妙歌悄然抹去了眼角的淚水，望向了元昊。她已幫元昊止住了血，包裹住了傷口，但她非但沒有放心，一顆心反倒飄飄蕩蕩，無所依靠。

元昊中了毒，難解的毒，就算是她飛天，也無法化解的毒。她盡了力，卻是無能救他，見到椅子上孤獨坐著的那個人，心痛如絞。

恍惚中，她記得當初第一次的相見。

那時她不是乾達婆，也不是飛天，更不是張妙歌。她本無名，她是個受盡冷眼的奴婢，她還沒有成熟，就要像寒風中的花朵被吹落。

她掙扎無助之時，遇到了元昊。

那時元昊還年輕，意氣風發。元昊只望了她一眼，目光有如刀劍，那一眼就有如看穿了她的內心，看穿了她的全部。

「跟我走！」

只是這簡簡單單的三個字，就讓她跟隨了一生。之後她閱男人無數，經無數波瀾，但當年的那一眼，永銘心間。

她習得了武技，會用了心思，由那含苞未放的花蕾，變成了萬人驚豔的飛天，更成為八部之一的部主，天下男子莫敢小覷。

從那以後，她再沒有受過男人的欺凌，就算是不空落在她的手上，也只有死路一條。這一生，不知道有多少男人的目光落在她身上，傾慕她、討好她，一擲千金，只為博她一笑。但她只在等一個男人。

她只希望那人再望她一眼，有如當年。

流年如箭，射中了意氣風發、千古大業，但終於不肯再次垂青到她的身上。她為了他的大業，兢兢業業，甚至不惜屈身前往汴京打探大宋的消息，聯繫趙允升，間接地參與了那次意義深遠、影響大宋和夏國一代的宮變。

等回轉後，她終於留在了他的身邊，為他彈曲解憂，為他排遣煩悶，為他立國作樂，辛苦多年。只因為他說了一句，「王者制禮作樂，道在宜民。」

到如今曲成了，難道說曲終定要人散？可弦斷怎斷癡纏？

一想到這裡，忍不住地心酸，忍不住地淚下，忍不住地沉寂無言。可她還是要開口，才要說什麼，元昊已道：「狄青，香巴拉的地圖，就在奩匣內。」

元昊的話音雖弱了，但其中的剛硬從來不減。他的五指還在屈伸，他還在考慮著事情。

張妙歌望著那屈伸的五指，突然想到，他這一生，從來就是王圖霸業，壯志雄心，對我可有半分想念？

狄青未動，只是望著元昊道：「為什麼？」他問得突兀，其實是想問單單為何會變成這樣。元昊只是道：「不為什麼。這是命！你取了地圖吧，我知道你很想要這張地圖。」

狄青還是未動，張妙歌一旁道：「那是單單送給你的。」狄青將目光轉向那奩匣，終於移步過去，取了地圖在手。

元昊道：「現在你和單單兩不相欠了！」他不信那個傳說，但妹妹想做的事情，他就要為她做到！

飛雪還是沉默，可眼中隱約有了不安之意。她和單單一樣，總能看出更多的東西，卻很少說出來。

狄青本來想說，我欠單單很多，可望了床上那笑臉一眼，終究道：「不錯，我和她兩不相欠了。」

元昊笑了，笑得牽動了胸口腰間的痛。誰也不知道，他身體內究竟蘊藏著多少驚人的潛力，「但你我的恩怨顯然還需要做個了斷。」他坐在那裡，神色蕭索，但目光又變得銳利如針。

狄青昂起了胸膛，一字字道：「你說的不錯，我那麼多兄弟因你而死，你我之間，的確要做個了斷了。」

元昊的笑容變得有些森冷，「你以為我傷了，你就有機會？」

狄青尖銳道：「你有沒有傷，還不是一樣的想法？我有沒有機會，這些話還是要說！」他本來不想如此的，可他終於忍不住。他欠單單很多，但他不欠元昊什麼，他和元昊之間的恩怨，只能用血來清算。

張妙歌嬌軀顫抖，想到了什麼，臉色微變。

室內的香氣似乎都冷了下來。冷得如冰！

殺機已現……

狄青一直因為楊羽裳的緣故，對單單的情感並不去多想，但他面對元昊時，立即變回了以往的狄青。他知道，單單死了，元昊也不行了，這一次元昊就絕對不會放過他狄青。元昊雖沒有開口，狄青已明白元昊的心思，元昊要他給單單陪葬！

這個念頭在常人看來瘋狂之至，可對元昊而言，再正常不過。

元昊帶狄青來，不是讓他娶單單，不過是想讓他和單單死在一起！

這些事情，狄青想得清楚，「我眼下被藥物所困，根本不能發勁，以元昊的能力，就算垂死，要殺我也不是難事。我唯一能做到的就是……鎖住元昊，讓飛雪出去。」他想到這裡，只望了飛雪一眼，就收回了目光。很多話，不用說出，但他要做到。他並沒有留意到那一刻，飛雪眼中又有霧氣朦朧，還帶著一分感動之意。

元昊望了眼飛雪，又看看狄青，喃喃道：「你說得對，說得很對！」他的臉色已青得嚇人，可口氣越發地平淡。他的口氣雖很平淡，但其中的殺氣更讓人心寒。他那一刻，心中只是想，單單去了，她是為我而去，我這一生，誰都不欠，只欠妹妹一條命，沒有她，痛苦的就是我。我不知道她來生是否能和狄青相遇，我只知道，她很想和狄青在一起。我今生，最後剩下的能力……最後能為她做的事情，就是讓狄青陪她死在一起。

那一刻，沒了大志；那一刻，王圖霸業盡數成灰。

元昊冷望著狄青，狄青也在冷望著元昊……

他們之間，因為有了單單，所以才有了糾纏；因為沒有了單單，才變得更加的簡單。元昊殺心已起，他知道自己已無藥可救，張妙歌雖一句話沒有說，可他從張妙歌的眼神中，已讀到答案。

沒藏悟道既然下毒，就一定會下毒死人的毒藥。沒藏悟道既然對他元昊下毒，肯定會下他元昊無藥可解的毒藥。

如果張妙歌都無能為力，他元昊再也找不到第二個人來解毒。龍部九王，八部最強。般若悟道，智慧無雙！

這個般若王的智慧，果然死了都讓人叫絕。他早知道，元昊也不會放過他。最近沒藏家鋒芒畢露，元昊已起殺心，因此他就算死，都是死得不動聲色，死得讓元昊放下了戒心。死後給元昊致命一擊！

一想到這裡，元昊反倒笑了，笑容中滿是嘲弄之意。他輕咳一聲，又咳出了一口青血。血色青青，帶著股透體寒冷的殺氣。

「妙歌，你知道生門在哪裡？」

張妙歌一怔，半晌才道：「我……知道……」

「那你從生門出去，斷了這裡所有的出口。」元昊輕舒了一口氣，五指又開始緩慢地跳躍。他雖無弓無箭，但要殺人還是不成問題。

「今日能和你們兩個死在一起，卻也不錯。」元昊眼中透出冰封般的冷意，「狄青，你不要妄想能救得了別人，你誰都救不了，包括你自己！所有的事情，都是因你和飛雪而發生，今日……你我……飛雪三人，一定要死在這裡，陪著單單，讓她不再孤單，一定！」

他刹那間，握手成拳，神色中有著說不出的堅定之意。

他負了傷，他中了毒，他奄奄一息，但他還是元昊，天底下獨一無二的元昊，因此他還是想讓誰死，就讓誰死，不容置疑！

第十二章　如　歌

狄青很多事情都不明白。

他不明白單單為何會變成這樣，他不明白飛雪為何會來，他不明白郭遵怎會驀地出現，這些年去了哪裡……

狄青很疲憊，他雖沒有參與廝殺，那英雄醉一直抑制著他的能力，這一路奔波一路心傷，他很累。

但他還是挺直了腰板，凝望著元昊的一雙眼眸。

很多時候，無論你明不明白，事情總要做個了斷。人的願望總是會改變，就算是元昊也不例外。元昊想除掉叛逆，元昊想招郭遵和狄青於麾下，元昊想一統天下，可如今元昊只想殺了狄青。

狄青願望也多，但他眼下，只想讓飛雪逃命。

他不管飛雪為何會來，他只知道若沒有飛雪，他早就不會站在這裡。在元昊的壓迫下，狄青反倒上前一步，深深地吸了一口氣。

他或許沒有拚命的氣力，但還有拚命的勇氣。

他從來都不怕死，當年就算才出了家鄉，明知可能會死，他還要出手一劍刺死增長天王。到如今，他如果必死的話，他也要拚。

元昊坐在那裡，靜靜地望著狄青，眼中突然露出分感慨。他若不是元昊，他或許能和狄青成為朋友。

可他是元昊，此生註定和狄青要是敵人。死都是！

「我讓你三招，過來吧！」元昊的臉色越發地青冷，口氣還能平靜如常。

狄青突然笑了，說道：「你故作大方，是不是連站起來的力量都沒有了？」話音未落，就見元昊霍然站起，冷望狄青。

狄青笑了下，突然一口咬在自己的手腕上。

元昊、張妙歌均是一怔，不知道狄青用的是什麼古怪的招式，飛雪那一刻，突然淚眼濛濛。想當初，就在那密室時，狄青也要咬傷手腕。那一次，狄青是為了她飛雪，這一次也是。

鮮血流出，狄青被痛楚刺激，驀地來了氣力。

他死都不怕，何懼流血？低吼聲中，狄青腳一用力，就已躥到了元昊身前。他揮拳！

這一拳，無章法、無招式，只有一腔怒火。

元昊冷哼一聲，手腕一翻，就架住了狄青的拳頭，反掌一切，正中狄青的脖頸。

狄青被元昊一掌切中脖頸動脈處，腦海一陣眩暈。腳步踉蹌中，伸手一拖，扯住了元昊的衣襟。他借力之下，就勢一把抱住了元昊的背心，厲喝道：「飛雪，你快走！」

他用盡全身的氣力去扳元昊，本以為無能為力。

他痛恨元昊，但知道元昊極強，強得讓人興起無能為力之感。無論是誰來暗殺元昊，均會鎩羽而歸。

他卻從未想到過，這一扳，就扳倒了元昊！

元昊已是強弩之末。

元昊就算有無邊的大志、天子的威嚴，終究還是抵抗不住重傷和劇毒的雙重侵蝕。他還能堅持，只因為他不想輸給狄青。他本以為可輕易地扼殺狄青，不想才一用勁，胸口就有一陣大痛，絞碎了他的全部能力。

他那一身氣力，驀地變得空空蕩蕩。

狄青揮拳，重重地擊在元昊的後腦。

元昊一陣眩暈，甚至連血都吐不出來，他早無多少鮮血可流。一咬舌尖，精神一振，他驀地回肘，擊中了狄青的胸口。

二人都是罕見的高手，可命運捉弄，均無法發力，只能如野獸般糾纏廝殺。狄青胸口大痛，根本顧不上躲避，緊摟著元昊，一口向他脖子上咬去。

狄青從來都不認為自己是高手，為了搏命，他什麼招式都用！

就在這時，一隻手輕巧地伸過來，抓住狄青的後腰，只是抖了下，就震開了狄青和元昊二人。

元昊突然喝道：「把狄青留給我！」

分開狄青和元昊的，正是張妙歌。張妙歌分開二人，手臂忽然一揮，將狄青扔了出去。狄青猝不及防，身不由己地穿出了石室，不等回頭，厚重的門戶已闔。

狄青一怔，還待返回，就聽一個聲音淡淡道：「你還回去做什麼？真的要殺了元昊嗎？」狄青微震，扭頭望去，見到不遠處站著飛雪，又驚又喜。見她正幽幽地望著自己，心中茫然想著，我是不是真的要殺了元昊？我有沒有能力殺了他？

元昊是他的死敵，連番數次進攻大宋。狄青的兄弟朋友王珪、武英、李禹亨等人，都可說是死在元昊之手，若真的有人問狄青，有機會殺了元昊，他是否會動手？狄青肯定會毫不猶豫地點頭。

可到現在，他真的要殺了元昊嗎？他可有機會、有能力殺了元昊？拚得一死嗎？

轉瞬明白張妙歌不是和他為敵，而是幫他。但張妙歌忤逆元昊的意思，豈不是很危險？

才想到這裡，聽飛雪道：「以張妙歌的本事，元昊肯定奈何不了她。除非張妙歌自己想死，不然她沒有危險。」

狄青聽了，怔在那裡，久久說不出話來。

元昊的五指，已探到了張妙歌的咽喉間。

他見張妙歌助狄青離去的那一刻，憤怒中夾雜傷心，傷心中又滿是絕望。他以冷血殺戮馭眾，將權勢絕對地掌控手中，不想到了最後，他什麼都沒有抓住。

到如今，連他最信任的張妙歌，都要背叛他？

他心中殺念一起，再不顧狄青，就要殺了張妙歌，可五指到了張妙歌的喉間，觸碰那柔軟冰冷的肌膚，見到張妙歌黯然的神色，他心頭震顫……

他終於停下手來，五指僵硬。

「為什麼？」元昊嗄聲道，「你竟然幫助狄青？」他真正想說的是，你居然背叛我？但背叛二字，有如利刃，傷得了旁人，也傷得了自己。

張妙歌問道：「你真的要殺狄青嗎？」

元昊陡然怔住，腦海中有些空白，半晌後才想，我真的要殺狄青嗎？他其實對狄青並沒有惡感，相反，一直以來，他覺得有狄青這個人，才能磨礪出他鋒利的銳氣。他不止一次地想將狄青、郭遵這種人收為己用，他一直驕傲的是，他和趙禎代表的宋廷不一樣。

宋廷只會用聽話之人，就算無用；但他只會用有用之人，就算那人並不聽話。

因為他就算抓住了狄青，也不想一殺了事，范仲淹、种世衡、狄青等人對他進取關中、一統天下阻礙很大，但他欣賞這些人。他一直認為，只有這些人，才是幫助他一統天下的人。

他從不認為自己是在毀滅，腐朽的東西，一定要有新的東西取代，宋朝既然腐朽了，就需要他推倒重建，才會進步。

他一直為自己的行為而驕傲，做的每一件事也有他的目的，可事到如今，他要殺狄青是為了什麼？

「單單想和狄青在一起，但我不同意。我一直以來，都以為可以救回單單，可我錯了，我大錯特錯，我因為自己的堅持，害了單單。」元昊的右手無力地垂下，喃喃道，「我只想她……」

話未說完，張妙歌截斷道：「但單單在你來之前，請我說服你，一定要放狄青離去。她說如果愛一個人，就應該讓他飛。你真的不理解她。」

元昊臉上有如被打了一拳，神色極為難看，望著那盈盈秋波，突然像被抽空了所有的氣力，軟軟地坐了下來，坐在那他從來不坐的青磚地面上。

許久後，元昊才道：「單單說得對，我是愛她，但是從來不理解她！」突然有些心酸，突然有些意冷，元昊擺擺手道：「你走吧！」扭頭望向了床榻上的單單，單單嘴角還帶著笑，她是笑著離去的。

因為她還有希望。

元昊想到這裡，只感覺頭腦又昏，心中鮮血激盪，有如擂鼓般。等到鼓皮破了、鼓聲停了，他就該和單單在一起了。

久久不聞張妙歌的動靜，卻感覺一柔軟的身子挨著他坐了下來。元昊扭過頭去，就見到那盈盈的淚眼。

元昊一陣恍惚，突然想到，原來我死時，還有人能陪在我的身邊。

他這一生中，不知有過多少女人，但可曾有過一個女人如張妙歌般，在他這般時，會靜靜地坐在他的身邊？想到這裡，無論張妙歌做了什麼，他都已經諒解。

剎那間，往事重現。

別人都以為他殺母、殺妻、殺子、殺舅，生性殘忍惡毒，卻有哪個知道，就是那個生他的母親，想趁他父親死後，趁他立足未穩時，奪取他的權力。

權欲之下，原來全無親情可言，因此趙禎會千方百計地從劉太后手中奪回皇位，耶律宗真會用暗渡陳倉之計囚禁了蕭太后。

不同的是，趙禎和耶律宗真還不能撕下那層遮羞的廉恥，一方面不知多麼渴望那高高在上的位置，一方面卻又向世人宣佈他們有多麼的無奈。

他們要告訴天下人，錯的不是他們。

那所有的錯，就都算到我身上好了。元昊想到這裡，嘴角露出了譏誚的笑。他根本不需博取別人的同情和憐憫，他只憑一己之力，就誅殺了叛逆，殺了親生母親。虎毒不食子，可他母親要吃他，他只會用更決裂的方式回擊過去。那個衛慕氏，雖是他的女人，也在幫助他的母親圖謀他的位置，要之何用？

接著就是興平公主。

他的確是為了聯姻娶了興平公主，可娶到興平公主的時候，他並不想對她太過冷漠。但很快，他發現興平公主嫁給他，不過是想找香巴拉的祕密。他那時笑了，他再不覺得對興平公主冷漠是個錯誤，他甚至偷偷地放出假的地圖，讓那愚蠢的女人偷了去，他還放出不少地圖出去，讓那些尋找香巴拉的人去找。然後他將那些去找香巴拉的人，一網打盡。

想到這裡，他又是忍不住地笑，笑容中滿是冰冷的嘲諷。

天底下，只有他元昊……不，應該說還有飛雪和唃廝囉知道香巴拉的祕密。唃廝囉、飛雪想去香巴拉，是和他元昊有著不同的目的的。他本來還想與飛雪聯手，救回單單一命，可到如今，一切都不需要了。其餘的那些人，根本不知道香巴拉是什麼，他們如果到了香巴拉，知道了香巴拉到底是什麼，恐怕都會一頭撞死在牆上。

感覺到那柔軟的身子緊緊地依偎著自己，有如一生一世，元昊心中一陣惘然，突然想到，妙歌她對我如此，到底是為了什麼？

女人接近他，都有目的！

後來又有了野利氏，又有了沒藏氏。野利氏是野利家族的女人，他娶了野利氏，是為了鞏固大業，但野利氏接近他，不也是為了野利家族、無上的威嚴？他知道沒藏氏——也就是野利遇乞的那個女人，是主動投懷送抱的，沒藏氏當然有目的，她是想為野利遇乞報仇。

元昊嘴角又露出冰冷的笑，他從來不怕別人過來報仇的，沒藏氏喜歡如此，他就如沒藏氏所願。野利遇乞真以為卑躬屈膝，甚至把老婆都送給他的做法，就可以掩藏他串通沒藏家族，想要殺了他元昊的心思？

野利遇乞不行的，野利遇乞不過是條狗！

因此他假意給了野利遇乞希望，讓野利遇乞一輩子都守在香巴拉的週邊，而到底如何開啟香巴拉，只有目連王和他元昊知曉。

懲罰一個人，不見得殺了他，讓他有著絕望的希望，那是更有趣的方法。

在一箭射殺野利遇乞的時候，元昊很想問問野利遇乞在想著什麼。

但野利遇乞畢竟還聰明些，他在胸口放了護心鏡，擋住了致命的一箭。不僅如此，野利遇乞還假意要殺寧令哥，暗地想要殺他元昊。

一子不慎，滿盤皆輸……

但他本來還不會輸，想到這裡，元昊胸口激盪，哇的一聲，又噴出一口鮮血。那口血已不是狂噴，他無多少血可流了……

突然感覺到什麼，元昊向張妙歌望去。張妙歌這次沒有移開目光，只是癡癡地望著他，有如一生一世。

元昊在想著往事，張妙歌只望著元昊。

「妙歌，你走吧……」元昊才待再說什麼，陡然間目光一凝，顫抖地握住了張妙歌的手，嘶聲道，

「你……」

有絲黑血順著張妙歌的嘴角流淌下來，黑黑的血，流過那紅紅的唇，過了那尖尖潔白如玉的下頜，有著說不出的怵目驚心。

張妙歌中了毒！張妙歌怎麼會中毒？

元昊心中終於有了惶惑，思緒飛轉，找不到張妙歌中毒的緣由。才待起身，就感覺到天昏地暗。

張妙歌伸手，輕輕地握住了元昊的手。

那一握，有如天長地久。

「不用想了……是我自己下的毒。」張妙歌的笑容中帶著落寞，可又夾雜著無窮的思緒，她的言語平靜得讓人心驚。

「為什麼？」元昊話才出口，突然明白了什麼，驚呆在那裡。

張妙歌沒有答，只是輕聲說：「我怕寂寞。」她那一刻，再也忍不住眼中的淚水，滴滴而落。

她沒有說的是，元昊走了，她留下來也沒什麼意義。元昊走了，她不想忍受那離別之苦。元昊走了，她想陪元昊一路走，她這一生，不過是在為元昊而活。

元昊的身軀突然劇烈顫抖起來，張妙歌雖什麼都沒說，但他終於明白了一切，原來很多事情，並沒有為什麼。

如果一定要追問張妙歌留在他身邊的目的，那只有三個字，那就是……她愛他！

簡單得不用多想，簡單得不需緣由。

突然一把抱住了張妙歌，元昊滿是大志的眼中，終於有了情感，凝望著張妙歌的眼眸道：「你何苦如此……」

張妙歌笑了，笑容中帶著分解脫，「我沒有背叛你……」

「我知道，我知道。」元昊連連點頭，心中不知是何滋味。他雖自詡智珠在握，可看起來，也從來不瞭解女人的心思。

張妙歌心中卻想，你不知道的，你什麼都不知道。你不知道我根本不想什麼霸業一統、妙歌天樂，我只想安安靜靜地坐在你身邊，讓你這麼地看著我。我終於等到了這一刻……可這一刻，她真的等了太久；為這一刻，她付出了太多。

「兀卒……我可以請你做件事嗎？」張妙歌的呼吸漸漸衰弱，可她沒有半分的畏懼。她突然明白了單單帶著期冀的心思，雖然已晚。

「你說。」元昊見到眼前那越發蒼白的一張臉，心中突然有了恐懼。他忘記了自己將死，只想用盡一切代價換回懷中那女子的生命。

「箱子的紅綢下，有支竹笛。你能吹上一曲嗎？」張妙歌輕聲道。她竭力不想把痛苦表達，但她不想再遮掩心意。

元昊抱著張妙歌，扭頭望去，見到一個紅木箱子就在腳旁。箱蓋已開，內壁附有長短不一的銀針，箱內有兩部分，一部分有十二暗格，裝著五顏六色的藥粉，可以調配成解藥，也可以混成致命之毒。

箱子的另外一半上方鋪著紅綢，紅綢已舊，掀開紅綢後，下面只有個格子。格子內放著根竹笛。竹笛蒼綠，很是普通。竹身光滑，不知被那玉手多少次在夜深人靜時，拿出來撫摸。

看到那竹笛，元昊又是一震，想起了多年前的往事。

那青山之巔上，他吹著竹笛，想著大業，不遠處，立著他才救出來的女子……那女子如同對面的青山般，默默地守望，而他根本沒有留意。

曲終後，他扭頭，見到那清澈的眸子望著他。女子忽然有了慌亂，低頭去看他手上的笛子，看得那麼仔細，仔細得掩藏著心意。

他笑了，問道：「你喜歡吹笛子嗎？」他那時候意氣風發，他那時候，並沒有如斯的殺氣。他雖高高在上，可對面前的女子，從來沒有半分傲意。

他見女子點頭，就道：「好，那我教你吹笛子。不過你要答應我一件事情……」見女子抬起頭來，眉黛若山，黑髮上帶分飄逸水墨的氣息，他大志在眸，緩緩道，「我要成為帝釋天，我要創八部，我要如格薩爾王般統領天下，而你不但要學會吹笛子，還要學太多太多，你以後……就是我的飛天……乾達婆部的部主！」

元昊只想著如煙往事，一時癡了，沒有看到懷中的張妙歌看著他，眼中有著柳絮漂浮般的濛濛，落花隨風般的癡纏。她那時只在想，你只以為我喜歡吹笛嗎？你不知道的，你想讓我學，我就學了。我只是為你而學，本來此生之曲，也只想為你一人而譜。但我累了……我多想你能如往日，坐在那青山之巔，為我一人吹首曲子？

顫抖地伸出手去，元昊拿起那笛子，染血的嘴唇碰到那多年未碰的竹笛，眼有淚光，說道：「我可以為你吹一首曲兒嗎？」

張妙歌笑了，她等待多年，就在等這一句，等這一曲。不歌烽火，只歌離別……

笛聲響起，曲聲悠揚，一如往昔。

可往昔如水，縱然找得到音律，卻已無法回得到當年。

曲終了，張妙歌笑了，最後一次握緊了元昊的手，低聲道：「有句話……說得很對。」知道元昊不知道，張妙歌低聲斷續道，「有些人可以一起……死，卻不能一路相……隨……」心中在想，我真的想問你一句，你這一生，可曾愛過我一分嗎？

但她終究沒有問，有些話，還是不說的好。不說，心中總還有個希望，何必執著？

玉手無力地垂落。

元昊眼中有淚，淚水溢出，滴落在那白玉般的臉龐上。緊緊地摟著那如歌的女子，元昊第一次淚水肆虐，只是喃喃道：「妙歌，我不娶你，只因……我……愛你！你可知道……」聲音低沉悠遠，有如當年青山紅塵、竹笛獨奏的落寞。

叮噹一聲，有竹笛落地，發出了清脆如鈴的聲響……如歌。

靜寂的室內，只餘那最後的聲音散去，縈繞著那孤坐的身影。

此間有歌，有柔情，有愛意，有著生死寂寞。

原來柔情如絮，愛意如絲，生死如水，而寂寞……卻如雪。

狄青帶著飛雪在黑暗中快行，伊始的時候，他是帶著飛雪，可漸漸的，他氣力不濟，反被飛雪牽住了手在通道中行走。

前方沒有了夜明珠，地下也就沒了光亮，狄青有如行走在噩夢中。

飛雪似乎識得路，也像在黑暗中也能看清楚所在，走起來並不遲疑。不知過了多久，感覺到狄青氣喘，飛雪止住了腳步。

黑暗中，飛雪輕輕地將一物放在狄青的手上，說道：「吞了它。」

狄青感覺到那是粒藥丸，不問是什麼，一口就嚥了。那藥丸極苦，苦澀得有如黃連般。他知道飛雪不會對他不利，那是一種完全的信任。

中。

飛雪在黑暗中看了狄青半晌，這才說道：「走吧！」她的口氣還是平平淡淡，似乎不把任何事情放在心中。

狄青終於忍不住道：「飛雪，你為何要到這裡來呢？」本以為飛雪不會答，不想飛雪道：「因為我要和元昊商議一件事情。我知道無法見到元昊，就暫時去找寧令哥，之後的事情，你也知道了。」

狄青皺了下眉頭，心想看殿中情形，寧令哥為了飛雪癡迷，卻不知飛雪只是利用他而已。想到了這點，心中難免有些異樣。

飛雪想要開口說什麼，終於忍住。又默默走了一段路，狄青道：「飛雪，你知道單單為何變成那樣嗎？」

這個問題困擾狄青許久，他問出來，本來沒有準備得到答案。

飛雪沉默片刻，才道：「彌勒下生，新佛渡劫。五龍重出，淚滴不絕。這讖語你當然聽說過？」頓了下，飛雪又道：「你雖然聽過這讖語，但你肯定難以理解它的意思。」

狄青苦澀道：「我其實知道的，這話是不是說，我得到五龍，就要一輩子傷心呢？」

黝黑的通道內，狄青看不到飛雪的表情，只能聽到細微的腳步聲回蕩在地下，很是幽幽。

狄青從石室逃出，實在不知道這條路又通往何方，但地下通道之規模，讓人駭然難以想像。

飛雪答道：「也對也不對。五龍本是香巴拉之物，按照術士預言，的確是不祥之物。甚至有人斷定，得五龍者必定痛苦終身，這種斷定說得片面。其實……五龍並沒有那麼惡毒，我曾說過，五龍可把一個人的某方面能力發揮到巔峰之境，你想必還記得？」

狄青當然記得，他還記得王惟一說過的話，因此道：「我曾聽一個神醫說過，我因為腦部受創，這才能得以感受到五龍的神祕。」心中不解，暗想我問單單一事，飛雪為何說到五龍上面？

忽然想起當年他曾去過丹鳳閣，單單曾經取走過五龍，可隨後又還給了他，說什麼，「你的東西，我不稀罕。你看這東西如寶，可在別人眼中，不過是根草罷了。」

單單對五龍好像也很瞭解……

可單單已經離去了。

狄青沉吟傷感間，並沒有留意到飛雪的表情有些異樣，聽飛雪道：「那神醫說得也有幾分道理。我知道，曾經有個人，也是和你一樣，被扎破了腦子，因此才感受到五龍的奇異。」

「是誰？」狄青追問道。腦海中突然靈機閃現，想起件往事，說道：「這五龍最初是在一個孩子手上，那孩子的腦袋也被鐵耙子扎壞過。」他說的是靈石的那個古姓孩子。

他提及這個事情，只是下意識的。但突然好像關聯到什麼，皺了下眉頭。

飛雪道：「我說的就是那個孩子。」

「你知道他現在在哪裡嗎？」狄青不由問道。

等了片刻，狄青不聞聲響，扭頭向飛雪望過去。幽暗中，感覺到飛雪也在望著他。那是一種奇怪的感覺，而不是看到。當年在盧舍那佛下的密室中，他就曾經這麼感覺過。

「你難道到現在，還不知道那孩子是誰嗎？」飛雪幽幽一歎，可歎聲中，除了遺憾外，還有著幾分悵然和落寞。

她遺憾還有情可原，因為狄青很多事情不知道，但她為何會悵然和落寞呢？

狄青皺眉苦想，可真的想不出那孩子是哪個。許久後，飛雪終於道：「那孩子姓古……」狄青如同被雷電劈中，愕然片刻，失聲道：「難道說……那孩子竟是喎廝囉？」

不知許久，飛雪才輕輕答道：「你猜對了！」

古姓孩子竟是唃廝囉？當年靈石那受傷的孩子居然是如今吐蕃的佛子唃廝囉？

狄青得到這個答案時，震駭莫名。

這是個令人難以置信的答案，誰能想到昔日的農家孩童，竟能和藏邊至高無上的佛子扯上關係呢？

忽然想起當初在吐蕃王宮見到王惟一的情景，狄青曾問過王惟一，唃廝囉為何要找王惟一到藏邊，唃廝囉難道認識王惟一嗎？王惟一當時的表情有些神祕，說什麼「他其實……」王惟一沒有再說下去，狄青也一直只是覺得王惟一有些古怪，可也沒有追問下去。

現在想想，王惟一可能是想說，唃廝囉其實就是以前靈石的那孩子。

這樣一來，唃廝囉為何請王惟一到藏邊就有了解釋，而唃廝囉請王惟一從醫學入手，顯然也是想要研究五龍、香巴拉以及伏藏之謎。

可唃廝囉為何能成為佛子呢？

飛雪似乎猜到了狄青所想，她本來就像有猜到別人心思的本事，「唃廝囉感受到五龍更多的神奇之處，這才到了藏邊。他領悟性極高，又有五龍激發的能力，因此迥乎別的孩童，甚至能將從般若心經中領悟的神通展示給教徒，才被藏人當做佛子轉世來供奉。」

狄青長吁了一口氣，喃喃道：「原來如此。」

飛雪又道：「你和唃廝囉有相似，有不同。你的腦部結構也被更改，因此才能感受到五龍的力量。你多年不得志，因此憂傷在心，五龍感受到你強烈的傷懷，這才能和你回應。你難道從未想過，為何楊羽裳重傷前，你的神力會時隱時現嗎？而在之後，你的這種神力從未消失過？」

狄青對這些玄奧從不關心，思索片刻，終於搖搖頭，只等飛雪的答案。

飛雪道：「因為只有你憂憤最為強烈時，才能和五龍相應。你若喜悅的時候，五龍就很難感受到你的心境。你經過五龍無形的激發，才能將憂憤發揮到巔峰之境，得到不可思議之力。」

飛雪說得雖怪，狄青卻懂了。狄青恍然大悟，終於明白了一切。他當初得到五龍時，正經過腦海受創，多年壓抑，憂傷極深，是以很快得到五龍的回應。但之後他遇到了楊羽裳，喜悅之情漸有，反倒淡化了和五龍的溝通能力，只有楊羽裳重創後，他一股悲傷之意不絕於胸，這才將此種力量存留下來，發揮到巔峰。

「那……」狄青猶豫片刻，才待說什麼，飛雪已道：「因此不是你害了楊羽裳，那是場人禍，本和天意無關。罪在人心，和五龍何關呢？」

狄青心下一陣感激，終於解開了心結。

當初曹佾說起五龍乃不祥之物時，他內心一直覺得是自己害了羽裳，可聽飛雪如此解釋，內心這種歉責終於淡了許多，可他對楊羽裳的愛意從來不減。

「多謝你。」狄青頓了片刻，又問，「但這五龍和單單有關係嗎？」心中想著，飛雪怎麼會對五龍知道得這麼詳細？她和香巴拉，又有什麼關係呢？這個疑惑，他一直存在心間，但一直沒有答案。

飛雪道：「你難道從未感覺，元昊之能，有些迥乎尋常嗎？」

狄青一震，失聲道：「他也被五龍感應過嗎？」

飛雪在幽暗中搖搖頭道：「他沒有見過五龍，但他進入過香巴拉，得到了神的親自授力。」狄青一顆心怦怦大跳，感覺都要跳出了胸口，黑暗中只感覺血脈賁張，緊張得怕飛雪不再說下去。

一個人得到神之授力，聽起來不可思議。狄青若是當年才出西河的農家小子，肯定會認為是無稽之談，但經過這些年的風雨，他知道自己正接近一個從未見識的天地。

「他得神授力，承諾幫神做件事情，不過正如五龍附體一樣，有得就有失，他得到了能力，卻必須要付出代價。」飛雪在談話的過程中，還在向前走動，說到這裡的時候，腳步頓了下，接著又道，「可據我所知，元昊得到了神之力，但那惡果卻被單單承擔了下來。」

狄青不解飛雪說的是什麼意思，還在沉吟間，飛雪道：「簡單地來，就是元昊答應了神的要求，得到了非凡能力，但單單承擔了後果，若不守諾，就要死去！」

狄青一震，還待再問，就感覺飛雪柔軟而又冰冷的手握住了他的手，低聲道：「到了，別出聲。」

到了？到了哪裡？

狄青被飛雪所言吸引，一時間忘記了自身的處境，這才想起，如今自己還在夏國王宮的地下。他被飛雪帶著走了好遠，眼下在哪裡？

飛雪鬆開了狄青的手，好像四下在找著什麼。片刻之後，飛雪帶狄青竟上了幾步臺階，狄青感覺地勢漸高，又感覺飛雪扳動石壁上的一個東西，霍然間，頭頂處的石板無聲無息地閃開，有光亮照了進來，同時有鐘磬之聲傳來。

空氣中帶著股濃郁的香燭味道。

狄青一聽聲音，聞到這味道，就想到當初在青唐的時候。他不由向飛雪望過去，飛雪也在望著狄青，二人目光一對時，狄青心頭微震，只感覺腦海中有什麼閃念，但無法捕捉。飛雪移開了目光，可狄青感覺到，飛雪幽幽一歎。飛雪本沒有出聲，那是他感覺到的。

就在這時，一個聲音道：「我要立即前往香巴拉。」那聲音孤傲落落，可以想像到說話的人滿是肅然孤高。狄青聽到，不由一震，聽出那竟是耶律喜孫的聲音。

這裡像是間寺廟？

狄青向上望過去，只見到高高的廟宇頂端的橫梁。而在前方，卻有個巨大佛像的背部擋著，讓人看不清究竟。

狄青只是略作沉思，就已想到，這是夏國王宮旁的護國寺。這地道的出口，就在護國寺佛像的後面！夏國和吐蕃一樣，都是廣修佛寺。狄青對夏王宮頗為熟悉，知道王宮周圍就有一間興慶府最大的寺院，那就是夏國的護國寺。

這地下的暗道通往護國寺並不出奇，想必德明當年修建時，就想著用護國寺保命。可耶律喜孫為何會到這裡？

若是以往的話，狄青知道耶律喜孫在附近，肯定會出來相見。但經過天和殿驚心動魄的一戰，他已感覺到，耶律喜孫遠比他想像的還要陰沉。當初耶律喜孫雖請他加盟契丹，但他感覺到，耶律喜孫的試探意味更濃。更何況……耶律喜孫也要去香巴拉，此人究竟要做什麼？

聽有個聲音道：「都點檢，這個……好說。我早就安排了，如今玉璽到手，只要給了看守沙州的目連王，他不知道……兀卒的事情，肯定以為是兀卒的命令，定會帶你進入香巴拉。」那個聲音滿是卑謙，還有些輕浮的語調，狄青聽得出，那是沒藏訛龐在說話。

狄青又聽耶律喜孫道：「那眼下不但要封鎖消息，而且要快！遲則生變。」

沒藏訛龐遲疑道：「可是……兀卒他……真的死了？」他對元昊還有深深的畏懼，到現在，還一直以兀卒相稱。

耶律喜孫冷哼一聲，說道：「你就算不信我，也應該相信沒藏悟道。刀上之毒是沒藏悟道所下，元昊被郭遵擊成重傷，又中了劇毒，若是不死，我跟你姓！」

沒藏訛龐忙道：「小人絕不敢不信都點檢，但眼下根本找不到元昊的屍體，我們怎麼辦？」

耶律喜孫道：「沒藏家經沒藏悟道經營這些年，在你國規模不小，宮中也多是你們家族的親信，從你們輕易地絞殺了十六金甲護衛就可見一斑。既然如此，你何必畏懼？」

狄青心中微寒，暗想天和殿之戰發生得突然，結束得也快，那十六金甲護衛根本來不及參與，元昊已經離去。當年野利旺榮發動造反，偷調了宮中人手，這次沒藏悟道陰謀叛變，肯定也在抽調宮中的人手。眼下皇宮中，只怕大半是沒藏家的護衛，要殺了那十六金甲護衛並不困難。他其實並不關心那些人，只想著郭遵眼下如何了，但一直聽不到耶律喜孫提及。

聽耶律喜孫又道：「你怎麼說也是個國舅，拿出點威嚴來。」

狄青聽沒藏訛龐只是苦笑，想起那人的猥瑣模樣，不由感慨造化弄人。

這次夏國劇變，誰能想到，最終得勢的會是這個人？耶律喜孫說得不錯，夏國自從野利家族失勢，沒藏悟道接管了軍權，沒藏家已是規模日隆，元昊若死，接替他政權的當然就是沒藏家族。

「眼下沒藏氏不是生個兒子諒祚嗎？」耶律喜孫道，「沒藏氏最得元昊寵愛，你身為國舅，立諒祚為帝，誰敢多說什麼？」

「可是太子是……寧令哥呀！」沒藏訛龐磕巴道。

耶律喜孫口氣中有些不耐煩，「寧令哥為了一個女人造反，刺了兀卒一刀。這種逆子，人人得以誅之。眼下大殿中知曉事情、不投靠你們的人，都被殺了個七七八八，誰知道事情的真相究竟如何？元昊當初歃血為盟，和羌人三十六部族結盟立國，可不遵誓言，多次誅殺族落中人，很多部族的酋長都對他不滿，你廢了寧令哥，立諒祚為帝，我敢說，反對你的人少，擁護你的人多，只要你略施懷柔手段，管保你大權在手。現在雖找不到元昊的屍體，我想他還在地下暗道中，但他無藥可救，只有死路一條，只要你多派護衛搜尋就好。好了，玉璽呢？可要到了嗎？」

沒藏訛龐唯唯諾諾道：「很快就到，還請都點檢稍候。」

狄青聽得心寒，暗想耶律喜孫不愧是耶律宗真最信任之人，將這種權術玩得輕車熟路。如此一來，沒藏訛龐可輕易掌權，契丹人去了元昊這個心腹大患，又可控制夏國。再加上耶律喜孫的野心勃勃，只怕不久以後，在耶律喜孫的建議下，契丹就要對大宋動兵了。

不過聽耶律喜孫的口氣，似乎對香巴拉的關心更甚，遠勝過元昊的生死。耶律喜孫這麼急於去香巴拉，又是為了什麼呢？

一想到耶律喜孫為了這一戰，竟隱忍多年，顯然勢在必得，不容別人阻撓，狄青更是不敢出聲。

過了一炷香的工夫，就聽沒藏訛龐一聲歡呼，對耶律喜孫道：「都點檢，這玉璽到了。你拿了去，定可讓目連王恭請你進入香巴拉了。」

耶律喜孫的口氣中也帶分欣喜，說道：「飛鷹，現在我什麼都給你準備妥當了，只看你了。你莫要讓我發現你欺騙我！」

狄青一懍，沒想到飛鷹也在這裡。在天和殿時，元昊一箭射穿了飛鷹。狄青當時看到飛鷹墜了下來，不想他還沒死。

聽到飛鷹虛弱的聲音傳過來，「你放心吧。這世上只有我才能讓香巴拉之神聽話。」他話音虛弱，但口氣依舊狂妄。

狄青暗想飛鷹沒死，但肯定受了重傷，飛鷹和耶律喜孫之間到底有什麼約定，讓耶律喜孫不惜背叛耶律宗真，也要收留飛鷹呢？

就聽耶律喜孫喃喃道：「我真希望你說的是真的。」那口氣沒有什麼威脅之意，可冷冰冰的言下之意，讓人格外心寒。

然後狄青就聽到有腳步聲向外傳去，沒藏訛龐一個勁道：「都點檢大人慢走。」接下來，寺廟中再無聲息，眾人似乎都出了佛殿。

狄青恨不得立即跟隨耶律喜孫一塊前往香巴拉，但知道這想法並不現實。扭頭向飛雪望過去，見到她眼中有分迷惑之意，喃喃道：「難道說飛鷹真的找到了？那……豈不是？糟了……」臉上突然現出焦急之意，飛雪望向狄青道：「狄青，不行，我們必須在他們之前趕到香巴拉。」

狄青雖不知道飛雪為什麼著急，但何嘗不想提前趕到香巴拉？可憑兩人眼下的能力，怎能提前趕到香巴拉呢？

飛雪本是個沉靜如水的女子，狄青這一生來，只覺得飛雪的沉著遠勝旁人。不想飛雪望了狄青一眼，臉上有了焦灼之意，說道：「如果飛鷹真的找到了……那我們必須要截在他們前面。」

這句話她方才說過了一遍，狄青不知道飛鷹找到了什麼讓飛雪如此不安，忍不住道：「等等……我來想辦法。」他想耶律喜孫才離去，護國寺旁肯定還有夏國侍衛，必須等侍衛全部撤走後，他才能帶飛雪離開這裡。

只要找到郭遵他們，一切都好說了。狄青本想穩妥，不想飛雪已出了地下，上了佛臺，又從佛臺上跳了下來。看她的神色，似乎極為焦急不安。

狄青暗自擔憂，不好招呼，只能跟隨她跳下了佛臺。

果如狄青所料，這裡就是佛寺，而王宮地道的出口就設在佛臺上一尊大佛背後，那地方雖在殿中，但在佛像背後，根本不會有人留意。

二人不等奔出大殿，就聽到殿外有人呼喝道：「是誰？」

轉瞬間，殿外已衝出三四個宮中侍衛，為首一人，卻是曾經被狄青削過耳朵，之後又有幾面之緣的宮中侍衛馬征。

馬征見到狄青，眼中現出一分喜意，但轉瞬即逝，隨即露出警惕的神色，退後了一步。這些侍衛也認得狄青，見狀不由也退後一步，才待吹哨示警招幫手過來，馬征突然道：「等等。」

那幾人有些奇怪，不解馬征什麼意思。

馬征緩緩道：「這個狄青是朝中重犯，已無動手之力，我們若抓他去領賞，不費氣力。可若人來得多了，只怕就沒有我們的功勞了。」

那幾個人一想，感覺馬征說得很對。原來護國寺本來有耶律喜孫、沒藏訛龐在此，護衛重重，但耶律喜孫等人離去後，護衛也分批離去。馬征幾人算是最後的一批，突聞殿中有動靜，難免回轉查看。擒住狄青乃大功一件，若是招呼旁人來，分薄了功勞，難免不美。

馬征見幾個手下已同意，上前一步，拔出腰刀威脅道：「狄青，你若聽話跟我走，我不殺你。你若想反抗，我現在就殺了你！」

狄青見到馬征時，眼中也有分古怪之意，四下望望，輕輕歎口氣道：「想不到我狄青最終還是落在你的手上。不錯，我無力反抗了……」

話音未落，馬征已怪笑道：「你真的沒力反抗了，那很好！」話未說完，突然揮刀！

刀光連閃，殿中陡寒。

只聽到噗噗噗三聲響，刀落血濺，馬征身後的三名手下或掐咽喉，或捂胸口，仰天倒了下去。

那三人臨死，眼中還是難以置信的表情，顯然不明白怎麼回事。

出刀的是馬征，可他砍的卻是自己的手下。

就算是飛雪，眼中都露出訝然之意，不解馬征此舉何為。難道說，馬征是為了獨領功勞，或者說，馬征對狄青早懷恨在心，一心想殺了狄青，只怕手下阻攔，這才先斃了手下？馬征拎刀，一把握住狄青的手腕，低聲道：「跟我走。」他說話間，拉著狄青急走。

狄青也不反抗，只對飛雪道：「你不要亂闖，要去沙州，就跟我來。」飛雪聞言，立即點點頭，跟在了狄青的身後。

馬征對護國寺很是熟悉，不走正門，走後殿從側門而出時，聽到護國寺內已哨聲連連，顯然有人發現了那三個侍衛的屍體，鳴哨報警。

馬征也不慌張，對附近的巷道防備瞭若指掌，輕易地帶狄青繞過了侍衛的防守，等到了一個偏僻的巷子後，這才微微一笑，對狄青拱手道：「狄將軍，屬下鳳鳴拜見！」

第十三章　敦　煌

陋巷空寂，馬征突然對狄青施禮，狄青並沒有半分奇怪之意，只是道：「今日多虧你出手幫助，不然只怕我無法逃脫了。」

看著馬征，狄青忽然想起那已逝去的老者。鳳鳴——西北十士的第九士！雖比霹靂的聲息要小很多，可是很早以前就已開始籌備。

如今鳳鳴終現，逝者如斯……

當年在太白居的一刀，雖削去了馬征的耳朵，但讓馬征得以順利入了興慶府的王宮。馬征是自願如此來混進西夏國都當個殿前侍衛的，他一直在刺探夏國的消息，藉以來報答种世衡的恩情。早在多年前，种世衡就派遣不少人悄然混入了夏國各地。

當然……也包括沙州。

鳳鳴有兩個用意，一是刺探夏國的軍情，二是——全力、不惜代價地尋找香巴拉的祕密。這個不惜代價，不但包括耳朵，還包括生命。

十士中人，本來就是準備隨時送命的。只要死得值得！

馬征臉上還有浮誇油滑的表情，眼中卻帶分尊敬之意，微微一笑道：「狄將軍，我知道你被關在王宮內，但我們在宮中的人手太少，一直無法救你出來，因此聽你吩咐一直沒有舉動。知道天和殿有大事發生，你也失蹤了，我們很是不安，也不知道天和殿究竟發生了什麼事。天幸能再見到你，想狄將軍是好人，自有老天幫助了。」一說罷鬆了一口氣。狄青笑笑，知道馬征說的是實情。馬征雖是鳳鳴，但在夏國王宮中如滄海一粟，想要救出他來是根本不可能的事情，好在馬征還能給他傳遞消息。

馬征又道：「屬下聽從狄將軍的吩咐，將宮中的事情傳告給韓笑，韓笑正在前面的那間院子。如果見到狄將軍無恙，肯定會十分高興。」

他們當初見面時，傳達消息根本不需要言語。在牢房中，馬征到來之時，狄青就用五指的細微動作，告訴了馬征他的心意。而馬征同樣只需要五指的動作，就已答覆了狄青。

狄青點點頭，對飛雪道：「飛雪，我也很想儘快去沙州，但欲速則不達，等見到韓笑後，他會以最快的方法送我們前去。」見飛雪眼中露出了少有的擔憂之意，狄青忍不住道：「飛雪，你到底擔心什麼？可否說給我聽，看我是否能夠幫上什麼？」

狄青心中有由來已久的困惑，飛雪和香巴拉到底有什麼關係？當年飛雪要帶他去香巴拉，究竟是什麼目的？

飛雪清澈的目光在狄青臉上一掠而過，被狄青捕捉到目光中的一分憂傷。

但那憂傷隨著目光的移開而不見，飛雪只是道：「既然命中註定，那你儘快好了。」狄青還待再問，卻已走到陋巷的盡頭。那裡有道小門，馬征輕輕敲了三下，小門打開，一張笑臉露了出來。

狄青見到那笑臉，暫時忘記再問飛雪，上前一步道：「韓笑，你們沒事吧？」

出來那人正是韓笑，他的裝束有如城中的夏人，顯然是在掩飾身分。見到狄青的那一刻，他張大了嘴，一時間忘記了笑，等確定眼前是狄青的時候，興奮之情難以想像！

聽狄青詢問，韓笑眼中閃過分感動，忙道：「狄將軍，我們沒事。當初你來斷後，李丁帶幾人負責接應你，我們把郭逵送到安全地方後，久等你不至，都很擔心。後來去找……才發現李丁身負重傷，李丁說你被抓了，敵人太多，他寡不敵眾，救不了你。」

「那李丁呢？」狄青心中感激，知道以李丁的性格，若看到他被擒，當然會全力來救。可沒藏悟道早有準備，李丁面對洶湧的對手，能活下來都是奇跡。

韓笑搖搖頭道：「他傷得雖重，不過性命無憂。郭逵也沒事，大夥都惦記著狄將軍，本來正在設法要入宮救你出來。」說到這裡，向馬征望過去。

馬征接道：「夏宮戒備森然，外人極難混入。韓笑已仿造了他們的令符，我準備拿這個先提你出獄，若是被他們看穿，就只能效仿今日之舉，看看能不能硬衝出來。」

狄青知道這幫手下從未放棄他，心下感激，想起一事，說道：「宮中有變，衛慕山青和阿里應該被送回牢房，不知道現在如何了。我想眼下宮中混亂，應該無人留意他們的動靜，你們可派人救他們出來。」

馬征遵令，韓笑吁了一口氣道：「本來我們準備在元昊見你後立即發動，不想天和殿有變，好在你沒事。」他沒有多說什麼，但其中的關懷之意不言而喻。因為他們不但是狄青的下屬，還是狄青的兄弟。

這種感情，就算飛雪見了，也微有動容，她抬頭望著天空，彷彿追憶著什麼。

那一刻，她的臉上，突然現出分溫柔……其中還夾雜著幾分悵然。

可狄青等人都沉浸在重逢的喜悅中，並沒有留意到飛雪的異樣。

韓笑接下來簡單地說了下狄青被擒後的情形。原來韓笑知道狄青被抓後，立即判斷是夏人做的這件事情，他們搜不到狄青的屍體，就抱著狄青沒死的希望，立即命令沿途的待命打探消息。不過沒藏悟道做事極為周密，根本沒有留下任何可供追蹤的線索。韓笑被逼無奈，直接趕到興慶府，他憑直覺來想，對手不遺餘力地要擒狄青，肯定和元昊有關。事實證明韓笑判斷無誤，韓笑未到興慶府時，潛伏在西夏王宮的鳳鳴傳出了消息，狄青就在王宮內，不但被囚禁，而且中了毒。

韓笑到了興慶府後，立即展開營救狄青的活動。但他們畢竟實力有限，正準備冒險一擊。不想天和殿巨變，發生了什麼事情，夏人祕而不宣，幸好狄青完整無缺地出來。

狄青簡略地說了一下天和殿的事情，韓笑聽元昊可能死了，饒是冷靜，也是心中激盪。不過韓笑更擔憂一事，問道：「狄將軍，馬征說你中了毒……可解了嗎？」

狄青舒展一下四肢，才待說什麼，臉上突然現出分古怪。他那一刻，竟感覺精力漸復，不再有以往動輒疲憊的情形。想起出來時，飛雪曾給他一粒藥丸，難道說，那藥丸竟然是解藥？

飛雪怎麼會有解藥？

飛雪見狄青望來，說道：「解藥是單單向張妙歌求的，元昊雖不懂單單，可單單懂元昊的。張妙歌在送你出來之前，把解藥給了我。」

狄青澀然一笑，眼前又浮出那狡黠天真的少女，瞪著眼睛對他道：「狄青，我們兩不相欠了。」可人與人之間的恩怨，又豈是那麼容易算得明白？

回過神來，狄青說道：「韓笑，你要立即安排一件事情，眼下我和飛雪要全力趕往沙州……敦煌……」向飛雪斜睨一眼，見她對地點並無異議，狄青心想原來趙明當年所言的地方，的確就是香巴拉所在。當初飛雪也要帶我去那裡，如果當年我就跟她去了，結果會怎樣？見韓笑欲言又止的樣子，狄青道：「可有什麼不便嗎？」

韓笑道：「那倒沒有。從興慶府去沙州，有兩條路可選，一條是穿騰格里沙漠走直線。另外一條是南下走涼州之地，然後西進經宣化府、肅州和瓜州前往。若論路程，第二條路比第一條要繞遠得多。」見狄青有些猶豫，韓笑建議道：「走沙漠雖可能快，但變數極大。我建議狄將軍若要趕去沙州，還是走第二條路的好，我們沿途都有接應。」

狄青知道韓笑的建議很有道理，點頭道：「好，那什麼時候可以出發？」

「隨時都可以。」韓笑道，「不過……葉捕頭一直在找你，你能否等葉捕頭來了再走？」

「葉捕頭？葉知秋？」狄青有分驚喜，「他也在興慶府？」陡然想到，葉知秋當年和他談過伏藏一事後，就返回了興慶府，這些年來，他就再也沒有見過葉知秋。

那個銳利如劍、執著幹練的捕頭，這些年來，到底在做什麼？

韓笑道：「是呀，他也在興慶府，還是他主動找到的我。葉捕頭那雙眼，真的犀利，我雖然喬裝了，他竟然還能一眼認出我來。他聽說狄將軍被困在王宮，還安慰我道，他有辦法救你。」

狄青一怔，想起葉知秋的時候，就想到了郭遵，忍不住道：「他有辦法救我？難道郭大哥是他找來的？」

韓笑怔住，遲疑道：「郭大哥？哪個郭大哥？」

狄青也不知道如何解釋，半晌才低聲道：「是郭遵郭大哥……郭逵的大哥。」說到這裡，不由又想，郭大哥現在到底如何了？

韓笑瞠目結舌，半晌才道：「郭遵？不是……」他沒有說下去，面前站的若非狄青，他多半早就斥責為荒謬了。

「郭遵……」

「郭遵沒有死！」

兩個聲音同時響起，狄青才說出兩個字，霍然扭頭，就見一人從牆頭落下，說出「郭遵沒有死」這幾個字。

那人風塵滿面，穿著興慶府夏軍的衣裳。衣衫雖敝舊，卻擋不住如劍鋒般的雙眉，如劍芒般的風采。眾人見到那人後都是又驚又喜，那人正是葉知秋！

狄青直到現在，對郭遵復活一事還很是疑惑，甚至覺得如在夢中。聽葉知秋這般說，又是欣喜又是心酸，搶步上前道：「葉捕頭，多年未見，一向可好？郭大哥可好嗎？」他見葉知秋這麼說，知道葉知秋肯定知道郭遵的事情。

葉知秋哈哈一笑，頗為爽朗。這些年他只是掛個捕頭的名字，一直沒有回轉京城，可為人看起來，豪情不減，「郭遵受了傷，不過肯定死不了。憑耶律喜孫想要害他，還不夠資格。」

「郭大哥在哪裡？這些年他為什麼不出現？」狄青急問道。

葉知秋一擺手道：「現在不是長談的時候，郭遵讓我找到你後，立即帶你去見他，然後趕赴沙州，不能耽擱。什麼話，到路上再說。」

狄青一怔，扭頭望了飛雪一眼，不解飛雪和郭遵為何都要急於去沙州。

這些年來都過去了，飛雪和郭遵好像就在這時候特別地焦急！難道是因為耶律喜孫去了香巴拉？可香巴拉不會飛，就算耶律喜孫去了後又能如何？抑或是郭遵、飛雪都認為，眼下夏國內亂，是去香巴拉的最好機會？

來不及細想，狄青已吩咐道：「韓笑，你立即準備送我們前往沙州。」對葉知秋道：「葉捕頭，郭大哥在哪裡？請你帶我去見。飛雪……你跟我走。」

眾人均無異議，解藥發揮作用，狄青體力漸復，就算再遇到夏軍也不畏懼。可為避免節外生枝，還是簡單地喬裝成夏軍，飛雪亦不反對。

葉知秋出門前，對韓笑低聲說了兩句，韓笑點點頭，回道：「我很快就到。」葉知秋這才出發，帶狄青穿街走巷，對這裡的地形顯然頗為熟悉。

這時候興慶府內早就肅殺風冷，時不時地有兵士出沒。不少百姓只知道宮中有了驚變，卻不知到底發生了什麼事情。狄青望著路人的神色，喃喃道：「他們若知道王宮到底發生了什麼事情，只怕再也無法如此安寧。」

葉知秋雙眉一揚，輕聲道：「不錯，這消息實在驚天動地。若是傳出來，誰都遮不住。郭遵說了，若是看守香巴拉的目連王知道元昊死了，很可能就毀了香巴拉！」

狄青聽了，心頭狂震，差點兒跳起來。他終於明白郭遵為何急於要他趕赴香巴拉，也懂得耶律喜孫因何要立即前往那裡。

在護國寺，他曾聽沒藏訛龐說過，眼下鎮守沙州的是目連王！龍部九王，八部最強。目連忠孝，與天同疆。在佛教傳說中，目連乃佛陀的十大弟子之一，神通第一，以對母親的至孝和以身殉道最為世人敬仰。元昊手下的龍部九王已死大半，眼下除了羅睺王和那個一直如在雲中的阿難王外，只剩下個目連王！目連王是對元昊最忠心之人。這樣的一個人，如果知道元昊被叛逆所殺的話，接下來會做什麼事情，沒有人知道。

狄青想到這裡，一顆心怦怦大跳，恨不得立刻飛到沙州去。

葉知秋像是知道狄青的心意，加快了腳步。三人又到了一巷口。葉知秋逕自走進去，巷子的盡頭，卻是沒有路！葉知秋停也不停，縱身上牆躍了過去，原來他為方便走捷徑，也不想引起別人的注意，連大門都不經過。狄青扭頭看了飛雪一眼，伸手摟住她的腰身，腳一用力，帶著飛雪躍上了牆頭，又跳入了院中。對狄青而言，時間緊迫，飛雪絕過不了這高牆，他的動作是自然而然。

可他摟住飛雪纖細的腰身時，心中突然有了分異樣。那種感覺，似曾相識。

這時風雖冷，他的一顆心卻是溫柔的……摟住飛雪時，他似乎感覺已和飛雪相識了一生一世。腦海中似乎有影子閃過，有金戈鐵馬，有繁花似錦。金戈鐵馬中，有將軍疆場縱橫；繁花似錦中，有伊人相望……

那些場景，他從未遇過，但怎麼會有那些影像出現？

狄青滿是詫異，躍下牆頭時，不由向飛雪望了一眼，見到她臉上現出少有的溫柔之意，螓首似乎下意識地向他的胸膛靠來，但轉瞬間，嬌軀僵硬，硬生生地離開。

那不過是個細微的動作，狄青見到時心頭微震，腳下亦是一震，二人已落在了地上。狄青感覺有人望過來，立即抬頭向前望去，見到院中的石桌前坐著一人，微笑地望著他，那人正是郭遵！

一時間，喜悅充斥了胸膛，狄青暫將所有的困惑拋在腦後，上前幾步。郭遵也緩緩起身，二人雙手相握，一時間有著說不出的喜悅。

狄青緊緊地握住郭遵的手，反覆道：「郭大哥，你沒死……太好了。」除了這幾個字外，他實在無法表達心中的激動之意。

郭遵臉頰消瘦，神色有些蒼白，可握住狄青的手，依舊如往日一樣剛勁有力。望著狄青，郭遵微笑道：「狄青，這些年來，你……很好。走吧，我們一起去沙州。」

狄青喉間哽咽，不想郭遵突然出現的第一件事就是要救他，第二件事就是帶他去沙州。難道說，這些年來，郭遵一直在為香巴拉一事奔波？

想到這裡，留意到郭遵有些蒼白的面孔，狄青突然皺了下眉頭，暗想以郭大哥的性子，若要帶我去沙州，適才和葉知秋一塊找我就好，為何他一定要等我過來？凝望向郭遵的胸膛，見那裡微微凸起，狄青霍然明白，握住郭遵的手都有些顫抖，「郭大哥，你傷得很重？」

郭遵向葉知秋望去，葉知秋苦笑道：「我什麼都沒說。可你的兄弟明白你。」郭遵想笑，可終於用手掩住了口，輕輕咳了幾聲，聲音嘶啞，「我是中了元昊一箭，不過沒事的。」

「可是那一箭……」狄青親眼見到那一箭射穿了郭遵的胸膛，忍不住鼻梁酸楚。他已知道郭遵和他家的往事，但他從未恨過郭遵，對於郭遵，他只有感激。

郭遵笑笑：「元昊雖強，但要殺我，沒有那麼容易的。好了，別婆婆媽媽的了，這沙州我一定要去的。知秋，都準備好了嗎？」

話音未落，前門處有些動靜，不多時，韓笑進來，說道：「興慶府還沒有完全戒嚴，馬車準備好了，可混入商隊出去。沿途會有快馬和馬車交替接應，我們可日夜兼程，不會耽誤了行程。」見到了郭遵，韓笑也是一臉詫異的表情，但終究什麼都沒有問。

郭遵點點頭，緩緩起身道：「狄青，你放心，我沒事。走吧！」他說話間，大踏步出門。

狄青知道這個大哥的倔強，無奈跟隨。

眾人混在商隊中出城，倒是有驚無險。等到了城南後，郭遵本建議快馬趕赴沙州，狄青見天色已晚，堅持不許，只說先坐馬車過了一晚再說。

郭遵沉吟片刻，終於同意。

眾人上了輛四駕馬車，郭遵和狄青面面相對，飛雪靜無聲息地坐在狄青的身旁，葉知秋卻親自駕車，沿黃河而上，繞長城群山而走。

車行轔轔，路上頗為顛簸，狄青雖有千般心事，可見到郭遵的臉色，卻一句都問不出口。

不知行了多久，郭遵反倒開口道：「你一定奇怪我這些年去了哪裡，為何不找你和小逵？」談起郭逵時，郭遵眼中有了分溫情和懷念。

這些年來，他就記掛著兩個兄弟，一個是狄青，另外一個就是郭逵。幸好這兩個兄弟，都平安無恙。

狄青道：「郭大哥，過幾日再說吧！」

郭遵笑笑，說道：「其實在三川口一戰，我真的以為必死了。唉……」長歎一口氣，想起當年的慘烈情形，郭遵神色黯然，「我無能救那麼多跟隨我的弟兄，真想一死了之。當初情形混亂，我殺了百十來人後，也受傷頗重，中了幾箭，終於熬不住，落下馬來，被河水一沖，都不知道滾到了哪裡。」

狄青聽郭遵說得平淡，暗想以郭大哥這般能力都熬不住，可見他當時的確是九死一生。安慰道：「郭大哥，你當年盡力了，兵敗一事怪不得你。」

郭遵神色中露出分奇怪，喃喃道：「那怪誰呢？」見狄青微愕，郭遵岔開了話題道：「想必那時候死的人實在太多，一條河都變成血色，屍骨堆積，夏軍找不到我，就繼續追殺宋軍去了。我醒來後，發現都要凍在河中，我能醒……也算是個奇跡吧！」臉上露出分古怪，郭遵半晌才道，「醒後的我，養了一年多，傷勢才好。」

狄青想問郭遵為何不在養傷的日子給他們送信，可見郭遵神色黯淡，只是靜靜等郭遵說出來。

郭遵道：「那時候我聽你闖出了偌大的名聲，很是高興。不過我那時候傷雖好了，功夫卻沒了。」

狄青奇怪，暗想在天和殿中，郭遵雷霆一擊，功夫更勝當年，郭遵說功夫沒了又是什麼意思呢？

郭遵道：「我知道以我那時候之能，幫不了你們什麼。又因為……」頓了下，郭遵沒說因為什麼，說道：「我考慮了許久，去了藏邊青唐，見到了唃廝囉。」

狄青微震，詫異道：「你見唃廝囉做什麼？」

郭遵斜睨了飛雪一眼，飛雪也望了過來，二人目光相對，飛雪突然輕輕地搖搖頭。郭遵移開了目光，垂下頭來，衣袂無風自動。

狄青感覺郭遵、飛雪間彷彿有種連繫，又像是有些話，他們不想對自己講。

飛雪素來如此，話說三分不到，可郭遵為何對他也是這般呢？

狄青雖不明白其中的端倪，但信郭遵，還能靜待郭遵解釋。他知道，郭遵若知道香巴拉的祕密，絕不會對他隱瞞的。

郭遵垂頭半晌，才道：「唃廝囉也曾受過五龍的影響……」

「這個我知道了，是飛雪告訴我的。」狄青立即道。

郭遵又向飛雪望了一眼，眼中的含意複雜萬千，意味深長道：「你真的知道了？哦……我見了唃廝囉後，他給我一份地圖，說是香巴拉的地圖，是曹姓子孫留下的。」

狄青微震，急道：「那地圖……多半是假的！元昊心狠手辣，刻意放出那地圖，就是要將去香巴拉的人一網打盡。郭大哥，你沒有去吧？」說罷從懷中掏出了兩份地圖給郭遵道：「郭大哥，這兩張地圖，一張是种世衡從所謂曹姓後人手中得到的，另外一張是……單單公主給我的。你看看。」

郭遵沒有回答狄青的問話；緩緩地接過那兩張地圖，先展開种世衡的那張地圖看了眼，就道：「這就是唃廝囉給我的地圖！」等展開了單單給的地圖時，郭遵臉上突然有分激動之意，他看得仔細，許久後，這才放下地圖，喃喃道：「我明白了，我明白了。」

狄青很是糊塗，問道：「郭大哥，你明白了什麼？」

郭遵道：「你看看這兩幅地圖有什麼區別呢？」他將地圖遞還給了狄青，狄青接過地圖看了半晌，抬頭道：「這兩幅圖有些相似，但在細微處好像有差別？」

郭遵苦澀一笑，「這細微處的差別，真要了人命。單單給你的地圖，的確不差，但是……」又望向了飛雪，郭遵道，「但是恐怕單單，也不清楚香巴拉現在的情況。」狄青聽郭遵話中有話，忙問：「郭大哥，你……莫非去了那裡嗎？」

郭遵沉吟片刻，點頭道：「不錯。我已探明香巴拉就在敦煌左近，三危山之下。那地下的情況複雜非常，我在其中轉了很久，才稍微摸出些門道。」

狄青半晌才道：「郭大哥，你這些年來，一直都在沙州嗎？」那一刻，他心中不知什麼滋味，郭遵竟將多年的光陰，都放在沙州之上，這一切，不過是為了他狄青。

郭遵像是看出狄青的心思，笑笑道：「我也不全是為了你。那時候也是無事，更好奇香巴拉到底是什麼，這才一個心思找下去。我得到唃厮囉給我的地圖，立即循圖去找。那裡西夏守軍極少，可是……陷阱很多。」

狄青苦笑道：「郭大哥，你中計了，那本來就是元昊坑殺前往之人的地方。」

郭遵突然一笑，神色中卻滿是振奮，「我當時的第一個念頭也是這麼想。可轉念又想，這裡既然有陷阱機關，那就說明防禦反弱。兵法之道，本就是虛虛實實，三危山要道夏軍極多，我很難混入，就算混入的話，也無法接觸地下。既然如此，我如果循險境而走，不失為一個接近香巴拉的好方法。」

飛雪的目光中突然現出分異樣，再望郭遵的眼神已有些欽佩。

狄青心中一動，問道：「那後來呢？」

郭遵又望了飛雪一眼，才道：「那假地圖上標注的道路，可說是處處殺機，不過我用了些時日，將大半陷阱都避了過去。」他輕描淡寫的一句話，其中不知夾雜著多少險惡和艱辛，可他終究還是不再贅述，只是道：「不過我在地圖中央標注的地方，卻發現了幾處腳印，那腳印纖細，似是女子留下的……」

飛雪一直沉默無言，這時才道：「那想必是我留下的。」

狄青失聲道：「你入香巴拉，也是從那裡進去嗎？」

飛雪只是點點頭，不再言語。狄青心中卻是疑惑大生，暗想飛雪既然也知道進入香巴拉的方法，為何一直在外遊蕩？當年飛雪要帶他去香巴拉，所為何來？飛雪怎麼有能力避開那些陷阱？

郭遵見飛雪直承此事，眼中有分古怪，沉默半晌才道：「我當初見到那腳印，並不知道飛雪曾在那裡出沒……」

狄青聽到這裡，又很是奇怪，郭遵當初不知道，後來為何會知道呢？聽郭遵繼續說下去，「我很是奇怪，但細心觀察，發現那腳印留下的地方，正是陷阱中安全之處。我發現這個事情後，反倒開始尋找那腳印所在，本來地圖還有前行標誌，但那腳印到了一地陷處，突然消失不見。那地陷如同大地被撕裂個口子，深不可測。我就是從地陷之處找到了香巴拉！單單給的地圖和嗩廝囉給的地圖看似方向相差不大，但入口之處一直被夏軍把守，我們空有這地圖，卻難進入呀！」有些感慨道，「但我這番辛苦，也沒有白費，香巴拉之神滿足我一個願望，讓我恢復了一身武功！」

狄青感覺郭遵說得不盡詳實，不解假地圖中為何有個能進入香巴拉的入口，可更關心香巴拉的真實性，急問：「香巴拉真的存在，也真的有神？那神長得什麼樣子？」

郭遵不答反問，「你莫非不相信我說的話？」

狄青忙道：「不是，不是……可是……」他心中總感覺有些不安，可一時間想不清楚為什麼。

郭遵輕輕拍拍狄青的肩頭，神色也有分迷茫之意，唏噓道：「那神長得什麼樣子，我還真的無法說出。不過你很快就要去了，你到了，自然就會知道。不過……我們一定要趕在耶律喜孫他們之前到達香巴拉。」

狄青越想越是奇怪，見郭遵已閉上雙眼，神色疲憊，不忍再問。向飛雪望過去，見到她斜倚著車廂，也是閉上雙眸，似已睡了。

馬車顛簸，飛雪長長的眼睫毛一抖一抖的，臉上雖還平靜，但不知什麼緣由，狄青總感覺到，這個神祕的飛雪就算閉著眼，也像在看著他。而那本是平淡若水的臉上，越近香巴拉之時，沒有喜悅，反倒帶著分淡淡的憂傷。

第二日清晨，郭遵就要騎馬，狄青執拗不過，只好換乘馬匹。等到夜半時分，奔出了三、四百里的路程。郭遵受傷雖重，可直如鐵打般，眉頭都不皺一下。

韓笑精明強幹，一路早就飛鴿傳信，命沿途的待命接應換馬。

這些年來，待命、鳳鳴兩部雖沒有真正接近過香巴拉，但在夏境向西一線，也著實安排了不少眼線，這時倒是充分發揮了作用。

眾人白日馳馬，夜晚換馬車乘坐，小憩片刻，這一路可說是晝夜不停地趕路。

經黃河行雲般的涼州，遠望蒼山雄拔，蜿蜒萬里。過春風難度之玉門，見蒼漠浩瀚，氣勢磅礡。在途並非一日，眾人入瓜州後，偶遇古地綠洲，更多地看到的是荒蕪的蒼涼。天地間塵沙滾滾，浩蕩下自有一番古意悲涼。

等過瓜州西的常樂城後，眾人很快接近三危山，遠望敦煌。

大漠孤煙直，長河落日圓。

狄青從未來過這裡，但因為心懸香巴拉，對敦煌亦早有瞭解。

在這蒼涼的絲綢古道上，天下西疆的塵沙中，不知書寫了多少青史悲歌、英雄血淚。

敦煌自古有名，往往有中原族落的百姓落敗後到此避難。從戰國、秦漢，到五胡、隋唐，烽煙戰歌從未止歇。

驃騎將軍霍去病隴西出塞，馬踏祁連，痛擊匈奴……

張騫出使西域，開通絲綢之路……

趙破奴擊敗姑師國大破樓蘭……

班超縱橫大漠，再擊匈奴……

這些人的豐功偉績，無不和敦煌有著千絲萬縷的連繫。

大漠長河中，不知書寫了多少英雄往事，終被雨打風吹去。到五胡十六國之時，中原烽火並舉，戰亂頻頻，有無數百姓學儒逃亡到敦煌左近，有更多佛門子弟東渡傳道，西來求經，途經敦煌。從前秦樂尊和尚在三危山大泉河谷開石窟供佛後，這裡就興起開窟造佛之舉，綿延近千年。這也造成了敦煌的空前繁榮，佛教氣息濃郁。只是近些年來，敦煌被元昊佔據，這才蕭條了下來。

郭遵人在馬上，遠望群山連綿，近見沙中隱約有古碑雕刻，佛蹤可循，歎息道：「記得隋大業九年時，隋煬帝曾派一代奇臣裴矩到敦煌、張掖左近通商，那時候大隋為天下矚目，有西域二十七國前來朝貢，盛況非常。大隋之疆土，也是鼎盛一時。」

狄青不解郭遵為何突然說及這些，遠望黃沙高捲，心中想到，可大宋呢……就連橫山都是無法衝過，更不要說到敦煌、張掖讓西域朝貢了。自唐亂以後，漢人江山日頹。當初趙禎還對我說，他是漢武帝，我就是霍去病。但我狄青此生，遠遠不及那些英雄好漢了……

郭遵遠望綿延蒼山，心中亦是和狄青一樣想，輕輕一歎道：「但就算千古風流，也不過被塵沙遮掩。人這一生……打打殺殺，究竟是何意義呢？」

這時有羌笛聲隱約從風中傳來，似有歌聲。

狄青心中突然想起飛雪當年所唱。

草傷秋、蟬如露，暮雪晨風無依住。

英雄總自苦，紅顏易遲暮，這一身，難逃命數！

玉門千山處，漢秦關月，只照塵沙路……

這玉門關外的千山聳然，不改蒼蒼；塵沙滿路，只映秦漢關月，但那自古的人兒，卻是再也不見。

人生苦短……相思綿長。

一想到這裡，忍不住向飛雪望去，心中一震。原來方才他出神時，飛雪就在望著他，臉上那綿綿的柔情，雖隨塵沙而滅，但只是剎那，已是萬年。

眾人近三危山時，有鳳鳴來報，說耶律喜孫等人尚未前來，不過只怕很快要到。种世衡確定香巴拉就在沙州附近後，早派遣鳳鳴潛入沙州刺探香巴拉之謎，雖一時得不到詳實消息，可畢竟也知道些夏軍中的動靜。

郭遵聞言，輕舒一口氣，帶狄青、飛雪和葉知秋三人從僻徑入山。

這裡有夏軍鎮守，但畢竟山脈連綿，夏軍只守在關隘險道，對於天然之險境，防範反弱。郭遵入山後，輕車熟路，山中看似無路，但他往往只是一轉一撥，轉過險要，撥開枯藤後，前方就能柳暗花明。

行了不遠，葉知秋腳下突然有咯吱聲，像是踩到什麼，忙抬腳一看，只見枯草爛泥中，有白骨顯現，這一腳，正踩在白骨的胸口之上。

葉知秋皺了下眉頭，見到那白骨的胸口上有支竹箭，深深地扎入那白骨之中。

郭遵聞聲，回頭道：「從現在起，前方多有陷阱，危機重重，一些已被我破去，還有一些卻沒有發動。你們跟著我的腳印走，莫要走錯。狄青，你保護飛雪。」

狄青點點頭，示意飛雪跟在自己的身後，他小心翼翼地又跟在郭遵身後，而葉知秋斷後。眾人一路行來，只見到地上白骨累累，有被竹箭射死，有被巨石壓死，有被枯藤吊到了半空，活活地風化而死。還有一處陷阱，表面的枯枝雜草已塌陷，露出下方數丈深的大坑，那坑中滿是削尖的竹子，竹尖上血跡斑斑，有白骨數具。

更有無數機關暗藏，以狄青眼力之敏銳，已見到樹上、地下隱有鋒芒寒光顯現。這些機關顯然是很早以前就佈下了，就等來人觸動。狄青暗自心驚，知道這些年來，不知有多少人前來尋訪香巴拉，均是喪身在此。

他能輕易地進來，其中卻不知包含有郭遵多少辛苦的汗水！行了足足半天的工夫，郭遵這才到了一處斷壁前。

那壁立千仞，遠遠望上去，只見到山峰高聳入雲般。不知不覺中，眾人進入了一處山谷。山谷四面環山，看似已無去路，若非郭遵領路，只怕眾人一輩子也找不到這裡。郭遵到了那斷壁前，向左摸去，扯開一處枯藤，前方斷壁處霍然現出道裂縫，那裂縫不寬，勉強可供人通過。斷縫之下，有寒風吹來，一眼望去，下方黑黝黝的不見盡頭。

狄青心中一寒，低聲問道：「這裡……就是地陷之所嗎？」

他終於近了香巴拉，一想到如能進入香巴拉，見到香巴拉之神，可救回羽裳，一顆心忍不住怦怦大跳。這些年來，他無數次想起救活楊羽裳的情形，但事到臨頭，心中反倒有了畏懼。他不怕死，只怕希望落空！他沒有注意到，飛雪一旁靜靜地望著他，眼中又現出分憂傷之意。飛雪究竟為何而憂傷？

葉知秋望著那縫隙，奇怪道：「郭兄，這裡地形奇怪，怎麼會突然出現一條進入香巴拉的道路呢？」

郭遵顯然早想過這個問題，說道：「我當初也感覺到奇怪，不過看這道裂縫極深，像是地震所致。因此據我所想，這裡本沒有入口，不過是因為地震後才裂開了一條道路。」

狄青突然想到趙明當年所言，遲疑道：「只怕是那曆姓商人和曹姓後人觸動機關，導致山裂所致。」他將當年趙明所言說了一遍，郭遵點點頭，說道：「這也大有可能。」

葉知秋苦笑道：「這世上真有一種機關，可以造成如此威力嗎？」

狄青凝滯，一時間無話可說，郭遵道：「或許是天地之威吧！知秋，當初在白壁嶺時，你不是見到過一個大坑？那坑的深度，不也駭人聽聞？」

葉知秋回想當年的事情，宛若隔日。當初那坑極深，他曾下去一探，但繩索用盡後，也沒有見底。那件事他倒一直沒有忘記，不過他後來奔波勞碌，一直沒有再去那裡，現在想想，那洞也滿是怪異。暫放了念頭，葉知秋道：「無論如何，我們都要進入看看。」

他才要挽袖子進去，被郭遵一把拉住。郭遵遲疑一下，才道：「知秋，你在這裡為我們把風如何？我只怕……有人封住這裡，那進去的人恐怕就出不來了。」

葉知秋一怔，心道這見鬼的地方，鬼都找不到，怎麼會有人封住洞口？見郭遵眼中滿是懇切，葉知秋知道郭遵所言必有原因，遲疑片刻後才道：「我留下可以。但你們出來後，我也想進去看看。人我看得多了，可我從未見過神，此生若是錯過，豈不遺憾？」

郭遵眼中有分笑意，拍拍葉知秋的肩頭，道：「好的，一言為定。」

葉知秋笑笑，無奈地搖搖頭，囑咐道：「那你們小心。」郭遵點點頭，當先順著裂隙鑽了下去。那裂隙看起來深，但並非垂直，郭遵雖傷，但下去也不是難事。狄青隨後而下，飛雪默默跟隨。

葉知秋好不容易忍住跟隨的念頭，見三人消失不見，心中微有奇怪。他一方面不解郭遵為何堅持讓他留在外邊，一方面也奇怪郭遵、狄青為了香巴拉冒險有情可原，但飛雪執著地跟隨著狄青，是因為什麼緣故呢？

找個乾燥的地方坐下來，葉知秋只感覺四周靜得可怕。

突然感覺有些奇怪，暗想這裡是荒山，有枯樹雜草，本該是動物出沒之地，為何和郭遵到了這裡後，一直沒有見過野獸出沒呢？一想到這裡，葉知秋背心冒出分涼意，這時候斜陽過峰，早落到山的那頭。

天色將晚，整個谷內暗得更早。山氣寒冷，吹得人毛骨悚然。葉知秋從未想到那靜寂的環境也能給人造成無邊的壓力，緩緩地吸口氣，自嘲笑道：「葉知秋呀葉知秋，你莫要自己嚇自己。」

他自嘲之下，稍微放鬆，陡然間心頭一緊，因為他聽到遠處有沙沙之聲……

那聲音漸近，像是有人踩著枯草而來，暗夜中帶著難言的詭祕之意。葉知秋一懍，手按劍柄，閃身移到一大石旁。

如此詭地，如此時間，怎麼會有人再來這裡？難道說來的不是人？那來的是誰？是鬼，還是神？
葉知秋凝望遠方，手心中有了汗水，風一吹，涼徹心扉。

第十四章 願望

郭遵、狄青和飛雪已深入地下。

那裂縫極長極斜，僅能供一人手腳並用爬下。狄青腳踏實地時，感覺爬行了十數丈之高，不由驚詫。暗想這條通道若是前往香巴拉的話，那香巴拉怎麼會在如此深的地方？這是通往天堂，抑或是直達地獄？

從那裂縫下來的截面來看，斷層皆是岩石，如果香巴拉之上都是這種岩石的話，若非地震的緣故，只怕憑一己之力，那是絕難到這麼深的地下的。

那香巴拉呢？世上真有神有這般本事，將傳說的仙境置於這麼深的地下？

狄青越發驚奇，等腳再次踏到實地的時候，眼前一片漆黑。

郭遵早有準備，從懷中掏出一顆夜明珠。那夜明珠有小孩拳頭般大小，在地下發著幽冷的光芒。

狄青見到那夜明珠，突然想起當年在永定陵時的情形。

那時候，他面對的是極其玄幻的境界，這時候，亦是如此。

對於當年真宗的永定陵，他已有所瞭解，那是真宗夢中的香巴拉。但真實的香巴拉會是什麼樣子，狄青並不知道。那夜明珠的光芒不算很強，但陡現暗境，顯得頗為明亮。他們三人置身在一條通道中。通道兩壁均是堅硬的岩石。

光亮下，三人神色各異，郭遵只是看了下周圍的環境，就舉步前行。那通道分為左右兩向，郭遵選的是右手的道路。

狄青心道右手處當然就是香巴拉所在，那左手的那個通道呢？想必是正常進入香巴拉的道路了？

他跟隨郭遵而走，在幽幽的光線下，留意到四處的岩壁並不光滑，有斧劈鑿穿的痕跡，驚詫道：「這條道難道是人開出來的？」他的聲音雖低，但在靜悶的通道中，顯得頗為響亮。

郭遵道：「看情形的確如此。據我所想，這天底下恐怕只有歸義軍的後人才有這個能力。曹家幾代在沙州盤踞，派人開闢了這條道路並不為奇。」

狄青皺眉道：「可他們怎麼知道岩石下是香巴拉的所在呢？」

郭遵微滯，搖搖頭道：「我也不清楚。」

飛雪一直沉默，聞言突然道：「聽說當年曹姓先人曹仁貴得神之啟示，得到一筆驚天財富，這才有能力取代張姓，號召附近的百姓反抗吐蕃入侵，重振歸義軍。在曹氏接管沙州後，又是神要其修建密道通往這裡，曹仁貴傾族中之壯士日夜開山，這才打通前往香巴拉之路。但這件事極其隱祕，曹仁貴一直只說這裡有寶藏，就算歸義軍中很多人也只以為是挖掘寶藏，而從來不知道這是通往香巴拉之路。在多年前，這裡曾出現過一場地震，斷了進入香巴拉之路。後來曹家敗落，無力再次開山，被党項、高昌、吐蕃幾國所迫，這才將瓜、沙州進獻給元昊。」

飛雪少有說得這麼詳細的時候，狄青聽了，暗想若依時間推算，當年曆姓商人和曹姓後人前往香巴拉，引發地震山崩後，曹家就將沙州奉給了元昊。如果元昊還能再入香巴拉，想必另外開闢道路了。

以元昊之能，再開一條道路進入香巴拉不足為奇。這麼說，應有兩條通往香巴拉之路？元昊放出了地圖，本是誘殺前往香巴拉之人，但看情形，元昊恐怕也沒有想到過，地震把曹姓開闢的道路阻塞，但卻在另外一地撕開個裂口。而這裂口處，恰恰在元昊製造陷阱的地方。

世事神奇，莫過於此，造化弄人，讓人唏噓。不過飛雪是如何知道這個入口的呢？

郭遵進入了香巴拉，還說見過香巴拉之神。郭遵不會騙他，可為何郭遵敘述香巴拉也是有所保留。很多話是說不清楚，還是郭遵不想說呢？

通道的空氣沒有給人絲毫不適的感覺，三人默默前行許久，只聞輕微的腳步聲，三人宛若在通道中密行的幽靈。

再行了數十丈的距離，狄青突然發現，一直很是粗糙的石壁上，突然有了變化。

伊始的石壁只是粗略地開鑿，但這裡的石壁不知是天生的緣故，還是被人細細地打磨，漸變光滑。

狄青用手摸摸，感覺到光滑中隱現凸凹不平。

飛雪留意到狄青的舉止，說道：「快到香巴拉了。」

狄青微震，見前方的郭遵默默地點點頭，一顆心又開始劇烈地跳動。都說入了香巴拉，就可以實現自己的願望，他千辛萬苦地找尋多年，就是為了實現一個願望。

不為自身，不為江山，不為財富，只為那魂牽夢繞、日夜想念的人兒。

但這個願望能否實現？

心情激盪間，聽飛雪又道：「這石壁光滑，是因為要接近香巴拉的緣故。曹氏族人開啟到這裡的時候，感受到天地的神奇，不由自主地增生仰慕敬重之心，將這石壁上也刻了些雕像，以示尊敬。」

郭遵聽到這裡，腳步放緩了些，回手將夜明珠遞給狄青。

狄青知道郭遵的用意，低聲道：「郭大哥，還是你拿著吧，前方很暗。」

郭遵道：「不妨事，前方沒什麼危險，用不著光亮。」

狄青聞言，不再推辭，拿著夜明珠照看著石壁。果如飛雪所說，越近前方，石壁越是光滑，上面已有雕像顯示。就在手旁的石壁，雕刻著一人頭戴王冠，受下方百姓歡呼的情形。

那頭戴王冠之人臉方耳大，臉形雕刻得細膩非常，狄青並不認識這人。

飛雪道：「此人就是曹仁貴，也是曹氏的祖先，接管歸義軍之人。方才路過的石壁雕刻，說的是曹姓掌控瓜、沙兩州後的情形。」她素來並不多話，但不知為何，到了這裡，說得就多了些。

狄青點點頭，繼續前行。心中想，如果按照順序，前方的雕塑就應是曹仁貴之前的事情。他是按照常理推測，用夜明珠照過去，見到前面幾幅畫的是一男一女成親的情形，那女的他不認識，但那男的就是曹仁貴，狄青微有奇怪，不解其中的含意。

飛雪似乎感覺到狄青的困惑，解釋道：「聽說曹仁貴本是孤兒，後來得歸義軍首領索勳的賞識，娶了索勳的女兒，索勳是歸義軍始祖張議潮的女婿，曹仁貴也就成為了張議潮的外孫女婿。這件事在沙州頗有傳奇色彩，但年代久遠，很多人都不知道詳情了。我也不算清楚，但我想曹仁貴命人將這情形刻在石壁上，顯然是覺得……」略頓了下，才道，「和心愛的人在一起，要比稱王稱帝要緊得多吧？」

狄青心頭微震，半晌才道：「你說的可能對。」驀地心中微酸，暗想在很多人心中，江山更重。可我並無大志，的確也認為和心愛的人在一起，更幸福得多。

想到這裡，狄青對於那個曹仁貴，倒是心有戚戚。

又行了幾步，石壁上的畫面就接近於敦煌石窟的壁雕，神話色彩漸濃。上面有飛天仙女，有夜叉凶神，狄青一時間也看不了許多。

飛雪並沒有解釋那些壁畫的含意，似乎覺得沒有必要提及。

狄青被往事吸引，腳步慢了下來，等意識到這點，突然想到這些圖像可回來的時候再看，眼下的當務之急是趕在目連王知道元昊的死訊前進入香巴拉。

緊走了數十步，突然頓了下，忍不住又用夜明珠照了下石壁的圖像。那石壁的圖像，他是依稀熟悉的……

圖像不是曹仁貴、也不是神鬼夜叉，只畫了一團破雲的光芒。那光芒極其絢麗奪目，而那光芒下，是蒼茫的大地。

狄青止步，只因為他記得看過這幅圖的。略微回想一下，就記得在哪裡看過。當年他出真宗的玄宮之時，曾在彩雲閣的石門後看到過這幅圖像！

這兩幅圖或許有細微的差別，但大體不差。這團光芒，到底想要表達什麼意思？神仙下凡嗎？沒有聽到飛雪解釋，狄青以為飛雪也不清楚，終於壓下了困惑，將夜明珠交給了郭遵，快步前行，只想著若是回轉後，再詳細來看好了。

這時他們已到地下頗深的所在。

狄青憑直覺，感覺到通道在不斷地往下探進，像是無窮無盡的樣子，更是駭然。想起傳說中地獄有十八層，這個香巴拉不像是通往天堂，更像是前往地獄。

岩層終於不見，取而代之的是黑土層面，這裡極為乾燥，更是靜寂。再行不遠，郭遵止住腳步，說道：「到了。」

狄青一怔，只感覺四處皆暗，只有夜明珠的光芒照著三人不同的面孔。黑暗中，有些森然的樣子。雖從來對郭遵、飛雪沒有什麼戒心，但此時望見二人的臉上都有分異樣，狄青的神色也有些改變，低聲道：「郭大哥，這裡就是香巴拉？」

郭遵搖搖頭，突然對著盡頭處跪了下來。狄青一驚，不知郭遵為何如此。難道說，冥冥中自有一種神力，可讓人情不自禁地膜拜？

仔細一看，狄青啞然失笑，原來郭遵不過是伸出手掌，在地面上摸索著什麼。

這已是極深的地下，地下還會埋著什麼？

狄青想不明白，問道：「郭大哥，要不要幫忙？」郭遵做的事情，他雖是不解，但不會質疑。

郭遵搖搖頭，狄青注意到飛雪平靜的臉上也現出分激動之意。飛雪激動什麼？難道香巴拉就在眼前，或者說，香巴拉本在……

才想到這裡，就聽到郭遵嘿的一聲，雙臂用力。

只聽到咯一聲響，暗暗的地道中，陡然現出一道大亮。那道光芒帶分寒氣，倏然衝在了郭遵的身上，照得郭遵鬢髮皆揚，臉膛大亮。

郭遵手上，拿著塊銀白的板狀東西，他是掀開了這東西，才現出下方的怪異。

這地下究竟有何古怪，為何會有這般異相？

狄青一驚，就要搶步上前擋在郭遵前面，卻被郭遵伸手止住。等狄青適應了眼前的光芒，往光芒來處望去時，一顆心空空蕩蕩，只以為身在夢中。

通道之下，原來別有洞天。那洞天之神奇，讓他做夢都想不到。

郭遵方才是揭開了洞天的入口。從入口望去，狄青才發現下方地勢廣闊，還比真宗永定陵的規模要宏大數倍。

那裡沒有燭火，可亮如白晝。

永定陵是真宗窮畢生之力、一國之力所建，有那種規模也算正常。但有誰有這般神力，可在數十丈的岩層下建出這般天地？

那洞天之內，流光溢彩，如日芒，似月華，炫目之極。當初狄青到了永定陵時，還驚歎那裡的規模廣巨集，可見到下方之地時，才知道永定陵對比於此，不過是小巫見大巫。

等回過神來，狄青這才開始留意下方的情形，更是驚奇。下方的建築，可說是前所未有的古怪。下方的牆壁，大部分是白玉所造，那白玉瑩潔光滑，整個牆壁都像是一塊白玉所造。

可天底下，哪有那麼龐大的玉石呢？

狄青腳下左面的方向，有一面牆壁並非白玉，而像是偌大的藍色玉石所建。那玉壁表面上光彩流動，居然像是活的……

那藍色藍如海，潔淨如天。

而那玉壁之上的光彩流轉，就像海濤激盪，奔騰不休，永無止境。狄青此生，尚未見過這等奇境。見到那藍色玉壁時，狄青忍不住回頭向飛雪望過去。

飛雪的腰間，不就有這麼一條藍色的絲帶？而當年在天和殿的梁頂時，他見到元昊左手小指留有長長的指甲，不也是這種顏色？當時狄青曾感覺二人之間像有關聯，可現在看起來，飛雪的絲帶和元昊指甲上的藍色，是不是效仿這裡藍色寶石的色彩呢？這二人，是想從這藍色中得到什麼啟示嗎？

狄青驚奇得忘記了去問，目光從那藍色的巨型寶石上望到了下方的地面。

說實話，那根本不像是地面。狄青從未見過那種怪異的地面。

整個地面，並非平坦，而是好像個圓形的屋頂倒扣在那裡。

如果讓狄青形容的話，那地面就像是青唐王宮金色的屋頂倒扎入了地下，不過那地面是由黑白相間的格子組成的。

黑白相間的格子？狄青看到這裡，就想到當初在真宗陵寢朝天宮內見到的地面。那裡不也是黑白的格子？難道說，真宗也知道這裡，這才仿造這裡建出了永定陵？

可據狄青所知，真宗一輩子也沒有找到香巴拉的……

或許真宗能建出那種陵寢，也是神仙託夢？

狄青心緒萬千，又留意到整個下方雖很空曠，但有些造型奇特的東西，似箱子、似雕塑地鑲嵌在白玉的牆壁上，色澤銀白。

那些東西，他也是依稀眼熟……

狄青震驚地下洞天的恢弘，看得目不暇接，不知多久，這才回過神來道：「郭大哥……這裡……就是香巴拉嗎？」他話一出口，才發現由於心情激盪，嗓子已啞，額頭甚至都有了汗水。無論是誰，驀地見到如此奇境，也是難免舉止失措。

狄青有些明白眼下的情形，他和郭遵現在如同站在香巴拉的屋頂。這條道路，一直挖掘，通到了香巴拉的頂端。

可狄青想不通的一點是，如果這裡就是香巴拉，那神在哪裡？

郭遵顯然已見過這種情形，再見時已不如狄青般震驚，可望向下方時，臉上還是有讚歎的表情。聞狄青發問，才待說話，飛雪忽然道：「有人來了！」她的神色中，突現焦急之意。郭遵、狄青均是一懍，側耳向身後聽去。二人均想，前方無路，若有人來，肯定是從身後那條路來的。難道是葉知秋等不及，也跟了過來？

身後無人。飛雪感應靈敏，有一種天生的敏銳，怎會聽錯？

二人才待向飛雪望去，突然聽到寂靜的下方咯的一聲響。二人望去，只見到右手處下方的白玉牆壁上突然現出一道裂縫。

狄青又驚又喜，只以為是神來臨，凝神觀看。

那道裂縫越來越寬，陡然間有金光一現，狄青微震，再定睛看過去，臉色微變。

居然有幾個人手持火把走了進來，那幾個人，他還認識大部分的！

而那金光，不過是火把映到白玉現出的顏色。

為首一人，佝僂著身子，頭髮已雪一樣地白，鬍子幾乎要拖到了地上，狄青從未見過那麼老的人。一眼望到那人的時候，誰都會感慨光陰如箭，歲月無情。

那麼老的一個人，會是誰？怎麼能到香巴拉？

那老者的身後，跟著一人，神色孤高，落落如長空孤雁，正是契丹眼下手握兵權的第一人——都點檢耶律喜孫。

狄青見到耶律喜孫，立即想到，原來耶律喜孫也是馬不停蹄地趕到了這裡，只比我們差了一會兒的工夫。耶律喜孫能到這裡，因為手持元昊的玉璽。那領耶律喜孫到此的老人，應該就是元昊手下九王之一的目連王了。

龍部九王，八部最強。目連忠孝，與天同疆。

帝釋天元昊死了，這個目連王原來這般蒼老了。

狄青又想想必目連王還不知道元昊出事的消息，因此見到元昊玉璽，這才領耶律喜孫進來。唉……我太過匆忙，忘記了一件極為重要的事情。我若是早讓韓笑飛鴿傳書，在沙州敦煌散佈元昊已死的消息，敦煌早亂，這個目連王也不會帶耶律喜孫前來。我先一步到了這裡，安靜地求神，那不更好？轉念一想，又有些苦笑，「目連王若知道元昊死了，會不會毀滅香巴拉，沒有人知道。這世事無常，根本無法預料了。」

他沉吟間，目光不停，早望在了耶律喜孫的背後。耶律喜孫身後站著一人，雙手結印，本是蒼老平靜的面容見到眼前的奇景，也是泛出激動之意。

那人正是善無畏。

善無畏也來了？

狄青皺了下眉頭，暗想這次刺殺元昊，本是耶律喜孫、沒藏悟道和善無畏三方聯手、裡應外合的結果。

但耶律喜孫不像是喜歡和人分享成果的人，他為何會把善無畏也帶來呢？善無畏身旁站著氈虎，還是一副癡癡呆呆的表情。就算見到香巴拉這種恢弘的場景，仍是木然的表情。或許在氈虎心中，香巴拉也好，地獄也罷，都是無甚區別。這二人身後跟著四人，抬著個極重的箱子前來，那箱子上蓋著赤紅色的布料。

狄青一看到那箱子，就想到當初在青唐的情形，忍不住向飛雪望去。

飛雪只是望著下方，眼中露出焦灼之意。她似乎看出了什麼不妥，郭遵斜睨著飛雪，臉上也有了異樣，像很是擔憂。這二人究竟焦急擔憂什麼？狄青沒有留意，只是想著往事……

當初狄青去青唐找唃廝囉議和，正逢青唐的承天祭，當時飛雪要自盡祭天，被狄青阻攔。後來根據唃廝囉所言，飛雪和飛鷹本是合謀要盜取法器。而他們想要盜取的法器，就是這個箱子。

善無畏為何要把這箱子帶過來？難道說這箱子也和香巴拉有關？唃廝囉祭天也是和香巴拉有關？耶律喜孫讓善無畏也進入了香巴拉，難道說因為要用這個箱子，是以才達成條件？但唃廝囉為何不來呢？

所有的困惑交錯繁雜，卻有個很明顯的關聯，那就是都和香巴拉有關。

狄青想到這裡，目光不停，望向了那抬箱子四人的身後。

那四人身後還跟著兩人，抬著個擔架，擔架上面躺著一個人，鷹勾鼻，神色憔悴，不改囂張的本性，正是飛鷹。飛鷹和郭遵雖都中了元昊一箭，但很顯然，飛鷹比郭遵相差太遠，到如今還是重傷不能起身。而飛鷹身後，只站著一人，灰白的眼眸內、平冷的面孔中也泛出一分光彩，那人正是羅睺王野利斬天。

野利斬天怎麼會來？他為何和耶律喜孫等人一起？當初在天和殿中，他一刀斬了迦葉王，被元昊射了一箭，卻毫髮無傷。元昊的五色定鼎羽箭，素不虛發，就算郭遵都是無法躲過，野利斬天竟然能躲過銀箭，他難道真的深不可測？

野利斬天能到這裡，這麼說，野利斬天和沒藏悟道都是叛徒？他們聯合了耶律喜孫等人刺殺元昊，而迦葉王本是元昊的細作嗎？

羅睺王本來就是從阿修羅部出來的，他就有叛逆的本性！

狄青想到這裡，心中苦澀，感覺到這些人關係複雜錯亂。見耶律喜孫顯然也驚詫眼前的奇景，一時間說不出話來。狄青心中微動，暗想耶律喜孫本是謹慎之人，可這次代表契丹孤身來到香巴拉，他恁地如此託大？

難道說，耶律喜孫先囚禁了蕭太后，後謀劃刺殺了元昊，因此躊躇滿志，根本不把身邊這些人放在眼中？

早在那些人進來時，郭遵就悄然將拉起的那塊銀色托板合上部分，稍微遮掩一下洞口。耶律喜孫等人震駭眼前的情形，雖也抬頭看了下，但只見到白玉般的頂面，哪裡會想到高高的上方，還有人在？

不知許久，耶律喜孫這才道：「目連王，這裡就是香巴拉？」他的語音帶分顫抖，顯然是雖竭力想要保持冷靜，但到此地後，難以平靜。

那蒼老的人緩慢道：「不錯。」

此間極靜，狄青雖離眾人很遠，但在上方仍能聽到幾人的對話。見那蒼老的人回答，心中道：「這人果然就是目連王。」元昊手下九王，那個阿難王不知蹤跡，羅睺王背叛，也就這一人對元昊還有忠心，一想到這裡，心中有股淒涼的感覺。

耶律喜孫又道：「那……香巴拉之神在哪裡？」他雖能在契丹、夏國興風作浪，可到了一個完全陌生的地方，也是毫無頭緒。

目連王慢聲道：「兀卒恭請都點檢前來，難道沒有告訴你與神溝通之法嗎？」

耶律喜孫神色平靜，斜睨了善無畏一眼，說道：「我來得匆忙，也沒有向兀卒詳細詢問。想兀卒覺得，只要見到目連王就有答案，因此不用吩咐吧？」

目連王哦了聲，說道：「我知道的也不多，聽兀卒說，只要把天玄通放到那裡……」伸手指向白玉牆壁上鑲嵌的銀白物體，那物體更像個極大的托盤，「把天玄通放到那上面，真心禱告，請神出現，就行了。」

耶律喜孫笑笑，望向了善無畏道：「有勞聖僧了。」他有求於人，素來都是客客氣氣。原來他真的如狄青所想，要借用善無畏帶來的那箱子，才將善無畏帶到這裡。當初他一擊沒有殺了郭遵，元昊逃走後，他權衡局面，見善無畏頗有維護郭遵之意，就沒再下殺手，郭遵才得以安然離去。後來耶律喜孫見郭遵沒有跟隨，他自負早有安排，對付善無畏和氈虎並不是問題，這才和他們一起進入香巴拉。

善無畏臉現激動之意，向抬箱子的那四人做了個手勢。那四人抬著箱子向那銀白托盤走去。地面略帶傾斜，那四人走得辛苦，但還是到了托盤前，掀開了赤紅色的布，露出下方的箱子。

那箱子是銀白之色，一掀開上方的紅布，現出幽幽之色，不知是光映還是錯覺，亦是真有其事，那箱子竟慢慢開始發亮。

眾人見了，都現驚詫之情，對於這不可思議之事心懷敬畏之意。

善無畏雙手結印，臉現畏懼，陡然喝道：「快把天玄通放到那……之上。」他根本不知道如何稱呼，只看結果。

狄青這才知道那箱子叫做天玄通。天玄通整體銀白，上方有些凹陷，內有個明珠樣的東西，散發著不定的光芒。那光芒時而燦爛如金，忽而潔白如銀，有時色做黃銅般，轉瞬又變成黑色或灰色，煞是奇異。狄青見到那顆變色的明珠，陡然又想起真宗玄宮的五道門，元昊使用的五色箭。那門的顏色和羽箭的顏色，不都像極了那明珠顯示的顏色？難道說，真宗或者元昊早知道這個天玄通，因此效仿這顏色定製石門羽箭。天玄通，莫非真宗和元昊想從這五色中，琢磨出通天的能力？

種種不解，似乎都有了分解釋。

可狄青最大的不解是，這五色、這天玄通、這箱子、還有這香巴拉究竟是怎麼回事？郭遵沒有天玄通，如何能和神溝通？狄青到了香巴拉，明白了很多，聯想了很多，但對於香巴拉可說還是處於一無所知的情形！

這時那四人已要將銀白的箱子放到了托盤之上。那四人本很吃力，在將放未放之時，陡然間喀的一聲，那四人身形一撲，就覺得一股吸力傳來，嚇了一跳，霍然後退，跌坐在地上。

眾人見到這情形，不由一驚，善無畏才待喝問，臉上就現出驚詫的表情。

只見到那箱子落在托盤上，連同那銀白的托盤，倏然縮入了白玉的牆壁。

那是一種極為怪異的景象，白玉牆壁如同水波般蕩漾一下，並無裂痕，但箱子已然不見。

耶律喜孫微震，才待向目連王詢問，就見到一道光芒緩緩地從上方的牆壁透出來，色澤潔白，慢慢照在了眾人的腳前數丈外。

眾人心中大奇，只感覺那光芒不像是光，若是光，怎麼會如此緩慢地照耀過來？

光線流轉，其中似乎蘊藏著極為神祕奇異的力量。就算是耶律喜孫見到那道光芒，臉上也露出畏懼之意，不由倒退了一步。

目連王一掀幾乎要拖到地上的鬍子，上前兩步，跪倒在那光芒照射的圓形區域中，道：「小人見過香巴拉之神。」

眾人或驚奇，或畏懼，或遲疑，或不解……

這裡根本沒有任何人前來，那道光芒，就是香巴拉之神？沒有人能信。

但目連王鄭重其事，又不像是做戲。善無畏嘴唇喃喃而動，陡然間身軀一震，臉現喜意，跪倒在地道：「小僧見過香巴拉之神。」

就算氈虎好像都有些奇怪，望著跪倒的善無畏，不知他對誰說話。

目連王卻已起身，神色有些古怪，出了光環後才道：「香巴拉之神說，它到如今，滿足了太多人的願望，它已累了。現在，它只想再滿足兩個人的一個願望！從此後，這世上……再無香巴拉！」

眾人怔住，不想神和凡人說話不需言語，更不想香巴拉就會消失在人間！

狄青在上方聽到這句話，臉色劇變。

這裡來的人，誰沒有願望？恐怕除了氈虎外，就算擔箱子的僕人都有願望。耶律喜孫、善無畏、飛鷹、野利斬天這番辛苦，當然是有求於香巴拉之神。就算是狄青，也有願望，他辛苦多年，等待這麼久，就是指望借神之力救回羽裳。

來到香巴拉的人極多，但神只能滿足兩個人的願望？

狄青身軀微震，就要從那洞口跳下去，卻被郭遵一把抓住。郭遵眼中也有困惑，可只是搖搖頭，狄青知道郭遵示意他看看情形再說。他雖心急如焚，但知道郭遵這麼做，必有郭遵的道理。

飛雪身軀微顫，臉上突現驚懼之意。她似乎對香巴拉瞭解最多，她應不止一次來到香巴拉，她有什麼願望，早就應該許過，那她怕什麼？

下方一片沉寂。沉寂如水，帶著欲冬的寒意。

不知許久，耶律喜孫才笑道：「在下當然要算一個了。不知道有人反對嗎？」他問話的時候，目光只從野利斬天和善無畏的身上掠過。

他沒有把氈虎和那些下等人算一份，飛鷹重傷，也就失去了角逐許願的機會。他帶飛鷹來，不過是因為一個緣由。可眼下看來，他根本不需要飛鷹。

他的對手，其實只有善無畏和野利斬天。

善無畏還跪在地上，神色激動。在場中人，除了目連王，也只有他才感應到神的存在。難道說，藏傳三密之法，真的讓人有溝通神靈之能嗎？

無人答話，可沉默有時候不代表著認可，也可能蘊含著火山爆發前地底的決絕。

耶律喜孫神色依舊孤傲，長舒一口氣道：「既然無人反對，那我覺得第二個許願人是善無畏高僧好些了。」他是精於計算局面的人，既然到了香巴拉，就是為了許願。既然只是許願，就沒有必要再多起衝突。拉攏了善無畏，就控制了氈虎，如此一來，他在這裡根本不需要再擔心什麼。唯一讓他感覺到有些為難的是，他究竟要許什麼願呢？他有太多的願望想實現。但他有兩個願望一直縈繞心頭，他幫助耶律宗真奠定了基業，他設計除去了元昊，他已躊躇滿志，甚至認為既然夏國沒有了元昊，就是契丹的附庸。他若能再征大宋，很可能實現江山一統。更進一步，他稱王稱帝也沒有什麼奇怪。人的欲望素來如此，永遠沒有止境的時候，他耶律喜孫也不例外。但他還有個心病，他有隱疾，那隱疾發作起來，每次都讓他生不如死。他和狄青第一次見面時，就是隱疾發作時被夜叉追殺，差點兒因此送了性命。

隱疾不除，大業就算成了，也是個心病。他多想兩個願望一塊實現？

可神發話了，只有兩人能許願，那兩人每個只能許一個願望，神的話，耶律喜孫也不能違背。既然如此，他做個順水人情也無妨。

耶律喜孫為許哪個願望頗為為難的時候，善無畏已站了起來，雙手結印，行個藏人的禮節道：「那多謝都點檢了。」

耶律喜孫一笑了之道：「何須客氣？現在沒有人反對了吧？」他問出這句話的時候，是下意識的，他突然明白元昊當初在天和殿為何要這般問話。

當一人掌控大局的時候，總喜歡如此來表達心中的得意，那種君臨天下的快感，很多人一輩子都得不到。

不想今日的情形也和天和殿有些類似，因為一個人已道：「我反對！」

第十五章　無間

說反對的那人不是郭遵，亦不是狄青。

狄青其實早想下去和耶律喜孫一戰！他已看得清楚，從上方下去雖困難，但有借力之處，憑他的能力，衝到耶律喜孫身邊並不是難事。可飛雪像是看出他的心意，輕輕地伸手握住了他的手腕，眼中滿是驚怖之意。飛雪本不是容易吃驚的人，就算面臨生死，她都能坦然自若，她這時候，又害怕什麼？狄青見到飛雪眼中的驚慌，不知為何，心中一痛。那種感覺，依稀熟悉。這實在是種奇怪的感覺。

狄青雖和飛雪也算見過多面，但他們均是很快地擦肩而過，對於飛雪的來歷，狄青根本一無所知。但他當初摟著飛雪的腰翻牆而過，見到飛雪眼中的驚慌，卻總有種似曾相識的感覺。這種感覺，好像是一生一世。為什麼？念頭一閃而過，狄青顧不得多想，移開目光，緊張地盯著下方的耶律喜孫。他移開目光的時候，並沒有留意到飛雪的目光中除了驚怖外，又夾雜分哀傷。

說反對的人，卻是飛鷹。

飛鷹躺在擔架上，他的胸口還包著厚厚的繃帶，臉色蒼白，看起來站立都有些困難，但他還是表示反對。

耶律喜孫不料飛鷹如此，淡漠道：「你有這個資格嗎？」

飛鷹掙扎坐起，胸口的繃帶上滲出了血跡，可見他的確傷得不輕。他凝望耶律喜孫，大聲道：「我對你說過，我可以讓香巴拉之神改變主意。」

眾人微譁，臉上均有不信之意，都沒有想到飛鷹還有這個本事。

飛雪握住狄青的手並沒有鬆開，嘴唇顫抖，驚嚇道：「他真的找到了？」

狄青再次聽到飛雪說飛鷹找到了什麼，不由壓低聲音道：「他找到了什麼？」

「他找到了那個人？可他不知道找到那人的後果。」飛雪喃喃自語，有些失神。

狄青不解飛雪到底要說什麼，但更留意下方的動靜。見耶律喜孫安靜了片刻，譏誚道：「你真的有這個本事？」

飛鷹虛弱中帶著倨傲，昂然道：「當然，我甚至可以讓香巴拉之神滿足我們每個人，多個願望！」眾人又驚，難以置信飛鷹說的話。

飛鷹再狂，他不過是個人，他有什麼資格讓神聽從他的指示？

耶律喜孫笑得滿是意味深長，盯著飛鷹緩慢道：「你真的能做到？還是想藉此先許個願望呢？」

郭遵聽了，不由感慨，這個耶律喜孫不但武功好，而且心機深沉，總能從最壞的角度考慮問題。此人若非如此，也就不能說動嗢廝囉、沒藏悟道等人暗算元昊了。

飛鷹苦笑道：「我現在如何敢在都點檢大人面前搞鬼？都點檢隨時都可要我性命的。只要都點檢允許我和香巴拉之神交談，我信它定能聽從我的吩咐。」

耶律喜孫見飛鷹信誓旦旦的樣子，半信半疑。原來他最近惡疾時有復發的症狀，遍尋名醫不果，唯有來尋香巴拉一途。他四處奔走，一方面是為了麻痹蕭太后，一方面也是打探香巴拉的下落。

無論是誰都知道，要去香巴拉，定要除去元昊。而為了除去元昊，耶律喜孫不惜任何代價，包括收了飛鷹在身邊。他知道飛鷹有反骨，但梟雄素來不都是能駕馭有用的反骨？而耶律喜孫肯收留飛鷹，更因為飛鷹曾說過，香巴拉真正的祕密只有飛鷹才知道。他若發現飛鷹騙他，再殺飛鷹也不是難事，若能多個願望，豈不是兩全其美？

只是猶豫片刻，耶律喜孫轉頭望向了善無畏，問道：「不知高僧認為可否？」

善無畏皺眉道：「若飛鷹借機許願不死怎麼辦？」

耶律喜孫心中一懍，暗想若真的如此，那自己能否殺了飛鷹呢？可不死一說，聽起來荒唐透頂，這世上真有不死嗎？

飛鷹哈哈大笑道：「神僧怕我許願不死，可是怕自己沒有願許？這世上真有不死嗎？還是神僧也看不透生死，歷盡辛苦想求長生呢？」他言辭犀利，說得善無畏臉色一變。

耶律喜孫瞥見善無畏的表情，權衡利弊，覺得這第二個願望讓誰許無所謂，自己總是有利無害。想到這裡，臉色一改，耶律喜孫冷冷道：「飛鷹，我就信你一次，讓你和香巴拉之神說上幾句。你莫要騙我們，不然的話，你會死得慘不堪言。」

他說「我們」兩字，就代表著還是和善無畏站在一起。

善無畏愁苦滄桑的面容中似有不滿，但像有些畏懼耶律喜孫，不敢反抗。

飛鷹聞言，眼中閃過絲喜意，掙扎著站起，觸及胸口的傷痛，額頭上汗水流淌。他踉踉蹌蹌地向那團光芒走去，突然間腳下一軟，就要栽倒在地上。

飛鷹正路過耶律喜孫的身邊……

耶律喜孫像是下意識伸手去扶……

二人不經意的動作間，驚變陡升！

飛鷹一跌之下，已離耶律喜孫不過一臂之間。可他跌去之時，手臂微震，只聽到咯的一聲響，一鷹喙暴出，迅疾地啄向了耶律喜孫的胸口。

那一擊，如雷轟，如電閃，快不可言。

飛鷹的身手絕對不差，不然也不會輕易地收服大漠惡魔石砣，也不能一出手就殺了夏隨五人。他屢次叛亂，均能躲過朝廷的追殺，武功之高明，不言而喻。

狄青見飛鷹驀地出手，也是心中一驚。平心而論，他若猝不及防，能不能躲開飛鷹這一擊也是在五五之數。

飛鷹竟敢向耶律喜孫出手？難道說，他真以為可以殺了耶律喜孫？

誰都沒有想到過，重傷之下的飛鷹，還有膽量進攻耶律喜孫。可耶律喜孫偏偏想到了。那銳利如刀的鷹喙堪堪擊到了耶律喜孫的胸口時，耶律喜孫陡然不見。

耶律喜孫只是一轉，就到了飛鷹的身後。

很少有人見過耶律喜孫出手，當初在天和殿時，耶律喜孫不等出手，大局就定。很多時候，真正的勇士，能夠身先士卒；真正的謀士，無須出手。

耶律喜孫一直都是在謀劃，到需要用武力解決問題的時候，那已是圖窮匕見之時。可這並不意味著耶律喜孫武功不好。

他能統領契丹勇士，身為契丹殿前都點檢，若無高深的武技，怎能服眾？

但誰都沒想到他會有這麼快、這麼硬朗的身手，他才轉到飛鷹的身後，就一指戳在了飛鷹的肩頭。哧的一聲響，飛鷹的肩頭現出個血洞。那一戳，簡直如鷹爪貫穿了羚羊的血肉。

飛鷹狂叫聲中，不退反進，竟滾倒在地，鷹喙倏然暴漲，已遞出了五招，勁取耶律喜孫的小腹。

耶律喜孫長笑聲中，蒼鷹般縱起，躲過了飛鷹的一擊，喝道：「飛鷹，你不知死活……」

「活」字未落，就聽到天籟間有梵語聲來。

般——若——波——羅——蜜——多！

那聲音微顫，其中如蘊藏無窮無盡的玄祕和魔咒，似慢實快地傳到耶律喜孫的耳邊，擊到了他的心口！

那咒語或對別人沒有效用，但耶律喜孫聽到，只覺得心頭一緊，如蒼鷹般的身形頓了片刻，神色滿是痛苦不堪。善無畏這咒語念出，正擊在他的弱處。他聽到這咒語，隱疾難抑，倏然就要爆發出來。隱疾一發，他生不如死、任人宰割。善無畏竟然也要對付他。

飛鷹、善無畏早就聯手想要對付他！

耶律喜孫想到這裡，狂怒中更是驚恐，一咬舌尖，半空中噴出口鮮血。他捨卻心血，已破了善無畏的魔咒。

飛鷹暴衝而來，鷹喙急如電閃，刺向了耶律喜孫的咽喉。

耶律喜孫吐氣急落，居然還能躲過飛鷹的一擊。那鷹喙擦他髮髻而過，擊斷了他的髮帶，落在地上時，耶律喜孫已披頭散髮，再沒有平日的瀟逸。

只要喘口氣，先殺飛鷹，再誅善無畏，可定大局。

耶律喜孫才一落地，已高叫道：「無間！」那聲吼帶著滿腔的憤怒和絕望，如同受傷野獸狂野的叫喊。

無間！無間到底是什麼？

為何耶律喜孫和元昊在緊急關頭，都要喊出這兩個字？難道說這兩個字就如心經魔咒一樣，其中蘊含著難言的奧祕？

沒有人知曉。

砰的一聲響後，香巴拉內那團光似乎都停止了閃爍。

耶律喜孫臉上現出極為古怪的表情，然後他就飛了出去。

被人一拳擊飛！

那一拳如開山巨斧、搏浪之錘，悄然卻又沉重地擊在了耶律喜孫背心，擊得他五臟皆傷，脊椎欲斷。

耶律喜孫又是一口鮮血噴出，未等落地，就聽到般若波羅蜜多的咒語再次響起。這一次，聲音如在天籟，帶著無窮無盡的憐憫之意。

只是簡簡單單的六個字，卻帶著天地間無盡的魔力，萬物中無窮的變化。

聲音擊穿了耶律喜孫的全部防禦，勾得他外傷更重，隱疾終發。

等落在地上時，耶律喜孫已抽搐成團，神色痛楚異常。他咬著牙，抵抗著隱疾外傷，直勾勾地望著擊傷他的那個人。

出拳的人還是木訥癡呆，似乎方才那一拳並非他所發。他這一生，不過是受命於人，只受命於善無畏。他就像是善無畏的影子。

出手擊傷耶律喜孫的是氈虎。藏邊第一高手！

飛鷹、善無畏、氈虎三人聯手，一舉擊垮了耶律喜孫！

驚變轉瞬，香巴拉內又陷入了沉寂死境。

飛鷹的胸口有鮮血透出，肩頭血流，可全然不顧，哈哈大笑道：「耶律喜孫，你真以為掌控了大局嗎？你只怕做夢也想不到，早在你聯繫吐蕃人之前，我就聯繫了他們。他們知道你不可信，而選擇了信我。」

耶律喜孫一陣茫然，就算狄青見了，都是大惑不解。

要知道當年飛鷹就是因為和唃廝囉談不攏，這才要炸毀承天臺，盜取天玄通，這場恩怨根本不可能放下。

唃廝囉和飛鷹聯手，聽起來絕無可能。

耶律喜孫的目光艱難地從飛鷹身上掠過，望向了善無畏。

善無畏還是一副愁苦的表情，雙手結印不停，微閉雙眸。這一切，似乎和他沒有關係。

「唃廝囉不會贊同的。」耶律喜孫艱難道，他輸得不服。

飛鷹那一刻，又變成了那個縱橫荒漠、不可一世的飛鷹，「唃廝囉當然不會贊同，但我們何必讓唃廝囉贊同呢？」

耶律喜孫終生在權謀中打滾，轉念之間已經恍然，盯著善無畏道：「原來你想取代唃廝囉，你想做贊普？」

一言既出，眾人皆驚。

善無畏蒼老的臉上擠出分笑容，望著耶律喜孫歎口氣道：「你知道你為什麼會輸？因為你說得太多了。」

耶律喜孫吐了口鮮血，咬牙道：「你說的對！」他輸得已無話可說。

他真的未想到過飛鷹會和唃廝囉聯手！或者準確地說，飛鷹是在和善無畏聯手！在這以前，這本沒有什麼區別。但就像他耶律喜孫有功後，就想取代耶律宗真一樣，人都是自私自利的，善無畏看似清心寡欲，當然也不想給他人做嫁衣。

這麼一想，飛鷹、善無畏聯手大有可能。

善無畏因為畏懼他耶律喜孫，這才要除去他。這和他對元昊的方法一樣。善無畏要取代唃廝囉，因此才到香巴拉。善無畏或許不想長生不老，若能坐上贊普之位，想必也就心滿意足了。

耶律喜孫雖已沉默，飛鷹還不住口。他本是狂妄之人，一直被耶律喜孫壓制，早就心中暗恨，這次得手，難免躊躇滿志，「你若真的聰明些，早就應該看出我和善無畏的關係。當初承天祭炸毀，你就在附近，你為何不動腦想想，若沒有善無畏的默許，只憑個呷氈，我如何能毀壞承天臺呢？」

耶律喜孫嘎聲道：「是了，那時候你們早就圖謀香巴拉，善無畏很想不惜代價地來這裡，但唃廝囉不許，因此善無畏終於選擇和你聯手？你去破壞承天祭，或許並不是想取天玄通，不過是想借此事讓唃廝囉更信任善無畏了。」

狄青心頭一震，想起當年的往事，忍不住向飛雪望去。

若說飛鷹和善無畏早就聯手的話，那飛雪參與其中，是否知道這些事情呢？飛雪究竟有多少事在隱瞞他？飛雪是否也在騙他呢？

一想到這裡，狄青沒有憤怒，只有心痛，似乎被最信任的人所出賣。恍惚中，聽到飛鷹大笑道：「不空早死，金剛印被殺，唃廝囉已無人可用。要到香巴拉，他不能親身犯險，就只好找個最信任的人來。」囂張的臉上帶分譏誚的笑。說及「最信任」三字時，飛鷹臉上的嘲弄之意更濃，「只有和我合作，才能真正破解香巴拉之謎。神僧如此選擇，實在是明智之舉。」

飛鷹那一刻心中盤算，眼下大局已定，耶律喜孫完了，他、善無畏、氈虎三人對付野利斬天和目連王，有八成勝算。不，應該說把握有九成。方才進入香巴拉之時，他還有所擔憂，但他一直在觀察目連王。目連王老了，那是假裝不來的，這樣的人，不足一提。他們三人要對付的只有野利斬天一人。

對於野利斬天這個人，飛鷹還帶分戒備。野利斬天是一個叛逆，阿修羅部的叛逆。事實已證明，野利斬天背叛了元昊，此人應該和沒藏悟道早就商議妥當，聯手耶律喜孫刺殺元昊。不然元昊也不會射野利斬天一箭，野利斬天也不會斬了迦葉王。

野利斬天反叛，用意想來想去無非有二，一是前往香巴拉，一是求得榮華富貴。

如今耶律喜孫完了，野利斬天若是聰明的話，就應該選擇沉默或投靠他們；若是不聰明的話，飛鷹和善無畏聯手，顯然也不怕野利斬天起什麼波瀾。

眼下的當務之急當然是和善無畏結盟，再談其他。善無畏深不可測，又有氈虎幫手，他眼下當要放低姿態，等到事了後，他們會發現一切還是會由他飛鷹掌控。

想到這裡，飛鷹收斂了狂意，對善無畏道：「眼下還請神僧主持大局，若沒有人不服，就請神僧許願。若有人不服，就看神僧的主意了。」

善無畏饒是沉靜，聞言心中也有分激盪之意。他等了太久，等得太辛苦，如今看起來，所有的一切等待都值得。他說得少，看得多，也和飛鷹一樣的想法，認為眼下的敵人只剩下一個，那就是野利斬天。若沒有野利斬天作證，目連王也不會輕易就信了那玉璽，他們也不會這麼容易地進入香巴拉。

可進入了香巴拉，願望只有兩個，總有一個人要犧牲的。

善無畏想到這裡，終於開口道：「羅睺王，小僧許第一個願望，想必你不會反對吧？」他這個問題根本不需要問，因為聰明人都知道答案。

野利斬天灰白的眼眸翻了下，出人意料地反問道：「我若反對呢？後果如何？」

香巴拉內才解凍的氣氛，一下又冷了下來。

飛鷹指指縮成一團的耶律喜孫，獰笑道：「你若反對，就和他一樣的後果。」他上前了一步，殺機已現。他雖負傷，但還有信心纏住野利斬天。

野利斬天手握刀柄，神色竟還能平靜，緩慢道：「那我……真的想試試。」

眾人愕然，就算是耶律喜孫，眼中都露出不解之意。

野利斬天恁地狂傲，這種局面下還要和善無畏等人一搏？他若聰明的話，就該虛與委蛇，待善無畏等人放鬆戒備時再行出手，他這時出手，怎有勝機？

善無畏瞳孔收縮，一字一頓道：「羅睺王不是個聰明的人。」

野利斬天笑了，笑容中滿是落寞。他緩緩拔刀，一泓如水的光亮照青了他蒼白的臉龐，「你錯了，我就是太聰明了。飛鷹揭穿你要圖謀贊普一位的用意，你出去後，肯定怕唃廝囉發覺此事，多半會殺我滅口吧？」

善無畏臉頰抽搐了一下，緩慢道：「你若投靠我，我怎會殺你？」

野利斬天笑笑，反問一句，「你信我會投靠你嗎？」

這句話簡單，但和當年元昊在天和殿詢問野利旺榮的話如出一轍。野利斬天會投靠善無畏嗎？善無畏會相信野利斬天真心歸附嗎？野利斬天是否信善無畏是真心收留他？背叛的種子一旦埋下，只會瘋長，無法消弭。

善無畏嘴唇嚅動，雙手結印，點頭道：「我……信！」他兩個字分開而說，說到信時，聲調陡然拉高，接著說道，「般若……」

飛鷹高起，鷹喙一閃，已擊到了野利斬天的身前。

他真的如碧空飛鷹，說動就動，勢道犀利。他早就在等，等善無畏配合，只要善無畏念出般若心經咒語，那就是他發動之時。不服的人，殺了就好，何必那麼多廢話？咒語才出，善無畏已凝盡了心力。別人看他念咒很是簡單，卻不知他念咒語和元昊施放定鼎箭一樣，都需要無上的信心、毅力和全神貫注。如此施法，才有鬼神莫測、循隙而入的奇效。他只要如當年束縛狄青一樣，阻塞野利斬天的舉動，憑飛鷹、氈虎二人出手，要殺野利斬天，並非難事。那咒語似慢實快，轉瞬已念到最後一字，善無畏雙眸一睜，精光大盛，才要吐出「多」一字……

當當當數聲響，飛鷹的鷹喙和野利斬天的單刀交碰多次，火光四射。

野利斬天似被咒語束縛，突然眉頭一皺，動作慢了半拍。

飛鷹大喜，鷹喙突破刀光，長驅直入。

砰的一聲響，氈虎出拳。一人飛起，口吐鮮血。

郭遵、狄青一直留意著下方的動靜，見這些人為了許願自相殘殺，反倒不急於出手。可見到那人飛起的時候，就算是郭遵，都是眼中大奇。

飛起那人，竟是善無畏！出拳那人，卻是氈虎。

氈虎出手，在善無畏全力施為對付野利斬天、自身空虛時，一拳擊在了善無畏的肋下。那砰的一聲響中，夾雜著劈啪響動，氈虎那一拳，不知道擊斷了善無畏多少根肋骨。藏邊第一高手的拳頭，果然名不虛傳。

飛鷹斜睨過去，心頭狂震，一時間不敢相信自己的眼睛。

氈虎身為藏邊第一高手，癡癡呆呆，又是善無畏的手下，為何反出拳進攻善無畏？

心思大亂間，野利斬天暴喝一聲，動作陡然快了數倍。飛鷹本是優勢，轉瞬落在下風。只聽到噹的一聲，飛鷹的鷹喙已被擊飛，上了半空。野利斬天一聲斷喝，單刀脫手刺入了飛鷹的腹部。飛鷹一個倒翻，饒是剽悍，可再次落地的時候，也是站立不住。

咚咚兩聲後，善無畏、飛鷹先後摔落地上，神色痛楚。善無畏眼中還是難以置信的神情，伸手指向氈虎，嗄聲道：「你……為什麼？」

他不驚野利斬天出手，只是從未想到過，氈虎會背叛他！

氈虎緩緩地收回了擊出的拳頭，那木訥的臉上，露出分嘲弄的笑容，「你不知道嗎？」他太久沒有說話，驀一發聲，如同推門時門柱乾鏽發出的酸牙之聲。

善無畏啞聲道：「你是唃廝囉派來的？」氈虎背叛他，只有這個可能，但又很不可能。他是從虎穴中收養的氈虎，那時候氈虎雖年紀不小，但看其智商，不過和孩童彷彿。善無畏自此後，一直將氈虎收養在身邊多年。氈虎也一直對他忠心耿耿，做事素來只聽他一人指揮，就算唃廝囉都無法控制氈虎。

這樣的一個人，怎麼會是唃廝囉派來的？這樣的一個人，怎麼會背叛他善無畏？

氈虎輕輕地搖搖頭，說道：「我不是唃廝囉派來監視你的，他應該還很信你。」見眾人都是訝然不解的表情，氈虎終於挺直了腰板，挺起了胸膛，淡漠道，「我是阿難……」見眾人神情各異，或有不解，氈虎又補充了一句，「阿難王，兀卒手下的九王之一……阿難王。」

龍部九王，八部至強。龍王有跡，阿難無方！

氈虎就是阿難王。

善無畏又是一口鮮血噴出來，終於省悟，「你是元昊派出的細作。原來許久前，元昊就派你接近我，想著吞併吐蕃了？」

氈虎輕輕地歎口氣，回道：「不錯。」他的神色中，沒有大勝後的欣喜若狂，反倒有分雪落的寂寞。「兀卒有志一統天下，不像你們這般追逐名利。其實他派我到吐蕃許久，不過是想攻克大宋，擊敗契丹後順勢就收復了吐蕃。不過……他死了……」

氈虎說到元昊死了時，眼簾已濕潤。

那蒼老的目連王聽到元昊的死訊，身軀一震，跪倒在地。誰都看得出來，他是真心的悲慟元昊之死。

龍部九王雖死的死，叛的叛，但終究還是有人對元昊忠心耿耿。那個大志在胸的人，就算死了，也一樣有顛倒眾生的力量！

狄青人在高處，見到這種變化也是驚詫不已。陡然想起在青唐時，元昊很快地知道了他的用意，立即和大宋結盟破壞宋和吐蕃的結盟，這當然是氈虎在通傳消息。而在承天寺內氈虎勢如瘋虎般攻擊他，要置他於死地，當然不是因為狄青破壞了承天祭，而是想殺了狄青為夏國除去禍害。

這個阿難，恁地隱忍深沉？

「兀卒去了，我再留在吐蕃也沒什麼意義。」氈虎寂寞道，「你們都要來香巴拉，我就和你們一塊來，將所有人一網打盡。」他太久沒有說話，說了幾句後，漸漸流利起來，但言語中的落落之意更濃。

「無間……無間……」善無畏腦海中有靈光閃動，叫道，「元昊當初在大殿中喊出無間兩個字，就是讓你出手攻我？」一想到這裡，善無畏毛骨悚然，背心已有冷汗。

那時候氈虎離他最近，不知為何卻沒有發動？

「你錯了。兀卒不是讓我們攻擊，而是讓我們收手。」氈虎輕聲道。扭頭望了野利斬天一眼，對善無畏道：「兀卒在你身邊埋伏下了我，在耶律喜孫身邊埋伏了羅睺王，若沒有郭遵的話，你們早在天和殿時就死了。兀卒本來不應該敗。」

狄青一直盯著下方的慘烈廝殺、背叛忠誠，回憶起當初在天和殿的一幕，有些恍然。

那時野利斬天斬了迦葉王後，的確已到了耶律喜孫的身邊，而氈虎就在善無畏的身邊。這兩人要是出手，元昊不見得會敗。

可元昊為何要向野利斬天射出那一箭？他又為何讓氈虎、野利斬天住手？

善無畏痛楚地反駁道：「氈虎，你到現在還要騙我？其實你們根本就想元昊死，是以並不出手。」

氈虎臉色不變，道：「我何必騙你？無間的意思你應該最清楚……」

善無畏眼中有了畏懼，他的確很清楚無間的用意，但他真不清楚元昊為何最後喊出無間兩字。

氈虎道：「無間本梵語，即為阿鼻，你們看這裡是仙境，可在兀卒眼中，這裡其實就是阿鼻地獄，墜此地獄，受苦永無間斷。兀卒知道自己不行了，因此命令我們在這裡將你們一網打盡。這種痛楚，豈不更是快意？」

耶律喜孫、善無畏心中均有痛苦之意。

元昊果然夠毒，還有什麼比功虧一簣、臨近成功時反送了性命更讓人失望？若元昊真的是這個念頭，那他死後惡毒的詛咒無疑已被阿難王實現了。

善無畏心中還有不解，咬牙道：「我不信你說的。如果野利斬天對元昊是忠心的，那元昊為何要射野利斬天一箭呢？」

就是那一箭，讓所有人認定野利斬天是叛徒，也讓所有人覺得野利斬天已經走投無路。

野利斬天本是沉默，聞言輕歎口氣道：「並非射死人的箭才算是好箭。其實背叛兀卒的是沒藏悟道和迦葉王，洩露消息給兀卒的是我。兀卒射我那一箭，不過是想讓你們相信我是叛徒，若非如此，我如何能活到現在？」

眾人又是一怔，耶律喜孫本是痛苦的臉上，突然現出畏懼之意。狄青瞥見，不由奇怪，耶律喜孫到如今，情形已不能再壞，又怕什麼？

善無畏琢磨良久，才說道：「好，好，果然是好心機。」

郭遵聽到這裡，臉上的表情也是複雜千萬，喃喃道：「好一個元昊。」

狄青也終於想明白天和殿元昊那五箭的用意，元昊射殺了沒藏悟道、野利遇乞，射傷了飛鷹、郭遵，唯獨射空了對野利斬天的那箭。

那一箭射空了，卻埋伏下更深遠的殺機，遠比射中要有用。

很多人其實都不解，為何元昊五箭的目標不選耶律喜孫和善無畏？

可現在所有人都明白了，原來元昊早就在耶律喜孫和善無畏身邊布下了殺局。

只可惜元昊低估了郭遵和沒藏悟道，這才導致敗局。

但元昊雖敗，還留下了無間一局，趁耶律喜孫、善無畏大意之下，終究將這幾人一網打盡。實施他最後計畫的就是阿難王和羅睺王。

氈虎望著野利斬天，野利斬天也在望著氈虎。

最後在香巴拉站著的就是這二人。誰笑到最後，誰才笑得最好，偏偏兩個人，都不是愛笑的人。

一個木訥，一個淡漠。

二人目光相對，一灼灼，一灰白。或許只有這種人，才有資格戰到最後，因為他們能忍到最後。

「我想不到是你。」野利斬天終於開口，口氣中滿是唏噓。

「我也想不到是你。」氈虎回了句，語氣中很是蕭瑟。

「但我知道，你一定會來。」野利斬天緩緩上前一步，赤手空拳，他的刀已刺入了飛鷹的小腹。他望著氈虎，看似想要將氈虎抱在懷中痛哭一場。龍部九王只剩下三人，只有這三人對元昊才是最忠誠之人。他們雖來晚了，但畢竟來了，他們就該並肩作戰。

氈虎木然的臉上稍有變化，似有動情，他也回了一句，「我知道，你也會來！」他上前一步，雙手伸出，就要握住野利斬天的手。

誰見到這種場景，都忍不住要為這二人的忠誠而感動，可狄青在上方看到，心中陡然有了分寒意。

他驀地察覺，這二人之間，本無半分感情可言。

哧的一響，香巴拉內陡然亮了一下。

那亮光帶著白玉的潔白、冷鋒的寒、心機的冷，倏然從野利斬天腰間飛出，帶分情人的纏綿飛到了氈虎的喉間。

從野利斬天腰間飛出的是把軟刀，如腰帶般的軟刀。

軟刀一展，就要割開氈虎的咽喉。

氈虎卻是早已蓄力，陡然倒了下去。他不退反進，膝蓋只是一彈，錯過刀鋒，箭一般射到了野利斬天的身前。

揮拳！

砰的一聲響，野利斬天倒飛出去。

可氈虎的一條手臂也飛上了天空，孤零零地獨舞，灑落鮮血如歌。

這二人看似久別重逢，卻早蓄意出手。

野利斬天落地時，手按肋下，本就淡漠的臉上終於現出分痛楚之意。他第一刀沒有傷及氈虎，本在意料之中，見氈虎衝到近前時，他立即變刀，一刀斬向氈虎的肩頭。

那一招本是逼氈虎回防。

只要氈虎退卻，野利斬天就有把握將氈虎斬於刀下。可氈虎不退，氈虎錯開刀鋒，讓出左臂，右手痛擊，一拳擊在了野利斬天的肋下。

氈虎拚了左臂，重擊了野利斬天一拳。

那一拳最少讓野利斬天斷了三根肋骨，可氈虎也因此少了條手臂，無論怎麼算，氈虎都吃了虧！

氈虎斷臂，根本不望空中的斷臂，只是望著野利斬天。他僅剩下的手一動，撕下衣襟一條，在斷臂上裹了幾下，止住了鮮血狂噴。

誰都看得出來，他還要戰，可他因何而戰？

野利斬天望著氈虎狂野的目光，痛得額頭冷汗直下，咬牙道：「阿難，你終究不肯放過我。你的野心比我大，想獨自擁有香巴拉。」

眾人那一刻不知什麼心情，誰都想不到竟是氈虎野心最大，他借給元昊報仇為名，其實想獨吞香巴拉？

氈虎笑了，他本木訥，可一笑之下，臉上就有千種表情，「你這麼說，無非想讓人覺得我背叛了兀卒，是想讓目連王不要幫我，對吧？」

野利斬天手握軟刀，沉默無語。軟刀顫顫，蛇一般抖動，有如眾人激盪的心弦。

「其實在進入香巴拉時，目連已知道兀卒去了。」氈虎平靜道。

眾人一驚，就見那跪在地上的目連王，早已淚流滿面。目連王知道元昊死了，為何還肯帶這些人進來？

「因為我告訴他，我是阿難，帶這些人進來，進來的人都要死！」氈虎少了分木訥，多了分平靜，可平靜中帶著冰一樣的冷。

善無畏、耶律喜孫、飛鷹聞言均是臉色大變。

他們雖敗，但還沒有死。他們個個都有雄心壯志，當然不想就死。

見野利斬天臉色也變了，氈虎笑道：「你想到了？其實香巴拉沒有願望，一個都沒有。誰都不用許了，神是有，可不會再幫你們實現願望了。」

狄青臉上色變，幾乎要衝下去質問，卻被郭遵一把拉住。

上方雖有動靜，可香巴拉內的人均是震撼氈虎說的消息，哪會注意到頭頂的事情？

耶律喜孫神色更是痛楚，善無畏嘶聲道：「你撒謊，我方才明明感應到有神向我詢問喃廝囉去了哪裡。」他有種神奇的感應，甚至不用說話，就感覺有人在問他。

那不是神是什麼？

「是呀，神只是問一下，你就信了？它自身難保的，它沒有對你說嗎？」氈虎還是平靜道。見眾人都是大惑不解，氈虎卻不再解釋，說道：「其實很簡單，我知道憑藉一己之力不能奈何你們。我讓目連王在你們面前演出神還能滿足你們願望的戲碼，於是你們就開始爭，而最後剩下的人，我來解決！」目光從耶律喜孫、善無畏的臉上掠過，見二人都是神情憤怒，氈虎一笑，目光最終投向了野利斬天，「你說我想要獨佔香巴拉，其實真正想獨佔香巴拉的是你，對不對？」

野利斬天的軟刀還在抖，聽到氈虎質問，咬牙不語。

「其實事到如今，沒什麼需要保密的了。」氈虎長吸一口氣，目光森冷，「你放心吧，目連的確太老了，他不能出手了。今日只是你我的事情。」

野利斬天冷哼一聲，灰白的眼眸向目連王的方向翻了下，神色有分猶豫。氈虎說香巴拉根本沒有願望的話，已重創了他的信心。

若氈虎所言是真，那他到此根本沒有意義，他再戰下去有何意義？

但他已不能不戰，不戰只有死！

氈虎望著野利斬天，說道：「其實你早猜到我會出現，也想到我是阿難王，因此你才最後出手，你賭我肯定能殺善無畏，你贏了。」見野利斬天還是不語，氈虎苦澀地笑笑，「但我到現在才明白兀卒在天和殿讓我收手的意思，他射了你一箭，因為你本來就是叛徒！他已不信你！你本是無間，對不對？」

野利斬天臉色微變，皺眉道：「你說什麼？」

氈虎斜睨了耶律喜孫一眼，淡漠道：「你是契丹派出來的無間，早就潛伏在兀卒身邊多年，對不對？」

一言既出，眾人愕然。一連串的意外和打擊讓眾人心中戚戚，神經麻木，但氈虎的這句話，還是讓眾人一驚。

野利斬天舒了一口氣，灰白的眼眸翻望著氈虎道：「你早知道了？」

「我才知道，可兀卒想必早有察覺，本來他安排你來殺耶律喜孫，我來殺善無畏。可他多半察覺到你有問題，怕我勢單力孤，不但不能給他報仇，反倒會被你們所殺，因此他才讓我住手。他知道殺個善無畏已無法扭轉大局了，因此他讓我在香巴拉解決一切問題。」

「但你怎麼會知道我有問題？」野利斬天問道。

「耶律喜孫臨難的時候，就喝道無間。可那句話並沒有效應。」氈虎漠漠道，「我那時就想到了，他可能如兀卒一樣，也對另外一個人發令。我算來算去，如今還站著的人，肯定就有他的內應，但那人顯然不是我。」

讓耶律喜孫求援的人如果不是氈虎，那當然就是野利斬天。

這本來就是二減一等於一那麼簡單。

耶律喜孫聽了氈虎的話，神色中沒有歡喜，反倒有分懼意。

氈虎望了耶律喜孫一眼，淡淡道：「你為何會害怕呢？是不是因為你發現野利斬天並沒有你想像的那麼聽話？他雖奉你命潛到兀卒的身邊，可他不忠於元昊，也不忠於你，他只想著香巴拉。他眼睜睜地看著你遇險也不出手，他根本就想讓你死了算了。你已不敢說出他的身分，是不是知道他也背叛了你？你怕你埋下的這個細作反倒殺了你？」

狄青一直心緒如麻，聽到這幾句話，心頭一震，想起當年的往事……

當初他救了耶律喜孫，又在後橋砦的後山見到耶律喜孫，那時候耶律喜孫說他將野利斬天擊到了山下。如果氈虎說的是真的，那很顯然，當初耶律喜孫去後橋砦，不是找野利斬天算帳，而是去聯繫野利斬天。

原來耶律喜孫從那時候就開始對他狄青撒謊。

原來……許久以前，勾心鬥角、明爭暗鬥就已開始……

他遠遠望著香巴拉內的血腥殺戮和反叛，只感覺到厭惡和遙遠。他不再去想耶律喜孫，心中只在想著氈虎說的一句話，「其實香巴拉沒有願望，一個都沒有。誰都不用許了，神是有，可不會再幫你們實現願望了。」

如果氈虎說的話是真的，那他如何來救羽裳？

別人為權勢、為永生、為了太多太多，可他只為羽裳。

但氈虎可能是說謊，畢竟郭大哥求過香巴拉之神，恢復了武功。狄青因為對郭遵的信任，這才沒有喪失信心。

恍惚中，狄青沒有留意到一人正在望著他，那一眼，有如三生顧盼。

望著他的是飛雪。

無論香巴拉如何變化，可飛雪的眼中，只有狄青。

狄青聽野利斬天輕輕歎口氣，說道：「阿難，你實在太細心了，你也遠比所有人想像的要聰明。這些年，我只知道有你這麼個人，從來不知道你的底細。」那灰白的眼眸不帶半分光彩，冷冰冰地望著氈虎，野利斬天又道：「但你這麼聰明的人，還是做了件錯事，你這麼一說，敵人就不止我一個。你雖擊傷了我，可斷了手臂，未戰勝負已定。」

見氈虎沉默下來，野利斬天臉上突然泛起分神采，他不想再鬥。他勝面雖大，但這場仗打得有什麼意義？因此他想說服氈虎放棄這無意義的一戰，「飛鷹知道香巴拉的祕密，難道你不想……」

不等野利斬天說完，氈虎就冰冷地截斷道：「我不想！我敗了又如何？你們來這裡是因為貪心，但我來這裡，本來就是要和你們一起死的。」

頓了下，氈虎一字字道：「害兀卒的人全部要死！你也不例外。」說罷雙腿一曲一彈，已暴射向野利斬天。

玉門千山處，漢秦闗月，只照塵沙路……

但天地浩瀚，除了塵沙縹緲，還有一種精神激盪在天地間……萬古長存。

所有人都已明白氈虎拚命是為了什麼，他為的是承諾！為了那個——雖未許下，卻為之捨卻生死的千金承諾！

第十六章 魔 境

氈虎轉瞬衝到了野利斬天的面前，變拳為爪，急抓野利斬天的咽喉。

他的動作招式並不複雜，但快得驚人，鋒銳駭人。他五指留有長長的指甲，平時握拳也看不出什麼，但手指一張，指甲彈出，就如五把鋒銳的短刀。

他還剩下的那隻手，就如虎爪。野利斬天暴退，他處於優勢，但卻沒有氈虎拚命的決心。氈虎不怕死，可野利斬天不想死。二人一進一退，轉瞬已移開數丈的距離。

郭遵、狄青在上面望見，互視一眼，都看出彼此眼中的複雜之意。

在契丹的支持下，失去了元昊的強勢鎮壓，估計夏國的權力很快就會落在蓄謀已久的沒藏家族手上。這時候還為元昊拚命的只有氈虎一人。

這種人本是他們的對手，但值得他們敬重。可氈虎不為香巴拉，郭遵、狄青千辛萬苦多年，就為香巴拉。眼下香巴拉的廝殺已近尾聲，氈虎如斯瘋狂，若再勝出的話，還會做出什麼事情，他們並不知曉。

無論氈虎說的對錯，郭遵、狄青已決定停止這場廝殺。

就在這時，氈虎追上了野利斬天。善無畏眼中突然現出分怨毒之意，掙扎坐起，雙手結印，嘴唇嚅嚅而動。飛雪見狄青神色緊張，終於低頭向下方一望，突然臉色改變，低聲道：「阻止他！」

狄青不知道飛雪讓他阻止哪個，可見到飛雪口氣中滿是焦灼不安，心中有了不祥之感，再不遲疑，掀開了銀色的蓋子，倏然穿過。

香巴拉三壁都是白玉，但在牆壁上，卻有很多突出的銀白色物體可供落腳，狄青腳尖一點，幾次縱躍，就要到了香巴拉地面。

這時驚變再起。

「般若……波羅蜜……多！」善無畏雙手結印，口吐真言。雖還是這簡單的六個字，但其中的語意變化直如無窮無盡。

氈虎出拳，陡然間全身一震，目露痛苦之意。那咒語，本來是對他而念。他在善無畏身邊多年，知道這咒語有神鬼莫測的能力，可束縛人的舉止動作，但他歷來只是見到別人被困時的樣子，等到咒語親臨其身，他才感覺到那咒語的惡毒。

咒語如針刺在他的心口，讓他全身遽然麻了一麻。野利斬天說的不錯，氈虎眼下絕對不止一個敵人。在香巴拉內的人，幾乎人人都恨不得氈虎死。

善無畏有機會能殺氈虎，當然不會錯過。

野利斬天聽咒語傳來，見氈虎身形一凝，臉上陡然現出分殺氣，這是他最好的機會。不除氈虎，很可能出不了香巴拉。才念及此，野利斬天身形倏頓，陡然低喝一聲，軟刀本是蛇一樣地震顫，但被他一抖，已變成長槍般挺直。

軟刀勁刺，剎那間，沒入了氈虎的胸膛。

氈虎震天一聲吼，雙眸暴睜。軟刀入胸的剎那，反倒讓他破了詛咒，渾身恢復了活力。他奮力一撲，就要去扼野利斬天的身軀。

野利斬天一招得手，早知道氈虎臨死的反擊肯定驚天動地，他身形急退，就要閃開氈虎的反擊。遽然間，一聲咒語響在他的耳邊。

般若波羅蜜多！

那聲咒語幾乎在一念間說完，六個字不分先後地疊加在野利斬天的耳邊，轟然有如雷響。野利斬天一震，心臟麻痹，身形微凝。

只是那一剎那的停留，氈虎已撲到了野利斬天身上，膝蓋一頂，手臂用力，只聽到咯的一聲響，野利斬天脊椎已斷。野利斬天驚天的一聲吼，只剩餘力拔出了軟刀，全力一擲！軟刀如流星電閃，射到了善無畏的小腹！

善無畏不但想讓氈虎死，他還想借氈虎之手，殺了野利斬天。他重傷之下，還想著讓氈虎和野利斬天同歸於盡。

善無畏還沒有放棄香巴拉。

可野利斬天臨死一擊，再次重創了善無畏！

狄青下落途中，見到這一幕，已沒時間驚詫。他終於明白，飛雪讓他阻止誰。

香巴拉內一片混亂，眾人都望著氈虎和野利斬天，飛雪卻在望著那光環。這時飛鷹拖著身子，已靠近了那光環，而且就要入了光環。

誰都沒有留意到飛鷹，也不知道重傷之下的飛鷹接近那光環做什麼。

但狄青已知道，無論氈虎、野利斬天是死是活，飛雪都不放在心上。飛雪焦急，就是因為飛鷹接近那光環。

飛雪讓他阻止的是飛鷹！

狄青落在地上，就要向飛鷹撲過去。陡然間聽到郭遵喊道：「狄青！」

狄青感覺那喊聲中包含著緊迫之意，回頭一望，就見飛雪從空中跌了下來。狄青身手敏捷，可飛雪不行。飛雪急於下來，立足不穩，竟從上面掉了下來。狄青想都不想，再顧不上飛鷹，運勁雙臂，飛身去接。

可那股力道實在太大，狄青饒是早有準備，也被那股衝力帶得翻個跟頭，化解了來勢。接住飛雪那一刻，狄青腦海中有光電閃過，皇儀門前的那一幕再次重現。

但這一次，他接住的是飛雪。飛雪化險為夷，沒有半分喜悅之意，焦急道：「狄青，把飛鷹拖出來！」這時飛鷹已到了光環之下，他用血手從懷中掏出個圓球模樣的東西，舉著那東西瘋狂地叫道：「我帶來了它！你看到了沒有？我帶來了它！你看到了沒有？」

誰都不明白飛鷹說的是什麼意思。

狄青不解飛雪為何如此焦急，但信飛雪所做之事肯定有她的理由。放下飛雪，狄青一個箭步衝過去，已近光環，陡然間聽到飛雪撕心裂肺的一聲喊，「狄青，退回來。」

狄青懍然，完全不解飛雪到底想著什麼。飛雪為何讓他拖出飛鷹，為何又讓他退出光環？

就在這時，香巴拉陡然亮了起來。那股光亮來得忽然，來得異常，轉瞬之間，白玉的牆壁都亮了起來，亮得有些透明。

光環暴漲，本來尺許的直徑，片刻間變得丈許大小。

流光閃爍中，有異彩已波及到狄青的身上。而身在其中的飛鷹，全身在光環的照耀下，甚至有些透明起來。

人怎麼會變得透明？

飛鷹臉上，也現出了無限的光彩，他像是振奮不已，周身不停地抖動。

驀然間，狄青一陣心悸，就聽到天籟中彷彿有人開口道：「來吧！」那聲音空曠無邊，其中又帶分熟悉之意。狄青在夢境中，幾次聽到過這個聲音，從未想到過，在清醒的時候，會再次聽到這句話。

來吧？這是什麼意思？

陡然間，只感覺一股大力傳來，要將他扯著前行。

那是一種極為怪異的現象，前方明明什麼都沒有，卻像有萬千絲帶纏在狄青的身上，要帶著他進入那光環所在。

就在這時，飛鷹陡然一聲慘叫道：「莫要抓我！」

莫要抓我！莫要抓我？

這話恁地耳熟，狄青聽到這四個字時，陡然想起當年趙明提及香巴拉，說有族人進入香巴拉時，也喊過這樣的話。

狄青已知不好，驚懼下感覺到那股牽扯的大力陡然間加大了十倍。就聽飛鷹慘叫一聲，倏然憑空而起，但人在半空，有光芒一耀，變成一堆白骨。而那白骨，轉瞬之間，又變成了粉末。

而飛鷹手中拿著的那個圓球，就那麼孤零零地落下來，敲擊在地面上，叮的一聲響，響聲雖微，卻是那麼地怵目驚心。這是怎麼回事？這是香巴拉，本是人們想像中的仙境，如何會變得如阿鼻地獄般恐怖？

剎那間，狄青腦海中突然想起邵雍曾經說過的讖語，「香非你所慮，西北風雲聚。五龍滴淚起，飛卻亂人意。」

讖語是說香巴拉並非想的那樣，而到最後是飛鷹徒亂人意？

狄青知道若被那股力量帶過去，只要一入光環，肯定會和飛鷹一樣的處境。怒吼聲中，全力後退。他那一掙，甚至聽到自己的骨骼咯咯響動。

那一掙，狄青用了全身的氣力。

他嗓子發甜，幾欲噴血，眼前發黑，金星亂冒。透過那迷離的光線，突然見到光芒中，有兩人面面相對而跪。

那兩人如同跪在半空中……

那情景依稀相識，當初在青唐密室中，他夢中就見過那兩個人。

那兩人一是王者的服飾，鬢角如霜，容顏俊朗，好像就是他狄青。那人的對面，是個面容姣好的女子。那是羽裳嗎？

他這時候，怎麼會看到這般景象？

狄青神思恍惚，一時間不知道是夢是醒，可無論夢醒，終究還是和那股巨力在抗爭。遽然間，有熊熊火光明亮，狄青就聽到那男女說道：「我段思平……唐飛雪不求同生，但求同死，生生世世，此情不渝！」

陡然間天旋地轉，空中那兩人也跟著一轉，狄青終於看到了那男女的面容。不錯，那男子就是他狄青，可為何頭戴王冠，怎麼那男的竟是段思平？那女的呢？那女的並非楊羽裳，看面容……依稀竟是飛雪。

為何是段思平和唐飛雪？那明明是他狄青！

他為何會看到這種情形？狄青困惑不已，一個聲音在心中叫喊，「這不是夢境！」

前方大力陡增，狄青不由上前一步。遽然間，腦海中久未出現的紅龍、金龍倏然而現，翻騰吼叫，狄青跟隨而吼，精力瀰漫，竟向後退了半尺。可他僅能退後半尺，那一刻，他只覺得身處一張無形的大網中，雖破網而出，轉瞬間又被另外的無形之網困住。

前方幻境消失不見，但已印入狄青的腦海。

為什麼？為什麼？為什麼他在這時候，見到這麼個奇怪的幻境？

陡然間善無畏驚叫一聲，驚破了狄青的恍惚，善無畏叫道：「莫要抓我。」光環才起那刻，善無畏臉露狂喜，悄然向光環靠近，只以為那是神將出現，哪裡想到見到飛鷹倏然化身為骨，骨化成灰。那一刻，生死的恐怖讓他驚駭莫名，他才待後退，就被一股大力牽扯了過去。

善無畏沒有狄青的巨力，倏然如箭矢般飛出，入了光環，轉瞬變成了白骨飛灰。

狄青的額頭盡是汗水，只感覺體力大耗，再難抗衡那股巨力。就在這時，一人及時掠過，一把抓住了狄青，震天價吼。

那股力量磅礴無儔地傳來，狄青借力發力，和那人倏然倒飛了出去。引力一斷，砰的一聲響，二人重重地撞在白玉牆壁上。

救出狄青的人，正是郭遵。

郭遵那一刻，額頭盡是汗水，突然斷聲對著白光吼道：「你不講信義，卑鄙無恥！」郭遵素來冷靜，就算面對元昊時，都是不改常態，但這一次，他的臉上滿是憤怒之意。

狄青愕然，不知道郭遵到底是在對誰喊叫。忽然發現飛雪要向那光環衝去，狄青駭然，飛身而起，將飛雪一把拉住，喝道：「你做什麼？找死嗎？」

飛雪竟也失去了常態，叫嚷道：「它要走了，它要走了，不能讓它走！」那一刻，她的眼中滿是淚水，臉上也有著說不出的悲哀絕望之意。

狄青見了，心頭震盪，嗄聲道：「究竟怎麼回事？」

飛雪陡然跪了下來，以頭叩地，雙眸緊閉，嘴唇嚅動，似在念著什麼。

這時候，香巴拉已如阿鼻地獄般恐怖，周遭的一切居然慢慢旋轉起來，形成一個白色的渦流。那白色的渦流中，不停地有劈啪響聲傳出，如同天崩地裂般。

那道光芒擴到丈許後，耶律喜孫也是驚叫一聲，不由自主地向那光芒靠攏，而那光環中的一切事物，如被旋風捲起般團團而轉。

無風，但香巴拉內的一切均像被一股無形之力催動變化，光芒再盛，四周的白玉牆壁倏然大亮，有五彩流動。

天搖地動。

郭遵眼中也露出驚怖之意，知道再不逃命，很可能陷入萬劫不復之境，嘶聲道：「狄青，走。」

狄青一陣茫然，完全不知道發生了什麼事，可心中隱約明白，這一走，以後就再也沒有香巴拉了。

一念及此，心中大痛。

沒有了香巴拉，他就救不了楊羽裳；救不了楊羽裳，他此生何用？

多年為之魂思夢繞、寄託全部希望的香巴拉，突然變得如此讓人絕望，那種打擊之巨，旁人怎能想像？

狄青呆立在那裡，心中想著，天崩地裂也好，那樣的話，我說不定會和羽裳在一起。

飛雪還跪在地上，嘴唇喃喃而動，渾身都顫抖起來，而不知何時，她的嘴角竟溢出了一分鮮血。

狄青茫然間瞥見，心頭大痛，忍不住又想起方才的幻境。郭遵一把握住狄青，喝道：「帶飛雪走。」

「你帶飛雪走，我不走。」狄青叫道。

郭遵一怔，臉上又有悲哀之意，抓緊了狄青的手腕，嘶聲道：「你不走，我也不走，飛雪也走不了。那大家都死在這裡好了！」

狄青微震，見到郭遵臉上的決絕之意，知道他絕非是說笑話，眼見到整個香巴拉搖晃不停，似乎都要塌下來的樣子，狄青一咬牙，終於下定了決心，抓住了飛雪，喝道：「走。」

倏然間，有一物急旋而至，到了飛雪面前。

飛雪臉上現出分喜意，叫道：「狄青，抓住。」

狄青不等她說完，已伸手抓住那物，只感覺手心一震。那物是個扁扁的盒子，似鐵非鐵，卻又不重。這東西哪裡冒出來的？

來不及多想，狄青望向郭遵，郭遵急道：「跟我來。」

香巴拉一團混亂之際，只有郭遵最為清醒，下落之時，他已在留意退路。耶律喜孫他們來的那個通道，就是退路！

郭遵閃身之間，到了那個入口處，可那入口不知何時已然封閉。郭遵心中懍然，大喝聲中，一拳擊出。砰的一聲，有個黑洞現了出來。但那黑洞扭曲變形，隨時要塌陷的樣子。

郭遵見狀，一顆心沉了下去。聽飛雪喊道：「就從這裡出去。」郭遵一念堅定，當先行去。狄青一手抓住那鐵盒，一手拖住飛雪，飛身入了洞口。

那洞口有一人多高，本來可供兩人並肩而走，但大地震顫，上方不斷有石屑跌落。狄青見飛雪踉蹌，一咬牙，將她橫抱在懷中，以身軀護住飛雪，急衝向前。

才奔出十數丈的距離，就聽到身後轟隆隆的一聲巨響。

那聲巨響震耳欲聾，有如千萬面大鼓同時在狄青耳邊敲擊響起。狄青只感覺身後巨浪沖來，悶哼聲中，飛身縱起。才一落地，狄青就感覺後方有塌陷之聲，身後的那條通道，完全塌陷。而大地震顫不休，他們所處的通道，似乎也要全部塌了下來。

狄青大驚，知道通道若塌，幾人被埋其中，任憑天大的本事也不能逃脫。就聽郭遵喊道：「狄青，快走！」

通道黑暗，狄青眼前漆黑，只憑感覺和聽覺，緊緊跟隨郭遵的腳步。

那一刻，腳下搖晃，頭頂震顫，直如天崩地裂般恐怖。

不知奔行多久，震顫聲稍停，那轟轟隆隆的聲音漸漸遠去，似乎一直傳上去，沖入了雲霄。

狄青心下駭然，不解身後到底發生了什麼事情。突覺郭遵止步，狄青忙停了下來，問道：「郭大哥，怎麼不走了？」

黑暗中有幽幽的光華閃耀，照在郭遵的臉上，煞是凝重。狄青見了郭遵的臉色，已是心頭一沉，往前望去，臉色微變。

前方再無通道，有巨石斜插而落，擋在通道之中。

那巨石不知幾許大小，完全堵住了前方的通道，他們再不能前進一步。狄青緩緩地放下飛雪，心中慘然，知道他們已陷入絕境。

這裡深入地下，只有一條不知幾代人才挖掘出來的通道，眼下後方塌陷無路可退，前方巨石攔路，無處可走，他們活生生就要被埋在地下。他們已無生機。

郭遵當然也想到了這一點，是以臉色凝重，只沉默了片刻，就道：「後面就是香巴拉，那裡的道路顯然全部崩塌，我們退不回去，眼下的生路只有前方。推是推不動這石頭，但我們可以想辦法挖過去。」

「若前方的通道也塌了呢？」狄青苦澀道，「這塊巨石如此巨大，可能連帶砸塌了前方的通道。我們一不知道這石頭的大小，二來……」本想說就算從這巨石旁挖過去，前方如果也早被掩蓋，那還不是沒用。

從香巴拉逃出後，狄青早就心灰若死，要不是因為郭遵、飛雪的緣故，他說不定已準備死在香巴拉，眼前前方路途受阻，他難免心中氣餒。但抬頭望去，見到郭遵堅毅的臉龐、不屈的眼眸，狄青心頭一震，暗叫慚愧。郭遵怕死嗎？郭遵從來不怕！郭遵來此，奮力求生，還不是為了他狄青？若沒有他，郭遵何至於此，既然如此，他有什麼道理先放棄？

想到這點，狄青看清四周並非岩石層面，長吁一口氣，說道：「要到達前方的通道，可從左右或者上下四個方向挖過去，我們時間有限，只能賭一個方向。」他未說的是，眼下通道被封，很快就會呼吸困難，他們若挖不通通道，不等渴死餓死，可能就會悶死！

郭遵當然也想到了這一點，摘下腰間的刀鞘，略作沉吟，向飛雪望去道：「飛雪，你覺得我們從哪個地方挖好些？」

郭遵知道飛雪是個神奇的女子，有著常人沒有的靈感，是以徵求她的建議。

飛雪沒有說話，反倒坐下來閉上了眼睛。

狄青不解，郭遵也是困惑，但二人均知道飛雪不會做無意義的事情，是以靜靜等待。只是片刻後，飛雪神色掠過分驚喜，說道：「先向下挖！」

郭遵和狄青對望一眼，有些難解。按照常理，大石從上沖下，不知幾許，向上挖肯定很是艱難，但向下挖把握也不大，若是下方挖空，大石跟隨下墜的話，幾人一番辛苦，不都是白費了？

遲疑只是片刻，郭遵就決定道：「好，向下。」他刀鞘一插，深入地下，挖出一塊泥土來，狄青也是一般的做法。二人齊心協力，盞茶的工夫，竟挖了丈許的深度。這裡土質說硬不硬，說軟不軟，幸好郭遵、狄青都是武技精湛、力大過人之輩，挖掘速度極快。

可前方還是那塊岩石，並無鬆土現出，狄青、郭遵額頭早有汗水，驀地感覺開始燥熱，而呼吸也有些艱難。

狄青暗叫糟糕，知道再挖丈許，就算能挖到前方的軟土，但還要向上反挖。那時候地形有限，速度更慢，就算前方沒有塌陷，可氣不夠用，三人也要悶死在這裡。

郭遵何嘗沒有想到這裡，可事到如今，不想坐以待斃，只能硬著頭皮繼續挖掘。二人揮汗如雨，又挖了丈許的距離，前方仍是石質。

那塊大石落下來，不知道穿了多深的距離。

狄青只感覺呼吸困難，眼前發黑，見郭遵汗水直冒，還是拚命奮戰，心中激盪，一咬舌尖，強迫自己清醒，回頭向飛雪望去。

幽暗中，飛雪正望著狄青，反倒異常地平靜，「繼續挖，再過一丈，就有氣用。」狄青一怔，轉瞬喜道：「下方有隔空岩洞？」他小時候在老家，經常在深山老林出沒，知道有些大山看似雄拔巍峨，但山中山下往往會有空出的岩洞。

難道說飛雪真的有如斯之能，可知道地下的情況？

狄青驚喜之下，只有帶著這個希望，奮力再挖。那刀鞘早捲，狄青轉用單刀。嘣的一聲響，原來郭遵在狄青回望的時候，早換了單刀，他用力過巨，單刀折斷。可郭遵根本不停，就用半截單刀繼續挖掘。

呼吸越發地困難，再用力，就要用比以往兩倍的氣力。

狄青幾近虛脫之際，突然感覺到一刀挖去，手上勁瀉。心中狂喜，驚天的一聲吼，用力一絞，下方已出現個圓孔。

一股清冷的氣流從下而入，清鮮無比。

郭遵、狄青長舒一口氣。

下方果然有隔空岩洞，他們雖未脫離困境，但暫時還不至於會憋死，心中的喜悅之情不言而喻。稍歇片刻，飛雪道：「挖開了，先下去再說。」

狄青心想，下方不知什麼情況，不過無論如何，也比眼下的情況要好些。郭遵也是這般想法，二人齊力，很快挖出個尺許的圓孔。但周邊又均是岩石，無法再擴。

那圓孔之下，黑黝黝的伸手不見五指，看不清下方是什麼。有如一個怪獸張開了大口，擇人而食。

狄青略作沉吟，握泥土成團，丟了下去。只聽到啪的一聲響，有回音傳出。狄青憂喜參半，說道：「這下面不高。」他高興的是，可以下去停留，徐圖脫身之計；憂愁的卻是，如今越來越向下走，此生是否還能見到光明呢？

郭遵卻想，下方不知道什麼情況，若真能有一條路通往地上，那就再好不過。雖知這願望實現起來實在渺茫，但眼下情況沒有更壞的了，只能走一步算一步。想到這裡，說道：「我去看看。」狄青才待阻攔，郭遵已道：「我沒事的。」

狄青知道郭大哥為他著想，只能歎口氣道：「那你小心。我們再多試試情況你再下去。」

郭遵知道狄青為求穩妥，點頭同意，二人又搓了幾團泥土丟下去，試出下方均是實地。郭遵小心躍下。

狄青雖探出是實地，但還是有些擔憂。見郭遵下落時，一顆心提了起來。

只聽輕微的腳步聲落地，緊接著就有一團微弱的光線亮起，正是郭遵拿出了夜明珠。那團光芒飛快地遊走一圈，郭遵探明完情況，低聲道：「狄青，下來吧，暫時沒事。」

狄青聞言躍下，又喊飛雪下來。

飛雪在那洞口猶豫了一下，終於還是跳了下來。地面離洞頂有幾丈的距離，狄青終於放心不過，伸手接住飛雪，輕輕放下。腦海中突然又閃過在香巴拉時出現的幻覺，那一男一女對跪而拜，說道：「我段思平……唐飛雪不求同生，但求同死，生生世世，此情不渝！」

為何會那樣？

暗室中，狄青心中迷惘，可還是關心眼下的情況，問道：「郭大哥，這附近什麼情況？」他感覺到暗室有股潮濕的清新，但朦朦朧朧，看不真切。

郭遵搖頭道：「這是個石洞，好像不小，我還沒有詳細查看。造化真是神奇，竟在這地下現出個空洞，可能是我們真的命不該絕吧！」

狄青苦澀一笑，心道就算眼下無事，三人無糧無水，還能堅持幾天？但這時候不想說喪氣話，為了郭遵和飛雪，他也要拚命去找出路。

郭遵卻已先坐了下來，道：「先歇息片刻再說。」

狄青其實早就疲憊不堪，聞言一屁股坐了下來，緩緩調息，爭取把體力恢復幾分，然後再查究竟。

飛雪站在那裡片刻，突然向遠處走了去。狄青一驚，縱身到了飛雪的身邊，低聲道：「飛雪，這裡情況不明……」話未說完，就見飛雪彎腰下去，徒手在地上挖了兩下，竟拽出兩個蘿蔔般的東西，一個給了狄青，另外一個扔給了郭遵道：「這黃精可以吃的。」

郭遵、狄青均有分喜意，也詫異飛雪這般靈性，居然能在此處找到些吃的。

郭遵去了黃精上的泥土，連皮咬了口，只覺得入口微苦，但其中水分不少，精神微震。狄青卻沒有去咬，伸手又想去泥土中找找。飛雪看出狄青的心意，搖頭道：「沒啦。」

郭遵一怔，再也吃不下去。狄青凝望飛雪片刻，突然手一用力，將手中的黃精拗成兩截，遞給飛雪一半道：「當初在沙漠中，我的那袋水你不喝一滴。但這是你找到的東西，你應該吃的。」

飛雪望了狄青許久，黑暗中，眸子熠熠生輝，有如那天上閃爍的星星。

終於沒有拒絕，飛雪接過那半截黃精，輕輕地咬了口，說道：「方才你們盡力了，我去探路吧！」

郭遵將咬了一口的黃精放入懷中，心道不知道還能不能找到這東西，現在還能忍住餓，到時候實在不行，可把這黃精和他們分了吃，說不定生機就在那之後。他沒有什麼豪言壯語，可對狄青，直如對弟弟一樣地愛惜，對於飛雪，他更是有種難言的感覺。緩緩站起道：「一塊走吧！」

狄青也是此意，說道：「大夥現在一條船上，一起走有個照應。」

飛雪瞥了狄青一眼，突然道：「你不怕這船翻了？」

狄青微怔，總感覺飛雪話中有話，沉默片刻後才道：「要翻一起翻好了。難道……還有別的選擇嗎？」

飛雪移開了目光，望向了深不可測的黑暗處，幽幽道：「你說的對。」她好像還想說什麼，終究移步先行，走了兩步，四下望去，說道：「右邊是石壁，左邊有個小洞口，那裡濕氣很重，應該有水源。」說話間，移步向左面行去。

狄青早知道飛雪夜能視物，倒不奇怪。郭遵倒很是詫異飛雪的本事，眉頭微蹙，似乎想到了什麼，緩步跟隨著狄青。

狄青就在飛雪身旁，聽飛雪自言自語道：「這裡既然有黃精，就說明有水源，這裡深入地下，以這空氣中蘊含的水氣來看，地下水源很是豐富。可奇怪的是，為何我沒有聽到水聲呢？」

狄青暫時不關心水源，再也忍不住心中的困惑，問道：「飛雪，究竟是怎麼回事？你……能否說給我聽聽？」

到了現在，他的腦海中還是如同亂麻，對香巴拉裡發生的一切，如在夢中。他怕再不問，以後再沒有問的機會。

飛雪腳步頓了下，反問道：「什麼怎麼回事？」

狄青一時間不知從何問起，突然想起香巴拉內的幻境，感覺到有什麼不妥，忐忑問道：「我在要被吸引進那光環的時候，看到了幻境。那裡有一男一女……」扭頭問道，「郭大哥，你當時看到什麼沒有？」

郭遵怔了下，只是搖搖頭。

狄青又向飛雪望去，可借著郭遵手上夜明珠的光芒，他根本看不清飛雪的表情。

飛雪沒有望著狄青，只是望著黝黑的遠處，緩慢地行走，淡漠道：「一男一女，是誰呢？」除了在香巴拉內有些失態的喊叫外，她的口氣一直是平靜非常，波瀾不驚。

不知為何，狄青總覺得那波瀾不驚的聲音下，隱藏著一絲輕微的顫動。不像風吹風鈴，而像那曲聲已罷，琴弦還留下的那分顫抖。

狄青猶豫片刻才道：「是……段思平和唐飛雪。」

飛雪腳步頓了剎那，轉瞬恢復了前行，「他們是誰？」

狄青一時間不知如何解釋，幻境那男人明明就是他狄青，為何要穿王者之服，而且是段思平？對面那女子，為何不是楊羽裳，而是飛雪……或者應該說是唐飛雪？

飛雪姓唐嗎？

狄青想不明白，只能道：「我也難以確定。但他們……很像你我……飛雪，這是怎麼回事？」

飛雪哦了聲，問道：「就算像你我，他們怎麼了？」

狄青艱難地嚥了下口水，緩緩道：「他們相對而跪……像是……像是……」那幻境實在太過匪夷所思，他無法再說下去。但那幻境出現過兩次，難道說……有什麼特別的意思？

「他們相對而跪，難道是在拜天地？」飛雪淡淡道。

狄青忙道：「不是，不應該是。他們像是在立下誓言……說什麼……」再次難以開口，也不知道該如何開口。但那誓言，他再也無法忘記。

我段思平……唐飛雪不求同生，但求同死，生生世世，此情不渝！

飛雪輕輕歎口氣，聲音中終於有了點兒波瀾，「你也說過了，那是幻境。幻境……根本做不了準的。」

狄青很是猶豫，不待再說，聽飛雪輕淡道：「香巴拉為何會變成如此，你要不要聽聽？」

不但狄青微懍，就算一直沉默的郭遵都忍不住道：「要的，姑娘請講。」

這天底下，除了元昊、唃廝囉外，恐怕只有飛雪才知道香巴拉到底是怎麼回事。郭遵雖見過唃廝囉，但除了從唃廝囉手上得到一幅地圖外，並沒有從唃廝囉口中得到更多關於香巴拉的事情。聽飛雪主動提及這件事，難免側耳傾聽。

三人還在前行。前方雖暗，但飛雪並無障礙地走著。

地下的空氣很是清新，只是極靜，靜得那腳步聲聽起來，都有著無邊的落寞。

似乎在考慮著如何開頭，飛雪沉默了良久，終於道：「我說的，只是我想的，但究竟是不是這樣，我也不能保證是對的。」

郭遵接道：「姑娘請說吧，這世上你若都不知道答案，只怕沒有人再知道了。」

飛雪低低地嗯了聲，似乎自言自語地說道：「知道有什麼用呢？」那聲音很輕，就像柳絮沾水般輕淡，轉瞬她道：「很久很久以前……有一對男女……或許，你可以把他們看成是神仙。」她說起很久很久四個字的時候，語氣很重，像在著重強調著什麼。

故事一開始，就有神仙，很是離奇，狄青聽了，不知該如何評判。見郭遵不語，也就默默地聽下去。

飛雪低聲道：「可他們算是一對不幸的神仙。他們來到這世上後，就分開了，再也沒有見面。那個女人為了尋找伴侶，想盡了辦法，也是無能為力。」

狄青不知道這和香巴拉有什麼關係，但感覺到神仙的不幸，遲疑道：「他們是神仙，也有辦不到的事情嗎？」

飛雪沉默良久才道：「天地間的奧妙，難以盡數。傳說中，神仙法力不也有高下之分嗎？」

狄青倒有些啼笑皆非的感覺，郭遵卻道：「不錯，無論貧富貴賤，無論天子黎民，均有煩惱憂愁，如果這世上真有神仙，只怕和世間萬物類似，雖有能力，但也有無能為力之事了。」

狄青聽到這番言論，沉默良久，他感覺郭遵和以前有些不同。這番話，多年前郭遵是不會說出來的。

難道說，一個人經歷了生死，看得就比別人多了些？

飛雪點點頭，像是贊同郭遵的意思，說道：「他們分離後，就再也沒有相見。那女的神仙一直很想念伴侶，但法力越來越弱，她知道憑藉自己的能力，多半無法找到另一半了，甚至很難再等下去。因此她為了等待，封存了自己的法力，只傳下了法寶，託付給她認為信得過的人去找她的伴侶。那法寶，能給所託之人一種能力，讓他可以與眾不同。她第一個找到的人，叫做段思平！」

狄青像聽天書一樣地聽，若要品評，只能說這更像是神話。聽到「段思平」三個字的時候，失聲道：「大理國的開國君王……龍馬神槍段思平？」

驀地想到那金書血盟，想到那血盟上的歃血畫面，記載的神槍、龍馬、神女和無面佛像，這一切好像並不相關，但千絲萬縷已然成線。

飛雪沉默許久，才道：「是的，就是龍馬神槍段思平，你對他有印象嗎？」

狄青不解飛雪為何有此一問，立即道：「我對他本來全無印象，只是去青唐時，唃廝囉曾給我看過金書血盟，我對他才略有瞭解。」

「是啊，你對他全無印象了。」飛雪輕聲道。她的聲音中帶著輕微的惆悵和遺憾，但狄青被故事吸引，並沒有留意到飛雪的異樣，追問道：「後來呢？」

飛雪道：「段思平和那神女定下世間最莊嚴古老的盟誓，神女幫助段思平得到江山，而段思平立誓為神女找到伴侶。結果是，段思平得到了江山，但他沒有實現承諾。」

郭遵詫異接道：「我也聽過大理國史記載，段思平身上的確有很多不可思議之事，什麼天賜龍馬神槍，得神女指點，大霧過江，牛羊講什麼思平稱王一類，本以為是無稽之談，不想卻是真的。」

飛雪道：「這些事情大理史書有記載，倒不是渲染段思平的神祕，而是段思平讓史官親自書下，懺悔自己未能實現諾言。他讓子孫若逢不幸時，最好退位為僧躲避禍患，他因未能實現承諾，遭到誓言反噬，和宋太祖趙匡胤一樣英年早逝，子孫也沒有坐享他打下的江山，反倒被兄弟奪去。不但如此，他還失去了最心愛的女人……」

狄青不關心段思平的女人，想起一事，說道：「難道說，那神女找的第二個人是趙匡胤嗎？」

郭遵也是一震，詫異道：「這個，有可能嗎？」

飛雪沉默良久才道：「趙匡胤？哦，這件事……我倒不敢肯定。但聽說趙匡胤的確得到過神仙的指點，也和大理有著千絲萬縷的連繫。」

狄青想起來一事，沉吟道：「玉斧劃江，蠻夷自服。當初趙家兄弟憑雙拳四棍打下趙家的四百軍州後，趙匡胤本可征服蜀地時直下雲南，但他到大渡河而止。太祖不伐大理，難道說，他和段思平都得過神女之力，因此不想彼此糾纏嗎？」

郭遵倒有些贊同狄青的說法，思索道：「趙家兄弟雖是一母同胞，但若論能力和武技，太祖明顯比太宗強出太多。我倒覺得太祖可能見過飛雪說的那……神女，而太宗沒有。宋廷傳言，太祖在太廟立下幾條家法規矩，只有大宋天子登基後才能入內一觀，不得有違。這個規矩很是神祕，倒和段思平立下的祖宗家法有些類似。我感覺，段思平和趙匡胤間，好像的確有些牽連。」

飛雪搖搖頭，「這個，我不算清楚。」她似乎對趙匡胤一事並不放在心上。

狄青覺察到飛雪的冷漠，暗自奇怪，心道為何飛雪對段思平的一切很是熟悉，可對趙匡胤根本沒有興趣知曉呢？

郭遵覺察到異樣，問道：「那據姑娘所知，神女在段思平死後，又做了什麼？」

飛雪口氣中似乎有些意興闌珊，道：「據我所知，神女找到段思平時，也同時找到了曹仁貴，曹仁貴就是歸義軍後來的領袖。這件事我已經和你們說過，不過曹仁貴和段思平一樣，均是無能找到那神女的伴侶……」

狄青突然明白了一事，恍然道：「那香巴拉，本是神女所居之地嗎？」

郭遵苦澀道：「你現在才想到嗎？這件事若非飛雪，也真難說清楚來龍去脈，因此我一直沒有對你說及。」

狄青終於明白了香巴拉的由來，暗自想到，就算從段思平那時候算起，那神仙也在香巴拉待了百十來年了，她還活著？哦，她是神仙嘛，本來就不會死。

心中不知是何滋味，感覺有些不可思議，但是親身目睹，又不能不信。狄青突然想起一事，問道：「段思平和曹仁貴他們都沒有見過神女的真面目，因此才畫下了無面神像？」

飛雪點點頭道：「應該如此，其實我也是感覺那神仙像女的，具體她什麼樣子，我也未曾見過。想必是得到她神通相助的人，都感覺她是女人吧。他們不確定神的面容，這才用無面神像替代。」

狄青這才明白真宗玄宮、金書血盟那無面神像的意思，可更多的疑惑湧上心頭，曹仁貴死後，曹家後人做了什麼？為何要把沙州讓給元昊？為什麼有五龍、滴淚、無字天書？真宗為何知道無面神像？元昊呢，為什麼控制香巴拉不讓人接近？飛雪、唃廝囉到底又和香巴拉有什麼關係？

太多疑問，狄青已不知要先問哪個。

第十七章　出　圍

飛雪像是猜到狄青的困惑，輕聲道：「曹仁貴死後，曹家後人起了紛爭，有一派堅信香巴拉的神奇，苦守香巴拉，希望再得到神女的眷顧；有另外一幫曹姓人，卻認為香巴拉本是不祥之地，離開了香巴拉。」

狄青想起和香巴拉有關的事情，倒有些同意離開沙州曹姓人的看法。香巴拉的確有太多的神奇，但和香巴拉有關的人，並沒有哪個有好結果！

段思平、曹仁貴、真宗、元昊，這些都是赫赫有名的人物，雖和香巴拉有關，但結局呢？

郭遵突然問道：「那離開香巴拉的曹姓人去了哪裡呢？」

狄青知道郭遵言不輕發，奇怪他為何這麼關注那批人的下落。可他感覺到飛雪除了提及段思平時語氣才有分異樣，對別的事情，都很是淡漠。

果不其然，飛雪搖搖頭道：「不知道。」頓了片刻後，飛雪又道：「神女等不到結果，但能力越來越弱，無奈之下，就又將幾件東西送出了香巴拉……」

狄青一震，「其中就有五龍？」

飛雪點點頭道：「是，有五龍，還有無字天書和滴淚。若依神女的解釋，五龍是一種可改變人體質的東西。可五龍只能對一些人幾種極為強烈的情緒起到加強的作用，這個事情，我也對你說過了。」

在青唐的佛殿密室，在興慶府王宮之下，飛雪的確就五龍的作用有所提及。狄青怕郭遵不解，說道：「我因憂傷、憤鬱思緒很強，所以才會和五龍相通。」

飛雪道：「道理應是如此，具體為何這樣，我也不清楚。不過和五龍相應後，身體會出現一些怪異之狀。因為五龍改變了人體的體質，而又會反映到外表。這種現象要持續數月，甚至幾年，等你適應了突得之力後，才會漸漸消失。」

狄青突然想到自己當年初得五龍，每次回應後，眼皮甚至臉頰都會跳，當時不知，現在才明白是因為五龍在作怪。而郭遵誤傷他父親，當然也是五龍作祟了。這些年來，他少有感覺到眼皮再跳，看來飛雪解釋得大有道理。

郭遵也想到當年之事，心中感慨，一旁問道：「那唃廝囉呢？是否也和五龍有感應？」

飛雪點頭道：「唃廝囉因為被鐵耙扎壞了頭部，情形和狄青類似。不過他被激發的是意志。」轉望郭遵，飛雪道：「你被激發的應該是勇力！」

郭遵一震，又問：「這麼說，五龍是和人體的五種情緒有關了？」見飛雪沉默，似也不能確認，郭遵再問：「那你和元昊呢，被五龍激發的是什麼？」

狄青微懍，知道郭遵的問題絕非無稽之談。元昊和飛雪都有不同常人的方面，他們也最熟悉香巴拉，顯然也可能被神女影響過。飛雪對香巴拉這麼熟悉，她和神女間，又有什麼關係？

飛雪搖頭道：「元昊和你們不一樣。他是有一次，和妹妹誤入香巴拉。女神見他胸有殺氣、目有大志，知道他遲早要成為一代梟雄，所以才希望借元昊之力找到伴侶。」

狄青暗想這神女為了找尋另一半，可真是用盡了心思。

一想到自己這麼多年的奔波，倒和那神女有些相似。不過他是想救人，而神女是找人罷了。

突然想到曹佾當年所言，狄青省悟道：「那五龍從天而降，顯然也是神女所為，她本意就是想真宗幫她尋找伴侶！」

神女挑選的人物，都對當時之世有不小的影響，她能選中真宗，不言而喻，就是因為真宗是大宋的天子，一呼百應。

原來傳言中真宗遇神一事並非虛妄……

但又有幾個人會信這段往事呢？

飛雪點頭道：「不錯，她要找個信神又要對世人有影響的人，結果就選中了真宗。無字天書可以顯示一些神跡，是用來堅定真宗的意念。那滴淚玉珮對人體也有改造的功能，真宗因為佩戴滴淚的緣故，才……」臉色微紅，沒有再說下去。

狄青、郭遵都知道往事，心道真宗能得個兒子，想必就和滴淚有關了。

而真宗選擇了李順容為他生兒子，又引發一場驚心動魄的宮變，那估計是連神女都想不到的事情。

楊羽裳到現在還能保住性命，很顯然，也是因為滴淚起了作用。

飛雪又道：「神女本選中了真宗，但唃廝囉無意中被五龍激發得到更堅定的意志，這才前往藏邊尋找真相。其實神女也說過，五龍中本藏有香巴拉之謎，可人因體質構造不盡相同，她雖是神仙，也無法完全琢磨得清楚。因此五龍神奇有限，只有一些人才能知道真相，而有些人雖被五龍改變，但難以前來香巴拉。至於真宗，他的意志精神和體質均實在太差，只能在特定的時候感受到五龍的神奇罷了。」

狄青忍不住向郭遵望去，郭遵也向狄青看來，二人心中均想，因此真宗非但沒有找到香巴拉，反倒由此成魔，而我等一直只對香巴拉有個模糊的印象，想必是五龍還有隔閡。而神女選中真宗，可說是個錯誤，神女並不知道這世上權位高的意志不見得強。郭遵問道：「那唃廝囉呢，是否已知道真相？」

飛雪道：「他是受五龍感應，少有知道真相的人，因此他想幫神女。」

狄青皺眉道：「他想幫神女，就派兵去奪香巴拉嗎？」

飛雪沉默片刻，說道：「他並沒有出兵，他先設法從大理段氏手上取得了天玄通。」

「就是承天祭的那個箱子嗎？」狄青霍然而悟，想到了什麼。

飛雪道：「不錯，那箱子叫做天玄通，其實是用來尋找神女的伴侶所用。當年段思平從香巴拉內取得，但使用多年，一直沒有找到神女的伴侶。」

狄青省悟道：「我明白了，所謂的承天祭，其實不是祭天祈福，而是唃廝囉在利用那個……天玄通來找人？」

飛雪道：「不錯，不過唃廝囉也沒有找到。唃廝囉知道香巴拉的所在，但一直無能接近，可他的目的和所有人不同，別人前往香巴拉都是有所求，可他想入香巴拉，是為了救那神女。」

郭遵忍不住插嘴道：「救神女？為何這麼說呢？」

狄青卻想到氈虎在香巴拉所言，「它自身難保！」難道說，一個神，也會陷入危機？這聽起來，很是好笑。可不知為何，他的心情越發沉重，怎麼也都笑不起來。

三人仍是邊走邊談，那條道路似乎沒有盡頭的樣子。

狄青被飛雪談的內容吸引，一時間忘了處境。郭遵卻還不忘記深在地下，他借夜明珠的光芒，也在觀察周邊的情形。

飛雪已帶他們進入一個溶洞，那溶洞極大，四周怪石嶙峋，景色萬千。郭遵不由感慨造物神奇，誰又知道這深深的地下，會有如此壯觀的景象？

聽飛雪答道：「是因為元昊！」知道狄青並不理解，飛雪解釋道：「神女只想利用元昊幫他找人，卻不料元昊野心極大，在得到神女相助、激發了大志後，非但不幫她找人，還接管了香巴拉，不讓任何人靠近。」

「他為什麼這麼做？」狄青詫異道。

郭遵猜測道：「想必元昊志在一統天下，知道香巴拉的神奇後，肯定會盡數挖掘這種神奇，又不想別人得到這種神力，因此才這般做法吧？」

郭遵是從天下考慮，難免這般想，狄青卻想到另外一個方面，「元昊此人絕情寡欲，生性殘忍好殺，飛雪說神女有啟動人自身體能的能力，只怕元昊被激發的不但是大志，還有好殺的性格了。」

飛雪似乎也對這個問題有些困惑，沉思片刻才道：「人的貪欲無窮……在我看來，神女是想利用元昊找到伴侶，而元昊是想用找人一事威脅神女，得到更多的好處吧？」

郭遵、狄青都是吃了一驚，從未想到元昊竟然有這般狂傲的野心。

元昊連神都敢威脅？這人恁地瘋狂？

「不過……元昊還有個緣由。」飛雪向狄青望了一眼，又移開目光，臉上似乎有分惆悵，「據說神女雖助人得到神通，但多次失望，因此並不完全信任所託之人，所以總要人立下盟誓。當年段思平就因為未成盟誓，所以遭盟誓反噬，失去了摯愛的女人……」

狄青不解飛雪為何總對段思平失去女人一事反覆提及，暗想多半女人都是如此，只關心感情的細枝末節，就算飛雪也不例外，問道：「那元昊被神女所託，想必也有盟誓了？」

飛雪默默地注視了狄青良久，眼中似有含意萬千。

狄青不解，問道：「飛雪，我問的有錯嗎？」

飛雪搖搖頭道：「你問的沒錯，我想錯了。」狄青一肚子疑惑，根本不知道飛雪這句話究竟是什麼意思。他沒有留意到郭遵臉上有分異樣，才待詢問，聽飛雪已道：「元昊的盟誓和段思平有所區別。當初元昊得神之力時，本來同時要附身一種詛咒，那種詛咒讓他若是不履行諾言，就會早死！不過……」頓了下，飛雪有些悲哀道，「結果是元昊得到了神力，而單單卻被種下了詛咒！」

狄青一震，回憶前塵，明白了很多。

怪不得單單那麼年輕就變得憔悴，怪不得元昊就算稱霸西北，也無能醫治好妹妹。單單期待來生，因為她早知道今生時日無多，元昊費盡心思捉他狄青，只是為了讓單單今生無憾。

一想到那看似複雜、性格多變的女子，其實心思也很簡單，狄青心中不知是何滋味。

郭遵問道：「然後元昊就威脅香巴拉之神救回他妹妹？」

飛雪點頭道：「是的，元昊這人實在狂妄，他甚至連神都不信，以為自己才是神，是帝釋天，是格薩爾王，他以為自己一定能讓神女屈服，結果……他輸了。」

飛雪說得平淡，但這平淡中，不知包含有多少驚心動魄的曲折反覆。

狄青回憶往事，只感覺心中的謎團漸漸解開了很多，又想起一個困惑，說道：「那你……為何要嫁給元昊呢？」

這個問題，狄青雖是無意所問，可著實也困惑了很久。

飛雪的眼眸中似乎有光芒一現，扭頭望向狄青，片刻後又移開目光，「元昊還想救單單，就想借我之力說服神女。可後來單單去了，他就覺得我沒用了。」

狄青暗想元昊雖殘忍好殺，可對單單的確感情真摯，想必是元昊覺得，這天底下，只有單單對他才是最純真的兄妹之情了。元昊想逆天，但天和殿巨變就讓他自身難保。元昊雖埋伏下阿難王給予叛逆致命的一擊，終究難逃宿命，亦是無法救回單單。

想到一個困惑很久的問題，狄青問道：「那……你同意元昊的建議去香巴拉又是為了什麼？在這之前，你要帶我去的地方，可是香巴拉？你那時候帶我去做什麼？」

飛雪沉默下來，再無言語。

狄青知道飛雪的性子，飛雪若不想說的事情，怎麼問都不會說。心中疑惑更盛，對於飛雪和神女之間究竟有什麼瓜葛很是奇怪，但怕飛雪就此不說，忙岔開話題道：「今日香巴拉發生的一切，又如何解釋呢？」

飛雪很快給予了回復，聲音中帶著說不出的苦澀，「因為飛鷹找到了神女的伴侶。」

狄青、郭遵均是一怔，齊聲道：「這怎麼可能？」

想段思平、曹仁貴、元昊、唃廝囉和真宗趙恆，哪一個不是赫赫有名的人物？這些人窮盡一生之力，都找不到神女的伴侶，飛鷹有什麼可能找到？

飛雪澀然道：「飛鷹具體如何找到的，我也是不得而知，這或許就是命吧！」望了狄青一眼，飛雪道：「當初我四處遊蕩，聽說陝西叛匪習五龍、滴淚等經，五龍倒也罷了，但知道滴淚的人很少，我想他們可能和香巴拉有關，就刻意找尋。在沙漠遇到飛鷹後，感覺他對香巴拉所知甚多，因此就和他商議，一塊去見神女……其實我準備找野利斬天去的，但我發現他很有野心……只怕他並非真心去幫助神女，因此沒有帶他前往。」

郭遵眉頭一動，忽然打斷道：「我明白了。難道是這樣？」他突然沒頭沒尾地說了句，飛雪和狄青都異口同聲問，「究竟是怎樣？」

郭遵沉吟道：「狄青，你應該知道飛鷹就是郭邈山了？」見狄青點點頭，郭遵道：「此人武技本是尋常，當年在飛龍坳一戰莫名失蹤，後來造反，重建彌勒教，習五龍、滴淚等經，我奉旨平叛，他們終究不過是烏合之眾，因此被宋軍擊散，但郭邈山、王則、張海等人均是逃走。」

狄青知道這些都是多年前的往事，聽郭遵再提一遍，腦海中有光電一閃，「飛鷹如今的武技突飛猛進，他能達到今日的地步，難道說是因為五龍之故？」心中暗想這世上究竟有幾個五龍呢？

郭遵搖頭道：「我倒覺得不是這樣，他可能是那時遇到了神女的伴侶。你還記得嗎？當初飛龍坳左近，有個大火球從天而降，在地上砸出個很深的坑來。」

狄青聽郭遵、葉知秋說過此事，驚奇道：「那火球……難道就是神女的伴侶？」對於這種詭異之事，他很難理解。

神仙……火球？為何神女的伴侶要過了百十來年後，才從天而降到了飛龍坳？

難道這就是傳說中的天上一日，人間百年？

這神女早降在人間一天，而她的伴侶在空中耽擱了一天，就過了百年才到這裡？

狄青不可想像，但除此外，真的無法解釋為何有這種情形。

一想到神女為等伴侶，竟孤零零地等候了百年之久，狄青心中已生同情。

郭遵顯然也不算了然，但已有定論，「據我估計，神女的伴侶顯然也有激發人體潛質的能力，他要飛鷹做事，當然會給飛鷹好處。而飛鷹費盡心思要找香巴拉，當然是因為受神女伴侶所託的緣故。」

狄青長吁一口氣，暗想郭大哥所言從道理上講得通，怪不得飛鷹當初在光環下拿出一物，說什麼我帶來了它，原來是這個意思。想到了一個最大的問題，狄青立即問道：「那飛鷹找到了神女的伴侶，為何反倒……反倒變成那模樣？」

飛鷹的結局之慘，狄青想到都是心有戚戚。身軀變骨，骨化成灰，難道說神女給飛鷹的報答是這種？飛鷹成仙了？但看情形又不像。

飛雪沉思片刻，說道：「我也明白了。」

這次輪到狄青、郭遵異口同聲問，「你明白了什麼？」

飛雪道：「飛鷹在騙神女，因此得到了報應。」嘴角帶分諷刺的笑，「可神女也騙了他，原來……神也會騙人的。」知道狄青很是困惑，飛雪道：「當初我和飛鷹在香巴拉之外時，飛鷹曾和神女交流過。不過飛鷹對神女說，他知道一些神女伴侶的事情，如五龍、滴淚等，但要進一步找到那人，還需要時日和能力。按照你們說的，飛鷹其實早知道神女伴侶的下落，可他並不想讓他們相見，飛鷹和元昊一樣，都是想借此要脅神女，獲取神力。」

狄青啞口無言，難以想像飛鷹也是這般的野心勃勃。又想飛雪一直沒有帶飛鷹進入香巴拉，想必是看出了飛鷹居心不良的緣故。

郭遵輕輕歎口氣道：「原來如此。這其實也是人的正常反應。權欲沾身，有些人能置身事外，可更多的人只會癡迷於此。飛鷹從一個尋常禁軍驀地變得能力非凡，難免會信心膨脹。他或許覺得，這是他留名青史的機會。但他被我所敗，又恨那個男神仙給他的能力不夠，想去神女那裡獲得能力。」

狄青聽到這裡，對飛鷹的種種行徑已明瞭八分。想到在沙漠時，見到飛鷹的不可一世，倒覺得郭遵分析人心很是犀利。

「後來怎樣？」狄青問。

飛雪平靜道：「神女聽飛鷹所言，就說自己的神力所剩無幾，必須取回天玄通才能讓飛鷹獲得更強的神通，因此飛鷹才和我商議，去找唃廝囉要那個天玄通。後來的事情，你也知道了。」

狄青思前想後，說道：「飛鷹信了神女的話，本計畫取得天玄通的一部分和唃廝囉談判，但被我破壞。他來密室，不是救我，是想救你。」見飛雪緩緩點頭，狄青又道：「他得不到天玄通，可還想得到神力，或者想要換種方式過活，這才潛入契丹參與謀反。或許他野心勃勃，一心只想憑一身本事取得功名，但謀反事敗，他可能無意知曉耶律喜孫也對香巴拉有興趣，這才投靠耶律喜孫。耶律喜孫早就不滿元昊，圖謀香巴拉，是以才聯繫善無畏，趁元昊強力鎮壓國內叛亂、各族不滿之際，佈局刺殺元昊。事成後，善無畏帶著天玄通，耶律喜孫帶著飛鷹進入香巴拉。善無畏想要做贊普，耶律喜孫估計想做皇帝……」想到初見耶律喜孫的時候，狄青猜測道：「這個推論不見得準，但耶律喜孫顯然也有要進香巴拉的緣由，而只有飛鷹自以為最聰明，騙過了所有人，希望借天玄通得到更強的神力了？」

狄青問得多，想得也多，很多事情他已貫穿起來，敘述一遍，其實也猜中了耶律喜孫等人的心思。

飛雪想了許久，才道：「你說的都對。你是個聰明人……可是……」想要說什麼，終於硬生生地忍住，說道，「可是飛鷹從未想到過，神女也在騙他。我現在才明白，神女早知道飛鷹已找到她的伴侶，取回天玄通，不過是為離開做準備！她對世人失望了太多次，想必也會使用了機心。我真沒想到，神女也會騙人！我見飛鷹接近光環的時候，就感覺不妙，才讓你拖出他，但沒什麼力量能挽回了。飛鷹骨化成灰，不用問，是神女對他刻意欺騙的懲罰。」

狄青一震，雙拳緊握，「神女早知道？那她的伴侶在哪裡？他們離開，又去了哪裡？」

飛雪幽幽道：「她的伴侶，說不定就在飛鷹手中的那個圓球中……飛鷹卻以為那不過是個信物，因此還一直以為可以要脅神仙。他們離開了，當然是回到天上了。」

狄青大為詫異，想起飛鷹當時的確舉著個圓球，但那圓球怎麼可能裝下一個人呢？

飛雪知道狄青不解，說道：「傳說中，神仙可變身千萬，能藏在圓球中，也不足為奇吧！唉……我也沒有想到這一點。」言語中，有著說不出的懊喪傷心之意。

狄青終於聽完一切，懂得了內情，悵然若失。

記得飛雪當初說及這個故事的時候，曾說過，「知道有什麼用呢？」直到這刻，狄青才明白飛雪的意思。

知道了有什麼用？知道了還是無可挽回！

香巴拉沒了，神仙走了，他辛苦多年，甚至連和神仙說一句話的機會都沒有。沒有了香巴拉，他還如何來救羽裳？沒有了香巴拉，他這些年的等待，原來不過是鏡花水月、海市蜃樓……

一想到這裡，一顆心刀刺般地痛，心在流淚，也在流血……

狄青立在那裡，再也不動。那木然傷心的臉上雖未流淚，可比流淚還要難過百倍。飛雪望著狄青，眼中突然有了淚光。這個頗有靈性的女子，顯然已感受到狄青的憂傷。可她為何看起來，比狄青還要悲傷？

她為香巴拉四處奔波，究竟是為了什麼？

她說了太多太多的謎底，可為何唯獨沒有說自己的事情？

她扭過頭去，不想讓任何人看到她眼中的淚，沉默了不知多久，輕輕地說了一句，「神仙走了，但你還可以救回楊羽裳的！」

你還可以救回楊羽裳！

這句話有如炸雷般響在狄青的耳邊，狄青身軀晃了晃，一把抓住了飛雪的手腕，嗄聲道：「你說什麼？」

就算是郭遵都難以相信聽到的話，顫聲道：「真的？」他一直在為狄青奔波，在知道神仙離去後，見到狄青難受，其實他心中的難過一點兒都不亞於狄青。聽飛雪說還能救楊羽裳，怎能不讓郭遵欣喜若狂？

飛雪低頭望向狄青的手，沉默無言。狄青這才發現失態，只怕抓痛了飛雪，忙鬆開了手指，抱歉道：「飛雪，我不是有意的。你……別見怪。怎麼救羽裳呢？」

飛雪繼續向前走去，輕微的腳步聲在靜寂的地下，多少有些孤單。

「你記得我讓你抓住的那盒子吧？」

「記得，當然記得。那是什麼？」狄青忙從懷中取出那個扁扁的盒子。當初香巴拉混亂一團，只有飛雪跪地像是祈求什麼，然後就飛來了這個盒子。

這盒子究竟有什麼玄機？這盒子能救羽裳？狄青困惑間，聽飛雪道：「這是神女留下的最後一件東西，這盒子有神奇的力量，可以救一個人的，只要那人沒死。」

狄青緊握那盒子，驚喜道：「真的？」那一刻他驚喜交加，沒有留意到郭遵變了下臉色，也沒有注意到飛雪臉上憂傷更甚。

「怎麼救？」郭遵開口道。

飛雪道：「這個問題問的不是時候。現在不應該想怎麼救，而應該想怎麼出去才是！」

郭遵被香巴拉之祕吸引，這才意識到還身在地下。心中苦笑，知道飛雪說得不錯，三人能不能活著出去都是問題，現在討論怎麼救楊羽裳為時過早。

狄青精神一振，聽說羽裳還有救，立即去想怎麼出去。他也知道逃脫很難，可為了郭大哥、飛雪和楊羽裳三人，他打破頭也要想出辦法來。

心緒飛轉，三人依舊腳步不停，這條路好像無窮無盡般，永沒有止境。

郭遵駭然香巴拉之下，還有這種深邃的道路，實在不知道這是通向哪裡。但感覺走的地勢仍平，並沒有上去的跡象。

飛雪終於止住了腳步，喃喃道：「有些奇怪……」

狄青對香巴拉問題多多，可在絕境時，反倒思維清晰，見飛雪望著地下，狄青心中一動，說道：「郭大哥，你的夜明珠給我用用。」他從郭遵手中拿過了夜明珠，向地下照過去，看了半晌，說道：「的確有些奇怪。」

郭遵也在望著那裡，只見到前方地下凹出一條道來，那道上都是些碎石，問道：「有什麼奇怪的？」

狄青上前幾步，留心觀察那碎石道：「郭大哥、飛雪，這裡的石頭都沒有稜角，很像被水沖刷過了。」

郭遵點點頭，立即省悟過來，「這裡本有地下河道？」那石頭都像河中的鵝卵石，顯然是以前不停地被流水沖刷所致。既然有流水，就有河道。

飛雪有著常人難企的靈性，難道她認為，河道可能通往地上？

狄青振奮道：「這裡沒水，水氣卻重，可能是因為流水有洩口，而這洩口，很可能會通往地面或者湖口。」

郭遵暗想，水往低處走，這裡已是地下，就算有洩口，也不能沖到地面呀？更沒有聽說過敦煌左近有什麼湖水……陡然一震，略有振奮道：「我知道這附近有處月牙泉……可離這裡很有些距離……」心想難道這水道是通往月牙泉的？

正沉吟間，飛雪臉色突然變了。狄青留意到飛雪的異樣，低聲道：「飛雪，怎麼了？」飛雪嬌軀微顫，說道：「水聲，有水聲……」說話間似有懼意，一把抓住了狄青的手臂。

狄青心道水聲有什麼可怕的？念頭才轉，臉上也帶了驚嚇之意，郭遵臉色亦是改變。

他們都聽到了水聲。

那水聲初聽微細，但轉瞬之間，已是洶湧澎湃，如怒海驚濤，呼嘯而來。

那股呼嘯之聲，瞬間充斥了整個地下，三人被聲音激盪，不由自主地周身震顫起來。緊接著就有一股撲面的寒氣當先衝來，飛雪叫道：「跟水走，不要抗拒。」她只說了一句，一個浪頭就從暗中打來，她一個踉蹌，摔了出去。

狄青大驚，不想這裡怎麼會突然冒出一股大水，才拉住飛雪，就被大水撞在背心，沖了出去。

可他就算急沖了出去，一隻手還是握住飛雪的手腕，緊緊的，如前生癡纏。

狄青想喊郭遵，可水聲驚天動地般咆哮，人在其中，就如滄海一粟，實在渺小。他才一開口，就灌了一口水入腹，只能緊握飛雪的手腕，微閉眼眸，放鬆了呼吸，隨水而飄。

飛雪說得不錯，隨水而走。這股水來得怪異，但必有盡頭，眼下反抗無益，不如順水而去，看看究竟要去哪裡。

那股大水聚天地之威，浩浩蕩蕩地前沖，激盪不休。狄青早就用盡全身的氣力抱住了飛雪，只感覺身子不停地被石頭撞擊，說不出的痛楚。

可他無怨無悔。

不知許久，狄青渾身已然麻木，意識漸漸昏迷。昏迷中，有個場景驀地電閃出現，那個場景陌生中帶著分熟悉……

不等轉念，就聽到呼的一聲，眼前五光十色，有色彩斑斕。

這是哪裡？是仙境……還是人間？狄青無從抗拒，就感覺從空而落。難道說，他們已被大水沖到了阿鼻地獄，就要落入無邊的陰間？

狄青勉強睜開雙眼，只來得及看了懷中的飛雪一眼，正見飛雪也在望著他。

飛雪臉上不知是水是淚，可一直望著他，從未閉眼。

那眼眸光彩深邃，如三生糾纏，前世姻緣，透過那清澈的眸子，他只見到有一男一女對拜而叩，說道：

「我段思平……唐飛雪不求同生，但求同死，生生世世，此情不渝！」

話音未落，狄青重重地摔落在地，只感覺骨頭都要被摔散，大叫聲中，口吐鮮血，已然昏了過去。

昏迷好像是片刻，又像是永恆。

狄青昏迷中突然聽到有人在喊，「狄將軍……狄將軍……」聲音不在天籟，就在耳邊。

我在地府？怎麼會有人叫我狄將軍？難道說……是以往死去的兄弟叫我？

狄青恍惚間，終於睜開了眼，映入眼中的是一張極為醜惡的臉。那臉上瞎了一隻眼，鼻子也被削去一半，滿面的猙獰，看起來比牛頭馬面都要醜陋幾分。

狄青先是有些駭然，轉瞬反倒笑了起來，「趙明，怎麼是你？」

眼前那人竟是趙明。

趙明曾到過香巴拉，僥倖逃了出來，狄青當初為了趙明，甚至不惜和韓琦翻臉，後來趙明死心塌地地跟隨狄青，一直都在沙州左近活動，探尋香巴拉的祕密。

趙明的臉上露出分欣慰的笑，說道：「狄將軍，你醒了？你醒了就好。」他臉雖醜陋，可眼中露出的關切比親人還親。

狄青掙扎一望，見自己處於氈帳內，微微一驚，問道：「飛雪呢？郭大哥呢？」他記得自己跌落時緊抱著飛雪，飛雪怎麼會不見了？

趙明忙道：「狄將軍，不要急，飛雪和郭將軍都沒事。他們在帳外……」話未說完，狄青就站起來衝出了帳外。他心中有些戰慄，想到了一件很重要的事情要問飛雪。

帳外日頭高起，四處枯草雜生。遠望山脈起伏，晴空寒碧。

他原來是在山中，他怎麼會到山中？

思緒飛轉間，他已望見遠處山腰處站著幾人，依稀是郭遵、飛雪的樣子。狄青長舒一口氣，才感覺終於逃出地獄，他周身無一不痛，但全然顧不得，大踏步地衝過去。

山腰幾人發現狄青，快步走了過來，為首一人，正是郭遵。郭遵臉有喜意，握住狄青的手道：「狄青，我們都活著。」

我們都活著，這已是最大的幸福！

狄青也是這般認為，他急急地望向飛雪，想要開口問什麼，正逢那黑白分明的眼眸一轉，已漫了過來。狄青心中有千般話語，一時間都嚥了回去，見到飛雪平靜如雪，喃喃道：「你還好吧？」

飛雪平靜依舊，說道：「很好。」

狄青嘴唇動了兩下，終於只是道：「那好……」他想說什麼，他自己都不知道。他心緒如麻，其實想問飛雪一件極為重要的事情，可那件事情想想都是荒誕不稽，狄青心中認為是不可能的。見飛雪這般冷靜，他只以為又是自己的幻覺。

但幻覺怎麼會一遍比一遍清晰？

聽身邊有人道：「狄將軍，你們大難不死，必有後福。我們正研究怎麼再入香巴拉呢！」再入香巴拉？狄青有些茫然，再進香巴拉幹什麼？扭頭望過去，見到一張很是年輕的臉。那人望著狄青，似早就熟識，可狄青的印象中，並沒有見過此人。但不知為何，又覺得眼前這人有些面熟。

身旁有一人道：「狄青，這是曹國舅，你不認識了？」說話那人眉峰如劍，正是葉知秋。

狄青吃了一驚，望著那年輕人道：「你……你是曹國舅？你怎麼這麼年輕了？」他當然知道曹國舅，曹國舅就是曹佾——當今皇后的弟弟。這人因有早衰之症，一直也在尋找香巴拉，後來曹皇后還向狄青問起過曹佾一事，以為曹佾早已死去，哪裡想到過曹佾不但活著，還變得年輕了？

曹佾望著狄青，眼中閃著喜悅之意，笑道：「狄將軍，我不是變年輕了，我本來就是這麼年輕。說來話長……」

郭遵打斷道：「說來話長，但要簡單說也容易。狄青，曹國舅早就潛入了沙州，用了半年的工夫，買通廚子，得趙明幫忙，混入夏軍中，做了個伙夫。」

狄青知道趙明早和鳳鳴部的一些人混入了敦煌，悄然刺探香巴拉消息，但始終沒有進展，不想堂堂一個國舅居然也如此做法。

郭遵又道：「這個伙夫在山中擔水做飯的時候，無意間發現一種草藥，吃了後，竟然把病治好了，你說神奇不神奇？」

曹佾歎道：「好傢伙，我的經歷被你一說，簡直平淡如水。」他雖在歎息，可眼中隱約有自得之意。

狄青看看郭遵，又望望曹佾，倒的確感覺此事匪夷所思，感慨道：「或許這就是命吧！」

郭遵笑笑，態度堅定道：「不錯，這就是命。我們都活著出來了，這就說明我們命不該絕！」見狄青還很是困惑，郭遵解釋道：「我們出來得看起來雖奇，但命中註定。不過我們不是從月牙泉出來的……你還記得嗎？當初趙明到香巴拉後，曾在三危山見過一道瀑布。」

狄青當然記得此事，說道：「不過趙明逃出來後，那瀑布也就斷流了。」霍然眼前一亮，狄青難以置信道：「我們難道是從那瀑布口沖了出來？」

郭遵眼露讚許之意，說道：「不錯，可能老天有眼，不想讓我們就死。那瀑布的地下水源竟通到香巴拉之下，上次因為趙明等人入香巴拉導致斷絕，但內有水道，這次香巴拉劇變，意外地竟將地下蓄積的水源激發，那地下水源蓄積已久，噴發出來，就將我們幾個沖了出來。你一直護著飛雪，受創重些，我和飛雪反倒沒事。」

狄青忍不住舒了一口氣，輕歎道：「好，很好。」郭遵和飛雪沒事，他很是高興，但他內心的憂傷，誰能知曉？他出來了，又能如何？

仰望蒼穹，見白雲千載空自悠然，狄青的神色中沒有半分劫後餘生的喜悅。

郭遵望了飛雪一眼，悠悠道：「狄青，你為何不問我們在這裡做什麼呢？」

狄青心中微動，突然記起了在溶洞的那個扁盒，伸手到懷中一掏，已然不見，不由臉色改變。

郭遵一伸手，拿出那個扁盒道：「幸好你一直捏著這盒子，沒有被沖走。飛雪說了，要發揮這盒子的作用，就一定要重入香巴拉！」

狄青這才想起，按照飛雪的說法，要救楊羽裳，就要靠這個盒子。這個盒子，應該是神女所給，可究竟如何來救，他還是一頭霧水。向飛雪望去，意帶詢問，飛雪只是道：「眼下我們要考慮怎麼再進去。」

狄青記得被大水沖出來時，還做了個怪夢，終於沒有說出來。心中暗想，要入香巴拉，肯定從水道進入，反挖回去最是穩妥。想到這裡，問道：「這裡應該是三危山吧？」見眾人都點頭，狄青奇怪道：「那我們為何可以大搖大擺地留在這裡，守在這裡的夏軍呢？去了哪裡？」

眾人臉上都露出分古怪，郭遵微笑道：「這個嘛，可得讓葉捕頭說說了。」葉知秋一旁笑道：「你終於肯讓我說幾句話了嗎？其實這件事按照郭兄所言，也很簡單。」

狄青聽葉知秋扼要說明，才知道事情的原委。

原來葉知秋在洞口外守著，正逢曹佾前來尋找草藥，二人相見，均是出乎意料。曹佾偶然治好自己的疾病，卻不急於回轉汴京，得知這附近竟有進入香巴拉的入口，不由想要進入一觀，卻被葉知秋攔阻。

二人在外等候時，突然地動山搖，附近的地面都塌陷下去，緊接著就看到有一道紅光從地下衝出，衝入了雲霄。若不是葉知秋身手敏捷，二人說不定都被埋在土中。

葉知秋見地面塌陷，不由大驚，想要再尋那裂縫，早已被土掩蓋。葉知秋看情形，知道憑一己之力根本無法挖開地道，慌忙去找趙明。韓笑也終於趕到，和趙明聽了此事，也是急不可耐。夏軍見此異狀都是人心惶惶，韓笑就讓潛伏在夏軍中的鳳鳴散佈消息，說元昊已死，這裡神靈動怒，還要有異事發生。

夏軍很多人本是信佛，不由驚懼，又聽到元昊的死訊，竟然一哄而散。

狄青聽到這裡，心中想，其實元昊死了，夏國大亂，正是征伐夏國之機。可宋廷根本無心一統天下，安於享樂，只怕不久後，就會趁此和夏國議和了。若有戰事，他們還會用我；若無戰事，我狄青在他們眼中，又算得了什麼？只怕那些被我得罪的文臣，就想著怎麼參我了。一念及此，難免意興闌珊。

郭遵等葉知秋說完，接道：「根據葉知秋所言，那道光芒並不算大，遠比當年飛龍坳的火球要小得多。飛雪說，兩個神仙離去了，但香巴拉那環境可能還在，她需要入內一觀。」

狄青聽完後，心思微動，倒覺得不必急於絕望，說道：「道理雖是如此，但要挖開那通道，絕非幾日之功了。」

曹佾一旁叫道：「反正我們也沒事可做，幾日挖不進去，就挖個幾年，我不信進不去了。」

狄青奇怪，心道郭大哥、飛雪、葉捕頭為了我要再入香巴拉，不辭辛苦，我很是感激。你堂堂一個國舅，既然病好了，不回汴京享福，跟著我們摻和做什麼呢？

曹佾似是看出了狄青的心思，腆著臉笑道：「其實我大難不死，反倒覺得什麼榮華富貴都是一場空了。回去能如何？這裡有神仙居住過，我若能進去，得以沾到仙緣，那不是比做國舅好多了？狄將軍，你可不要趕我走。」他的神情中滿是懇切之意，好像真怕狄青趕他走。

葉知秋一旁見了，開玩笑道：「我們這般凡夫俗子，可沒有你這般想法。不過據我所知，古代成仙的人的確不少，有李玄、呂洞賓、張果老等人，再加上你曹國舅，也是大有可能呀！你若成仙了，可要記得我們呀！」

曹佾大笑道：「一定，一定。還不趕快動工。」他倒比誰都要著急，當下身先士卒入洞，尋水道進入地下。那瀑布只是沖了一日，轉瞬又沒有了水，眾人入內，倒少了很多麻煩，等見到地下的鬼斧神工之境，眾人皆歎。

但要重新挖回到香巴拉所在，又不能讓上面倒塌下來，的確如狄青所言，很是艱難。眾人卻都不怕麻煩，細心地向香巴拉的方向挖掘。

這一日，天氣早寒。狄青等人出了水道稍微喘口氣，韓笑趕來。原來挖掘看似容易，涉及到方方面面實在太多，韓笑這段日子，又去西北找了會土木之術的人前來。

狄青見韓笑帶著幾人過來，心中微喜，暗想這幫兄弟對我，可真如親人一樣了。

韓笑到了狄青面前，並不先說掘土一事，眉頭微鎖道：「狄將軍，又有戰事了。」

狄青一怔，詫異道：「哪裡的戰事？是契丹南下嗎？」這些日子裡，他雖在沙州，可也知道不少消息。夏國終於傳出元昊的死訊，卻說是被太子寧令哥所傷，元昊重傷不癒，這才死去。寧令哥被沒藏訛龐以反叛之名誅殺，然後沒藏訛龐立沒藏氏之子諒祚為帝，諒祚也是元昊之子，但不過周歲，因此夏國的大權順理成章地落在了沒藏訛龐的手上。

眾人知道這個結果，心情迴異，從未想到天和殿驚天一戰後，夏國的大權竟被那小人獲取。契丹那面，耶律喜孫一直沒有回轉，當然是死在了香巴拉。耶律喜孫野心勃勃，但耶律宗真囚禁生母得登帝位後，知元昊已死，似乎就沒有再鬥的興致，聽聞他在上京整日飲酒作樂，好像也沒什麼一統天下的念頭。

元昊一死，天下就靜了下來。這時候，哪裡會有戰事？就算是偶有流民作亂，應該也不會讓韓笑這般緊張才對。

韓笑道：「是嶺南儂智高作亂，聽說他們兵鋒正盛，已克大宋廣南西路的重鎮邕州，圍困廣南東路的廣州。大宋連敗，現在每日嶺南都有宋軍敗降的消息，嶺南的百姓可苦了。」

狄青倒知道儂智高。當初回京的時候，他就聽說這人要求內附大宋，請大宋對交趾開戰。結果呂夷簡建議給儂家軍一些糧草，讓他們自行解決交趾。不想儂智高不但擊敗了交趾，看起來還要割點大宋的疆土。而嶺南的宋軍久未開戰，看起來怎麼打仗都不會了。這時郭遵、葉知秋也走了過來，葉知秋聞言，苦澀道：「養虎為患，莫過於此。不知朝廷這次要派誰領軍作戰呢？」

韓笑道：「聽說朝廷已派出幾撥人馬，但均是鎩羽而歸。郭逵小將軍被召回汴京，只怕聖上想要他領軍了。」

眾人都是一怔，元昊死後，郭逵坐鎮西北抵抗西夏，已隱有大將之風範，但畢竟經驗尚少，不想宋廷無將，竟想起用郭逵？

狄青心道朝廷只求安樂，無意天下一統，我以為元昊死後，我也就不用回去領軍，和郭大哥先到了香巴拉，看能否救回羽裳再說。但郭逵是郭大哥之弟，我也一直把他當做親弟弟來看，他經驗尚缺，若失陷在兩廣，我如何對得起郭大哥呢？

郭遵不發一言，緩緩坐到一旁，抬頭望天，眉頭已鎖。眾人沉默無語，韓笑竟也不再多話。良久後，葉知秋笑笑，走過來拍拍狄青的肩頭道：「狄青，你回去看看吧！挖土你不如趙明，破案你比不上我，論求仙之心，你不如曹國舅。但若論領軍，我們都不如你。你是狄青，無論如何，我想……你都該回去看看。」

你是狄青！

只是這簡簡單單的四個字，不用多說，但其中不知道包含了多少複雜的意思。

狄青望向了郭遵，郭遵已扭過頭來，起身走到了他的身前，笑笑道：「葉捕頭說的不錯，你回去看看吧！這裡的事情，交給我們就好。對了，我一會兒要寫封信，要交給小逵，你幫我轉交吧！」說罷輕歎一口氣道，「天寒了，你自己保重！」

這時蒼山倚碧，萬木肅殺。

郭遵臉上也帶分憂愁之意，說完後，轉身向水道行去，背影有著說不出的落寞之意。

第十八章 拜相

黃河遠上白雲間，一片孤城萬仞山。

狄青逆羌笛之聲馳過玉門，順黃河之水馬踏關山，這一日，又回到了汴京。千里苦風塵，京城繁華依舊。狄青到了京城後，正逢天寒風冷，哈氣成霜。他的鬢角亦是早白如霜，見京城十數年如一日地鼎盛，狄青只是壓低了頭上的氈帽，悄然到了郭府。

郭府前門可羅雀，煞是冷清。狄青心道按照消息，郭逵應該還在京城候命，我早讓韓笑先行飛鴿傳信，通知郭逵說我會回來。他會在府中等我嗎？唉，我、郭大哥和小逵三人整年在外奔波，這郭府早就蒙了厚厚的灰塵了吧？

大門虛掩，狄青推門而入，找了半晌，發現到處都有塵灰，可郭逵、自己昔日的房間還有郭遵的房間，收拾得均是乾淨整潔。

狄青見了，微怔片刻，嘴角露出分苦澀的笑，知道這肯定是郭逵收拾的。或許在郭逵心目中，狄青和郭遵從未離開過他。

坐在郭逵的房間內，狄青等到黃昏日落，還不見郭逵回轉，心中微有奇怪。想了片刻，提筆留言，說自己已回，出去片刻，若郭逵回來後，不要外出，等他回來。

狄青出了郭府，依舊頭戴氈帽，不想被人認出。

信步之下，感覺肚中饑餓，想起劉老爹開的酒肆就在附近，循向而走。到了那酒肆前，見到裡面孤燈一盞，酒肆中只坐著一人。那人背對著狄青，正端著酒杯往口中倒酒。

狄青見那人花白的頭髮，像是劉老爹，輕步走過去。就聽那人喃喃道：「姐姐……你一向可好？你在那邊，可是寂寞？」那聲音哽咽，滿是悲慟，其中還夾雜分憂憤之意。狄青皺了下眉，感覺那人不像劉老爹，轉過去一看，怔下道：「你是……」

他看清楚那人的臉龐，知道自己認錯了人。那人膚色黝黑，瘦得臉頰深陷，神色憔悴得不像樣子。

狄青乍一看那人，以為自己不識，但不知為何，總感覺有些面熟。

那人抬頭見到狄青，突然跳了起來，酒壺都摔在了地上，乒的一聲大響。他望著狄青，緊咬牙關，眼中露出極為驚慌害怕之意。狄青望著那張臉，竭力搜尋這人究竟是誰時，就聽到那人大叫一聲，掀翻了桌案，轉身就要衝出酒肆。

狄青伸手，一把拉住了那人，叫道：「李國舅，怎麼是你？」他見那人轉身時，反倒感覺有些印象，思緒陡轉，已想起那人是誰。

那人就是李用和，李順容的弟弟，也就是當今天子趙禎的舅舅！

那人被狄青抓住，用力掙脫，叫道：「你鬆手，你認錯人了。」他竭力掙扎，額頭都有汗水流淌。狄青見那人只是一個勁地否認，滿臉的憔悴惶恐，不忍強抓，鬆開了手。那人一個踉蹌，差點兒跌倒在地，可轉瞬已跑開，不見了蹤影。

狄青大是奇怪，暗想那人明明就是李用和，自己應該沒有認錯。可為何李用和不承認身分，而且那麼倉皇？狄青立在那裡，滿是不解，聽身後腳步聲響起，扭頭望過去，見劉老爹從後堂走了出來。

劉老爹見到狄青，又驚又喜，好一番問候。狄青問及李用和的事情，劉老爹卻不知情，只說那酒客這些日子經常前來喝酒，很是孤單。劉老爹說話間，端出酒菜，道：「狄將軍，他們都說你死了，我說你這樣的人，怎麼會死呢？」他言語誠摯，老臉上滿是光彩。

狄青心下感激，只是道：「我的確遇險，但後來沒事了。」他知道劉老爹很是想念郭遵，但也明白郭遵不想再露面，因此也不說及此事。

劉老爹滿是慶幸的表情，竟陪著狄青喝了兩杯酒，然後問道：「狄將軍，你這次返京，是奉旨要打嶺南的儂智高吧？」

狄青猶豫片刻才道：「國難當頭，若用得著我狄青，我當出馬。」

劉老爹詫異道：「他們不用狄將軍，還會用誰呢？」

狄青心中苦笑，暗想我是有心報國，但朝廷不見得希望用我。這些年來，我升遷極快，得罪了不少文臣，這些人就算國難當頭，只怕也抱著排除異己之心，就算范大人都被他們逼出了京城，何況是我狄青呢？這次嶺南之亂，若是聲勢驚人，驚擾了大宋江山，他們才會不得不用我。若是聲勢漸熄，這對那幫人來說，是個立功的機會，肯定不會讓我領軍了。

可他是狄青，知道了嶺南之亂，他沒死，就一定要回來。

但這些話，狄青卻不想對劉老爹說及。不想劉老爹道：「狄將軍，是不是朝中有奸臣說你的壞話，朝廷這才不重用你呢？」

狄青一怔，問道：「為什麼這麼說？」

劉老爹歎息道：「這朝廷變法本是好的，可聽說奸人不顧天下利益，逼走了范公、富弼等忠臣，破壞了變法。而狄將軍你和范公之交，天下聞名。他們既然逼走范公，肯定也會對你進行打壓了。」

狄青倒不想劉老爹看得倒也透徹，心中暗想，有大臣對我看不過眼倒也無妨，就不知趙禎如何想法呢？

他用過了酒菜，惦記著郭逵，辭別了劉老爹。等到了長街後，見煙花繁亂，透過夜色向李用和離去的方向望去，早就不見了人影。

狄青心中有些奇怪，暗想李用和怎麼說也是個國舅，為何會如此落魄？李順容已死了多年，就算李用和和姐姐姐弟情深，按理說傷心也應該淡卻了，可今日一見，他好像還對李順容之死有些……耿耿於懷？

搖搖頭，不再多想，狄青回到郭府，見郭逵還是沒有回來，微皺眉頭，斜倚在床榻旁等候，不知不覺間睡去。一夜無話，狄青第二日睜開雙眼時，見天色發白，郭逵還是未曾回轉，倒有些擔心。郭逵既然知道他要來，沒有道理不等他的，眼下郭逵始終未回，難道是有了意外？郭逵素來獨來獨往，這郭府空寂無人，那個唯一老邁的管家也不知道去了哪裡，他想要詢問，也無從去問。

緩緩起身，狄青再次出了郭府，信步在汴京街頭。

汴京安平多年，直如不夜城般。清晨時，早有商販起身買賣叫喊，甚是熱鬧。狄青走在街頭，心中暗想，我這次回轉京城，算是不得聖旨，私自回京，若要追究，定有過錯，但我早就不放在心上。我本想找郭逵問問嶺南的事情，若是緊迫又需要我狄青的話，我領軍解救百姓於水火是義不容辭。但若不緊迫的話，我可能就會辭官，以後再也不回京城了。天下無事，我留在京城還有何用？我現在只有一個願望，就是郭大哥他們能打通前往香巴拉之路，若能救回羽裳，我狄青和她一起，再不理塵世。可是……

想到這裡，硬生生地不再去想。若是救不回羽裳會如何，他根本不敢去想。

這時噹的一聲鑼響，驚醒了狄青的多年一夢，就聽遠方有百姓叫嚷道：「天子門生遊街了。」緊接著就是呼啦聲響，有無數百姓擁過去觀看熱鬧。

狄青這才察覺，原來不知不覺間，又轉到了大相國寺附近。

多年前，就是在這大相國寺，他遇到了羽裳。

千花依舊笑風塵，人已不在朱顏改……

正追思間，聽到身邊不遠有人說道：「兒子，你以後可要讀書，莫要學那人去當兵。你若當了兵，這輩子可就毀了。」

狄青感覺那話兒似曾聽過，扭頭望過去，見到一婦人偷偷地指了下他，正在教訓身邊頑劣的兒子。

狄青苦澀一笑，記得多年前，也曾有過這麼一幕。「男兒莫當兵，當兵誤一生。」這個觀念，原來這些年並未改變。

不想那孩童挺直了腰板，大聲道：「當兵有什麼不好？就如狄將軍那樣，殺敵為國，保民守疆，天下人敬仰，可比那些讀書人強太多了。國難當頭，詩詞能救國嗎？若有選擇，我更想像狄將軍那樣。」他說得響亮，周圍有不少人望過來，竟沒有反駁之聲。

那婦人怔住，半晌才道：「傻孩子，你哪有狄將軍的本事呢？這天底下，能有幾個狄將軍？」

冠蓋滿京華，斯人已落淚！

狄青靜悄悄地走開了幾步，心中感慨萬千。突然想到，世人對我狄青或褒或貶，眾口不一，只有羽裳才對我始終未變。當年我就算是個尋常的禁軍，她也是喜歡我的。一念及此，見紅塵依舊，耳邊隱有弦聲凌亂，狄青鼻梁忍不住微酸。透過那紅塵往復，見路的那頭，依稀有個白衣少女……巧笑顧盼，言語嫣嫣。

「羽裳，你沒有看錯我。」狄青喃喃道，「狄青已是天下無雙的英雄，但你是否看得到？」一想到羽裳可能再也不見，他見不到羽裳，羽裳也見不到他狄青聞名天下，眼簾又有些濕潤，只是想著，羽裳，你可知道，這些年來，我沒有一日不在想著你。

一切……原來從未改變。

「狄大哥……」有人呼喊了一聲。

狄青一震，轉瞬聽出那是男子的聲音，扭頭望過去，只見到長街的另一頭，有人大踏步地走來。

狄青微喜，迎過去道：「郭逵，你去了哪裡？」

來人正是郭逵，二人街上相遇，四手緊握，心中都有不勝之喜。

街市上有人認得郭逵，低聲道：「那是小郭將軍呀！當年大郭將軍橫杵三川口，殺得十數萬夏軍丟盔卸甲，小郭將軍更是大破夏軍中最厲害的鐵鷂子騎兵，一點兒都不輸於大郭將軍。」

郭氏兄弟在京城的名氣也絕對不小，眾百姓稱郭遵為大郭將軍，稱郭逵為小郭將軍，但其中的愛戴並無兩樣。

又有人問道：「能讓小郭將軍叫一聲狄大哥的是誰？」

有人顫聲道：「那還用問，當然是狄青狄將軍了。狄將軍回到了京城。」

狄將軍回到了京城！這句話倏然而起，一傳十，十傳百，轉瞬傳遍了大相國寺的周圍，整個喧囂的街市，陡然間靜了下來。有百姓向這個方向湧來，波浪般到了狄青、郭逵二人的身邊，紛紛指道：「看，那就是狄將軍。」

雖有更多的人已認識狄青，但狄青常年在外，還有更多更多的人只聽過狄青的事蹟，從來沒有見過狄青。看到的還想再看一眼，沒有看到的打破腦袋都要來看狄青一眼。這種英雄豪傑，豈不是百姓們最想看到的？於是外圈的人想往裡擠，就想看看天下無雙的狄青到底是什麼樣子。擠到裡圈的人卻頂住外面的擁擠，只怕眾人擠到狄將軍。大相國寺外波濤洶湧般，百姓爭相來看狄青，卻不再有人去看那遊街的天子門生。

那些天子門生面面相覷，從未想到過會受這般冷遇，難免表情各異。有的豔羨，有的嫉妒，有人也想去看狄青一眼、有人卻故作不屑之意……

狄青、郭逵從未想到二人見一面，竟有如此轟動。郭逵本有千般話語，可這時候根本什麼都不能說，眼珠一轉，向人群大聲道：「各位請聽我一言。」他大聲一喊，百姓一下子就靜了下來。

郭逵見狀，笑道：「我知道各位都想來見狄將軍，可不是要見我郭逵。」眾百姓善意地笑，氣氛略有鬆弛，郭逵又道：「可狄將軍才回京城，鞍馬勞頓，眼下還要商議國事。各位鄉親父老要看，以後還有很多機會。眼下還請以國事為重，讓狄將軍先入宮面聖如何？」

眾人聞言，均是自覺地閃身路邊，讓出通往皇宮的路來。

狄青也不多說，只是拱拱手。才走了幾步，就聽百姓中有人喊道：「狄將軍，這次可是你親自領軍平定嶺南之亂嗎？」

原來儂智高作亂嶺南，為禍愈烈，每過一天，都有噩耗傳到京城。更有嶺南、荊湖的百姓一路逃難到京中，大肆渲染南方禍事，百姓人心惶惶，只感覺江山要倒的樣子。

而能維護大宋江山的將軍，只有一個狄青！

百姓沉默，但萬目一望，只看著狄青，靜等他的回答。

狄青沉默片刻，向百姓輕施一禮，沉聲道：「青本武人，出身行伍，得鄉親父老抬愛，感激不盡。如今國難當頭，當會鞠躬盡瘁。」

眾人一聽，並不知道狄青的言下之意，卻如同得到了保證般，歡呼雀躍。

狄青卻已和郭逵向皇宮的方向行去，百姓目送狄青，不再蜂擁跟隨。狄青才出了人群，就聽到一旁有人輕嗤道：「區區一個赤佬，這般風光？」

狄青微震，扭頭望過去，只見到話音是從不遠處的一轎子中傳出。郭逵聞言大怒，就要衝過去，被狄青一把抓住。原來在汴京左近對刺字兵士稱作赤佬，很有輕蔑侮辱之意。狄青眼下已在三衙任職，那人仍稱呼狄青是赤佬，當然很有侮辱之意。

那人說的聲音輕微，但狄青、郭遵都是耳聰目明之輩，聽得清楚。

狄青凝望那轎子，腦海中突然閃過那雷雨交加的夜晚。那一夜，那個如羽如霓的女子，就因為不想看到他被人輕辱，縱身從那高高的皇儀門城樓上跳了下來。

楊羽裳的面容再現面前，「狄青，你在我心中……本是天下無雙的……蓋世英雄，如何能受……那些人的……輕賤？」

他狄青打遍天下，以戰功升遷，俯仰無愧於天地，但在一些人眼中，原來還不過是個赤佬。一想到這裡，狄青反倒笑了，淡淡問道：「還不知轎中是哪位大人呢？」

郭逵低聲道：「是兩府夏竦的轎子，轎中多半是夏竦了。」

原來當初夏竦未得進入樞密院，懷恨在心，幾次上奏，終於踢走了范仲淹、余靖、石介等人，一報當年被辱之仇。如今夏竦雖未進入樞密院，但得再入中書省為相。轎中人正是夏竦。

原來夏竦早朝經過這裡時，突然人頭攢動，擠得他的轎子無法通過。他一問之下，才知道是狄青在此，忍不住又妒又恨。夏竦本是睚眥必報之人，更知道狄青、范仲淹本是好友，見狄青這般風光，難免出言譏諷。聞狄青詢問，聽到郭逵答話，夏竦只是冷哼一聲，並不多話，心中暗想，和你這種低賤之輩，有什麼好說的？

狄青不聞夏竦開口，又道：「不知夏大人能否將方才所言，再說一遍呢？」

夏竦隔著轎簾見到狄青冷望著自己，知道狄青驍勇，心頭一寒。可轉念一想，這是京師，狄青還敢因為一句話動手不成，遂道：「我說區區一個赤佬，也是這般風光呀！」

郭逵雙眸噴火，狄青突然笑了，一字一頓道：「好，夏大人記得今日所言。狄青告辭了。」

夏竦本以為狄青會動手，暗想只要狄青動手，就告他個毆打朝廷命官之名，哪想到狄青轉身離去，心中暗道，你小子還算聰明，就算是范仲淹，都鬥不過我。你一個狄青，若敢惹我，自討苦吃。

狄青走到將近皇宮的地方時，突然止步道：「小逵，回府吧！」

郭逵本是恨不得將夏竦揪出來打一頓，聞言怔住，說道：「回府？聖上聽說你回來了，很高興，和我商議了一晚上如何討伐嶺南的事情，今日他讓我若遇到你，就請你立即進宮商議平定嶺南一事。」
狄青緩緩搖頭道：「現在不是商議的時候，你聽我的好了。」
郭逵有些發愣，但終究還是聽從狄青的意思。狄青回到府中後，先從懷中掏出封書信遞給郭逵道：「這是你大哥給你的信。他說你看了這封信，莫要聲張，也不要將他的事情說給旁人聽。你……就當他死了好了。」
狄青不知道信的內容，只想著郭遵親自囑託他把信給郭逵，顯然這內容對郭逵來說，比較緊要了。郭逵雖早從韓笑口中得知郭遵沒死的消息，但一直還難以相信，接過信，見信封上的幾個字就是大哥的筆跡，激動萬分。
狄青卻上床拉被子蓋在了身上，對郭逵道：「若有人找我，你就說我病了。」
郭逵點點頭，出了房間後，心中想到，狄大哥難道因為生氣夏竦的那番話，這才以病託詞，不想領軍了？可狄大哥應該不會拿國家大事開玩笑呀！
坐在院中，郭逵捏著大哥給的書信，心情激盪，又很是奇怪，暗想大哥既然沒死，為何再不回京城呢？
郭逵滿是不解，拆開了書信，只是看了幾眼，臉色已變。等到看完書信後，神色恍惚，手一鬆，那信竟掉在了地上。風一吹，郭逵回過神來，忙撿起書信，妥當地揣在懷中，然後呆呆地坐在庭院，臉色陰晴不定。
晌午時分，有急促的腳步聲從府外傳來，郭逵抬頭望去，見到閻士良帶著幾個宮人入內，見到郭逵，喊道：「郭逵，你怎麼還在這裡？狄將軍呢？聖上以為你們很快要入宮，等你們半天了。」
郭逵緩緩起身，露出為難的表情，「狄……二哥，他病了。」
「病了？他怎麼這時候病了？他怎麼能病呢？」閻士良一連三問，大是疑惑。
郭逵心頭火起，叫道：「他是神仙？他不能病嗎？」

閻士良駭了一跳，退後幾步，感覺自己說得有些不妥，也奇怪郭逵為何會發火，忙笑著圓場道：「我不是這個意思。我聽夏相說他才見到狄將軍，那時狄將軍還好好的呢！」

郭逵冷淡道：「很多事情難說的。」

閻士良心中不悅，感覺郭逵和平常有些異常，但事情緊急，還是先請郭逵領他去見狄青。等入了房間，閻士良見狄青大白天的躺在床上，也有些心慌，問長問短，狄青像是迷糊，只輕聲說句很累，然後就閉目不語。

閻士良見狀，暗想總不能把狄青抬到大內去，出了房間，對郭逵道：「郭逵，怎麼辦呀？」他的神色很是著急，一時間沒了主意。

原來趙禎早朝時，就和文武商議如何平定儂智高作亂一事，狄青回轉京城、出現在大相國寺的事情，早就風傳到京城禁軍耳中，又傳到了大內。趙禎一聽，精神大振，暗想依狄青的性格，多半很快就要入宮見駕，因此開始和文武百官商議國事，順便等待狄青入宮。

不想等了許久，竟不見狄青的影子。趙禎不解，忙命閻士良來找郭逵問問情況。

郭逵聞閻士良問計，說道：「什麼怎麼辦？告訴聖上說狄青病了就好。」

閻士良急道：「你說得倒輕巧，眼下戰火都要燒到京城了，沒有狄將軍怎麼辦呢？你跟我入宮去解釋。」他不由分說，拉著郭逵就出了郭府，直奔大內。

狄青等院門關閉，起身靠在床邊，嘴角中帶分哂然的笑。

黃昏日落時，郭逵這才回轉。郭逵進房後，端著飯菜放在桌上，還拿來了兩罈子酒。

狄青本以為郭逵會說些什麼，郭逵卻是什麼都沒問，也沒說朝廷如何，只道：「狄二哥，今日我陪你……或者說，你陪我喝酒，不醉不歸，如何？」

狄青略有詫異，感覺到郭逵有些異樣，但終究也沒有問什麼。二人各自捧起酒罈子悶聲喝酒，等兩罈子酒喝下去後，郭逵竟又出去拎了兩罈酒回來。

二人喝到半夜，郭逵很有些醉意，燈光下醉眼惺忪，突然望向狄青道：「狄二哥，我都知道了，原來……唉……」他長歎一聲，不再多說什麼。再喝了半罈酒，昏昏睡去。

狄青見狀，心中奇怪，暗想郭逵白天還不是這樣，為何從宮中回來後，就沉默了許多呢？難道說在宮中，趙禎讓郭逵受了委屈？可感覺又不像。見郭逵歪歪地從椅子上滑下來，坐倒在地上，狄青暗自搖頭，扶著他起身，將他放在床榻上安置好。

扶起郭逵的時候，觸摸到他懷中的那封信，狄青突然想到，郭大哥給了小逵一封信，他是看信後變成這樣的？

終於抑制住看信的衝動，狄青只是給郭逵去了鞋子，蓋上了被子，然後坐在桌旁喝著酒，想著心事，再過一會兒，也伏案睡去。

第二日郭逵醒來，話也不說，就出去為狄青買了飯菜回來，然後離開了郭府。狄青裝病，依舊不出郭府，等到黃昏時分，聽有腳步聲到了門前，叩了兩下。

狄青知道那人絕不是郭逵，又奇怪這時誰會來，低聲道：「請進。」

房門打開，狄青愣了下，下了床榻，起身施禮道：「龐大人，你怎麼來了？」

進來的竟是龐籍。龐籍見到狄青，臉上露出分微笑，四下看了一眼，見房間凌亂，酒氣熏人，輕輕歎口氣，坐了下來，開門見山道：「狄青，你素來沉穩謹慎，這一次，為何要咄咄逼人呢？」

狄青也跟著坐了下來，淡然道：「我若是臥病在房，喝酒澆愁也算是咄咄逼人的話，天下之大，已無我狄青的立足之地了。」

龐籍微滯，半晌才道：「你言重了。」岔開話題，龐籍道，「昨日郭逵向聖上說明了你和夏相的誤會，郭逵說你是因受氣而病，聖上聽了……對夏竦很是不滿，命夏竦三日內，必須給你賠禮致歉。狄青，今日留一線，日後好相見，何必定要讓夏竦下不了臺呢？聽我一句話，以國事為重，這件事，就這麼算了，好吧？」

龐籍雖為狄青抱不平，但這次前來，倒也抱著讓狄青息事寧人的態度。

狄青哂然一笑，「這麼算了？夏竦沒來，怎能就算？」

龐籍為難道：「狄青，你這是何苦？你素重大局，為何執著在一角呢？」他說出這句話的時候，感覺到有心無力。

他感覺到累了，也感覺到老了，要是十年前，他也不會這麼勸狄青的。

是不是因為，人一老，考慮得就多了呢？狄青霍然站起，一掌就要拍在桌案之上。見龐籍神色有些吃驚，那一掌終於緩緩地放下來，狄青轉身望向窗外，冷冷寒風中，斜陽的光輝隨風而走，穿窗而過，落在那滄桑的臉上。

「不錯，我素來重大局，這是范公教我的。他說我不知書，讓我多讀書，可我書讀得多了，經歷得多了，很多事情反倒越來越不明白。我以大局為重，當年我沒有殺了夏家父子，讓宋軍萬餘英魂盡喪三川口。我以大局為重，對韓琦、任福一忍再忍，結果導致數萬宋軍死在好水川，我的兄弟王珪、武英盡數因大局而死。我以大局為重，出使契丹，鎮守河北，丟下了西北戰局，結果定川砦又死了萬餘宋軍，种世衡死在細腰城，以大局為重的范公已被趕出了京城。」霍然轉身，夕陽的餘暉耀在狄青的雙瞳，光芒如火，「龐大人，你告訴我，那死的近十萬宋軍，死在邊陲的一幫英雄好漢，無辜被貶的范公，身死還念著西北百姓的种世衡，該以什麼為重？那些整日只知道飲酒歌賦、勾心鬥角的廟堂之人，又該以什麼為重？」

龐籍神色黯然，垂下頭來，無話可說。

「不錯，我狄青是莽夫，出身行伍，我懂得不多。可我知道誰的命都只有一條，誰都沒有資格輕賤別人。這話我當年對韓琦說過，這些年過去了，我依舊這麼說。我以大局為重，死裡逃生後，知道嶺南有難，就趕回京城希望為天下百姓盡綿薄之力，可廟堂上的那些人是否以大局為重？我狄青多年拚死，刀口闖關，解百姓之危難，難道就為了讓他們說一句，區區一個赤佬，怎配那種風光？我狄青不配，他們可配？」

龐籍身軀顫抖，想說什麼，可終究化作一聲長歎。

狄青越說越是激憤，咄咄地望著龐籍道：「龐大人，我聽說這次嶺南有亂，你第一時間推舉我狄青出戰，我謝謝你的器重。可我若帶兵出戰，那些士兵如果問我，狄青，你就算身在高位，在別人眼中，也不過是個赤佬，那他們捨生忘死，這一去可能就不會回來了。再也見不到父母，再也見不到妻兒，再也見不到兄弟，他們在別人眼中，為了什麼？難道就為了赤佬的稱號？龐大人，你書讀得多，你口才好，你能告訴他們，他們究竟是為了什麼嗎？」

龐籍緩緩站起，身軀顫抖，臉色歉然道：「你說得對。我這次不該來的。」

狄青長歎一口氣道：「不錯，你的確不該來。在那些不是赤佬的人眼中，我狄青不識抬舉，不能以大局為重，可我要問他們，他們要面子，難道我就不要臉？好吧，這次，我就不識抬舉，他們的大局是保榮華富貴，保江山穩固，他們若喜歡，自己去平亂。我狄青的大局就是一個人，那就是楊羽裳。她當年對我說，狄青不該受那些人的輕賤。我可以一無所有，我可以死，但我答應過羽裳，此生再不會受別人的輕賤！就算我明日被貶，就算我被刺配三千里，就算有刀架在我的脖子上，我若不見夏竦給我認錯，我定不領軍！」

龐籍點點頭，腰背略有彎曲，似已不堪重負。許久後，他才道：「我知道了。你說的對，錯了就錯了，找多少藉口都一樣是錯了。錯了就錯了，錯誤一定要犯錯的人彌補才行。」他望了狄青許久，又是點點頭，轉身推門走了出去，又緩緩地帶上了門。

狄青一腔憤怒發洩了出去，渾身突然變得空空蕩蕩，緩緩地坐下來，嘴角帶分哂然的笑：「可誰肯承認自己錯了呢？」

不多時，郭逵推門走進來，手中還是拿著兩罈酒。郭逵方才就在屋外，已聽到了一切，他像有千言萬語，可他只是說道：「狄大哥，我陪你喝酒？」

狄青點點頭，拿過那罈酒喝了幾口，只感覺口中滿是苦澀的味道。

二人喝著悶酒，到了深夜時，郭逵又是醉眼迷離，突然房外有人敲門。

郭府也沒什麼可偷的東西，再加上街坊百姓都對郭家很是敬重，郭逵粗心大意，院門素來虛掩，來人顯然從院門直入到了房前。狄青、郭逵對望一眼，都看出彼此的疑惑。龐籍都走了，這時候，還會有人來此？難道是夏竦前來認錯？可夏竦那樣的人，只怕打死也不會向狄青認錯，不然他以後怎麼在文武百官面前抬起頭來？

狄青見郭逵已有八分醉，只能自己起身到門前，打開了房門。

一溜月色照下來，落在房前那人的臉上，那人神色肅穆中帶有憂愁，隱有無上的威嚴，狄青見了，吃了一驚，失聲道：「聖上？」

眼前那人，赫然就是大宋天子趙禎！狄青從未想到過，趙禎竟然親自到了郭府！

月色清冷，如天邊銀河般落在了二人之間。

趙禎神色複雜，見狄青要施禮，說道：「免了吧。」他見房中滿是酒氣，皺了下眉頭道：「狄青，你到院中和朕談談，不知你意下如何？」

趙禎這般客氣的口吻，狄青倒有多年未曾聽到了。點點頭，狄青跟隨趙禎到了庭院，見閻士良站在院門處，細心一聽，就感覺院牆外有不少細微的呼吸聲。

狄青知道趙禎再不像從前，會輕易犯險，這次來到郭府，不問而知，肯定帶了許多禁軍跟隨。趙禎見庭院正中有張石桌，旁有桌椅，走過去坐下來，示意狄青也坐。

狄青本待推讓，轉瞬一想，也就坐在趙禎的對面。月色很有些冷意，趙禎眼中很有些感慨，「狄青，我們又有許久沒有見面了。」自從上次回京，張美人無端中毒後，狄青出使契丹。轉眼間，又過了數年。狄青知道張美人沒有死，可一直也病懨懨的沒好。他是問心無愧，對於張美人中毒一事，也有些難以想像。他更難想像的是，他和張美人本素不相識，為何張美人要陷害他？見狄青沉默，趙禎沉吟半晌才道：「其實朕……一直都把你當兄弟的。我們之間，雖沒有什麼歃血盟誓，可在我看來，很多盟誓，只貴在心誠，而不在形式。」他說話的聲音很輕，卻沒有注意到郭逵在房間內，悄然透過窗子看著他們。聽到趙禎這番話，郭逵的眼中，很有分古怪。

狄青想要說些什麼，可見趙禎並未望他，終於還是一言不發。

「朕一直想做個好皇帝，也一直在盡力做個好皇帝。」趙禎喃喃道，「可先有太后專權，後有元昊入侵，緊接著又來個儂智高為亂，朕心力交瘁。」他說話時，想著大宋的戰情，心急如焚。

只是這幾日的工夫，嶺南的求救信就像雪片一樣地飛來。

嶺南又有兩州被困，又有一州被破，又有將領被殺，又有知州投降……

儂智高連戰告捷，宋軍每戰必敗。如果說西北和北疆的禁軍，怎麼說也經過戰火的考驗，那南方的廂軍，數十年的和平下，根本早已忘記了如何打仗。大宋在兵制上實行強幹弱枝的弊端早就顯現，這次卻是一次爆發出來。空有禁軍百萬的大宋，兵力都在北疆、西北，南方的廂軍根本無法和儂智高抗衡。如今儂智高的軍隊勢如破竹，看情形，大有蕩平兩廣、鯨吞荊湖的架勢。如果再這麼下去，不出幾月，長江以南就要盡插儂智高的旗幟。難道說，大宋被契丹割去了燕雲十六州、被夏國搶去橫山以西，如今又要被儂智高劃江而治？趙禎不甘心，可不甘心有什麼用？群臣束手，無計可施。

每次想到這裡，趙禎都是心頭火起，契丹脅迫，群臣束手；元昊出兵，群臣束手；如今儂智高出兵，群臣依舊束手。這些百官是忠心的，忠心得能和他趙家一起死，但從不想著如何來挽救。

呂夷簡死了後，范仲淹被逐，大宋又是一潭死水的境地。到如今，他還是只能用狄青。有人提出要調北疆防契丹之兵、西北防夏國之軍對抗儂智高，可那兩地若虛空，契丹、夏國趁勢而下，大宋江山只怕轉瞬就被割得四分五裂……

想到這裡，不聞狄青回話，趙禎扭頭望過去，見狄青在望著天邊的明月。那曾經做事不計後果、粗莽、有些市儈的少年早已不見，他看到的只是一個滄桑、憂鬱又帶分難測的男子。他現在猜不透狄青到底想什麼。

「狄青，你一定要夏竦認錯？」趙禎開口問。

狄青只回了一個字，「是。」他咄咄逼人，還不僅是為自己的緣故。當年元昊偽造信件，投給夏竦，夏竦得到後如獲至寶。就是那封信，讓范仲淹被逐出京城，讓新法夭折。對於這種臣子，他根本不想姑息。姑息的後果，更是慘重！

趙禎輕輕歎口氣，神色誠懇道：「其實朕聽了郭逵所言，對夏竦也很是氣憤。朕已責令他三日內向你致歉，可他病了，病得很重，根本無法起身。」

狄青冷笑，心道我病他也病？他就算病入膏肓，死前也要來一次。

趙禎為難道：「朕總不能逼他以抱病之身來這裡吧？狄青，朕真的不能那麼做。」見淡青的月色落在狄青的臉上，有著說不出的冷漠，趙禎歎口氣，用手示意一下，閻士良上前，拿出一面鐵牌輕輕地放在桌上，上嵌金字。

狄青目光掠過，見鐵牌正中鑲嵌寫著幾個大字：「卿恕九死，若犯常刑，不得加責。」那鐵牌右上角寫著是賜給他狄青的，左下角注明年月。而那大字旁邊，又寫著不少小字，說明這鐵券的適用之處，如「可帶刀入大內，子孫世襲官位……」一時間難以盡覽。

狄青倒知道，這東西叫做金書鐵券！金書鐵券又叫丹書鐵券，歷代都是皇帝賜給臣子的最高許諾。有此憑證諾言，狄青只要不犯謀反之罪，一律免死！

趙禎望著那鐵牌，神色複雜，「昨晚我想了許久，特命他們做此金書鐵券。狄青，我知道，你這些年來受制於祖宗家法，很是委屈。朝中崇文抑武多年，那些文臣觀念根深蒂固，一時間也難以改變。我想你是怕這次領軍後，若勝了，多半有人會詆毀你，朕以此金書鐵券為憑，絕不疑你，若敗了……朕也不會怪你。」若有期冀地望著狄青，只盼他開口。

狄青終於開口道：「這次出兵，再也不能敗了。」趙禎連連點頭，神色期盼。狄青又道：「大宋連折多仗，我若再敗，宋軍絕無鬥志，只怕叛軍打過長江、直逼汴京，也是大有可能。」

趙禎臉色微變，手都有些發抖。

狄青又道：「我若出兵，只求一勝，兵敗自死。」

趙禎急道：「狄青，何出此不祥之言呢？」

狄青淡漠笑笑，突然想起武英臨死之言，緩緩道：「身為武將，為國盡忠，兵敗當死，何須多言呢？」不望那丹書鐵券，狄青站了起來，只望明月道：「聖上若讓我出兵，青只有兩個要求。」

趙禎忙道：「你儘管說。」

狄青道：「聖上當禮遇臣子，讓天下禁軍知道，武人並非卑賤無地。若非如此，臣只怕武人心寒，難以盡心一戰。」

趙禎沉默片刻，說道：「朕知道如何去做。那第二個要求呢？」

狄青道：「朝廷素來以文制武，難免兵調不靈，臣若出兵，定當總領用兵大權，旁人不得指揮。」

趙禎猶豫許久才道：「朕可應承你。」

狄青道：「只要聖上能做到這兩點，臣明日早朝，請領軍平南。至於這金書鐵券，聖上就收回去吧！」

趙禎忙道：「你留著無妨。」見狄青終答應領軍，趙禎心中欣喜，又看天色已晚，放下金書鐵券，起身離去。

狄青枯坐在庭院中，靜靜地望著那天邊的明月，明月也在看著他。直至天光發白時，狄青這才起身洗漱，收拾俐落後前往宮中。

到了文德殿後，文臣早聚，有幾個文臣見狄青站到一旁，低聲議論道：「迎一赤佬，屢日不來。」他們這幾日一直在等狄青，不想狄青託病不來早朝，這些人等候良久，早有怨言。狄青聽了，淡漠地笑笑。遠望龐籍、歐陽修等人低聲議論，時不時地向狄青看來，狄青也不放在心上。

有宮人唱喏，天子駕到，百官肅然跪叩。等起身後，趙禎見群臣似有千言萬語，直接說道：「朕今日早朝，就議平定嶺南一事。朕意已決，準備升狄青為樞密副使，總領平南事務。若有軍功，再行封賞。」

此言一出，滿朝皆驚。

狄青以行伍、黥面之人，能入兩衙榮升為捧日、天武四廂都指揮使，已是大宋少有的事情，而如今狄青才一回京，就能得入兩府，那真的是大宋開國以來前所未有之事。狄青眼下入主樞密院，若一戰功成，再賞的話，不就是樞密使了？想大宋就是名將曹彬在時，都沒有這般禮遇。而大宋自太祖以來，素是以文制武，聖上這次傳旨，狄青不被鉗制，直接負責調兵遣將，實在是打破祖宗家法的舉動。

群臣反對。可反對均在心中，群臣久在朝堂，知道朕意已決四個字的分量。趙禎開口就是這四個字，就是表明態度，若有人反對，那好，誰反對誰去平叛！

誰也不想去平叛。趙禎見群臣默然，緩緩地點頭道：「既然眾卿家沒有異議的話……」他拖長了聲調，環望群臣。

有諫官上前道：「聖上，祖宗家法有云，武將不得獨掌軍令。臣以為，宜派狄青為副手，再派一文臣總管嶺南一事為宜。」

群臣聽了，均是點頭贊同。狄青不知道那諫官是誰，可知道朝廷這些年來，只是不一樣的面孔，素來一樣的腔調。他也不出聲，只是冷冷一笑。

趙禎瞥見狄青的冷笑，心頭微顫，喝斥道：「那派你在狄青之上嗎？」

那諫官誠惶誠恐，倒還有自知自明，忙道：「臣不夠資格。」

趙禎環視眾人，問道：「眾卿家意下如何呢？」

眾人感到趙禎的怒意，察覺狄青的冷意，一時間惶惶不敢多言。龐籍終於上前道：「啟稟聖上，非常時期，當行非常之事。臣以為，狄青身為武將，用兵之計素來常人難測，若派人協助或者指揮，均難體會狄青的深意。如難以一統號令，不利於戰，臣認為，還是讓狄青專任為好。」

趙禎緩緩點頭，輕舒一口氣道：「既然如此，就這麼決定了。狄愛卿，不知你何時啟程呢？」昨晚趙禎回到宮中，見案邊又多了幾十道嶺南求救的奏摺，早就心急如焚。有龐籍建議，他不想再聽別人的反對意見。

狄青終於上前施禮道：「救兵如救火，臣請今日出兵。」

趙禎大喜，說道：「好，那祝狄將軍馬到功成。」以眼色示意群臣，群臣見狀，紛紛上前恭賀。有恭祝狄青一戰得勝，有賀喜狄青入主兩府。

眾人表面雖是一團和氣，可心中總感覺彆扭不滿。

這時文彥博到了狄青的身邊，笑言道：「狄大人這次得入樞密院，人逢喜事，這臉上的涅文都有些發亮了。」說罷又笑，像是玩笑。群臣均笑，可笑聲中，隱帶嘲弄之意。狄青冷冷地望著文彥博，盯得文彥博渾身不自在，半晌後才道：「文大人若是喜歡的話，我可免費幫你刺上幾行。」

文彥博笑容僵住，尷尬無地，卻不知如何反駁才好。群臣的笑容也凝在臉上，一時無言。趙禎龍椅上見到，暗自皺眉，半晌道：「狄卿家，你若是不喜臉上涅文，大可洗了去。」

狄青回道：「涅文可洗去，可有些東西刺在心頭，很難洗了去。聖上，臣要出戰，先行告辭。」說罷轉身就走，到了方才那幾個說他赤佬的文臣前，狄青陡然止步。

那幾個文臣知道不妙，見趙禎臉沉似水，忙作揖，七嘴八舌或稱狄大人，或說狄將軍，或有諂媚的直接稱呼樞密副使大人，都祝狄青旗開得勝，馬到成功。

狄青仰天一笑，大聲道：「樞密副使大人？嘿嘿，不過一赤佬矣，何敢勞幾位大人這般禮遇？」說罷大踏步離去，那笑聲激盪中帶著分譏諷，迴旋不休，捲起落葉風雨，漸漸去得遠了……

第十九章　兵　凶

狄青入主樞密院，擔當樞密副使一職。

狄青揮兵南下，趕赴嶺南，平儂智高之亂。

狄青已到荊湖一帶，廣發軍令，招荊湖銳卒……大宋戰神狄青奉旨平南，禁軍廂軍爭先恐後集聚響應，狄青月餘之內，已聚齊十萬兵馬。

消息傳出，汴京沸騰，舉國歡呼。

百姓認為，嶺南有救了，天下有救了。

雖說狄青入主樞密院很不合大宋祖宗家法，也讓朝中文臣很有非議，但百姓不看規矩家法，只認為能行的就上。狄青不要說做個樞密副使，就算做樞密使，百姓都認為沒有問題。

趙禎自派出狄青後，除去看望張美人，就連皇后都少見，這一日身在皇宮，又招龐籍入見，詢問嶺南戰事。

嶺南動亂前，趙禎已調龐籍回京，讓他入主兩府。狄青出征後，因龐籍和狄青交流最久，又懂軍事，因此趙禎讓嶺南一有軍情，立即轉給龐籍，龐籍審閱後，擇精要稟告。

趙禎人在宮中，見宮外積雪未融，身上微冷，一顆心也如赤裸在寒風中，顫動不休。儂智高作亂，事關重大，狄青只能勝，不能敗！

龐籍入宮，不等施禮，就被趙禎止住，賜座道：「龐卿家，你在西北，和狄青交往多年，應知狄青如何用兵。朕今日找你來，就是想問問眼下嶺南如何了。」又想起一事，問道：「這天下人多知狄青之勇，若是作戰，狄青想是不懼。可朕只怕儂智高陰險，派人對狄青用毒，那真的是防不勝防。朕前些日子派人去提醒狄青，不知狄青可聽到朕的提議嗎？」

龐籍安慰道：「聖上但請放心，聖上的提醒，早傳到狄將軍耳中。狄將軍這些年素來刀口行走，定早就提防此事。」頓了下，龐籍說道，「狄青去年十月起兵，不用北疆之士，一路募兵，主招荊湖廂軍銳卒，大肆囤積糧草，據最新消息，他已召集十數萬兵馬南下……看樣子要蓄力和儂智高決一高下。」

趙禎忍不住道：「朕倒也知道狄青用兵的一些方法。當年定川砦一役後，細腰城被圍，西北緊急，狄青就是不拘一格地招兵，也是和現在一樣的做法，以氣勢逼迫對手。結果對敵之時，嚇得夏軍不敢戰，逼得夏軍無法出兵，這一次，想必也是如此的做法了？」

龐籍猶豫片刻才道：「這個嘛，臣倒不好妄斷。不過聖上說得不錯，自從狄青領軍後，汴京、荊湖甚至兩廣的軍民都是士氣大振。眼下狄青已到桂州，和知州余靖兵合一處。」

原來諫院余靖在變法夭折後，亦被派遣出京，眼下身為桂州知州。兩廣兵亂，州縣多是不保，只有余靖還在帶兵苦苦支撐，維持著大宋的嶺南江山。

「那開打了嗎？」趙禎問道。

龐籍稍有猶豫，這才道：「我軍在狄將軍出兵後，已然和儂智高的叛軍打了一仗。」

趙禎一震，忙道：「朕怎麼沒有接到這軍情？戰況如何？」

龐籍緩緩道：「我軍大敗。」

趙禎臉色蒼白如雪，震驚道：「狄青敗了？」

龐籍搖頭道：「非狄青戰敗。狄青出京後早傳令廣西，命眾將堅守待援。而余靖不聽狄青之令，擅自派廣西鈐轄陳曙出兵進攻儂軍的金城驛，被儂智高大敗。」心中暗自嘆惜，原來宋軍知狄青領軍前來，竟都認為此戰必勝，就有不少人心存搶功之意。陳曙主動出擊儂智高，絕非為了大宋的江山，而是為搶功勞，不想反遭儂智高所敗。

趙禎一拍龍案，臉色憤怒道：「這些人真的這般違反軍令？狄青呢，怎麼不將他們斬了？」

龐籍立即道：「狄青到了桂州後，已遵聖旨，斬了陳曙及其手下將領三十一人！」

趙禎怔住，他方才說斬陳曙，不過是激怒之言，心中本覺得眼下用兵，當讓眾人拚死效力，不適宜陣前斬將。哪裡想到狄青竟如此霹靂手段，連斬宋將三十一人！

可話已出口，趙禎不能收回，只好道：「斬得好，斬得好！」驀地想起什麼，忙問：「那余靖呢？」他只怕狄青把余靖也一塊斬了。

龐籍道：「余靖請罪，說陳曙失律，是他管制不當，請狄青責罰。不過狄青說，余靖乃文臣，軍旅之責不應算到他身上。」心中暗想，狄青知道他在西北雖有威信，但嶺南將領不見得絕對服從他的管制，余靖不聽狄青的軍令，派兵出擊，顯然就沒有看得起狄青。如今狄青殺將以立威，就是用陳曙等人的腦袋，換取上下一心，同時也警告余靖不懂用兵，就莫要再自作主張。狄青不責余靖，顯然也是對范公當年的朋友心存敬意。唉……他這種人，在用兵時恩威兼施，本是大宋少見的領軍之才。狄青若一直在朝中，實乃大宋之福，但我只怕他這一仗，勝也好、敗也罷，均是難逃是非。

趙禎長舒一口氣，說道：「狄青說的也對。那眼下什麼情況呢？」

龐籍回道：「在狄青領兵到達桂州時，交趾王有文書送達，說願和我軍聯手共擊儂軍。」

趙禎精神一振，說道：「交趾肯出兵，那很好呀！他們可有使臣前來？朝臣怎麼說？」

龐籍道：「朝中百官聽到這事，倒也和聖上一樣的想法。不過……狄青已回絕了交趾。」

趙禎皺了下眉頭，心道狄青這麼做，算是大逆不道。狄青怎能不經朝廷，就直接對交趾回覆？可終究還是道：「狄青這麼做，必定有他的道理。」

龐籍點頭道：「聖上英明。依臣來看，交趾想要出兵，無非是試探我軍的虛實和信心。狄青上書道，假兵交趾以除內寇，弊端重重。區區一個儂智高縱橫兩廣，若朝廷都不能制，還需假手外人，一來打擊軍心，二來極有可能引狼入室，只怕未平儂智高，反陷入和交趾的征戰之中。」

趙禎長歎一聲道：「狄青所言甚是，朕幸虧得龐卿家提醒，不至於鑄成大錯。現在狄青在做什麼呢？」

龐籍道：「他斬了陳曙等人後，就在拜神。」

趙禎又是一怔，感覺到狄青的用意果然讓人難測，「拜神，這時候拜什麼神？」

龐籍道：「狄青聞桂州城南有一廟宇十分靈驗，他率部屬前往廟宇求神，當場拿出百枚銅錢，對神禱告道，若平南能勝，這百枚銅錢撒出去落在地上，就應字面全部向上。」

趙禎聞言，大吃一驚，忙道：「胡鬧，哪有這種可能？狄青如此，若不能成行，豈不動搖了軍心？」

龐籍道：「可狄青撒出了銅錢，的確是百枚字面向上。那時候所有人都是不信，但消息傳出去，軍心大振，所有兵士都信這次有神靈相助，狄青有無上的神通，一時間氣勢如虹。」

趙禎沉默片刻，起身踱來踱去良久，這才道：「龐卿家可信神嗎？」不知為何，他想起當初皇儀門一事。他不但不信神，甚至厭惡神靈一說，當初就是他爹舉國信神，搞得大宋國力衰竭，但當年狄青突變神武，連殺劉從德等三人的情形，至今還留在趙禎的腦海中。

若沒有神的話，狄青何以變得如此？

龐籍沉默許久才道：「很多事情，只能說信則有，不信則無。」

趙禎突然一笑，說道：「若無神靈的話，只能有一種解釋。那就是狄青所用的銅錢，必定是兩面皆字！」又想起當初和狄青一起逃難時，狄青計謀百出。這些年來，狄青運用計謀當然更是爐火純青了。

龐籍笑笑，也不多言。

趙禎也笑了，像是認為猜出了狄青的計謀，很是得意，又問：「狄青求神之後，又做了什麼事情？」

龐籍沉吟半晌才道：「據最新軍情，儂智高知狄青南下，收縮兵力，意欲拉遠戰線，拖疲宋軍。而上元節將至，狄青長途行軍，可能考慮到兵士疲憊，讓先行官在崑崙關北三百里處都泥江邊屯兵數萬，站穩腳跟，與儂智高在崑崙關東北百里馬度山的五萬大軍遙相對抗。狄青令後續的大軍緩緩跟進，兵士暫歇息十日，先過佳節，再和儂軍決一死戰。」

趙禎聽得心中緊張，恨不得狄青突施神威，一刀砍下儂智高的腦袋最好，見戰事未起，反倒有些失望，喃喃道：「是呀，休息一下也是好的。」突然望見殿外燈火如星，這才想到，今天不就是上元節了？以往每逢上元節，宮中都是張燈結綵地慶祝，汴京也是歡騰一片。但如今嶺南有亂，趙禎早說今年的上元節一切從簡，宮中雖掛有燈籠，但靜悄悄的，絲毫沒有往昔的熱鬧。

趙禎不想上元節，只是想狄青以數萬兵士對陣儂智高的叛軍，不知能否取勝？就算狄青能夠在馬度山取勝，儂軍身後還有崑崙關，崑崙關之後，又有儂智高大軍駐紮，這一仗，不知要打到什麼時候了。

趙禎心憂嶺南，也知道崑崙關建於唐朝，本是大明山東向餘脈，聽說關口處盡是懸崖峭壁，道路難行。儂智高知狄青南征，早派兵把守此關，當年唐嶺南蠻夷首領梁大海曾在崑崙關擊敗唐軍，狄青要和儂智高主力對決，只怕在崑崙關又有一番血戰。

兵法有云，一鼓作氣，再而衰，三而竭。狄青先戰馬度山，後戰崑崙關，再決戰儂智高的主力，只怕鋒銳已減……

趙禎從常理而判斷，意識到狄青的形勢並不算妙。見龐籍愁眉緊鎖的樣子，更增憂心。和龐籍又說了幾句軍情，有宮人急急來稟，低聲說了兩句。趙禎聽了，讓龐籍退下，起身匆匆到了張美人的宮中。

張美人臥病在床，見趙禎前來，勉力想要起身行禮。趙禎見張美人容顏憔悴，心中大痛，忙道：「美人……你莫要起身。」

自從張美人中毒後，就一直病懨懨的毒性難清，請了無數御醫來看，均是治不好張美人的病。趙禎見張美人一日日憔悴下去，對張美人的愛意卻沒有半分改變。不知多少次求神禱告，希望張美人能夠好轉。可張美人還是一天天地不見好，趙禎心中已有不祥之兆。

張美人見趙禎前來，輕咳幾聲，低聲問道：「聖上這幾日愁眉不展，可是在心憂國事嗎？」

趙禎點點頭，說道：「美人，你不用牽掛朕的江山，好好地調理身子就好。」

張美人淒然一笑，燈火下顯得有說不出的幽怨，「聖上，妾身見你整日憂心忡忡，怎能不牽掛呢？現在儂智高……作亂，那面戰情如何了？」

趙禎本不想說，可架不住張美人幽怨的眼神，簡略地將嶺南的戰情說了一遍。心中苦澀，暗想美人就算在病中，還都牽掛著朕的江山。蒼天呀，你既然讓朕得遇張美人，可為何不讓朕和她開開心心地在一起呢？

一想到這裡，幾欲淚下。

張美人聽著嶺南之亂，神色有些緊張。聽完後伸出手來，握住趙禎的手，幽幽道：「聖上，你覺得狄青能贏嗎？」

趙禎歎口氣道：「朕之江山，就繫在他的身上了。他若再敗，契丹、西夏就極可能趁勢進攻我大宋，那朕之江山不保。」

「可他勝了，聖上的江山也不見得穩妥了。」張美人突然道。

趙禎錯愕不已，燈火下，臉色顯得陰晴不定。宮中雖香氣暗傳，溫暖如春，但那一刻，氣氛若冰，半晌才道：「美人為何這般說呢？」

張美人一直望著趙禎的臉色，見狀閉上了眼，輕輕地搖搖頭道：「聖上，你當我什麼都沒有說好了。」

趙禎急道：「既然說了，怎麼能當做沒說？」可任憑他百般追問，張美人終究還是不說什麼。趙禎問了許久，見張美人沉默不語，輕歎一口氣，說道：「美人，那你好好休息吧！」他才待起身，就見到張美人眼角流出了兩滴淚來。

趙禎慌了，又坐了下來，只是握著張美人的手。

那纖手柔軟冰冷。

許久後，張美人才道：「聖上，妾身自幼信佛的。」趙禎有些不解，但只靜等張美人敘說，張美人沉默許久才又道：「妾身因為信佛，才敬佛。因此……當初包拯取出那玉佛來，妾身不想去摸，而非心中有愧。」聲音漸漸哽咽。

趙禎聞言，急道：「那你當時為何不說呢？」

張美人凝噎道：「那時候，妾身就算說了，他們也會說妾身是在狡辯。沒人會信妾身……」聲音悽楚，淚水滾滾而下。

趙禎緊握張美人的手，嗄聲道：「美人，朕一直都信你。這件事很有蹊蹺，朕無能查出真相，可朕始終都信你是無辜的。」趙禎回想當年的情形，不由總是皺眉，張美人是無辜的，狄青也沒有罪，那究竟是誰的問題？

張美人哭泣半晌，抑鬱的心情似乎有所好轉，感激道：「聖上，多謝你了。」

趙禎見張美人的神色隱有委屈，卻不再對他述說，心痛如絞，暗想朕枉為天子，可這件案子卻無能查破，真的羞愧難言。他枯坐在張美人床榻旁半夜，安慰良久，這才回去休息。接連數日，他暫時忘記了嶺南，無心批閱奏摺，抽空就要陪在張美人的身邊。

這一日，到了晚上掌燈時分，趙禎才待再去探望張美人，突然有宮人急報，龐籍請見。

趙禎知龐籍一來，肯定是和嶺南有關，當下召龐籍入殿。

龐籍手持奏摺，一見趙禎就道：「聖上，喜訊。」

趙禎一聽喜訊二字，心頭一鬆，急道：「喜從何來？可是狄青戰勝了馬度山的儂軍嗎？」按照他所想，上元節才過幾日，狄青出兵和儂智高對決，能勝馬度山叛軍五萬兵馬，就算是大喜之事。

龐籍搖搖頭。趙禎一望，心已涼了半截，忐忑道：「那……可是勝了一仗？」

自儂智高作亂後，宋軍連戰連敗，損兵折將，從未勝過一場。趙禎見龐籍搖頭，已把指望降到最低，只盼狄青能贏一次，挽回士氣也好。

龐籍雖是沉穩，但已難掩喜悅之情，說道：「聖上，狄青不但破了馬度山的儂智高數萬兵馬，還攻破了崑崙關。如今大軍過關，兵鋒直指邕州。儂智高沒有防備，知狄青破了天險崑崙關，立即調兵迎戰，如今狄青駐兵歸仁鋪，要和儂智高決一死戰！」

趙禎又驚又喜，沒想到竟聽到這個天大的喜訊，聲音都有些發顫。趙禎接過奏摺，顧不得翻看，只是說：「龐卿家，你給朕詳細說說。狄青怎麼會打得那麼快呢？」

龐籍笑道：「狄青此人在西北時，就愛惜兵士性命，素不輕發，一擊必中。他這次使的計策是明修棧道、暗渡陳倉。在召集荊湖銳卒之時，他就已調西北萬餘舊部快馬趕赴嶺南。」龐籍說的當然是狄青手下的十士，但趙禎有些錯愕，「他什麼時候調動西北之兵，我怎麼不知曉呢？」

龐籍微懍，半晌才道：「為防走漏消息，因此此事少人知曉。狄青說了，聖上既然將兵權交付給他，定當會贊同他調兵了。」

龐籍說完後，忍不住想起狄青臨別時的情形。狄青領軍出征時，曾經找他道：「龐大人，荊湖雖有銳卒，但不經操練，少經陣仗，就算交戰，難以一戰而勝。若和儂智高曠日持久交手，只怕北疆契丹、西北夏國會有變數。故在下請龐大人調西北廂軍十士前來作戰，一決勝負。但此事事關重大，若走漏消息被儂智高察覺，難出奇效，因此請龐大人此次定要祕密行事，若有後果，狄青一肩承擔。」

龐籍當時望了狄青半晌，終於點頭回了一個字，「好！」

這些事情，龐籍並不想和趙禎提及。

趙禎沉默片刻，終於道：「只要能勝，我當會贊同。狄青就是靠昔日舊部破了崑崙關嗎？」

龐籍點頭道：「不錯，聖上英明，想到這點。當初狄青廣招兵馬，大肆囤糧，運兵十數萬長途跋涉，誰都以為他會穩中求勝，一步步擊潰對手。但這些不過是他迷惑對手的方式，就在上元節時，他說要全軍過節十日再決戰也不過是煙霧。就在上元節那晚，他親自領軍，奇襲了崑崙關。崑崙關的叛軍根本沒有防備，被狄青一舉擊破。而在清晨時分，狄青又早派一隊人馬燒了馬度山叛軍的糧草，那數萬叛軍糧草被焚，知崑崙關被破，一朝散盡。」心中讚歎，暗想狄青用計可真的是深謀遠慮。狄青偷襲崑崙關，痛擊馬度山，指揮兵卒如身之使臂，臂之使指，雷霆一擊乾淨利索，事後想想用計看似簡單，但大宋能如此用兵之人，只有狄青一個！

但這樣的人，只怕……每次想及以後的情形，龐籍都是憂心忡忡。

趙禎長出了一口氣，多日的積鬱，終於能夠揚眉吐氣。許久的擔憂，眼下才能稍鬆心弦。驀地想到什麼，問道：「崑崙關之戰在數日之前已完結，那歸仁鋪眼下如何呢？」雖期盼狄青能一鼓作氣砍了儂智高的腦袋，可也感覺期盼並不現實。

龐籍道：「狄青攻下崑崙關時，就算余靖也不知情。余靖知道這件事後，已得狄青的傳令，讓他帶後軍過崑崙關，齊聚歸仁鋪。余靖當下修書給聖上，說若有最新戰況，當最快稟告。不過據臣猜想，狄青意在速戰速決，儂智高在崑崙關失算，折損人馬無數，既失地利，當求趁狄青立足不穩時進攻狄青。這二人均是一般的心思，只怕歸仁鋪眼下已經開戰，而戰情如何，明日或可傳達。聖上還請早些休息，明日臣再向聖上稟告情況。」

趙禎應允，一夜興奮難眠，到第二日清晨，不等起身，就有宮人稟告，龐籍再次求見。趙禎赤著腳就跳下床來，稍微穿戴，就命龐籍進宮，遠遠就問：「龐卿家，歸仁鋪如何了？」

龐籍這次沒賣關子，振奮道：「啟稟聖上，狄將軍在歸仁鋪大破儂智高叛軍！」

趙禎一股喜意衝上心頭，身軀晃了晃，長舒一口氣後才道：「龐卿家，你好好和朕說說了。」他難抑心中喜悅，振奮得心頭都顫。

龐籍稟告道：「歸仁鋪一戰，狄青命郭逵、楊文廣為左右先鋒，自己坐鎮中軍，請余靖壓陣，集結大軍於歸仁鋪之東北。而儂智高早到一步，列陣歸仁鋪之西南。是時儂智高叛軍身著絳色征衣，持蠻牌、標槍，望之如火。楊文廣甫一接戰，不敵而退。」

趙禎雖早知道結果，但聽到這裡，還是大吃一驚道：「楊文廣怎麼敗得如此之快？」趙禎知道楊文廣也是將門虎將，乃當年大宋開國功臣無敵金刀楊業之孫。這些年來楊家一脈均在鎮守北疆留意契丹的動靜，雖說北疆少有戰事，但楊文廣鞍馬嫺熟，亦有對陣經驗，是以趙禎抽他回到汴京，準備派他和郭逵一起領軍。不過既然狄青領軍，狄青威名無儔，郭逵、楊文廣就都成了狄青的副手。

龐籍輕歎道：「武經堂曾大人就曾說過，儂軍蠻夷出身，若論武力，其實遠勝不經操練的宋軍。儂軍更是以標槍、蠻牌互為攻防，作戰時銳利難當。宋軍每次均是敗在這標槍、蠻牌下。楊文廣雖勇，還是難敵儂軍。」

「那怎麼辦？」趙禎急道。

龐籍道：「先鋒楊文廣敗退，荊湖南路兵馬鈐轄劉几率右軍抵抗儂軍的衝擊，從清晨戰到晌午，難決勝負。這時儂智高命手下勇將黃師宓帶騎兵出擊，那騎兵號稱天龍騎，是儂智高的貼身鐵騎，戰馬均是收集自大理的良馬，可算是儂智高手下最為犀利的騎兵。劉几不敵，也要潰敗。」

趙禎怒道：「儂智高恁地囂張，敢這般稱呼？」這天龍的稱呼，非皇家不能用。趙禎聞之，自然惱怒。

龐籍心道儂智高都稱帝了，又有什麼敢不敢之說呢？又道：「當時宋軍微亂，儂軍士氣正高漲，本有將軍張玉請戰，狄青不許，打亂頭上髮髻，戴青銅面具親自出戰。張玉擂鼓，狄青出戰，一刀就斬了黃師宓於馬下。」

趙禎大喜，一拍桌案笑道：「好，殺得好！朕早聽說狄青喜披髮戴青銅面具而戰，每戰必勝，今日得斬叛逆，實在大快人心。」

龐籍續道：「狄青力斬黃師宓，儂軍氣勢稍止。狄青不待停留，就率昔日舊部衝殺敵陣。儂智高先後派手下龍蛇二將儂建侯、儂志忠率精銳迎戰，可均被狄青一刀斬殺。」

趙禎驚喜道：「原來狄青這般勇猛！」

龐籍點頭道：「不錯，狄青連斬儂軍三員猛將，儂軍軍心已慌，狄青率軍衝擊儂家軍中軍，儂智高不能擋，率眾先退。儂家軍見儂智高退卻，軍心崩潰後撤向邕州，郭逵早率兵守在歸路，從高處掩殺，儂軍大敗。狄將軍狂追儂家軍數十里，追到邕州城下，眼下儂智高閉城不出……」

趙禎大笑道：「好，好。打得好。龐卿家，速去找兩府商議賞賜一事。若緩了賞賜，只怕軍心不喜。」

他才待起身去將這好消息告訴張美人，龐籍忙道：「聖上，臣倒覺得，不宜再升狄青的官職。」

趙禎微愕，搖頭道：「怎能不升呢？朕意已決，你速去辦理吧！」他快步離去，到了張美人的宮內，張美人神色中似乎也有焦急，見趙禎前來，虛弱問道：「聖上，眼下嶺南如何了？」

趙禎笑道：「狄青大獲全勝……」話未說完，就見張美人晃了兩晃，暈倒在床榻上，趙禎大驚，急道：「快傳御醫來……」

狄青奇襲崑崙關，痛擊馬度山，儂軍大亂，節節敗退。宋軍、儂軍決戰歸仁鋪，廝殺終日，狄青出馬，連斬儂軍三上將。儂家軍敗退邕州。

狄青傳令，沿途州縣圍剿叛軍，不得怠慢。

兩廣軍民士氣如虹。

儂智高退守邕州，當日夜晚，不待宋軍合圍勢成，焚城突圍，一路西逃。

狄青率兵狂追數百里，儂智高逃入大理境內……

宋軍大獲全勝，狄青悉平嶺南！

連日來，兩廣慶呼，荊湖喜悅，天下歡慶，汴京一洗憂慮之氣，街頭巷尾，無不傳頌狄青之名。朝廷有旨，升狄青為樞密使，位列相位！

舉國歡呼時，趙禎心中卻滿是悲傷之氣。張美人病重，奄奄一息。他整日守在張美人的床榻旁，早朝時也是匆匆一過。這一日，眼見張美人臉頰消瘦，只有出氣沒有進氣的樣子，不由悲從心來，淚流滿面。

眾宮人見狀，都是不敢相勸。曹皇后趕來，見狀悄然上前道：「官家……」她才喚了一聲，趙禎已回過身來，撲到了曹皇后的身上，放聲大哭道：「皇后，為什麼？為什麼？為什麼朕愛之人，總是這般受苦？」

他自幼都在劉太后的陰影下，就是婚事都不能做主。他喜歡的人，劉太后均不喜歡；他不愛的人，卻整日守在他身邊。王如煙嫁給了別人，他耿耿於懷，本以為張美人來了，是蒼天彌補他的遺憾，不想張美人又變得如此。多年情感抑鬱，一朝發洩出來，趙禎哭得驚天動地。曹皇后只是摟著趙禎，淚水也流淌下來，低聲安慰道：「官家，你莫要哭了。你哭得……妾身心都要碎了。」

宮人見此，都是垂頭，不敢多言。

趙禎大哭一場後，心情稍平，回頭望了張美人一眼，見她昏昏沉沉的未醒，又想落淚，強自忍住，問道：「皇后……你找朕有事嗎？」

曹皇后沉默片刻，才道：「妾身見官家最近無心批閱奏摺，只是在這裡守著，擔心官家的身子，這才燉了湯送過來。」

趙禎這才留意到龍案上有熱好的補湯，搖搖頭道：「唉……朕喝不下。」陡然想到了什麼，說道：「最近朝事如何了？」說到這裡，不等曹皇后答覆，走出張美人的宮中，回轉到帝宮。眼下嶺南雖平，但戰亂未息，那裡事關他的江山，他總要留意一下。

回轉到帝宮，趙禎見案邊的奏摺已堆積若山，苦澀笑笑，坐下來翻翻奏摺。翻了幾下，臉色有些異樣。

曹皇后一直跟在趙禎的身旁，見狀問道：「官家，可是嶺南有什麼事情嗎？」

趙禎合上了奏摺，沉吟道：「朕讓狄青坐了樞密使一位，很多人都是不滿。說和祖宗家法不合，上書請朕撤了狄青的相位。皇后，你如何來看此事呢？」

曹皇后蹙眉思索了半晌，輕聲道：「其實旁人如何來看無關緊要，最要緊的是，官家怎麼看呢？」她回話的時候，眼中掠過分擔憂。

趙禎站了起來，在殿中踱了幾步，說道：「朕常觀魏太祖曹操雄才大略，然而多是譎詐的手段；唐莊宗李存勖也算是個豪傑，行軍打仗，基本上沒有失敗的時候，但即位後，沉迷於遊獵而沒有節度，對臣子的賞罰也不講規則。這兩人，只具備將帥之才，而無人君之量呀！」

曹皇后聞言，試探道：「這麼說，官家不想學古人，而想賞罰分明、處事公正了？」

趙禎道：「正是如此！」

曹皇后輕嗯了聲，回道：「狄青跟隨官家多年，沒有誰比官家更清楚狄青了，這件事，自有官家做主。妾身要說的只有一句……」頓了下，曹皇后道，「狄青是忠臣！」

「狄青是忠臣。」趙禎喃喃念了遍，點頭道，「好的，朕知道了，皇后，你去休息吧！」

曹皇后退下，趙禎坐回龍案旁，將奏摺一篇篇地翻過去，臉色陰沉不定。

看了數個時辰奏章，趙禎還是一言不發。就在這時，閻士良入內道：「聖上，文彥博請見。」趙禎只是點點頭。不多時，閻士良帶文彥博入內，然後退到殿外。

趙禎頭也不抬，問道：「文卿家，何事？」

如今文彥博已入兩府，身為參政。聽趙禎詢問，文彥博道：「臣這次冒死前來，想向聖上稟告幾件事情。」

趙禎翻閱奏摺的手微凝，緩緩抬頭，凝視文彥博道：「為何要冒死前來呢？」

文彥博神色誠惶誠恐，說道：「臣知聖上對狄青很是信任，但臣忠心耿耿，不得不說一句，狄青絕不能重用！」

趙禎雙眉一揚，冷哼一聲，反問道：「為什麼？」

文彥博四下望了眼，這才道：「狄青已功高蓋主！聖上若讓他掌控了軍權，只怕會對聖上不利。」

趙禎垂下頭來，隨手翻著奏摺，淡淡道：「你言重了。」

文彥博急道：「聖上，臣絕非危言聳聽。狄青不過是行伍之身，得聖上器重，這才飛黃騰達。但他升遷過快，難免飛揚跋扈。不說他毆打微臣一事，就說在西北，他就公然對上司不滿，對韓琦橫加指責。到了京城後，他變本加厲，只因小小爭吵，就以不領軍為由，逼迫聖上讓夏相認錯。夏相因此事氣病，今日已去了。」

趙禎翻著奏摺的手抖了下，揚眉道：「夏竦去了？」

文彥博悲慟道：「是呀，臣來宮中前，路過夏大人的府邸，得知夏大人的死訊後，這才決意入宮。夏大人對朝廷忠心耿耿，不想竟因為狄青而死。」

趙禎手指輕叩龍案，微微歎息聲，似在追思夏竦的功績，神色間略帶傷感。

文彥博見趙禎不置一詞，又道：「狄青這般囂張，已難約束，聖上又升他為樞密使，不就是在助長他的氣焰？他昨日可逼聖上服軟，到明日會逼聖上做什麼，實在讓人難以想像……」見趙禎還是沉默，文彥博並不住口，繼續道：「聖上可知道狄青每戰必披頭散髮，以青銅面具遮面是何緣故嗎？」

趙禎抬起頭來，皺眉道：「不都說他自嫌相貌過於俊朗，陣前難以威嚇敵手，這才以面具攝敵嗎？」

文彥博道：「這不過是傳言。據臣所知，狄青是因每逢出戰，都會頭出龍角，臉現神異，這才要遮住異相不為人知！現在街頭巷陌早已傳開，狄青是天龍轉世，有……什麼……之相……唉……臣不敢說。」

人生龍角，不言而喻，就是有天子之相。文彥博只怕觸怒趙禎，因此住口。

趙禎握著奏摺的手突然一緊，手上青筋暴出。終於舒了口氣，輕輕歎道：「狄青是忠臣……」

話未說完，文彥博已搶道：「太祖豈非周世宗之忠臣？」

趙禎霍然站起，一拍桌案，喝道：「大膽！你說什麼？」

原來宋太祖趙匡胤曾是後周之主世宗柴榮的殿前都點檢，周世宗早逝，託孤給最信任的臣子趙匡胤。可趙匡胤不多久，就在陳橋黃袍加身，逼周世宗身後的孤兒寡母退位，以後周堅實的基業，這才打下大宋的天下。這段往事，太祖一直諱莫如深，不想手下提及，趙禎也不認為是光彩的事情。聽文彥博以狄青比趙匡胤，重提往事，難免憤怒，可憤怒之餘，心中戚戚。文彥博早跪倒在地，叩首道：「聖上，臣今日前來，就是不惜一死勸聖上省悟。狄青或是忠臣，但他這些年來威望太盛，聽聞汴京百姓知他平定了嶺南，交口稱頌，更有無數人知道他要回京，早早地出京等待，只為要見狄青一面。如今京師，百姓只知狄青，不知聖上……」

趙禎緩緩落座，神色更是難看。文彥博見狀，又道：「聖上以仁治天下，但狼子野心，不能不防。狄青當年對抗夏軍，輕易可招兵近十萬之眾，這次前往嶺南，沿途更是景從雲集，隨意都能讓十數萬大軍跟隨。他召集舊部進攻儂智高，固然是出乎不意，但由此可見那些兵士對他的忠心耿耿。退一萬步來說，就算狄青忠心，但太祖難道不忠心嗎？可黃袍加身之時，由不得他不從。聖上若等到那日，只怕後悔已晚。」

趙禎坐在龍椅上，神色微變。

他目光投遠，望向那殿外的風光。殿外雪已融，可春風尚冷，冷得人骨子裡面發寒。

有風過，趙禎微微顫抖，臉色在那忽明忽暗的燈火下，已捉摸難定……

第二十章　破　盟

春寒料峭，凍殺年少。

然而整個汴京在料峭的寒風中，卻興奮得發抖。不知多少百姓交頭接耳，傳說狄將軍就要回轉京城。

早有很多人相約出城，守在路邊，只為先看狄青一眼。汴京城外，群情湧動，激盪著這個還有些冷意的春。

風起夜落，有孤燈明滅，照耀著狄青滿是滄桑的臉。他坐在酒肆中，已經許久。在百姓出城迎接他的時候，他早就無聲無息地入了汴京，悄然地坐在劉老爹的酒肆中。

酒肆一如既往地清冷，只有狄青一個食客。

劉老爹端上酒菜後，就坐到後堂，悄悄地望著狄青，那久經苦難的臉上，不知為何，有了悲涼擔憂之意。

狄青正在燈下看著一封信。

那封信並不算長，可他看了許久。握著那封信的手，在燈影下，顯得有些顫抖。終於放下了那封信，狄青凝望著桌案上的油燈，喃喃道：「我明白了，原來如此。」嘴角帶分苦澀的笑，神色蕭瑟。

信是郭遵託狄青交給郭逵的，可郭逵終究又把信轉給了狄青。

因為這封信，本來就是郭遵寫給狄青的。

郭遵為何要這般轉折地送信？狄青本不知情，但他看過信後，就明白了郭遵的用意。

將那封信緩緩地放在火焰上，望著一團火光燃起，帶著飛灰而落，狄青鬆開了手，端起了桌案的酒杯，卻又放下。

韓笑悄然走了進來，低聲道：「狄將軍，永定陵的事情都辦妥了。」

「我請你幫忙查的事情，你查得如何了？」狄青問道。他望著閃爍的燈火，眼中有了迷離。

韓笑從懷中掏出一畫卷遞給狄青道：「狄將軍請看。」

狄青攤開畫卷，借著燈火望過去，只見到那畫卷上畫著兩人，一人面容俊朗，赫然就像狄青。而畫像的另外一人，明眸淺笑，依稀有幾分飛雪的模樣。

狄青持畫像的手有些發抖，凝望那畫像許久，這才問道：「你確定……這是段思平的畫像嗎？」見韓笑點頭，狄青澀然一笑。

他從未想到過，段思平真的和他很像。是巧合，還是早有因果？

燈火一跳，耀亮了狄青的眼眸，宛如當初從瀑布中被沖出的那一刻。那時候，他腦海中突然有分幻象，他從未對旁人說過。他當初清醒後，其實就想找飛雪問問，可他終於沒有去問。

當那卷畫像出現在眼前時，再次勾起他當初的記憶。在地下大水噴發時，有清晰的畫面出現在他的腦海……

那個如他狄青長相的段思平，跪在一床榻前，緊握著一女子之手，泣聲道：「飛雪，朕寧捨江山，也想留下你來陪朕。可是……」

那如飛雪般的女子望著他，嘴角帶分不捨的笑，眼中帶著無邊的堅定和愛意，「思平，你我今生註定不能在一起。可我來生，一定會找到你。一定！」

段思平已泣不成聲，只是握著那女子的手，「一定！」

那時腦中的情景是夢是醒？若是醒，那人是段思平，他狄青又是誰？若是夢，為何回憶時，竟如此清晰刻骨、銘心酸楚？

狄青望著那畫像，良久後才問道：「段思平身邊的這人，叫做唐飛雪？」

韓笑再次點頭，有些詫異地問道：「狄將軍，你為何要找這兩人的畫像呢？段思平的畫像找來倒還容易些，但他和唐飛雪的畫像，只有一張，還藏在大理皇宮。若非大理皇帝知道我是狄將軍派來的，也不會把這畫像給我。」

「大理皇帝？」狄青喃喃念著，心中不知是何感觸。韓笑嘖嘖稱奇道：「是呀，就是你在青唐見到的那個段思廉。世事無常，誰能想到他竟然登基做了皇帝。當年他勢單力孤，和個書僮前來青唐，也不知道做什麼，現在想想，恐怕是避難吐蕃，也可能是效仿耶律宗真之舉，明裡避禍，暗中聯繫朝中重臣，這才推翻了段素興。」

大理皇帝，眼下就是段思廉，當初狄青還在青唐城見過此人。

當初段思廉見到狄青，曾主動搭訕，向狄青解釋承天祭一事，可後來狄青再也沒有見過他。不想後來段思廉在青唐時，朝中重臣高智升遽然發動政變，廢黜大理的天明皇帝段素興，轉擁段思廉為帝。

大理國雖小，朝廷皇帝的變遷卻頻繁，不過大理素來與世無爭，朝中的變故也少被中原人知曉。韓笑受狄青所託，前往大理查段思平的往事時，才發現大理皇帝就是在青唐的那個書生。可狄青為何要韓笑前往大理查段思平的往事，韓笑卻是一無所知。

見狄青不語，韓笑道：「段思廉見到我後，對我倒很是熱情。我見他如此，就說想知道段思平的往事，他主動將這幅畫像拿來給我，還問我……狄將軍是不是和段思平很像？」頓了下，韓笑驚奇道：「狄將軍，我若不知道這畫像是段思平的，真的以為畫的是你呢！段思廉還說……」見狄青望著燈火，好像神思不屬，韓笑住口。

狄青扭過頭來，問道：「他還說什麼？」突然想到當初見到段思廉的時候，段思廉和貼身的書僮望著他都有些訝然，書僮還低聲說，「公子，他好像……」之後段思廉阻止了那書僮，對他狄青很是親熱。

當初狄青根本沒有留意，可現在想想，那書僮可能想說——他狄青好像段思平。而段思廉主動搭訕，顯然也是因為他很像段思平的緣故。

韓笑沒有留意到狄青的異樣，說道：「段思廉還說，他能有今日之帝位，還是因為和唃廝囉曾經私下談過一段話。至於什麼話，他不好說，不過是和狄將軍有關的。他就是因為這段話，才興起鬥志去推倒段素興。他還說，他知道狄將軍以後肯定會幫助他，這才勇氣大增。他還託我向狄將軍問好。真是奇怪，難道說狄將軍你長得和段思平像，段思廉就認為你是段思平投胎轉世了？不然的話，他怎麼肯定你會幫他？」

說罷想笑，可見到狄青鐵青的臉龐，突然感覺一點兒都不好笑。

甚至……還有些陰森！

見狄青還是不語，韓笑賠笑道：「狄將軍，我就是想開個玩笑，你不會認真了吧？」他看狄青抑鬱，這才逗狄青發笑，不想無意之話，讓狄青滿是惘然。

狄青目光游離，沉默許久，暗想當年唃廝囉對他提及金書血盟一事時，他對段思平一無所知，因此詢問段思平是誰。當初唃廝囉看他的表情很有異樣，回他道：「你沒有問錯，多半是我……想錯了。」當初他不知道這話的意思，現在想想，是不是唃廝囉也知道些迷離的往事呢？

唃廝囉給他看金書血盟，難道就想說誓言不需要承諾？還是唃廝囉本另有用意？

狄青想到這裡，突然問道：「韓笑，你信人有前生嗎？」

韓笑怔了下，雙眉鎖緊，不解狄青為何有此一問。可見狄青煞有其事，終於道：「我沒有見過，但古書的確有前生的記載，不知真假。」

狄青雙眉一挑，問道：「古書有過什麼記載？」他讀書並不多，突然想起曾在《左氏春秋》裡讀過一篇關於聲伯的文。那文中說，聲伯做夢渡過洹水，有人將瓊魂珠玉送給他吃。聲伯不敢解夢，以為是不祥之夢。後來夢一解，人就死。

當初他見到這個故事後，只被范仲淹的批語所吸引，卻沒有過多想想這夢的含意。但他屢次似夢似醒間追憶起段思平和唐飛雪的往事，讓他感覺到夢境的離奇，聲伯之夢是說不祥，那他的夢究竟是在說什麼？

韓笑聽狄青發問，沉吟道：「古書曾記載，鮑靚記井，羊祜識環。這算是前生的真實記載吧！」見狄青不解，韓笑解釋道：「鮑靚是東晉南海太守，在五歲時，對父母說本是曲陽李家兒，九歲墜井死，投胎到了鮑家。他父母尋訪李家，發現此事無誤，後此事被史官記錄入晉書之中。而羊祜是西晉名將，事蹟其實和鮑靚大同小異，他也是記得自己是鄰家之子，早亡投胎到了羊家。他還記得當年作為鄰家孩子，埋在桑樹下的金環，後讓乳母取回，當時的人們都驚奇不已。這事也被記在了晉書之中。」

狄青聽了，喃喃道：「這麼說，真的可能有前生了……而我的……」話未說完，韓笑扭頭向酒肆外望去，狄青警覺有腳步聲，止住了話頭。

狄青聽力敏銳，遠勝韓笑，他晚韓笑一步發現有人前來，實在是因為心情激盪的緣故。

才扭過頭去，就聞有幽香暗傳。見酒肆門前，燈火映照下，站著個穿淡黃衣衫的女子，女子秋波水漫，落在了狄青身上。狄青有些詫異，緩緩站起來道：「常寧公主，你怎麼會來這裡？」

那黃衫女子正是常寧。

常寧輕移蓮步，走進了酒肆，低聲道：「我偶過此處，不想見將軍在此。正好我有事找將軍，才來相見。」

狄青心道，你一個公主，夜間來這偏僻的酒肆做什麼？

常寧已在狄青對面坐了下來，並沒有立即離去的打算。韓笑見了，閃身出了酒肆。狄青只好坐下來，問道：「不知公主有何事吩咐？」

常寧秋波流轉，落在了桌面的那幅畫上，神情有些黯然，目光中又有些訝然，道：「這畫中是狄將軍和羽裳姐姐嗎？」

狄青一怔，見畫像中的唐飛雪明眸善睞，栩栩如生，倒真的和羽裳神情有些相像。

他見到飛雪時，都是留意到她的雙眸，幾次差點兒將飛雪誤認為楊羽裳。現在看來，畫中的唐飛雪不但和飛雪相像，還有幾分神似羽裳。

一時間有些惘然，狄青搖頭道：「畫中不是我，是大理開國君王段思平和他的妃子。」

常寧凝望著那幅畫，心中古怪，也感覺段思平和狄青很有些相像。

狄青心中一動，突然道：「我就是聽別人說和他像，這才託人弄幅畫來。我倒感覺，段思平……像我的前生，不知公主怎麼看待此事呢？」他不知道多麼艱難，才故作輕鬆地說出這句話來。說完後，一顆心懸起來，留意著常寧的神情。

常寧沒有留意狄青口氣下的激盪，又去望那幅畫，等抬起頭來，狄青卻已垂下了頭。常寧幽幽一歎，「前生來世，常寧不敢期盼。若真的有緣，只盼今生常見。」望著那沉默的漢子，心中突然想，我見你一面，就要數年。可人這一生，有幾個數年呢？

狄青也跟著歎口氣道：「是啊，今生常見就是福氣。但我……」他又想起楊羽裳來，卻不說下去，再次問道：「公主找臣，可有事嗎？」

常寧道：「最近朝中文武對狄將軍多有議論，不知狄將軍可曾知曉呢？」

狄青搖搖頭，心道他們如何議論，與我何關？

常寧不明狄青的心事，神色中有些憤憤不平，道：「狄將軍為國盡力，這次平定嶺南立了大功，以狄將軍之能任樞密使，無可厚非，可那幫愚臣執意說不符祖宗家法，真讓人心寒。最讓人不解的是，龐籍龐大人也建議罷免你樞密使的職位……」

狄青見常寧少有的氣憤，反倒微微一笑。

常寧見了，問道：「狄將軍，你難道不生氣嗎？」

狄青只是搖搖頭，心中暗想龐籍當知道我的心思。唉……他知道提拔我為相一事，將我置在風口浪尖。我若為相，肯定難得善終；我若不為相，他們反倒可能會放過我。可我何必再看他們的臉色？

常寧捉摸不透狄青的用意，一時間反倒沒了話兒。

狄青淡淡道：「多謝公主相告，其實很多事情我都知道了，我還知道，歐陽修大人也上書請求罷免我……他用陰陽之說參我有錯，把淮南水災算到了我的頭上。」

常寧怔住，吃吃道：「你都知道了？唉，我一直以為歐陽大人素來耿直，明辨是非，不想他也要參你。」

狄青心道常寧畢竟不知曉官場是非，也不知道歐陽修、龐籍上書之前，已知會於我。歐陽修雖把水災算到我頭上，但那不過是子虛烏有的事情，他畢竟說我「武技過人，其心不惡，為軍士所喜，未見過失。」歐陽修其實也和龐大人一樣，想讓我離開這風口浪尖，給我一個體面臺階下罷了。他們還希望我……

想到這裡，狄青道：「公主不必多想了，若無旁事的話……」

常寧見狄青要走，突然想起什麼，說道：「等等……我差點兒忘記了正事，皇后託我給你一封信。」說罷從袖口取出一封信來，遞給狄青。

狄青大為詫異，不知曹皇后為什麼給他信。遲疑片刻，這才接過信來。

常寧見狄青接了信，心中輕歎，起身道：「狄將軍……那……我走了。其實我這次來，本來是找李國舅的，我聽說他經常在附近喝酒。」突然住了口，因為發現狄青的臉色變得異常地蒼白。

常寧見狀，有些吃驚，忙問，「狄將軍，你怎麼了？」

狄青死死地盯著手上的那封信，信皮上只寫著五個字，「字喻狄將軍。」本無什麼奇怪之處。不過那五個字行筆若飛，黑字中隱現白絲。

終於從那五個字上移開了目光，狄青緩慢問道：「公主，這封信是皇后親筆所書嗎？」

常寧點頭道：「是呀，皇后最擅寫飛白體的。這字可好看嗎？」

狄青笑笑，可笑容中帶著說不出的困惑，「很好，多謝你了。」

常寧見狄青滿是心事的樣子，心中疑惑，可無從開導，悄然出了酒肆，上轎子前，回頭向酒肆內望去，見燈火下狄青緩緩坐下來，還是望著手上的書信。

那書信到底有什麼古怪，讓狄青如此？常寧心中有些不安，只想回去後問問皇后。

常寧離去後，韓笑走了進來，見到那書信上的字體，也是吃了一驚。

字是飛白體，信紙是吉星齋所產。這和當年揭穿八王爺是兇手的那封信，並無兩樣。當初狄青、韓笑都為是誰寫的那封信困惑不已，但如今真相要揭開了，二人同樣地驚奇詫異。

寫信的人竟然是曹皇后！

韓笑望著狄青，狄青只望著手中的那封信，緩緩拆開，看了半晌後道：「原來如此，我終於明白了……」他沒有解惑後的喜悅，反倒有種蕭索的感覺。韓笑雖說好奇心不大，但還是忍不住問道：「狄將軍，究竟是怎麼回事呢？」

狄青坐在那裡，望著那昏暗的燈火道：「這事情說來話長。韓笑，你還記得曹佾嗎？」

「當然記得。」狄青奇怪道，「他是曹皇后的弟弟呀！」

狄青澀然一笑，「你我都忽略了，他姓曹的……」

韓笑簡直不明白狄青在說什麼，曹佾當然姓曹，這有什麼被忽略之處呢？

狄青見韓笑一頭霧水的樣子，淡淡道：「你不要忘記了，歸義軍的後人本也姓曹。當年曹姓中人有一脈死守香巴拉，卻有另外一脈意見分歧，遠走他鄉。我們沒有去查他們的下落，也就不知道他們後來去了河北，遠離香巴拉數千里，只想忘記從前的記憶。」

韓笑看看狄青手上的信，心思飛轉，眼中突然露出驚駭欲絕的表情，吃驚道：「難道說，曹皇后、曹佾都是那些人的後代？」

狄青點頭道：「不錯，是以曹佾才會前往西北，尋求香巴拉之謎。不然他何以能直入沙州呢？」

韓笑那一刻的震駭不言而喻。

曹皇后本名門之後，祖父曹彬，是為大宋開國名將，和太祖趙匡胤攜手打下了大宋的江山。曹家自那以後，在大宋輝煌無比，誰又能想到，他們本是歸義軍的後人！

這好像匪夷所思，但認真想想，所有的一切卻又順理成章。

曹佾因為知道這些往事，才會尋求香巴拉之謎解救自身。趙匡胤和曹彬關係極好，就算曹彬幾次犯錯，趙匡胤對曹家也是善待有加，是不是因為他們擁有一個共同的祕密？趙匡胤留下家法在太廟，神祕離奇，是否也因為香巴拉之故？

太祖也知道香巴拉？

而後真宗一心信神，執意追尋香巴拉，莫非也是因為隱約知道太祖的往事嗎？

韓笑想到這裡，感覺朦朧中，一切都有了清晰的解釋，可他還有一點不明白，曹皇后為何能揭開八王爺造反的底細？曹皇后對狄青說這些，所欲何為呢？

狄青卻不再多說，艱難地站起來道：「我出去走走。」將那封信遞給了韓笑道，「你看完後，就燒了它。莫要再給旁人看。這件事，你不要再追下去，我來解決！」

韓笑接過那封信，見狄青走出了酒肆，迫不及待地展看一觀。只看了幾眼，雙手已劇烈地顫抖起來……

狄青出了酒肆，抬頭見繁星如火，月明似夢，長舒了口氣，喃喃道：「這樣的美景，就像個夢一樣了……夢醒後，才發現，很多事情，只有在夢中才存在。怪不得郭大哥這麼選擇。」

他神色雖還有惆悵，但腰板還是挺了起來，信步沿著長街走著，眉頭微鎖，顯然在決定著什麼重要的事情。

等到了郭府，推門進去後，見房間內有燈光映出，狄青微覺錯愕。眼下郭逵還在收拾嶺南的戰局，誰會堂而皇之地在郭府點燈呢？

不再多想，狄青推門而入，見燈下坐著一人，略黑的臉龐，肅然的神色。

狄青見到那人，倒有些意外之喜，上前幾步，臉上露出分微笑道：「包兄為何來此呢？」

來人卻是包拯。

包拯見狄青入內，起身抱拳道：「在下來此……是想狄兄應該回來了。城外雖有繁華萬千，可那畢竟不是狄兄所喜。」他和狄青以兄弟相稱，就如當年一般，只論私誼，不像談論公事的樣子。

狄青心中微暖，知道包拯和他雖只是寥寥幾面，但相知甚深。「包兄深夜前來等我，當然是有話要說？」

包拯凝望狄青良久，說道：「朝中最近對狄兄多有詆毀，不過在下未發一言為狄兄分辯，不知狄兄可會見怪呢？」

狄青笑著搖搖頭道：「包兄不言，已勝千言。在下感激不盡。不過那些閒言碎語，已不被我放在心上。」

包拯長歎一聲，滿是遺憾道：「這麼說……狄兄心意已定了？」

狄青猶豫片刻，知道只有包拯能看穿他的心思，緩緩道：「青本農家少年，出竄行伍，素無大志的。雖說也為百姓做了些事情，但今生本只為至愛一諾。我答應過她，不讓天下人小窺輕賤，做個她心目中的英雄。如今願望已了，再無憾事！」

這話他沒有對龐籍說，沒有對常寧說，甚至沒有對韓笑說，獨獨對包拯說了。

他知道包拯知他，他也就無須隱瞞。

包拯澀然笑笑，心中暗想，狄青已心灰意懶，萌生退意，國之棟梁，終究要離去。若只是百官的流言飛語，只要聖上支持，想狄青也不會如此。但最近流言甚囂塵上，恐怕是……

終於不再想下去，包拯道：「在下今日前來，除了想見狄兄一面，還想說說對當年案子的看法。」他說的是狄青捲入宮中凶案，張美人中毒一事。見狄青臉色有些異樣，包拯下定決心道：「當年那案子，其實極為簡單。不是狄兄撒謊，就是張美人大話。在下怎麼來查，百般尋思，都覺得狄兄根本沒有半分殺人的理由。這麼說……只剩下唯一的答案。」

狄青笑笑，似乎對這案子已沒什麼興致，「多謝包兄抬愛。」

包拯正色道：「我雖有結論，可一直想不通張美人為何要害狄兄。後來張美人中毒，這案子看起來另有隱情，我一時間也不敢輕下結論。這幾年來，我其實一直在留意這個事情，感覺若另有凶徒，殺人滅口定有動機和目的，可幾年過去了，並無人再對張美人不利。我感覺事有蹊蹺，寧可做回小人來推斷……」

狄青忙道：「包兄不用推了，這件事也不必管了。包兄的一番好意，在下心領。」

包拯正視狄青，一字字道：「我若還在查案，絕不能信口決斷。但今日我來，是因為當你是朋友兄弟，因此這個推斷，我必須要說。」

狄青雙眸中隱有感慨，只是輕輕歎口氣。

「我的推斷是，下毒的不是旁人，而是張美人自己！」包拯一字一頓，終於說出了想說的話。

室內靜寂了片刻，包拯本以為說出這個結論後，狄青會有所驚詫，不想狄青只是笑笑，「包兄斷案如神，在下很是佩服。」

這次輪到包拯驚奇，訝然道：「狄兄早知道這個答案了？」

狄青移開目光，悠然道：「其實我那天出宮後，就猜想張美人為逃嫌疑，這才服毒博取聖上的同情。不過我一直想不出她和我無冤無仇，為何會這般費盡心思地害我？但我現在知道了。」

包拯怔住，忙問，「她為什麼害你？」

狄青轉頭望向包拯，誠懇道：「包兄，你是好人，百姓需要你這種好人。因此……有些關於我的事情，你不要知道太多。多謝你這時還為我考慮，你請回吧！」

包拯望著狄青良久，神色複雜，終於點頭道：「那好。狄兄……你保重。」他還想說些什麼，但終於舉步離開了房間，輕輕地帶上了屋門。

狄青聽那腳步落落地過了庭院，出了院門，臉帶感激之意。緩緩坐在了椅子上，狄青喃喃道：「包兄，我不是想瞞你，可你真的不需知道太多的。」

他就那麼坐著，望著桌案的孤燈，不知許久，又有人入了郭府，到了房前，輕輕地敲了下門。

那聲音很輕，輕得有如雨打殘荷，秋日露落，輕微中，帶著分蕭瑟的冷意……

轎子悠悠，常寧坐在轎子中，一顆心也隨著轎子的起伏悠悠而動。

曹皇后給狄青的那封信究竟有什麼古怪？狄青為何看到那信封面，就如此震驚呢？

常寧很有些後悔，後悔為何不事先看看信的內容呢？如果看了，就不用如此憂心……但如果看了，或許更憂心。

轎子入了宮中，常寧迫不及待地去了曹皇后的寢宮。在宮外等了片刻，有宮女出來告之，曹皇后去見聖上了，說常寧若來，請她等候。

常寧聽到，有些訝然。不詫異皇后去見聖上，而是奇怪曹皇后為何知道她今晚會來找呢？坐在殿中，四壁青燈，照得殿內有些淒清。

有幾分月色順著那雕花的窗子偷偷地照過來，像是要和燈火爭輝。月色的映照下，殿內更顯冷靜。

常寧順著月色望過去，見一輪皎潔的明月掛在天邊，而那明月中，隱有黑色的樹影。傳說中，那兒有吳剛伐桂，有玉兔搗藥，有嫦娥思夫。傳說總是美好，常寧以往也很喜歡這些傳說，但今日見到，總感覺再坦蕩的月色下，似乎也藏著什麼祕密。

曹皇后好像也有祕密，而且是……很大的一個祕密。

心緒正亂時，聽殿外有宮女竊竊私語，常寧雖不想聽，那聲音還是傳了過來。有一宮女道：「皇后怎麼去了那麼久？張美人不知道如何了？」

常寧微懍，她知道這些日子來，張美人身體日頹，趙禎整日留在張美人身邊，只怕張美人不行了。本來對張美人沒甚感覺，自從張美人涉嫌陷害狄青後，常寧更是不再和張美人言語，但一想到張美人若死，只怕趙禎對狄青更有隔閡，常寧很是憂心。

又聽有宮女道：「聽人說，狄將軍回京了？」常寧聽到狄青之名，更是留意，聽另外一個宮女道：「狄將軍不但回京了，我還知道，他今晚被聖上召到宮中，聽說聖上要給狄將軍賜酒慶功呢！」

常寧心頭一震，霍然衝出去，望著那說話的宮女道：「你說什麼？」聽聞聖上賜酒，常寧不知為何，一顆心怦怦劇跳。

那宮女見常寧臉色蒼白，驚嚇道：「公主，我說聖上擺酒賜宴，請狄將軍入宮了。」

常寧急道：「在哪裡？」

宮女喏喏道：「文苑閣。」

常寧聽了，顧不得再說，急急地一路小跑，向文苑閣的方向跑去。將近閣前，見四周有禁軍把守，常寧更是心驚。才要入閣，有人上前道：「長公主，這裡不能擅闖。」攔阻那人，卻是邱明毫。

常寧喝道：「你是開封的捕頭，這麼晚到宮中做什麼？可是要造反嗎？」

邱明毫臉色不變，說道：「臣奉旨行事。請長公主回去休息。」他平淡的語調中，有著絲絲入骨的冰冷。

常寧怒視邱明毫道：「你給我讓開。你若不讓，今天我就讓你人頭落地。」常寧素來平和恬靜，如此發火，實在是少見的事情。

常寧舉步前行，邱明毫本想阻攔，但見到常寧幾欲噴火的眼眸，心頭一顫，終於退到一旁。

常寧到了閣前，見廳堂燈火大亮，狄青果然在堂中坐著，狄青對面坐著的就是宮中第一太監閻士良。

閻士良正起身滿了兩杯酒，狄青端起了酒杯……

常寧見狀，衝過去道：「狄青，酒不能喝。」她鬼使神差地奔到了狄青的面前，一把握住了狄青的手。

只感覺一顆心怦怦大跳，手心盡是冷汗。

狄青望過來，緩緩問道：「公主，這酒為何不能喝呢？」

常寧解釋不明白，只感覺心中驚懼，見閻士良也望了過來，突然一咬牙，搶過狄青手中的酒杯道：「因為我要喝這杯酒。」

她舉杯就要喝下去！

她也不知道為何會有這種衝動，但她心甘情願。

聽到趙禎賜酒給狄青，常寧的第一個念頭竟然是……酒中有毒！她居然不信哥哥，不信那個越來越難測的哥哥。狄青有危險，可這危險，她說不出口。

酒到嘴邊時，她內心淒然中還帶分快意，她甚至希望，這杯酒是有毒的。

她不知道當年的楊羽裳是如何才能在狄青心中銘刻下難以磨滅的痕跡，她卻知道，無論如何來做，在狄青心目中，只有楊羽裳一人。她為狄青而死，若能在他的記憶中留分清晰，她無怨無悔。

一隻手伸過來，拿過了酒杯。狄青眼中也有分苦澀之意，道：「這酒不能喝。」

「為什麼不能喝？」常寧怔住，問的是狄青剛才問的話。

狄青端著酒杯，若有所思地望著眼前的閻士良道：「這杯酒，本來是給閻大人喝的！」

閻士良臉色驟變，霍然站起，差點兒撞翻了椅子。他沒說什麼，可他的表情已告訴了所有人，他要說什麼！

閣外有寒光閃動。

狄青還是端著酒杯，目光投遠，其中有了悲哀之意，「閻大人，請帶我去見聖上，我有話要對他說。」

閻士良額頭汗水滴落，嗄聲道：「說什麼？」扭頭向外望去，隱有畏懼求救之意。

狄青淡淡道：「我很久沒有和聖上閒聊了，他不會拒絕我的請求的。」拿著手中的那酒杯，狄青歎口氣道：「你若不帶我去，還是有人會帶的。你好好想想吧！」他的言語很是平靜，可其中的決絕不容置疑。

閻士良看著狄青手中的酒杯，渾身顫抖不停。

狄青歎口氣，走到了閻士良的面前，將手中的酒杯遞到他的唇邊。閻士良退後一步，終於道：「好，我帶你去見聖上。」

閻士良故作沒有聽到，有些顫抖地走出文苑閣。狄青跟在閻士良身後，常寧又在狄青身後。常寧見閣外早有禁軍把守，以為這些人定會攔阻，不想邱明毫見狄青、閻士良出來，直如未見般。

狄青笑笑，喃喃道：「其實我知道，聖上一直在等我的。」

只是在狄青等人過去後，邱明毫一擺手，眾禁軍跟在了狄青的身後。

眾人默默前行，宮中燈火通明，照得眾人如夜間的幽靈。

等到了帝宮前，宮人宮女見到這般陣仗，都是驚惶不安。可見閻士良領路，無人敢問究竟怎麼回事。

閻士良立在宮前，讓宮人入內通傳，不多時，曹皇后從宮中走了出來。常寧大是詫異，就見曹皇后望了閻士良一眼，又轉望狄青道：「狄將軍，聖上請你和閻士良進去一敘。」她居然不問狄青前來何事，像是早知道文苑閣發生的一切。

狄青笑笑，舉步入殿。常寧才待跟隨，卻被曹皇后一把拉住。

帝宮內，冷冷清清。趙禎孤獨地立在床榻前，背對著狄青。床榻上躺著張美人，雙眸微閉，似已熟睡。

趙禎望著床榻上的張美人，好像已如石雕木刻，聽到身後腳步聲停頓，也不轉身，冷漠道：「張美人死了。」他似是極力地壓制住悲傷，才能說出這平靜的話來。

狄青望著那床榻上的女子，沉默無言。閻士良站在不遠處，渾身抖動得如風中的落葉，眼中更是埋藏著深深的驚懼。

這平靜下面到底埋藏著什麼驚濤駭浪，沒有人猜得到。

「朕自幼就不自由，就算登基後，也不自由。」趙禎望著那床榻上的張美人，眼中有了深邃的痛楚，「以前有太后，後來有祖宗家法，再後來又要門當戶對。朕喜歡王如煙，可她嫁給了別人。朕不想娶郭皇后，但她一直跟在朕的身邊，朕要廢了她，百官不同意。郭皇后去了，就是曹皇后，因為她是名門之女，文武百官都想朕娶她為后，就算范仲淹也不例外……」

嘴角滿是哂冷的笑，「朕要娶女人，總要徵詢天下人的同意。因此張美人到現在還是個美人，連貴妃都不是。到現在，她去了，終於去了……」霍然轉身，趙禎望著狄青，嘶啞道，「你們是不是很開心？」他的眼中滿是紅絲，那聲喊中，不知道包含著多少無奈的痛苦。

他就那麼地盯著狄青，一字字道：「難道朕身為天子，大宋的九五之尊，就不能為喜歡的人做點什麼嗎？」

狄青臉色平靜，目光冷靜，他那一刻，靜得和冰一樣，「當然可以。」

趙禎似乎沒有意料到狄青這種答覆，怔了下才道：「她生前說怕群臣非議，怕朕為難，是以從來沒有向朕要過名分，可她如今去了，朕一定要給她皇后的名分。誰都阻止不了朕！」他咬牙切齒地說出這句話，還是盯著狄青，似乎阻撓他立張美人為后的是狄青。

狄青並沒有迴避，也無須迴避。他這一次，甚至連話都不說。不是無話可說，是覺得沒有必要說。

「你知道張美人臨終前說了什麼？」趙禎突然陰森森問。

狄青還是平靜依舊，說道：「她說什麼，和我有關嗎？」趙禎心傷欲絕，但狄青看起來沒有半分同情。

狄青看起來並不像狄青！

趙禎被狄青的冷漠激怒，驀地爆發，嘶聲叫道：「她說她沒有陷害你！狄青，你怎麼解釋？人之將死，其言也善，她臨死時，都說沒有陷害過你，你怎麼解釋？你們一直反對我立她為后，因此你和包拯就聯合起來陷害她，讓她至死還蒙受不白之冤，到現在……你滿意了？」他喊得聲嘶力竭，脖頸上都青筋暴起。

狄青等趙禎喊完，這才冷冷道：「因此你就相信我是兇手？因此你讓閻士良找我入宮？張美人被人下毒，你就準備了毒酒讓我喝，你準備這樣還張美人一個公道？」

趙禎怔了下，向閻士良望去。閻士良大汗淋漓，神色慘白。趙禎淒然一笑道：「朕信張美人，可朕沒有想過毒死你。閻士良……他……想必自作主張。閻士良，你怎敢瞞著朕這麼做？」

閻士良咕咚跪倒，汗出如雨，以頭搶地，只是道：「臣該死……臣該死！」

趙禎木然道：「你為何這麼做？」他像是問閻士良，又是像問狄青。

狄青反問道：「那你現在準備怎麼做？」見趙禎沉默不語、很是為難的樣子，狄青眼中露出分厭惡之意，一字字道：「你是不是也準備像對付他義父閻文應一樣，將他賜死呢？」

趙禎一震，本是淒然的眼中露出分犀利的光芒，「你……說什麼？」

狄青淡漠道：「當初你在無助的時候，有兩個人一直站在你的身邊，一個是我，一個就是閻文應。我狄青自問從未對不起你趙禎，閻文應若是九泉有知，想必也會這麼說。」他不稱聖上，突稱趙禎，讓趙禎神色訝然中隱有憤怒，憤怒中又夾雜分驚怖。

趙禎驚怖什麼？

狄青又道：「我們在你有難的時候，都捨生忘死地跟在你身邊。我們那時不當你是皇帝，當你是朋友，當你是兄弟！我雖討厭閻文應，但今天我很想為他抱不平。皇儀門宮變後，你終掌大權，可你還覺得劉太后是你的絆腳石，你恨不得她早死，可她偏偏不死……」

狄青言語幽然，其中帶著說不出的森冷之意，那溫暖如春的宮中驀地有種鬼氣森森。就算那明亮的燭火，看起來都有些發青，耀得趙禎臉色鐵青。

「閻文應本是太后埋在你身邊的細作，用來監視你的舉動。但太后從未想到，先帝早有防備，閻文應還是忠於先帝，反倒不停地將太后的消息傳給你。於是你就命令閻文應悄悄地在太后的飲食中下了一種藥……」

「你住口！」趙禎驀地喝道，呼吸粗重，臉色猙獰。

「我為何要住口？」狄青冷冷道，「你做得出，還怕人說嗎？那種藥物不是毒藥，但可讓人加速衰老，因此劉太后看起來異常地衰老。其實早在趙允升陰謀奪權前，你就開始下藥，你想著只要太后老死，你就可以順理成章地獨攬大權。但太后始終不死，你又從八王爺口中得知趙允升有意造反，開始著急。於是你去了永定陵，取了無字天書，然後用別人悄悄告訴你的讖語，威嚇太后，想讓她收拾趙允升……你始終不敢明目張膽地對付劉太后，因為一來你不敢，二來你還想在世人面前，維持孝子的形象。」

一想到這裡，狄青就忍不住地心痛，這件事很有幾個人明白，但他和楊羽裳不明白。

他和楊羽裳是無辜的。

他們因為不明白捲入其中，遭受到的卻是最慘痛的打擊。

到現在他明白了太多，明白得厭惡，明白得心灰，明白後……卻太晚了。

趙禎臉上沒有了憂傷，眼中有了惶惑，啞聲道：「你……你……胡說什麼？」

狄青冷笑道：「你一定很奇怪我為什麼知道很多事情吧？或許真的有天，天把一切告訴了我！」

趙禎四下望去，再一次感覺到孤獨無助，事情的發展就如皇儀門前，出乎了他的意料。

狄青還是立在那裡，長槍一樣地筆直，兵戈烽火般蕭冷，「你本來想要郭遵說服太后，幫你收拾了趙允升。你策劃了宮中血案，害死了許多無辜的宮人、宮女，只為讓劉太后心存畏懼。可事情有所變化，趙允升終於知道不對，提前發動。八王爺知道此事，當初和你在宮中飲酒時，說服用了什麼羌活、升登之藥。他那時是在提醒你，趙允升要登基篡位立即發動，而你必須要搶先！」

趙禎霍然省悟，叫道：「趙元儼沒有死？」

這件事只有八王爺才知道，趙禎不信鬼神，那只有唯一的答案，這件事是趙元儼告訴狄青的。

狄青頓了下，終於點頭道：「不錯，八王爺沒有死。當初他怕你對他下手，因此詐死後，投奔了儂智高。不想我擊敗儂智高後，八王爺又遇到了我。」

狄青又見到了八王爺，但他終究沒有殺了八王爺。因為八王爺有一句話說得沒錯，「狄青，我趙元儼對你不薄的。」他再次放過了八王爺，可也知道，八王爺和死已差不多。

八王爺再無翻身的可能。

狄青終於碰到錘子樣的那個人，那人是儂智高的手下儂建侯！

儂智高早對大宋懷恨在心，亦有心吞併大宋江山，因此派手下儂建侯喬裝成嶺南大盜曆南天，為禍中原。狄青猜錯了一點，曆姓商人不是曆南天，而是儂建侯的兄長儂建王。

儂建王、儂建侯兩兄弟都因習嶺南殭屍法術，蠱惑人心，是以走路奔走十分特別，在趙明、郭逵眼中，看起來就如錘子般。

儂智高和八王爺一樣，都在圖謀著香巴拉，因此派儂建王聯繫曹姓後人。可儂智高終究沒有得逞，他派出的手下儂建王死在了香巴拉。

八王爺一直想著帝位，是以勾結儂智高，準備挑動西夏和大宋繼續開戰，趁機裡應外合，瓜分了大宋的江山。不想小月知道了楊羽裳的父親絕非八王爺，八王爺怕狄青因此懷疑他，找出他去香巴拉的真正用意，進而發現他勾結儂智高圖謀造反的證據，這才讓儂建侯殺了小月，滅了楊家滿門。

八王爺本以為可將視線轉移到夏使身上，不想狄青還是發現了他的野心。八王爺做賊心虛，卻以為是趙禎發現了他的祕密，這才無奈詐死南逃，挑唆儂智高作亂。

到如今，儂家軍又被狄青所滅，儂建侯也死在了狄青的刀下！

狄青想到這裡，腦海中閃過歸仁鋪外，那雷電交加的夜晚……

那個失魂落魄的八王爺面對著他，嘶聲狂叫，「狄青，我趙元儼對你不薄的，可為何是你屢次破壞我的大計？若真的有天，那老天真是瞎了眼。當年我幫趙禎奪回皇權，可他如何待我？他處處防著我！他看似給我至高的榮耀，可他根本不給我任何權力。他這麼對我，他遲早也會有一天，如對付我一樣地對付你！」

想到這裡，狄青心中滿是苦澀的味道。

趙禎放肆笑道：「看來真是天網恢恢，疏而不漏，你真以為趙元儼是好心幫朕嗎？他不過是左右逢源罷了。他投奔儂智高，不就是一直抱著造反的念頭？他也真的以為朕相信他？哼！」

狄青靜靜道：「是啊，你不信他，但是在利用他。你素來都是如此，利用完一個踢走一個。皇儀門前趙允升搶先發動，但你終於勝了，你繼續讓閻文應給太后下藥，只盼太后早點兒死。太后臨死前，見到閻文應和你在一起，想必終於省悟了。太后臨死前，說她明白了，你好……她話沒有說完，現在想想，其實她說得很簡單，她明白了你不是個孝順的兒子，她不是說你好，而是說你好毒！」

狄青說完這些後，終於舒了口氣。這些事情，他是從郭遵的信中所知。他知道的時候，難掩心中的震撼和失落。

他從未想到過趙禎會如此。

原來趙禎一直在做戲！

突然想起王惟一在青唐時，曾問他太后死時可有異樣，又說伴君如伴虎，說以後不會回汴京了。當初狄青不明白，現在想想真相大白……

王惟一肯定早看出太后中了毒，他也知道下毒的是誰。王惟一無法說出真相，心中愧疚，又怕趙禎對他下手，因此離開了汴京。

趙禎失魂落魄地站在那裡，一時間不知說什麼才好。

這些事情，埋藏了很久，他只以為這輩子再不會有人知道，可狄青怎麼都知道了？難道說，這世上真的有鬼？一想到這裡，趙禎背脊發涼，又想起太后臨死前那怨毒的眼。

他經常做噩夢，很多晚上都夢到劉太后站在他面前，說道：「你好……」

「太后是扯著兗冕死的。」狄青繼續說道，「你對群臣說，不知道太后的用意。群臣猜來猜去，其實猜得都不對。太后當時想說，你趙禎為了權勢，是不擇手段的！」頓了下，望著趙禎鐵青的面龐，狄青又道，「你讓閻文應一直對太后下藥，毒死太后後，本以為這件事再無人知道，不想郭皇后無意間知道此事。劉太后一死，你厭惡郭皇后，因此廢了她，可郭皇后以這件事要脅你，你為了維持你的尊嚴，不想事情被揭發，又命閻文應毒殺了她。百官覺得郭皇后死得蹊蹺，要求嚴查，你怕事情敗露，於是把閻文應推了出去替死。想閻文應就算有天大的膽子，沒有你的吩咐，如何敢毒死郭皇后？」

趙禎鼻尖已有汗水，燈光照耀下，臉色灰敗。他本以為這祕密就此沉隱，不想又被狄青一層層地剝開。

「閻文應對你實在忠心，終於為了你去死。你內心有愧，這才把閻士良提拔起來。可現在你為了推卸責任，又想賜死他嗎？」狄青在笑，笑容中滿是譏誚。

閻士良渾身還在發抖，不敢抬頭。可眼中有淚，滴入了塵埃。

趙禎望見狄青嘲弄的笑容，積鬱的怒火驀地爆發，他上前一步，怒道：「我有什麼錯？我不過是要拿回自己的東西，這難道都有錯嗎？太后是我養母，養了我那麼多年，可在她眼中，我這個兒子根本不如一個皇位，甚至不如一條狗！既然她不仁，就不能怪我無義。郭皇后一輩子騎在我頭上，還要用此事威脅我，她是找死，就怪不得我！」

狄青淡漠道：「那李順容呢？她也是自己找死嗎？」

趙禎周身一震，退後幾步，嗄聲道：「你說什麼？」

狄青冷冷道：「其實你早就知道李順容是你的生母，對不對？當年你去了永定陵後，就已意識到李順容是你至親，所有關於天書、五龍的祕密，均是她託李用和說給你知的！你知道李用和是你的舅舅，你也知道李順容是你的生母，但劉太后在一天，你怕事情有變，就一直不敢去認生母。李順容臨死前，很想再見你一面，但你竟忍心不見！事後你裝作恍然才知曉生母是誰，為掩心中羞愧，這才故作激憤，作態要將劉家斬盡殺絕。當初只有你我之時，你在李順容的棺前，說你是天子，別無選擇，你祈求她的原諒，因為你問心有愧！」

趙禎身形晃了兩下，眼前發黑，澀然道：「你都知道了？這又是誰告訴你的？」

狄青見趙禎的表情，知道所猜不假，這些消息，有些是他親身經歷，有些卻是郭遵信中所講。

他也終於明白李用和為何整日借酒澆愁，容顏憔悴。因為李用和對姐姐有愧，也對趙禎厭惡。

李順容臨死前，雖有機會，但終究沒有和親生兒子相見。

「誰告訴我的並不重要，關鍵是你真的做過。」狄青眼中滿是憎惡之意，冷冷道，「我其實真不敢相信你會做這些事情，現在想想，你去見張妙歌，可能是在追思往事，當然也可能是故作迷霧，讓劉太后麻痹大意。你為了權位，害了養母，毒死妻子，殺了忠心耿耿的閻文應，明知生母將死，也忍心拒不和她相見。趙禎，我真傻，我真沒有想到你是這樣的人！我還全力地幫你，我當你是朋友！」狄青心中有恨，恨自己為何捲入這場醜惡的宮鬥，害了全然無辜的羽裳。

趙禎羞怒交加，叫道：「狄青，無論如何，我總對你不錯！你莫要忘記了，你能有今日的地位，是我一手提拔。你當我是朋友，我何嘗不當你是朋友？你到現在，竟這麼說我？」

狄青突然哈哈大笑，笑聲中，有著說不出的憤慨之意，「你真的對我不錯？你對范仲淹不也不錯嗎？你想做個千古明君，又總是擔心別人謀奪你的皇位！范仲淹聲望高了，你就將他踢出汴京；我聲望高了，你就賜我一杯毒酒，你這樣做，是對我們不錯？趙禎，我現在才知道，你不需要什麼將軍，不需要什麼一統，你對我狄青不錯，其實只是希望我是一條狗，跟在你身邊就好。必要的時候，你完全就可以把這條狗一腳踢開。什麼盟約血誓，什麼金書鐵券，全部都是放屁。在你趙禎眼中，統統不如一個皇位重要！」

趙禎緊握雙拳，渾身戰慄，突然叫道：「你要是我，你怎麼做？我本來是個皇帝，可在遇到你之前，每天做夢都是被人從龍椅上拽下來，丟到了牢籠內。我每天都是生不如死，起床時，就怕見到刀劍及頸。我若什麼都不做，只有死路一條！我是個皇帝，可成天連狗都不如！你告訴我，你是我，你會怎麼做？」

狄青不語，只是沉靜地看著趙禎。

趙禎上前幾步，已和狄青面面相對，盯著狄青，一字一頓道：「因此我告訴自己，我一定要活得和人一樣。我的權力，誰也奪不走！」

「因此你發現我有威脅，就要剷除我。誰對你有威脅，你就要剷除誰？」狄青笑笑，笑容中帶著說不出的無奈。

趙禎不語，可他的神情，已告訴狄青他的答案。

「你雖和我訂下盟誓，但一直都在防著我，怕我不滿，時不時地用祖宗家法表達你的無奈。其實你若真的有心，變法不會敗；你若真的有心，就不會刻意提拔我為樞密使，然後授意那些人詆毀我。你不想失信於人，讓天下人唾罵……然後你就準備了那杯酒……」

趙禎聽到狄青說到這裡，驀地變得激動，「那酒不是我準備的。我只是……只是惱怒你為何對張美人不軌。你應該知道的，她是我最愛的女人！我別的事情可以忍你，但這件事我受不了！她臨死都說沒錯，她沒錯，錯的是誰？」

狄青輕輕地歎口氣，截道：「你到現在，還要騙我嗎？」

趙禎戛然而止，神色有著說不出的怪異。

狄青移開了目光，似乎都不想再看趙禎的臉色，「記得當初我第一次遇到你時，我聽你和大相國寺主持說，總覺得四處皆敵，如在牢籠……」

趙禎微有詫異，不想狄青竟知道這件事。

「主持當時勸你，心中有敵，處處為敵。你說你懂了。」狄青哂然道，「但你根本沒有懂，你這輩子因此不會有朋友，只會有不同的敵人。或許你就算懂了，也不想放下這個念頭。在你心底，還是忌諱我掌權，還是怕我圖謀你的皇位，張美人只是你的藉口罷了。」

趙禎嘴唇喏喏，沒有反駁。

狄青又道：「你這杯酒，或許不是給我喝的，或許你還不想我死，不然也不會讓邱明毫輕易放我過來……你當然也感覺到我有戒心，你準備了這杯酒，就是想用這杯酒逼我退卻，是不是？」

見趙禎沉默，狄青臉上滿是意興闌珊，悵然道：「酒中有毒，心中更毒。你只看重權位，卻不知道，我心中只有羽裳。在你的心中，或許什麼都不如江山，卻不知道，整個江山在狄青眼中，也不如羽裳睜眼一望。」

趙禎臉上終於有了愧意，想說什麼，可嘴唇囁嚅而動，終於說不出什麼。

「我不過是個農家少年，偶然的際遇，到了今天的相位。在你和那些百官的眼中，我沒理由不再進一步的，因為你們始終把我想得和你們一樣，可得到江山有什麼用呢？」狄青眼中滿是感慨，望著趙禎道，「還不是像你一樣？或像元昊那樣？再重的江山，也抵不過一個羽裳。你可知道張美人為何要害我？」

趙禎咬牙道：「張美人無過錯。」

「你終究還是不信我。」狄青惆悵道，「但我還是要說，八王爺的女兒不是楊羽裳，而是張美人！」

一言落地，殿寂無聲。

趙禎踉蹌後退幾步，失神道：「什麼？不可能，不可能的。你騙我！」突然嘶聲吼道：「狄青，你騙我！現在她死了，你當然說什麼都行了。」

狄青冷漠道：「我為何要騙你？我現在何必騙你？我狄青若殺你，十個趙禎也一塊殺了。」

趙禎心頭微顫，這才意識到面前狄青的危險。以前的他，從未這麼想過。

狄青心中想到，告訴我這個祕密的是曹皇后，她怎麼會知道這個消息呢？哦，多半是她見趙禎對張美人太過親熱，擔憂皇后的位置不保，她明裡裝作和張美人姐妹相稱，暗地卻去查張美人的出身，希望借此做文章。曹皇后本是歸義軍曹家的後人，查出八王爺一直在找香巴拉後，也查出了張美人的真正底細。

原來張美人才是八王爺的女兒。

怪不得張美人在八王爺詐死後臉色不對，立即就想害他。怪不得張美人就算死，也不放過他。

他狄青無意中破壞了八王爺的大計。

一想到這裡，狄青心寒中又帶著心酸。心酸的是，他終究還是沒有幫楊羽裳找出生父的下落；心寒的是，八王爺顯然也蓄謀很久，他早早地就查到女兒在哪裡，將女兒調包送到別家，卻故作不知女兒的下落。後來八王爺認楊羽裳為女兒，欺騙太后，顯然是包藏禍心。

而張美人為何和以前的王如煙舉止習慣類似，不用問了，肯定是八王爺早就訓練好了這個女兒，所有的一切不過是投趙禎所好。

八王爺苦心積慮，雖說看似不理世事，顯然也想圖謀江山。只是可惜……趙禎早就對八王爺心有猜忌。原來很久很久以前，就有人在做文章，可他狄青直到現在才發現。

狄青又想，曹皇后為何要告訴我這件事呢？是了，她知道我肯定會和趙禎見面，也肯定會把這件事說給趙禎，趙禎知曉後，對張美人的情感肯定會淡化，那她皇后的位置自然保住了。如此說來，常寧也是皇后找來的了，曹皇后不想我死，常寧卻不知道這些。

想到這裡，狄青想起還在殿外的曹皇后，心中不知是何滋味。

「你信或不信無關緊要，但我要說的，都已經說完。」狄青望著臉色蒼白、大汗淋漓的趙禎，心中想，趙禎現在想必後悔了，他不知我竟知道這些。他一直要仁義，因此不設重兵伏擊我，想用情義逼我退卻。眼下他可怕了嗎？嘿嘿，他不會怕的，他當然瞭解我，他知道我不會殺他的。我殺他何用？

想到這裡，狄青悵然道：「其實你讓我離去，說一聲就好，何必動用如此的心機？我狄青此次回轉一戰，不為江山，不為你趙禎，只為我還是狄青。但狄青終究只是狄青，不會是霍去病。你趙禎也不過是趙禎，永遠成不了漢武帝。我狄青或許欠种世衡、欠范仲淹、欠郭大哥，欠西北兄弟太多太多，但我唯獨不欠你趙禎什麼。你給我的東西，我今日都還給你。你要江山，我要羽裳，從今往後，你我恩斷義絕，再不相欠！」

說話間，狄青一拍刀鞘，長刀鏗啷而出，空中一閃，遽然兩斷。

而狄青早就轉身離去，出殿前說了最後一句話，「狄青今後已死，你再也不用擔心江山一事，你贏了！」

那聲音帶著尾音，飄出了大殿。

眾侍衛見狄青出殿，不約而同地閃到了一旁。常寧不知何時，早就接近了殿前，聽得心驚肉跳，淚眼迷濛。

見狄青閃身而過，她才待去追，卻被曹皇后再次抓住。

只見那身影在暗夜中只是一閃，就消失不見。常寧想到不久前才說，「若真的有緣，只盼今生常見」，但今日一別，只怕此生再難見面。

月華如練，長是人千里。

都來此事，眉間心上，無計相迴避！

一念及此，忍不住心中空蕩，淚濕羅衫。

有明月正懸，灑下了清冷的月色，照在黃衫女子的身上，有著說不出的寂寞孤單。月色漫下，卻鋪不到燈火輝煌的大殿。

大殿正中，燈火明耀處，趙禎立在那裡，臉色有如月中樹影般黯淡……

第二十一章　約　定

汴京春暖，塞外風寒。

狄青策馬，再度玉門關。過玉門關之時，他心中想到，古人曾有詩云，「羌笛何須怨楊柳，春風不度玉門關。」春風都不肯度過玉門，我狄青幾次往復奔波，這次再過玉門關，此生再也不會回轉了。

想到這裡的時候，他已策馬過了瓜州的常樂城。前方黃沙漫漫，風塵高揚。偶爾有綠洲青山，流水般漫過。

韓笑一直跟在狄青的身邊。

狄青經過一處山嶺，終於緩緩勒馬，說道：「韓笑，當年种老丈建十士，是為了對抗元昊的五軍八部。但如今元昊死了，西夏也向大宋求和了。我狄青到了敦煌，只怕再也不能回去。你……」欲言又止，臉有為難之意。

風塵苦，韓笑臉上卻帶笑容，「狄將軍，十士雖不全，但兄弟們跟隨你的心意卻是十足赤金。你走到哪裡，我們跟到哪裡。」

狄青輕歎一聲，心下感動。知道韓笑他們當他是親人、是兄弟，只怕以後都會陪他在塞外了。

韓笑岔開話題道：「聽郭大哥那面說，要救楊姑娘，本來尚缺一物，可那物竟然留在永定陵中，可說是天意了。」他說話間，輕輕拍拍馬鞍上的一個箱子，小心翼翼。

狄青神色感慨，暗想自己領軍平南之際，郭遵、葉知秋、曹佾、趙明、飛雪等人一直在從水道挖掘，終於再次打通了到香巴拉之路。

他聽說，香巴拉內狼藉一片，人影皆無。幸好飛雪知曉很多事情，說利用香巴拉之室的神奇，可救回楊羽裳。不過飛雪尚需一件東西，那東西是個扁扁的匣子，色澤銀白，裡面插著十數片金屬，本來是和滴淚一塊使用，才能發揮出滴淚的力量。

狄青聽及這東西的時候，立即想起在永定陵看過此物。他當下潛入永定陵，取出此物。而在此之前，羽裳早被悄然地送到了敦煌。

當再入永定陵時，狄青突然想到，真宗建五色門究竟是什麼意思呢？室內有天書、匣子和滴淚、無面神像，這些都好解釋，因為都和香巴拉有關。但永定陵擺放橫行刀和高僧舍利又是什麼意思？韓笑解釋說，當年李存孝打遍天下無敵手，煞是神奇，真宗多半以為李存孝也和香巴拉有關，這才辛苦地找到他的橫行刀，希望借橫行刀之力參透香巴拉的玄機；至於高僧舍利，倒也不難解釋，因為傳說中，舍利本就蘊含著無邊的能力，真宗多半是想借這些舍利來助他復活了。

不過具體真相如何，恐怕只有真宗才知曉了。

狄青在永定陵的時候，還忍不住去想，趙禎究竟對香巴拉知道多少？趙禎對五龍是否知曉？趙禎不過問五龍一事，是否和劉太后將五龍封存在大相國寺一樣的心思，根本不想讓真宗醒來呢？

往事難追，不願再想……

韓笑見狄青微皺眉頭，安慰道：「狄將軍，想蒼天有眼，定會讓楊姑娘醒過來的。」他雖這般安慰，但結果究竟如何，心中也是沒底。

狄青卻在想著另外一件事情，有些走神。這時二人路過長嶺，突然聽到有羌笛悠悠……

那羌笛聲瀟瀟朦朦，其中還有愁苦感慨，一曲悠然，道盡千古興起，世間蒼涼。

狄青聽著那笛聲，臉上突然現出分追思之意。

韓笑見了，有些不解。暗想這笛聲雖好，狄青卻從來不是什麼風雅之人，為何聽得那麼入神？

狄青略作猶豫，策馬向笛聲傳來處行去。韓笑不解其意，還是緊緊跟隨。

那山嶺的一角，有個老漢正在斜陽下吹著羌笛。金燦燦的陽光落下來，照在那滿是滄桑的面孔上，別有一番憂愁感慨，那老漢臉上，早淚流滿面。

蒼山漠漠，老者悲曲。他究竟有什麼傷心的往事？

狄青見到那老漢時，心頭一震，他竟認識那老漢。當初他在平遠砦被菩提王重創後，昏迷不醒，被飛雪所救一路西行，趕車的就是這老漢。

怪不得他覺得羌笛聲依稀熟悉……

草傷秋、蟬如露，暮雪晨風無依住。

英雄總自苦，紅顏易遲暮，這一身，難逃命數！

那老漢吹的曲子，正是飛雪當初常哼的不知名的曲子。這老漢為何在此？又為什麼如此地傷心？

狄青還記得，當初飛雪和老漢離別時，老漢也很悲傷。但眼下的老漢，更是傷悲。

狄青困惑，走到了老漢身邊。那老漢見了狄青，眼中驀地閃過一絲激動，突然站了起來，踉蹌走過來，一把抓住了狄青，咿呀地說著什麼。

狄青這才想到，他和老漢言語不通。扭頭向韓笑望去，狄青道：「韓笑，他說什麼？」他知道韓笑精通南北各州的方言，就算藏邊的話也知道不少。

遽然見到韓笑的臉上有分不安和驚詫，片刻後又化為憂心和愴涼。

狄青察覺到韓笑的不對，心中驀地也升起不安之意，喝道：「韓笑，他說什麼，你快告訴我！」

……

狄青不知道是如何才到了敦煌，也不知道怎麼才入了香巴拉。眾人知道狄青趕回，歡聲一片。

郭遵迎上來時，見到韓笑捧著的那匣子，輕出了一口氣，喃喃道：「看來一切命數都定。」飛雪從韓笑手中接過匣子，看了半晌，臉上也露出分少見的笑，她轉望狄青，說道：「一切俱備……」

話未說完，臉色已變。

香巴拉沉寂得針落都能聽得到。

誰都看到狄青臉上的沉鬱之色，韓笑悄悄地垂下頭來，神色亦滿是沉落。到底發生了什麼事情，讓二人如此表情？

眾人均有不祥的預感。

許久後，狄青不看飛雪和郭遵，走到了楊羽裳的身前。

楊羽裳從未改變。

似水流年，如花美眷，縱關山月落，亦改變不了楊羽裳的絕世容顏。

水晶棺中的楊羽裳，微閉著雙眸，似只是多年一夢仍未醒轉。

狄青輕撫那透明的水晶棺，眼中已有淚水。八王爺無論如何欺騙他，但總算為他做了件讓他一生感激的事情，因此他雖抓住了八王爺，終究還是放過了他。

可他雖放過了旁人，命運卻不肯放過他。

郭遵察覺到狄青的異樣，走過來道：「狄青，你怎麼了？」

飛雪似乎也有些不安，但還是堅定地走到了狄青的身邊，說道：「狄青，你放心，神女不會騙我。當初在她離去時，我和她交談過，她說了，只要滴淚、五龍和如意匣均在的話，再加上神女留下的那個許願盒作為開啟能量的機關，就一定連死人都能救活。那個許願盒我已放好了……」

許願盒就是神女走時留下的那扁盒，如意匣就是狄青從永定陵取來的那銀白色的匣子。

說話間，飛雪將如意匣送到了白玉牆壁的一個角落，只聽到喀的一聲響，匣子入了那牆壁。飛雪對這些似乎很是熟悉，操作起來輕車熟路。

狄青木然，根本不望飛雪的舉動。飛雪扭過頭來的時候，眼中有分不安。

望見狄青傷心，飛雪似也要落淚。

他傷心，她亦難過。

可她為何要難過？

飛雪見狄青無語，終於走過來，輕聲安慰道：「你怕救不活羽裳嗎？你不用怕的，我都做好了，我可以向你保證。五龍、滴淚已齊聚，只要你按下這機關……」飛雪指著白玉牆壁凸出的一點道，「只要你按一下，那上方肯定會有光芒照在水晶棺上，那股力量能讓羽裳醒來的……」

見狄青不語，飛雪終於有了分焦急，「狄青，你要信我，你說話呀！」

狄青緩緩地轉過頭來，望著飛雪，雙眸中滿是血絲，嗄聲道：「這能量，能救幾人？」

郭遵變了臉色，飛雪也蹙了下蛾眉，半晌才道：「神女說肯定能救一人。你還要……救……別人嗎？」

她的話語突然有些不流暢起來，眼中有分惶惑，向郭遵望了一眼。

狄青喃喃道：「這麼說，只能肯定救一人？那別人呢，怎麼辦？」他遽然伸手，抓住了飛雪的手腕，啞聲道：「你告訴我，你當初在平遠，為何要帶我來香巴拉？」

飛雪掙了下，卻沒有掙開那鐵箍一樣的手掌。沒想到狄青有此一問，飛雪猶豫片刻才道：「我想帶你來，幫神女尋找她的伴侶的。」

「你撒謊！」狄青遽然喝了聲，臉上滿是痛楚之意。

飛雪臉上色變，嬌軀似乎顫了下，但轉瞬變得平靜，一字字道：「我沒有撒謊！」

「你到現在還不肯對我說真相嗎？」狄青激動莫名，眼簾濕潤，緊緊握住了飛雪的手腕，咬牙道，「你帶我到香巴拉，是為了找回我前生的記憶。因為前生你是唐飛雪，而我……就是段思平！」

一語落地，眾人皆驚。

只有韓笑垂頭落淚，嘴角的笑容再也不見。

飛雪一震，再望狄青的目光，已複雜千萬。她奔波多年，漫長的等待，難道只是為了這句話？

她是唐飛雪，他是段思平。

前生有約，今生相見？此言此誓，相約早定！

終於還是搖搖頭，終於還是平靜依舊，飛雪道：「我不知道你說什麼。」

狄青眼中有淚，嘶聲道：「為什麼？為什麼？為什麼你到現在，還不肯對我說出真相？單單說來生有約時，我心中本是不信，但你那時聽到這麼說，為何會有異樣？為何我的記憶中，總有你的影子？為何你屢次救我，始終在我身邊？難道只是巧合？」

飛雪冷靜道：「那些……不過是幻覺。我遇到你……」見到那灼灼痛楚的眼眸，飛雪內心戰慄，艱難道：「我遇到你，是巧合！」

狄青雙手握住飛雪的手腕，激動道：「不是的，你騙我！當年段思平為得江山，進入香巴拉，他和神女歃血為盟，以為神女找伴侶為盟約，以江山作賭，若是諾言不守，不但江山成空，而且會失去最心愛的女人！他失去了唐飛雪！而在唐飛雪離去時，他和唐飛雪立下盟誓，說今生不能廝守，就要來生相見！」

我段思平……唐飛雪不求同生，但求同死，生生世世，此情不渝！

飛雪，朕寧捨江山，也想留下你來陪朕。可是朕留不住你。

思平，你我今生註定不能在一起。可我來生，一定會找到你。一定！

那夢境說的原來就是前生的約定！那夢中反覆說「來吧」兩字，不過是他潛意識的呼喚。

飛雪垂下頭來，衣袂無風自動。

狄青望著飛雪，驀地想到當初在香巴拉逃命途中，飛雪說的話，原來句句都有深意。

就算像你我，他們怎麼了？

他們相對而跪，難道是在拜天地？

很久很久以前……有一對男女……

是的，就是龍馬神槍段思平，你對他有印象嗎？

是啊，你對他全無印象了。

當初狄青聽了這些話，只覺得言語風輕雲淡，不解飛雪為何在意這些前塵往事。但現在回想，原來每句話都是字字心驚，其中不知包含著多少心酸血淚，無邊的期冀。

飛雪期望他能想起前生的，飛雪原來從未忘記！

飛雪立誓要找到他，找到前生的摯愛，飛雪做到了。

可他為何早已忘記？

難道說，就是因為多聞天王的那根針，讓他得到了五龍的神力，卻讓他無法再記起前生的約定？

他幾次夢境，只聽到一個空曠的聲音，那聲音只有「來吧」兩字，他一直不解那是什麼意思，叫他去哪裡，原來這一切都是他腦海深處記憶的召喚。

一念及此，狄青心中大痛，落淚道：「段思平早忘記了前生，可唐飛雪從來未忘。她歷盡辛苦，找到了香巴拉。她不知道流浪多久，才碰到了今生的段思平。她不知要多努力，才能平靜地問一句愛人的名姓。」

思緒飛轉，記起當初相見的一幕幕，那眼眸清澈的女子突然問，「你叫什麼名字？狄青，你叫狄青？好，很好！」那聲音很是奇怪，不像今生初見，而像三生刻骨。

飛雪垂著頭，淚水終落……她直到現在才知道，就算沒有前生，狄青也記住了她。

前生種種，怎能相忘？

狄青的淚水順腮邊而落，又道：「段思平什麼都不知道，但唐飛雪卻已悄然地跟在了他的身邊，是以他們才能在汴京相遇。段思平還是一無所知，唐飛雪卻已知道段思平今生的一切，她甚至知道段思平忘記了前生，喜歡上另外的女人。」

今生一曲，只歌別離，曲終人散，君已陌路……

又想起汴京大相國寺的相見，飛雪的點滴言語，原來含意千萬。

汴京好像不錯，但我不喜歡。一個地方的好壞，不看它有多繁華，不看它有多少花，不看它有多少人，只看你的一顆心。

說了你也不會答應。你現在連汴京都出不了，怎麼會平白和我趕赴千山萬水？

今年花似去年好，去年人到今年老。始知人老不如花，可惜落花君莫掃。人生苦短，或許真的不如花開花落了……

你當然也有喜歡的人。你若有可能，會不會也和狄青一樣？將心比心，你就不該為難他！

原來飛雪那時候就已經決定，不再為難他。或許飛雪早已知道，狄青今生亦有約定，她不想為難他。她不願強求。

似水流年，前生如夢，如若無緣，何須誓言？

如果曾經的約定已被摯愛遺忘，她雖心傷，還是無悔——無悔今生的找尋。

淚水流過了澀然的嘴角，沁入了霜染的鬍渣，帶著無邊的內疚和傷心。狄青眼眸有淚，嗄聲道：「可唐飛雪終究還是不想放棄。她在平遠遇到了段思平，於是她就想將段思平帶到香巴拉，喚醒他的記憶。可段思平根本沒有印象，他終究沒有跟隨唐飛雪前往香巴拉。在荒漠中，二人生死抉擇，唐飛雪將活命的機會留給了段思平。」

淚眼中，彷彿見到那沙漠莽莽，紅塵凌亂……

你信命？

你若信命，那你就不會死了。我會看命，我知道你能活得很久。

那你呢？

人誰不死呢？

原來那一刻，飛雪再次決定。她一次次地抉擇，一次次地放棄，是否因為她覺得活過、愛過，此生無怨？或許她突然發現，經過那前生的輪迴，她愛的人原來愛的不是她？

既然如此，她活在這世上等的是什麼？

淚水滴落，滴在那黑白分明的地面，有如那含情似水的眼眸。

狄青嘶啞道：「後來她放棄了喚醒段思平的記憶，卻還沒有放棄幫助段思平。她去青唐，就是為了和唃廝囉商議，怎麼救了神女的同時，也救助段思平。直到現在，她還在想著幫段思平……」

淚眼迷離，怎能忘記青唐密室的那一幕……

飛雪不惜割腕滴血救他，當初他不解，不解這女子為何要捨卻寶貴的性命救他！他當初亦是淚流滿面地說：「飛雪，你既然知道別人的心意，可你是否知道我的心？我想讓你堅強地活下去，你能否知道？」

當初他說出這話時，並非知道面前的是前生的戀人，有著三生的約定，但那平靜如水的女子早刻入他的腦海。他還記得飛雪已落淚，伏在他肩頭，輕聲道：「我知道。」

她什麼都知道，可他什麼都不知道！

因此飛雪執著地對他說：「狄青，你答應我，從今以後，你我各不相欠了，好不好？」

他什麼都不知道，還傻傻地說：「不行！」

他現在什麼都知道了，是不是已太晚？可他就算早就明白，又有什麼能力改變前緣？

滿臉的滄桑，狄青望著飛雪，淚下道：「你當初在青唐密室，說要告訴我個祕密。我現在已知道是什麼。」

飛雪也不抬頭，但嬌軀戰慄得如風中楓葉……

「我是段思平。」狄青淚流滿面，嗄聲道，「你當初要告訴我的祕密就是，段思平本是狄青的前生！狄青本是段思平！你到現在，還要騙我嗎？」

香巴拉沉凝如水。但那如水的寧靜下，不知道有著多少情感的滔天巨浪。

對。

葉知秋、曹佾、趙明等人神色複雜，均是悄悄地走了出去，他們不知如何面對，更不知道狄青怎麼去面對。

只有郭遵站在不遠處，神色傷感。

輕輕地從狄青手中抽回手來，等到臉上淚痕已乾，飛雪這才抬起頭來，望著狄青，平靜道：「狄青，你別傻了。你是狄青，你最愛的人是……楊羽裳。你現在什麼都不要想，救了楊羽裳後再說，好不好？」

狄青驀地喊道：「可你們怎麼辦？」

「什麼怎麼辦？」飛雪眼中有了分慌亂。

狄青的目光從郭遵身上掠過，盯在飛雪身上，一霎不霎，「我什麼都知道了，你還要騙我？和神女定下盟誓的不只有段思平、元昊，還有你和郭大哥。這些盟誓都有一個共同之處，立誓之人均會被盟誓反噬，如今神女已走，可詛咒未消……我救了羽裳，可你們只怕很快要離我而去。」

飛雪退後一步，向郭遵望去，郭遵搖搖頭，才待開口，狄青已截斷道：「你們莫要再聯合騙我了，你們都知道這點，是不是？你們都知道這點，但一直都在瞞著我！」當初他見到那老漢，那老漢只是問道：「飛雪呢，她去了嗎？她說命運已定，活不了幾年了。」

狄青只從這寥寥數語，已明白了所有一切。郭遵為何能恢復武功，是不是和神女有什麼約定？飛雪為何能有如此神通，會不會也和單單一樣？

郭遵臉色黯然，飛雪神色改變。

他們雖不想告訴狄青此事，但狄青既然知曉，他們根本無法隱瞞。

狄青一見，就知道自己猜得不錯。那一刻，他心如刀絞，倒退了幾步，退到了水晶棺前。手扶冰冷的水晶棺，望著棺內楊羽裳的栩栩容顏，腦海中轉過萬千念頭……

機會可能只有一次，他真的要先救楊羽裳？

若是他不知道飛雪、郭遵的事情，他當然會毫不猶豫地按下那按鈕。

如水流年，紅塵朝暮，他狄青，沒有一日不想著羽裳。他終其一生，夢中縈繞，只為救回羽裳。

機會就在眼前，只要他動了按鈕，就能救回羽裳，得償所願。

可他怎能按下去？

他愛羽裳，癡心一片，從未變過。但他知道飛雪、郭遵可能會因為他這一按，失去了最後活命的機會，他該如何抉擇？

他本可以故作糊塗，裝作什麼都不知道，根本不提這件事，那他就再沒有了煩惱。但他是狄青，又如何能夠裝作本不知情？

清醒的痛楚，難求的糊塗……

心思百轉，痛苦萬千，狄青潸然淚下。五龍不知何時，已被他緊握在手心，微微顫抖。

心情激盪間，他並沒有注意，棺槨中的滴淚斷玉竟合在一起，玉上隱有淚痕滑落，暗含龍飛，香巴拉白玉的牆壁似被五龍、滴淚感應，其上有光芒閃爍，似霓虹、如飛羽……

有光現——那白光如月，耀了天地一片，溫柔地落在眾人的身上。

水晶剔透的棺內，楊羽裳的眼角，突然有淚水滑落，輕如晨風，亮如朝露。

光芒下，淚水中……

那棺中人兒，終於睜開了眼，輕聲道：「狄大哥，你來了。我已等了你……很久很久……」

（全文完）

【後記】

震撼心靈的英雄堅持

西元一九〇〇年，甘肅敦煌藏經洞被發現，挖出了西元四至十一世紀的佛教經卷、絹畫、法器等文物五萬餘件……

嗯，看似不相關的結束語，其實是《歃血》構思的源頭。記得小時候，曾經在更小的黑白電視機上看到過一部電影，內容不記得，主人公是誰也不記得，只記得電視機上那個孤獨的主角在飛沙大漠中拼命地保護著一箱箱的書籍。

時隔多年，沒有去追尋電影究竟何名的衝動，因為知道追尋名字並不那麼重要，重要的是我們透過電影看到的那種震撼心靈的堅持。

塵封記憶重新建構的時候，卻一直模糊於兒時看到那部電影的背景。讀宋朝史實時，思緒穿越千年，審視歸義軍的時候，這才明白藏書這件事發生在我們要寫的年代。於是一股衝動湧出，就將這段心中不能磨滅的歷史轉化為另外一種形式。

變的是形式，不變的是堅持。

在我看來，英雄和梟雄的區別，就在於堅持。梟雄總是試圖打破已有的秩序，重建符合自身欲求的規則，梟雄是知道變通的，變通得甚至讓人難以容忍，但英雄卻一直堅持千百年人類心中最後的底線，不肯退卻。哪怕是唐吉訶德式的堅持，被世人不解嘲笑，卻不能磨滅他的英雄本色。

這世上因為梟雄而豐富多彩，卻因為英雄而變得深邃明淨。

狄青是英雄——能夠堅持自己的英雄，令人惋惜的是卻沒有出生在英雄可一展宏圖的年代。

書中寫的歷史恰似後三國年代，雖然正統多不承認這點。史實上契丹的領土遠超過宋朝，而西夏崛起，更如一頭餓狼面對羊圈中的羔羊。北宋雖比南宋強了不少，但在契丹、西夏兩大強敵面前，還是如此的虛弱不堪。

我行文中厭倦贅述北宋那些自詡風流文臣的所為，卻因歷史環境的奇特，幻化或者說強化了環境特性。那是個奇異的歷史環境，契丹、西夏、吐蕃、大理和北宋，無不例外的尊崇仙道，很多君王甚至到了癡狂的地步，那個時代也有很多不解之謎，帶著讓人著迷的色彩。

玄祕事件是歷史學家頭痛的問題，卻是小說家感興趣的問題。我在寫狄青的時候，將這些色彩加入進來，雖看似迷離，但玄幻也好，前生今世也罷，都無非是讓朋友們看看形形色色的人在幻化環境中的各種表現。

當文成之後，曾有個朋友提及，楊羽裳是榮格提出的一種阿尼瑪原型。我那時候對心理學並不瞭解，當然現在也不算瞭解，呵呵。但我知道的是，不管什麼原型，從心底湧出的寫作衝動，才是成文的堅持所在。但衝動轉化為出版，就要歸功於那些為本書出版付出努力的朋友們，本書幸得臺灣好讀出版社看中發行繁體，得以和臺灣的朋友們見面，在此表示感謝。

簡體本三卷，卷名和女主角的姓名，靈感取自屈原《九歌—東君》中的一句，「青雲衣兮白霓裳，舉長矢兮射天狼。」後經好讀出版社繁體發佈，改為五卷，感謝編輯增添卷名。

本書前兩卷銷售期間，我有幸前往台中觀光，對好讀出版社熱情細膩的同仁們印象深刻。堅持需要支援，更需要毅力，有了他（她）們的堅持，有閱讀本書的朋友們的支持，才讓墨武能繼續走下去。
期待和朋友們在下本書《帝宴》再會。

墨武寫於《歃血》繁體出版
二〇一二年

國家圖書館出版品預行編目資料

歃血【卷五】射天狼／墨武著；—— 初版 . ——臺中市：好讀 , 2012.09
面：　公分，——（墨武作品集；05）（眞小說；14）

ISBN 978-986-178-246-1（平裝）

857.7　　101013901

好讀出版

真小說 14

歃血【卷五】射天狼

作　　者／墨　武
總 編 輯／鄧茵茵
文字編輯／莊銘桓
內頁編排／王廷芬
行銷企畫／陳昶文、陳盈瑜
發 行 所／好讀出版有限公司
台中市 407 西屯區何厝里 19 鄰大有街 13 號
TEL:04-23157795　FAX:04-23144188
http://howdo.morningstar.com.tw
（如對本書編輯或內容有意見，請來電或上網告訴我們）
法律顧問／甘龍強律師
承製／知己圖書股份有限公司　TEL:04-23581803

總經銷／知己圖書股份有限公司
http://www.morningstar.com.tw
e-mail:service@morningstar.com.tw
郵政劃撥：15060393 知己圖書股份有限公司
台北公司：台北市 106 羅斯福路二段 95 號 4 樓之 3
TEL:02-23672044　FAX:02-23635741
台中公司：台中市 407 工業區 30 路 1 號
TEL:04-23595820　FAX:04-23597123

初版／西元 2012 年 9 月 1 日
定價／280 元
如有破損或裝訂錯誤，請寄回知己圖書台中公司更換

Published by How-Do Publishing Co., Ltd.
2012 Printed in Taiwan

ISBN 978-986-178-246-1

讀者回函

只要寄回本回函，就能不定時收到晨星出版集團最新電子報及相關優惠活動訊息，並有機會參加抽獎，獲得贈書。因此有電子信箱的讀者，千萬別吝於寫上你的信箱地址

書名：歃血【卷五】射天狼

姓名：______________ 性別：□男 □女 生日：____年____月____日

教育程度：__________________________

職業：□學生 □教師 □一般職員 □企業主管

□家庭主婦 □自由業 □醫護 □軍警 □其他____________________

電子郵件信箱（e-mail）：________________________ 電話：________________

聯絡地址：□□□ ____

你怎麼發現這本書的？

□書店 □網路書店（哪一個？）__________________ □朋友推薦 □學校選書

□報章雜誌報導 □其他 ____

買這本書的原因是：____

□內容題材深得我心 □價格便宜 □封面與內頁設計很優 □其他____________

你對這本書還有其他意見麼？請通通告訴我們：

____

你買過幾本好讀的書？（不包括現在這一本）

□沒買過 □ 1 ～ 5 本 □ 6 ～ 10 本 □ 11 ～ 20 本 □太多了

你希望能如何得到更多好讀的出版訊息？

□常寄電子報 □網站常常更新 □常在報章雜誌上看到好讀新書消息

□我有更棒的想法 ____

最後請推薦五個閱讀同好的姓名與 E-mail，讓他們也能收到好讀的近期書訊：

1. ____

2. ____

3. ____

4. ____

5. ____

我們確實接收到你對好讀的心意了，再次感謝你抽空填寫這份回函

請有空時上網或來信與我們交換意見，好讀出版有限公司編輯部同仁感謝你！

好讀的部落格：http://howdo.morningstar.com.tw/

請填妥後對折黏貼，直接投郵即可，無須貼郵票。

廣告回函
台灣中區郵政管理局
登記證第 3877 號
免貼郵票

好讀出版有限公司　編輯部收

407 台中市西屯區何厝里大有街 13 號

電話：04-23157795-6　傳真：04-23144188

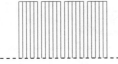

沿虛線對折

購買好讀出版書籍的方法：

一、先請你上晨星網路書店 http://www.morningstar.com.tw 檢索書目
　　或直接在網上購買

二、以郵政劃撥購書：帳號 15060393 戶名：知己圖書股份有限公司
　　並在通信欄中註明你想買的書名與數量

三、大量訂購者可直接以客服專線洽詢，有專人爲您服務：
　　客服專線：04-23595819 轉 230 傳真：04-23597123

四、客服信箱：service@morningstar.com.tw